# 尋秦記

卷貳 黄易作品集

【卷二】目次

【卷二】目次

# 第一章 逃出大梁

五天後，項少龍已能下榻行走，除脅下的傷口不時作疼，體力精神全回復過來。他和趙倩的感情進展至難捨難離的地步，雖終日躲在房內，日子毫不難過。紀嫣然自那日起，沒有來訪，據鄒衍說信陵君一直懷疑她，監視得她很緊。

項少龍相信大梁的戒備終會鬆弛下來，因爲人性就是那樣，沒有可能永遠堅持下去。而且如此毫無遺漏的搜索仍徒勞無功，誰都會懷疑他們已遠走高飛。這一晚兩人郎情妾意，正鬧得不可開交，紀嫣然來了，看到臉紅耳赤的趙倩，自己的俏臉不由飛起兩朵紅暈，更使她明媚照人，美艷不可方物。

紀嫣然請來鄒衍，鶯聲嚦嚦說道：「我四日前派人到城外假扮你們，還背著假造的木劍，故意讓人發現蹤影。現在終於收效，昨天信陵君親自領兵，往楚境追去，大梁的關防放鬆下來，是你們離開的時候哩。」

項少龍和鄒衍同時拍案叫絕，想不到紀嫣然有此妙計。難得的是她直到成功方說出來，顯示出過人的涵養。紀嫣然幽怨地看項少龍一眼，俏臉現出淒然不捨之色。

項少龍一愣說道：「妳不跟我們一起走嗎？」

紀嫣然搖頭道：「嫣然想得要命，但假若如此不顧一切而去，誰也知道我和你有關係，那嫣然將會牽累很多人，包括鄒先生在內，信陵君那天來搜望天樓，正因嫣然常借口來觀星，所以惹起他的疑心。」

項少龍知此爲事實，苦惱地道：「何時我們可再見面呢？」

紀嫣然嫵媚一笑道：「嫣然一生最大的願望是能輔助新聖人統一天下，使萬民不再受戰亂之苦，怎肯把你輕易放過。」

項少龍搖頭苦笑道：「我絕不相信自己是新聖人，縱使能回趙國，亦是艱險重重，危機四伏。妳若要找眞的新聖人，最好耐心點去尋找，免得看錯人，將來後悔莫及。」語氣中充滿酸澀之意，自是因紀嫣然愛上他的緣故，只因以爲他是新聖人。

紀嫣然臉上掠過奇異的神色，垂頭不語。

鄒衍正容說道：「你說的反證實你是新聖人，因爲代表你那粒特別明亮的新星正被其他星宿凌迫，照天象看，你最少要二十年才可一統天下，目前自是危機重重。」

項少龍聽得渾身一震，瞠目結舌呆瞧鄒衍，首次不敢小覷這古代的玄學大師，因爲秦始皇的確約在二十年後統一戰國，成爲歷史上第一個皇帝。

紀嫣然忽然道：「鄒先生，倩公主，嫣然想求你們到廳外待一會，嫣然有話和項少龍說。」

鄒衍和趙倩會意，走出房外，還關上門。

紀嫣然仍低垂螓首，沉聲道：「項少龍，我要你清楚知道，紀嫣然喜歡上的是你這個人，與你是不是新聖人扯不上關係。」

項少龍曉得剛才的話傷害了她，大感歉意，伸手過來摟她。

紀嫣然怒道：「不要碰我！」

項少龍乃情場高手，知她放不下面子，哪會理她的警告，撲過來把她壓倒蓆上，深深吻著她的香唇。紀嫣然象徵式地掙扎兩下，熱烈回應，恨不得與他立即合體交歡。

二人分開後，紀嫣然淒楚地道：「明天清早，韓非公子會押解借來的一萬石糧回韓國，嫣然早和他說好，其中一輛糧車底部設有暗格，可無驚無險把你帶離大梁。項郎！嫣然注定是你項家的人，無論如何也會去尋你，切莫忘記人家！」

項少龍和趙倩擁臥糧車底的暗格，果如紀嫣然說的無驚無險地離開大梁，往濟水開去，到那裡後會改爲乘船，沿河西上韓境。

外面下著遲來的大雪，車行甚緩，加上暗格底墊有厚棉被，兩人並不覺辛苦，反成爲溫馨甜蜜的小天地。兩人親熱一番，又努力壓下情火，免一時控制不住發生肉體關係。

趙倩看著暗格的頂部，由衷地道：「我從未見過比嫣然姐更美更有本事的女孩子，略施手法，便把我們舒舒服服送出大梁。」

項少龍欣賞她美麗的輪廓，想的卻是另一回事，微笑道：「妳會不會介意不當這個公主！」

趙倩側轉過來，用手支起白裡透紅的臉蛋，秀眸亮光閃閃，深情地瞧著他道：「倩兒只介意一件事，就是不能做項少龍的女人，其他的都不介意。」

項少龍沉吟道：「那就好辦，讓我設法把妳藏起來，然後報稱妳被囂魏牟殺害，那樣妳以後就不用回宮做那可憐的公主。」

趙倩大喜說道：「你眞肯爲倩兒那麼做？不怕父王降罪於你嗎？」

項少龍玩笑似地道：「我是新聖人，哪會這麼容易被人修理的。」嘻嘻一笑道：「其實我還是爲了自己，我憋得實在太辛苦。」

趙倩霞燒玉頰，埋首入他懷裡，又羞又喜以蚊蚋般的聲音道：「項郎你什麼時候要人家，倩兒什麼時候給你。」

項少龍心中感動，用力把她摟緊。

趙倩柔情似水地道：「倩兒不是請項郎為我殺趙穆報仇的嗎？倩兒現在改變主意，只希望和項郎遠走高飛，其他一切不想計較。」

項少龍心中嘆息，那舒兒的仇又怎麼算？趙穆與自己，是勢不兩立。

車子停下來，原來已抵達濟水岸旁的碼頭。

三艘韓國來的雙桅帆船，載著一萬石糧貨和這對患難鴛鴦，朝韓國駛去。

項少龍和趙倩在韓非的掩護下，脫身出來，躲在一個小船艙裡。船上雖全是韓兵，韓非仍小心翼翼，免得洩漏風聲。兩人樂得恣意纏綿，尤其解開了不能結合的枷鎖，想到很快會發生什麼事，項少龍這風流慣的人故不用說，連一向斯文嫻淑的公主也開始放浪起來。

韓非派心腹送來晚餐，兩人並肩坐在地蓆上，共進美食。

項少龍想喝點酒，趙倩硬是把他的酒壺搶走，嬌痴嗲媚地道：「不！趙倩不准你喝酒，人家要你清清楚楚知道在做什麼事。」

項少龍看她的俏樣兒，搖頭晃腦道：「酒不醉人人自醉，待會看到公主躺在被褥上的美麗身體，項某人定醉得一塌糊塗，怎還清醒得來？」

趙倩把一塊雞肉送進他口裡，喜孜孜地道：「說得這麼動聽，哄得本公主那麼開心，賞你一塊雞肉。」

項少龍用口接過雞肉，撲將過來，伸手解她的衣扣，笑道：「讓我來看看公主的嫩肉兒。」

趙倩大窘，欲拒還迎地以手遮掩，最後的勝利者當然是項少龍，伸手由領口探入她羅衣內。美麗的小公主全身酥軟，蜷入他懷裡，羞喜交集地承受，柔聲說道：「外面下著雪哩！」

項少龍一手溫香，哪有閒情理會外面下雪還是下霜，貼上她臉蛋揩磨著道：「我現在做的事算不算監守自盜？」

趙倩「噗哧」笑起來，手指括幾下他的臉，表示他應感羞慚。項少龍心中充滿溫馨，古代的美人兒比二十一世紀的美女更有味道。因爲在這以男性爲中心的社會，她們把終身全託付到男人手上，所以更用心，更投入，沒有半點保留，而他正是這不平等社會的得益者，想到此處暗覺慚愧。

趙倩忽然想起紀嫣然，道：「你曉得嫣然姐不是魏人嗎？她是越國貴族的後代，所以這麼美艷，武術這般好。」

項少龍給分開心神奇道：「妳怎知道？」

趙倩道：「當然知道，你昏迷時，她和我說了很多話。」又笑道：「你猜韓國借糧爲何偏派個最不懂說話的韓非公子來？原來韓王惱他終日游說他改革政體，所以故意讓他做一件最不勝任的工作折辱他。」

項少龍搖頭嘆道：「韓國已是弱小，還有個這樣的昏君，拿借糧的大事來玩手段。」

趙倩道：「不過韓王此次料錯，韓非公子因爲有嫣然姐爲他奔走遊說，終於打動魏王，使他借出糧食，不過可是要歸還的。」

項少龍一驚道：「有點不對勁，看來魏國眞的會來攻打趙國，否則不須討好韓國。」

趙倩嗔道：「不要提掃興的事好嗎？」

項少龍連忙認錯，笑道：「來！讓我看看公主的美腿！」探手來給她脫小棉褲。

趙倩一聲尖叫，離開他懷抱。

項少龍坐起來，移到她身旁，伸個懶腰，舒服得呻吟起來，含糊不清地嚷道：「來！讓我們幹一件畢生難忘的盛事！」

三天後，船隊進入韓境。

項趙兩人與韓非殷殷話別，韓非使人牽來一匹渾體烏黑，神駿之極的駿馬道：「項兄！這是紀小姐最寵愛的坐騎，特別囑我帶來好給你作路上腳力。」

趙倩「啊！」的一聲叫起來，認得是那晚紀嫣然來救他們時騎的駿馬，歡喜地撫牠的馬頭。

項少龍見美人恩深義重，不由滿懷思念。

韓非當然明白他的心情，伸手與他握別道：「此次魏國之行，最大收穫是認識嫣然這個紅顏知己和項兄這種胸懷遠大的英雄人物。這匹馬名『疾風』。珍重！」

項少龍收拾心情，與趙倩騎上疾風，電馳而去，老遠還看到韓非向他們揮手。兩人曉行夜宿，沿韓魏邊境北上，往趙國前進。紀嫣然還爲他們預備乾糧和簡單營帳等荒野之行的一切必需品，使他們不用爲此煩惱。

今次返趙的感受比之赴魏之行大不相同，心情輕鬆，趙倩初嘗男歡女愛滋味，由少女變作小婦人，快樂得像隻小雲雀般不住在項少龍耳邊唱著趙國的小調，令項少龍非常享受。

愈往北上，天氣愈冷，霜雪交襲，只好找山野洞穴躲避。十多天後，他們抵達韓國邊境廣闊的疏林區，越過此區，將再進入魏境，接著走三天可到達趙國的邊界。這是韓國著名的狩獵場地，屬於低山丘陵地帶，是針葉樹和闊葉樹的混雜林，喬木、亞喬木、灌木等品種繁多。黑熊、馬、鹿、山羊、野兔隨處可見，還有無處不在的野狼，有時整群追在馬後，要項少龍回馬用飛針射殺數頭，野狼爭食同類的屍體，才無暇追來。

兩人一騎，在白霜遍地的林木間穿行，樹梢披掛雪花霜柱，純淨皎潔。這天來到一條長河的西岸，河心處尚未結冰的河水夾著雪光雲影滾滾流往東北。氣候更轉嚴寒，兩人全身連頭緊裹在厚棉袍中，還要戴上擋風的口罩，勉強抵著風雪。地上積雪及膝，疾風舉步維艱，唯有下馬徒步行走，希望找到人家，借宿以避風雪。

雖然冷得要命，但一望無際的茫茫林海雪原，變幻無窮的耀目雪花，令這對恩愛的情侶目不暇給，歎爲觀止。四周萬籟俱寂，只有腳下鬆軟的白雪被踐上時發出聲響。偶然遠方傳來猛虎或野狼的吼叫，則使人毛骨悚然。

午前時分，狂風忽起，雪花像千萬根銀針般忽東忽西，從四方八面疾射而至，令他們睜不開眼來，腳步不穩。捱了一會，疾風再不肯前進。項少龍暗忖怎也要避過這場風雪，只恨前不見人，後不見舍，忽然記起以前軍訓時曾學過造愛斯基摩人的冰屋，方便又舒適，童心大起，到河旁結冰處以利刃起出冰磚，在趙倩懷疑的眼光下，砌成一間可容人畜的大冰屋，下面鋪以營帳棉被，還斬來柴枝，在裡面生起火來，登時一屋暖氣，風雪反變成浪漫樂事，疾風回復平時的安詳神態。

趙倩見愛郎如此本事，對他崇拜得五體投地，益發誠心討好逢迎，讓他享盡溫柔滋味。兩人擁眠被內，細說永不厭倦的情話，最後相擁酣睡。天明時，忽被異聲驚醒過來。他們留心一聽，竟是雀鳥在天上飛過時嬉玩吵鬧的聲音。詫異中，爬起來從透氣的小雪窗往外望去，天色放晴，大雪早無影無蹤。

兩人大喜，連忙收拾行裝，依依不捨地離開留下甜蜜回憶的冰屋。項少龍怕凍壞疾風，以布帛把牠的四條腿裹緊，還以棉布包紮肚腹，以免寒氣侵入內臟。又造了一個簡陋的雪橇，行裝全放到上面去，由疾風拉扯而行，項少龍則牽著牠，和趙倩並肩繼續朝北而去，這時他們已分不清楚踏足處屬於韓國還是魏國的領土，畢竟邊界只是人爲的東西，大自然本身絕不認同。

嬌生慣養的趙倩走不到半里路大喊吃不消，坐到雪橇上，由疾風輕鬆地拖拉。

林木像一堵堵高牆，層層疊疊，比比皆是，不見涯際，穿行其中，使人泛起不辨東西的迷失感覺，幸好項少龍行軍經驗豐富，幾天前趁天色好時，找到極星的位置，認定地形，不致走錯方向。腳下白雪皚皚，不時見到雪地上動物的足跡，縱橫交錯，織成一幅幅奇特的圖案，當然他們亦留下另一組延綿不斷的痕跡。

好天氣維持不了多久，午後又開始下雪，愈下愈大。項少龍心中叫苦，正不知應否停下來還是前進之際，七間木構房子出現左方林木之間。兩人大喜，朝房子走去。木屋築在石砌的基層上，松木結構，扶梯連迴廊，人字形的屋頂積滿白雪，屋前後墨綠和深褐色的林木參天而立，挺拔勁秀。他們看得心中歡喜，到了房子前，高聲呼喚，卻沒有人回應。

趙倩忽然尖叫一聲，指著最大那間木屋的門口處，只見上面血跡斑斑，怵目驚心。項少龍走近一看，血跡仍相當新鮮，顯然發生在不久之前。於是吩咐趙倩留在外面，自己推門進屋，不一會臉色陰沉的走出來，再查看其他屋子，回到趙倩身旁道：「倩兒不要驚慌，這裡剛發生了可怕的罪行和慘劇，看來這裡的所有男女老幼，均被集中到這間屋內虐殺，連狗兒都不放過，女人有被姦污過的痕跡。」

趙倩臉色大變問道：「是誰幹的惡事？」

項少龍道：「不是馬賊便是軍隊，否則不能如此輕易控制這些強悍的獵民。」

趙倩顫聲道：「我們怎辦好？」

項少龍尚未答話，蹄聲響起。

兩人驚魂未定，回頭望去，一人一騎，由遠而近，馬上坐著一名魁梧大漢，馬後還負著一頭獵來的野鹿。

那人年紀在二十五六間，手足比一般人粗壯，兩眼神光閃閃，面目粗豪，極有氣概，遠遠見到他們，高聲招呼道：「朋友們從哪裡來的！」又大叫道：「滕翼回家哩！」

項少龍和趙倩交換一個眼神，均為歸家的壯漢心下惻然。那叫滕翼的大漢轉瞬馳近，兩眼射出奇怪的神色，盯著沒有親人出迎的房子，顯是感到事情的不尋常處。

項少龍搶前攔住他，誠懇地道：「朋友請先聽我說幾句話。」

滕翼敏捷地跳下馬來，冷冷望向他問道：「你們是什麼人？」

項少龍道：「我們只是路過的人，裡面——」

滕翼一掌推在他肩上，喝道：「讓開！」

以項少龍的體重和穩如泰山的馬步，仍被他推得踉蹌退往一旁，雖是猝不及防，已可見滕翼的膂力何等驚人。

滕翼旋風般衝入屋內，接著是一聲驚天動地的慘呼和令人心酸的號哭，正是男兒有淚不輕彈，只是未到傷心處！

趙倩鼻頭一酸，伏到項少龍肩頭陪其垂淚。

驀地一聲狂喝，滕翼眼噴血燄，持劍衝出來，指著項少龍道：「是不是你幹的。」

項趙兩人愕然以對，滕翼顯是悲痛憤怒得失去常性，一劍迎頭劈來。項少龍早有防備，拔出木劍，硬擋他一劍，另一手推開趙倩。項少龍被他劈得手臂發麻，暗忖此人臂力比得上囂魏牟，滕翼已不顧生死，狀若瘋虎般攻來，劍法大開大闔，精妙絕倫。項少龍怎想得到在雪林野地會遇到如此可怕的劍手，連分神解釋都不敢嘗試，運起墨子劍法，只守不攻，且戰且退，擋格對方百多劍後，滕翼忽地一聲淒呼，跪倒地上，抱頭痛哭起來。

趙倩驚惶地奔過去，躲在項少龍背後，叫道：「大個子！裡面的人並不是我們殺的。」

滕翼點頭哭道：「我知道！你用的是木劍，身上沒有血跡，只是我一時火燒脹腦。」哭得倒在雪地上。

滕翼跪在新立的墳前，神情木然。在泥土下，埋葬了他的父母、兄弟、妻子和兒女親人。自給自足的幸福生活再與他無緣，他甚至不知仇人是誰，只好盡生命的所有力量去尋找。仇恨咬噬他淌著血的心，趙倩陪著流淚飲泣。

項少龍來到滕翼旁，沉聲道：「滕兄想不想報仇！」

滕翼霍地抬頭，眼中射出堅定的光芒，說道：「若項兄能使滕某報仇雪恨，我把這條命交給你。」

項少龍暗忖此人劍法高明，勇武蓋世，若得他之助，是如虎添翼。點頭道：「滕兄是否想過賊子爲何把所有人集中到一間屋子之內？」

滕翼一震道：「他們是想留下其他六間屋住用。」

項少龍對他敏捷的思路非常欣賞，說道：「所以他們一定會回來，而且是在黃昏前。」

滕翼兩眼爆起仇恨的光芒，俯頭吻雪地，再來到項少龍身前，伸手抓著他的肩頭，感激地說：「多謝你！你們快上路吧！否則遇上他們便危險。」

項少龍微笑著道：「你若想盡殲仇人，不應叫我離去。」

滕翼瞥趙倩一眼，搖頭道：「你的小妻子既美麗心腸又好，我不想她遭到不幸，我的三個兄弟雖及不上我，但都不是容易對付的，可見敵人數目既多，武功又好，我們未必抵擋得住。」

項少龍充滿信心地道：「若正面交鋒，我們自然不是對手，但現在是有心計算無心，當是另一回事。趁現在尚有點時間，我們立即動手布置。」

項少龍與滕翼挨坐在屋內窗子兩旁的牆腳，靜心守候凶殘敵人的來臨。滕翼的情緒平復下來，顯出高手的冷靜和沉穩，眼裡深刻的苦痛和悲傷卻有增無減。

項少龍想分他心神，問道：「滕兄是否自少在這裡狩獵爲生？」

滕翼默想片刻，沉聲道：「實不相瞞，我本有志於爲我韓國盡點力量，所以曾加入軍伍，還積功升至將領，後來見上面的人太不像樣，只知排擠人才，對外則搖尾乞憐，心灰意冷下帶著家人，隱居於此，豈知——」

蹄聲隱隱傳來，兩人精神大振，爬起來齊朝窗外望去。雪花漫天中，在這銀白色世界的遠處，一隊人馬，緩馳而至。

項少龍一看下眼也呆了，失聲道：「至少有六、七十人！」

滕翼冷冷地道：「是九十到一百人。」

項少龍仔細觀看，驚異地瞧他一眼，點頭道：「你看得很準。」

滕翼道：「項兄你還是走吧！憑我們兩人之力，加上陷阱仍無法對付這麼多人。」

項少龍本來頭皮發麻，暗萌退走之念，現在明知滕翼決意死戰，反激起豪氣，沉聲說道：「滕兄不要這麼快洩氣，只要我們能堅持一會，天色轉黑，將大利於我們的行動，哼！我項少龍豈是臨陣退縮的人。」

滕翼感激地看他一眼，再全神貫注逐漸迫近的敵人。

天色轉暗，項少龍用足目力，大吃一驚道：「囂魏牟！」心中湧起強烈的歉意。

滕翼早聽過他的事，一呆道：「是齊國的囂魏牟！」旋即沉聲道：「項兄不要自責，不關你的事，你亦是受害者。」

項少龍見他如此明白事理，心結稍解，更欣賞這甘於平淡隱居生活的高強劍手。這時大隊人馬來至屋前外邊的空地，紛紛下馬。

項少龍和滕翼兩人埋伏的那棟房子，正是慘劇發生的地方，照常理，囂魏牟的人絕不會踏進這間屋子裡來。

囂魏牟臉色陰沉，徵勒站在他旁，臉色好不了多少。旁觀手下們把馬鞍和行囊由馬背卸下，搬進其他屋內，囂魏牟咒罵一聲，暴躁地道：「我絕不會錯的，項少龍詐作朝楚國逃去，只是障眼法。而他若要回趙，只有三條路線，諒他不敢取道我們的大齊和魏國，剩下只有這條韓境的通道，為何仍找不到他呢？」

征勒道：「我們是乘船來的，走的又是官道，比他快十來天沒啥出奇，現在我們布置停當，只要他經過這裡，定逃不過我們設下的數十個崗哨。」

囂魏牟道：「記得不可傷趙倩！」話畢朝項滕兩人藏身的屋子走來。

項滕兩人大喜，分別移到門旁兩個大窗，舉起弩弓，準備只要他步進射程，立即發射。

征勒叫道：「頭子！那間屋——」

囂魏牟一聲獰笑說：「這麼精采的東西，再看一次也是好的，我最愛看被我姦殺的女人。」

項滕兩人蓄勢以待。

忽地遠處有人大叫道：「頭子！不對勁！這裡有座新墳。」

項滕兩人心中懊悔，想不到囂魏牟這麼小心，竟派人四處巡視。知道機不可失，機括聲響，兩枝弩箭穿窗而出，射往囂魏牟。此時這大凶人距他們足有三百步之遙，聞破風聲一震往旁急閃。

他本可避開兩箭，但項少龍知他身手敏捷，故意射偏少許，所以他雖避過滕翼的箭，卻閃不過項少龍的一箭，貫肩而過，帶得他一聲慘嚎，往後跌去，可惜未能命中要害，不過也夠他受的了。

近百人有一半進入其餘六間屋內，在外的四十多人睹變齊聲驚呼，朝他們藏身的屋子衝來。項少龍和滕翼迅速由後門退去，來到屋後，燃起火箭，朝其他屋射去。這些屋頂和松木壁均被他們下過手腳，在外面抹上一層易燃的松油，遇火立即蔓延全屋，閉上的門窗亦被波及。北風呼呼下，進屋的人就像到了個與外隔絕的空間，兼之奔波整天，剛臥坐歇息，哪知道外面出了事，到發覺有變，六間屋全陷進火海裡。一時慘號連天，有若人間地獄。

朝屋子衝殺過來的十多個賊子，眼看衝上屋台，忽地腳下一空，掉進項滕早先布下的陷阱去，跌落十多尺布滿向上尖刺的坑底，哪還有倖免或活命的機會。瞬息間，近百敵人，死傷大半，首領囂魏牟受傷。

滕翼兩眼噴火，一聲狂喊，衝了出去，見人便殺。項少龍由另一方衝出，兩枝飛針擲出，先了結兩個慌惶失措的賊子，拔出木劍，朝囂魏牟的方向殺去。

囂魏牟被征勒和另一手下扶起來，移動間肩頭中箭處劇痛錐心，自知無法動手，雖見到大仇人項少龍，仍只能恨得牙癢癢的，而己方只剩下二十多人，憤然道：「我們走！」

征勒和手下忙扶他朝最近的戰馬倉皇逃去。

項少龍眼觀八方，大叫道：「囂魏牟逃哩！」

衆賊一看果然不假，又見兩人武技高強，己方人數雖占優勢，仍占不到半絲便宜，轉眼再給對方殺了五人，心膽俱寒下，一哄而散，紛紛逃命。項少龍和滕翼見機不可失，全力往囂魏牟奔去。幾個忠於囂魏牟的賊子返身攔截，給如猛虎出柙的兩大高手，幾個照面全數收拾。

項少龍踢飛一名敵人，迅速追到囂魏牟身後。征勒見離馬匹尚有十步距離，拔劍回身，攔截項少龍。

項少龍大喝一聲道：「滕翼！追！」一劍往征勒劈去。

征勒不愧一流好手，運劍格擋，奮不顧身殺來，一時劍風呼嘯，殺得難解難分，最要命是征勒全是與敵偕亡的招數，項少龍一時莫奈他何，唯有等待他銳氣衰竭的一刻。

囂魏牟跨上馬背，滕翼剛好撲至，一劍劈出。

一個手下要回身應戰，竟被他連人帶劍，劈得濺血飛跌七步之外，可知他心中的憤恨是如何狂烈。囂魏牟強忍傷痛，一夾馬腹，往外衝出。滕翼一聲暴喝，整個人往前撲去，大手一探，竟抓著馬的後腳。戰馬失去平衡，一聲狂嘶，側跌雪地，登時把囂魏牟拋下馬來。

征勒扭頭一瞥，立時魂飛魄散。項少龍哪肯放過時機，「嚓嚓嚓」連劈三劍，到第三劍時，征勒長劍盪開，空門大露。當滕翼撲過去與囂魏牟扭作一團，項少龍木劍閃電刺入，征勒一聲慘哼，整個人往後拋飛，立斃當場。

囂魏牟臨死掙扎，一手揑著滕翼喉嚨，正要運力揑碎他的喉骨，卻給滕翼抓住露在他肩外的箭鏃大力一攪，登時痛得全身痙攣，鬆手慘叫。滕翼騎在他身上，左手用力一拔，弩箭連著肉骨鮮血噴濺出來，囂魏牟痛不欲生時，他的右拳鐵鎚般連續在他胸口重擊十多記，骨折聲爆竹般響起，囂魏牟七孔濺血，當場慘死。然後滕翼由他身上倒下來，伏往雪地上，失聲痛哭。

意料之外地，項少龍由囂魏牟身上搜到他失去的飛虹劍，心中不由感慨萬千。

項少龍把趙倩由隱蔽的地穴抱起來，趙倩擔心得臉青唇白，嬌軀抖顫。大雪已停，繁星滿天，壯麗迷人。項少龍愛憐地把她攔腰抱起來，往墳地走去。

滕翼割下囂魏牟的首級，在墳前焚香拜祭。

項少龍放下趙倩，問道：「滕兄今後有何打算？」

滕翼平靜地道：「我已一無所有，除一人一劍外，再無掛慮。項兄若不嫌棄，以後我滕翼便跟隨你，什麼危難艱險也不會害怕，直至被人殺死，好了結淒慘的命運！」

項少龍大喜道：「我喜歡還來不及，滕兄不需如此鬱結難解，不若振作起來，重過新的生活。」

滕翼搖頭道：「項兄不會明白我對妻兒和親人的感情，那是我生命的一切，現在我失去一切，除了項兄的恩德外，我再不會對任何人動感情，那太痛苦了。」

趙倩鼻頭一酸，飲泣起來。

滕翼嘆道：「唉！愛哭的小公主！」

項少龍淡淡地道：「囂魏牟的首級很有價值，滕兄有沒有方法把它保存下來！」

滕翼道：「這個容易得很，包在我身上。」

有滕翼這識途老馬，路上輕鬆自如。他不但是出色的獵人，也是燒野味的高手，又懂採摘野生植物作佐料，吃得項趙兩人讚不絕口。

滕翼對大自然有著宗教般的虔誠，深信大自然充滿各種各樣的神靈，每到一處，必親吻土地和禱告祈福。

五天後，他們抵達靠近魏境一個大村落，數百間房子和幾個牧場分布在廣闊的雪原上，風景優美，氣氛安寧，實是這戰亂時代中避世的桃源。滕翼不但和這裡的人非常熟稔，還備受尊敬，幾個放羊的小子見到他來，立時飛報入村，還有人打響銅鑼出迎。

趙倩看得有趣，展露出甜甜的笑容。

沿途不住有男女老幼由屋內走出來向滕翼打招呼，男的忍不住盯著趙倩，女的卻在偷看項少龍。十多條狗兒由四方八面鑽出來，追在他們馬後，還對滕翼搖頭擺尾，表示歡迎。

「滕大哥！」

聲音由上方傳來，項趙兩人嚇了一跳，抬頭望去，一個十六、七歲的瘦削青年，手足纖長，臉容不算英俊，整個人卻有種吊兒郎當的瀟灑，掛著樂天坦誠的笑容，兩腳搖搖晃晃的，竟坐在一棵參天大樹掛滿冰霜雪花的橫幹上，離地足有三丈的距離，教人擔心他會坐不穩掉下來，那就糟糕。

趙倩驚呼道：「小心點啊！不要搖晃！」

那青年「啊！」的一聲，似乎這時才知道危險，慌得手忙腳亂，更保持不了平衡，仰跌下來。趙倩嚇得閉上美目，卻不聞重物墜地的聲音。再睜開眼，只見那青年兩腳掛在樹上，雙手環胸，正笑嘻嘻向她眨眼睛。趙倩狠狠瞪他一眼，怪他裝神弄鬼嚇唬自己。

項少龍看得自嘆不如，由衷讚道：「朋友好身手。」

滕翼喝道：「荊俊還不下來！」

荊俊哈哈一笑，表演似的連翻兩個觔斗，輕巧地落到雪地上，向趙倩一揖道：「這位氣質高貴的美麗小姐，請問有了夫家沒有！」

趙倩沒好氣地橫他一眼，暗忖自己正緊靠項郎身旁，他卻偏要這麼問人。

滕翼不悅地道：「修修你那把沒有遮攔的油嘴吧！這位是趙國金枝玉葉的三公主，怎輪到你無禮？」

荊俊一震往項少龍望來，嚷道：「這位定是大破灰鬍和人狼的項少龍！」

滕翼和項少龍大奇，交換個眼色，由前者問道：「你怎曉得？」

荊俊道：「聽邊境的魏兵說的，他們囑我替他們留心項爺和公主的行蹤，若有發現，會給我一百個元寶。」

趙倩驚駭地問道：「你不會那麼做吧？」

荊俊毫不費力躍起來，往後一個空翻，然後跪倒地上，抱拳過頭道：「當然不會，在下還立下決心追隨項爺，到外面闖闖世界，項爺請答應小子的要求。」

項少龍打心底喜歡此人，看著滕翼，表示尊重他的意見。

滕翼點頭道：「荊俊是這裡最優秀的獵人，精擅追蹤和偷雞摸狗之道。此次我特別到這個村子來，是想項兄見見這終日夢想要到外面見識闖蕩的小子。」

項少龍哈哈一笑道：「起來！以後跟我吧！」

荊俊喜得跳起來，連續翻三個觔斗，叫道：「讓小子先去探路，明早必有報告！」轉瞬去遠。

項少龍見他這麼乖巧，心中大悅。那晚他們住進族長兼村長的家裡，接受最熱烈的招待。

晚宴時，村裡的長者齊集一堂，非常熱鬧，臨睡前，滕翼向兩人道：「今晚假若聽到異響，切莫出來，因為有人來偷村長的女兒。」

項趙兩人大奇，為何有賊來偷女人，竟不可理會。

滕翼解釋道：「是本地的風俗，婚禮的前一晚舉行偷新娘的儀式，大家裝作若無其事，新郎偷了姑娘回家後，立即洞房，明早天亮前回到娘家舉行婚禮，你們可順便喝杯喜酒。」

鑼鼓的聲音把睡夢中的愛侶驚醒過來，天還未亮，項趙兩人睡眼惺忪由溫暖的被窩爬起來，匆匆梳洗穿衣，走出廳堂，早擠滿來參加婚禮的人。他們和滕翼被安排坐在主家之後觀禮，村長和四位妻子坐在最前排，那對新婚夫婦穿紅衣頂冠佩，各跪一方，手上各捧一筐鮮果。賓客們拍手高歌，表示祝賀。

趙倩看得眉開眼笑，湊到項少龍耳邊道：「項郎啊！倩兒也要那樣穿起新娘喜服嫁給你。」

項少龍心中一甜道：「有朝一日逃出邯鄲，我們立即學他們般舉行婚禮好嗎？」

趙倩願意地猛點頭。

有人把七色彩線拴在一對新人的手腕上，人人唸唸有詞，祝賀他們白頭偕老，永結同心，儀式既簡單又隆重。接著在村心的大宗祠外筵開數十席，全村的人喜氣洋洋的參與，穿上新衣的小孩更是興奮雀躍，他們的歡笑和吵鬧聲爲婚宴增添喜慶的氣氛。

酒酣耳熱時，荊俊回來，湊在滕項兩人身後低聲道：「魏趙間的邊防比平時加倍嚴密，人人摩拳擦掌要拿項爺和公主去領賞，幸好我知道有條隱祕的水道，若趁大雪和夜色掩護，可偷渡到趙國去。」

項少龍喜道：「希望快點下雪！」

滕翼仰望天色，道：「今晚必有一場大雪。」

滕翼的預測果然沒有令人失望，一團團的雪球由黃昏開始從天而降，四人早越過韓魏邊境，造好木筏，由滕荊兩人的長桿操控，次晨順風順水，安然回到趙境。

次日黃昏時分，四人來到滋縣城外進入趙境的關防，趙倩扮作男裝，充當荊俊的弟弟，由於根本沒有任何戍軍的將領曾見過美麗的三公主，所以在進入邯鄲之前，不怕被人揭破。

城牆上的守軍剛喝止四人，看清楚是項少龍，把關的兵頭不待上級下令，立即開關放人入城，態度恭敬得不得了，可見項少龍在趙軍中建立起崇高的地位和聲望。事實上項少龍不斷把戰勝後斬獲的賊衆首級，俘獲的武器馬匹送回趙國，首先知道的正是這些守軍，對項少龍自然是刮目相看。

項少龍等四人在趙軍簇擁下，策馬朝滋縣馳去。趙倩騎術相當不錯，高踞馬上，儼然是個美少年。尚未抵滋縣，忽地前面一隊趙軍馳來。

兩隊人馬逐漸接近，項少龍認得帶頭的兩名將領，一人為守城將瓦車將軍，另一人赫然是大仇家趙穆。趙倩和項少龍臉色大變，卻是避無可避，唯有硬著頭皮迎上去。趙穆拍馬衝來，瓦車緊追在他身後。兩隊人馬相會，紛紛跳下馬來。

趙穆看到女扮男裝的趙倩，立刻認出，兩眼閃起貪戀的光芒，跪下施禮道：「巨鹿侯拜見三公主！」

嚇得瓦車和其他人忙拜伏地上。

項少龍心中叫苦，趙穆出乎意外的現身，破壞他本以為天衣無縫的安排，還得應付趙倩被查出破去處子之軀的後果。

趙倩反出奇地鎮定，道：「巨鹿侯請起！」

這回輪到項少龍領滕翼和荊俊向趙穆行禮，兩人清楚項少龍和趙穆間的關係，扮出恭敬的神色，心中當然在操這奸鬼的祖宗十八代。

趙穆吩咐瓦車道：「三公主沿途必受了很多勞累驚嚇，快護送鑾駕回城休息。」

趙倩相當乖巧，望也不望項少龍，隨瓦車先行一步。

趙穆和項少龍並騎而行，讚許道：「雅夫人和成胥早將大梁發生的事報告大王，大王對少龍應付的方法和機智非常欣賞。唯一的麻煩，是安釐那昏君遣使來責怪大王，說連三公主都未見過，便給你劫走。這事相當麻煩，看來還有下文。」

項少龍假裝完全信任趙穆，道：「還請侯爺在大王前美言幾句。」

趙穆言不由衷應道：「這個當然！」

問起滕翼和荊俊兩人。

項少龍道：「他們是曾幫助過卑職的韓人，卑職已把他們收為家僕。」卻沒有說出囂魏牟的事。

趙穆問道：「少龍回來途中沒遇上敵人嗎？」

項少龍直覺感到趙穆這話大不簡單，而且以趙穆的身分，怎會特地到這裡等他？難道趙穆和囂魏牟有不可告人的祕密關係？同時記起囂魏牟曾說過不可傷害趙倩的話，說不定因曾應諾趙穆要把人交給他。

口上應道：「卑職碰到囂魏牟，斬下他的首級！」

趙穆一驚失聲道：「什麼？」

項少龍更肯定自己的猜測，趙穆若不是清楚囂魏牟的實力，怎會如此震驚。

聽項少龍重複一次，趙穆沉吟頃刻，側過臉來，盯著他道：「據我們在大梁的探子說，你逃出信陵君府那晚曾被囂魏牟和他的手下圍攻，後來有人救了你，還把你送出大梁，那人是誰？」

項少龍更肯定趙穆和囂魏牟兩人祕密勾結，因為當時事情發生得非常快，那處的居民又怕惹禍不敢觀看，旁人不清楚圍攻者是囂魏牟和他的手下，只會誤認是魏國兵將。趙穆現在如此清楚當時發生的事，唯一道理是消息來自囂魏牟。心中暗恨，表面卻若無其事地嘆息道：「我也想知道仗義出手的好漢是誰，但他把我和公主帶離險境立即離去，沒有留下姓名。」

趙穆皺眉道：「你當時不是身受重傷嗎？」

項少龍肚內暗笑，奸賊你終於露出狐狸尾巴，若不是囂魏牟告訴你，怎會老子受傷多重也一清二楚。故作奇怪地道：「誰告訴你卑職受重傷，那都只是不關緊要的輕傷。」

趙穆也知自己洩了底，乾咳兩聲掩飾心中的尷尬。人馬進入滋縣的城門，項少龍心道放馬過來吧！看看誰是最後的勝利者。

次晨項少龍等和趙穆天明起程，沿官道兩天後回到邯鄲，立即進宮參見趙王，滕翼和荊俊則被他安排先到烏家去。趙王在議政廳接見他，只有趙穆相陪一側。

行畢君臣之禮，孝成王由龍椅走下石階，來到他身後負手道：「少龍！你教我怎樣處置你才好？你成功盜回魯公祕錄，殺死灰鬍，去我大趙一個禍患，立下大功。但你卻又不遵照寡人的吩咐，自作主張把三公主帶回來，教我失信魏人，說吧！寡人應賞你還是罰你。」

項少龍裝作惶然，跪下說道：「小臣知罪，但實是迫於無奈，魏人根本──」

趙王打斷他道：「不必多言，你要說的話雅王妹早告訴寡人，但終是沒有完成寡人交給你的使命。安釐王若違反婚約，便由得他失信毀約，現在卻變成是他可來指責寡人，你教寡人怎樣交待？」

項少龍無名火起，差點想把孝成王活活捏死，這麼不顧女兒幸福死活的父親，怎配作一國之君，沉著氣解下背上載有囂魏牟首級的包裹，放在身前道：「大王把這個囂魏牟的首級送回給魏王，他當知道與囂魏牟合謀的事被我們識破，再不敢追究此事。」

趙王愕然看著包裹，然後望著趙穆，有點不知如何處理項少龍的提議。

趙穆故作好人地道：「少龍你的提議很大膽，可是魏王隨口一句可把與囂魏牟的關係推得一乾二淨，甚至可說是你陷害他。唉！少龍的經驗仍是嫩了一點。」

項少龍早預料到奸鬼會這麼說，微微一笑道：「他和我們都是在找藉口吧，大王只須對安釐說，我爲拯救公主，被迫躲避囂魏牟的追殺逃回邯鄲。魏境實在太不安全，魏人若想迎娶公主，請他派人來迎接公主好哩，看他怎麼辦？」

趙穆想不到項少龍竟想出這麼一個方法來，一時無言以對。

趙王呆了半晌，點頭道：「不失爲權宜之計，就這麼辦，看看安釐那老傢伙如何應付？」再對項少龍道：「暫時算你功過相抵，保留原職，好好休息幾天，有事寡人自會召你入宮。」

項少龍抹一把冷汗，連忙告退。

項少龍剛離殿門，成胥迎上來，卻沒有久別重逢的歡欣，沉著臉低聲說：「雅夫人在等項兵衛。」嘆了一口氣。

項少龍湧起不祥的感覺，深吸一口氣，問道：「發生什麼事？」

成胥眼中射出悲憤神色，咬牙切齒道：「妮夫人死了！」

項少龍大爲震驚喊道：「什麼！」

成胥神色黯然道：「事情發生在你離去後的第三天，早上侍女進她房內，發覺她拿著鋒利的匕首，小腹處有個致命的傷口，床榻全被鮮血染紅。」

項少龍像由天堂墮進地獄，全身血液凍結起來，胸口若被千斤重鎚擊中，呼吸艱難，身體的氣力忽地消失，一個踉蹌，差點仆倒地上，全賴成胥扶著。他臉色變得蒼白如紙，淚水不受控制地流下面頰。想起妮夫人生前的一往情深，溫婉嫻雅，如此橫死，還有公道可言嗎？

成胥扶他站著好一會後，項少龍咬牙問道：「她絕不會是自殺的，那些侍女什麼事都不知道嗎？」

成胥嘆道：「我們回來後就知道這麼多，那些侍女全被遣散，想找個來問問也辦不到。朝內的人又懾於趙穆淫威，不敢過問，大王現在完全被趙穆操縱，不會反對。」

項少龍失聲道：「趙穆？」

心中逐漸明白過來。趙穆見妮夫人從了他，妒念大發，向趙妮用強，趙妮受辱後悲憤交集，竟以死亡洗雪自己的恥辱。

趙穆這個禽獸不如的奸賊！

一陣錐心刺腹的痛楚和悲苦狂湧心頭，項少龍終忍不住失聲痛哭起來。

項少龍緊摟趙雅，怕她會忽然像趙妮般消失。

雅夫人陪他垂下熱淚，淒然道：「項郎啊！振作點，趙穆現在更不會放過你和烏家，你若不堅強起來，遲早我們會給他害死。」

項少龍道：「小盤在哪裡？」

雅夫人道：「現在他暫由王姊照顧，這小孩很奇怪，哭了幾天後，沉默起來，再沒哭過，只說要等你回來。」

說到最後一句，趙盤的聲音在門外狂嘶道：「師傅！」

項少龍推開雅夫人，抱緊衝入他懷裡的趙盤。

這小公子消瘦許多，悲泣道：「師傅！是趙穆這奸鬼害死娘的，盤兒心中很恨！」

項少龍反而冷靜下來，問道：「告訴我那晚發生過什麼事？」

趙盤道：「那天大王使人送了些點心來，我吃後昏睡過去，醒來時娘已給人害死，遺體被移走。娘很慘啊！」又失聲痛哭起來。

雅夫人忍不住心酸，伏在項少龍背上泣不成聲，一片愁雲慘霧。

項少龍壓低聲音道：「由今天開始，小盤你跟著雅王姨，你娘的仇，我們一定要報，卻不可魯莽行事，否則只會教趙穆有藉口對付我們，明白嗎？」

趙盤用力點頭，道：「小盤完全明白，這些天來，每天我都依師傅教導練劍，我要親手殺死趙穆。」

項少龍向趙雅道：「雅兒好好照顧小盤，暫時趙穆應仍不敢對付妳和倩兒，但小心點是必要的。妳可否把倩兒接出來到宮外的夫人府和妳同住，同時要趙大等加強防衛，免得趙穆有機可乘？」

趙雅道：「王兄平時雖不大理會倩公主的事，可是因她與魏人的婚約，這樣接她出宮，會有困難，我想想辦法，取得《祕錄》，王兄對我非常重視，說不定可說服他。」

項少龍想起一事，教趙盤先出廳去，然後向趙雅說出已和趙倩發生肉體關係的事。

趙雅聞言色變道：「怎麼辦好？趙穆必會慫恿王兄使人檢查趙倩是否完璧，若發現有問題，肯定不會放過你。」

項少龍道：「趙穆現在心神大亂，一時可能想不到這點。」又皺眉道：「你們究竟憑什麼知道倩兒是否仍是處子？」

趙雅道：「主要是看她的處女膜是否完整。」

項少龍暗忖原來如此，又問：「由什麼人進行檢查？」

趙雅道：「應該是由晶王后親自檢視，因爲趙倩乃千金之軀，其他人不可碰觸她的身體。」

項少龍想起趙王后，心中升起一絲希望，說道：「無論如何，先設法使倩兒離開王宮險地，然後再想如何與趙穆鬥法。」

此時陶方率著烏廷芳和婷芳氏二女趕到，別後重逢，自是一番欣喜。若非妮夫人的死亡，該是人生最歡樂的時刻，現在卻是另一回事。

在烏家城堡的密室內，舉行項少龍回來後的第一個重要會議。除烏氏倮、烏應元和陶方外，還有子弟兵的大頭領烏卓，現在他已成爲項少龍最親密和可靠的戰友。

烏氏倮首先表示對項少龍的讚賞，道：「少龍在魏境大展神威，震動朝野，現在無人不視少龍爲趙國最有前途的人物，但亦惹起趙穆派系的妒忌。」

烏應元道：「我們別無選擇，唯有投靠秦人，還有活命的機會，否則只好坐以待斃。」

各人均心情沉重，秦趙以外的五國中，魏和齊均對項少龍恨之入骨，燕國現在自身難保，正被廉頗率兵進攻，韓國又積弱不振。剩下的楚則嫌太遠，和烏家沒有什麼交情，所以投靠秦國成爲唯一的出路。項少龍心中苦笑，自己坐時空機來到戰國時代，開始時想要投靠尚落難於此的秦始皇，後來事情一波未平一波又起，令他喘氣的時間都沒有，想不到兜兜轉轉，最後仍是回到這條老路上。

烏應元道：「我上月曾和圖先派來的人接觸過。」看到項少龍茫然的樣子，解釋道：「圖先是呂不韋的頭號家將，智勇雙全，劍術高明，與我的交情相當不錯。」接著嘆道：「據圖先說，秦國的莊襄王雖名正言順坐上王位，但因人人懷疑孝文王是被他和呂不韋合力害死，兼且莊襄王長期作質居於趙，呂不韋暫時仍很難坐上相國之位。」

陶方臉色一變道：「若呂不韋被排擠出來，我們也完了。」

烏氏倮道：「我們現時正在各方面暗助呂不韋，幸好此人老謀深算，手段厲害，不容易被人扳倒，只要莊襄王仍站在他那一邊，事情大有可爲。」

烏應元接著道：「這正是最關鍵的地方，莊襄王最愛的女人是朱姬，最疼愛的兒子是嬴政，只要能把她母子送返咸陽，可牢牢縛住莊襄王的心，而這事只有我們有可能辦到，雖然並不容易。」

陶方怕項少龍不了解，解釋道：「朱姬本是呂不韋的愛妾，他爲討好莊襄王，所以將她送給莊襄王作他的妻子。」

烏氏倮道：「此女又名趙姬，國色天香，精通諂媚男人之道，對呂不韋非常忠心，若有她在莊襄王身旁，可保證莊襄王不會對呂不韋起異心。」

項少龍忍不住問道：「嬴政究竟是呂不韋還是莊襄王的兒子，今年多少歲？」

烏應元愕然道：「這事恐怕只有朱姬自己清楚。嬴政出生於長平之戰前，現在至少超過十三歲，看樣子應是十五、六歲之間。」

項少龍眞的大惑不解，若照史書，秦始皇幾年後登位才十三歲，史書怎會錯得這麼厲害。

烏應元道：「我和圖先有協議，設法在最短的時間內，把朱姬母子送返咸陽，所以眼前當務之急，不是殺死趙穆，而是設法聯絡朱姬母子，看看有什麼辦法將他們神不知鬼不覺帶離邯鄲。」

項少龍低聲道：「我們手上有多少可用的人？」

烏卓答道：「我們手下主要有兩批武士，一批是招攬回來的各國好手，不過這些人並不可靠，一有事情說不定臨陣倒戈。另一批是烏卓爲乾爹在各地收養的孤兒和烏家的親屬子弟，人數在二千間，絕對可信任，他們肯爲烏家流血甚至犧牲性命。」

項少龍道：「若要運走朱姬母子，最大的障礙是什麼？」

陶方道：「仍是趙穆那奸賊，最大的問題是他哄得嬴政對他死心塌地。」

項少龍咬牙切齒地道：「又是這奸賊！」

烏氏倮道：「切莫小覷趙穆，這傢伙不但控制孝成王，又與郭縱聯成一黨；這裡最大的趙族武士行會和墨者行會和他同一鼻孔出氣，像廉頗、李牧這種握有軍權的大將仍不敢過分開罪他，少龍你現在成了他的眼中釘，更要步步爲營，否則隨時橫死收場。」

項少龍一呆問道：「什麼是武士行會？」

陶方道：「那是專門訓練職業武士的場館，趙族武士行會的場主是趙霸，武藝高強，遇上他時要小心點，在邯鄲他的勢力很大。」

衆人商量了行事的細節，項少龍返回他的隱龍居去。

陶方陪他一道走，途中道：「我們的人到過桑林村你說的那山谷去，屋子仍在，但到現在尚見不到美蠶娘回來。不過你放心吧！我正盡力找她。」

項少龍平白多件心事，來到這時代超過一年的時間，人事和感情上愈陷愈深，悲傷和歡樂交替衝擊他的心情，使二十一世紀離他更爲遙遠。有時眞難分得清楚，這兩個時代，哪一個更像夢境。又或人生根本是一場大夢，時間只是一種幻覺，時空機則是可使人經歷不同幻覺的東西。製造時空機出來的馬瘋子，恐怕仍弄不清楚這些令人迷惑的問題。

陶方又道：「我安排你兩位朋友住在你隱龍居旁的院落。嘿！荊俊和滕翼剛好相反，荊俊見到美女立即兩眼放光，滕翼則沒有半點興趣，眞奇怪！」

隱龍居在望，項少龍停下來，簡單向陶方道出滕翼的淒慘遭遇，然後和陶方分手，先去看滕荊兩人。荊俊正摟著個婢女在親熱，給項少龍撞個正著，嚇了一跳，站起身來，手足無措。

項少龍笑道：「盡情享受吧！不用理我！」逕自入內廳找滕翼。

滕翼獨自一人默坐蓆上沉思，不知是否念起死去的妻兒親人。項少龍坐到他身旁，向他解釋目前的形勢。

滕翼聽後，道：「若有兩千死士，破城而出不成問題，只是對付追兵比較困難一點，如果容許的話，我希望親自訓練這兩千人。」

項少龍想了想道：「讓我和烏卓商量一下。」

滕翼道：「就說讓我當他的副手吧！對於行軍打仗，我曾下過很多功夫研究古往今來的兵法，以前當將領時，曾長期與秦人和魏人作戰，頗有點心得經驗。」

項少龍知道此人不尚虛言，這麼說得出來，定是非常有把握。大喜道：「事不宜遲！我們立即去和烏卓談談。」

滕翼對他坐言起行的作風非常欣賞，欣然答應。當下項少龍領他去見烏卓，兩人一見如故，暢論兵家爭戰之道，言語投機，頗有相逢恨晚之概。項少龍心中歡喜，怕烏廷芳怪他丟下她不理，留下兩人，自行走了。妮夫人的慘死重新燃起他對趙穆的仇恨，同時明白先發制人的重要性。

眼前的首要大事，是先與嬴政取得聯繫，然後是逃離邯鄲。想到這裡，不由牽腸掛肚地思念美蠶娘。老天爺對他已非常殘忍，但願不會再有不幸的事發生在她身上。自己亦應修心養性，除非有能力保護自己心愛的女子，否則不應招惹情孽。對熟知項少龍的人來說，該知他這思想上的轉變是多麼令人難以相信。

項少龍踏進隱龍居大廳，烏廷芳、婷芳氏領著春盈四婢跪迎門旁，依著妻婢的禮節，歡接凱旋歸來的丈夫。他想不到烏廷芳等這般乖巧，正不知如何還禮，手足無措，烏廷芳笑著請他坐上主位，和婷芳氏親自動手爲他寬衣，四婢則歡天喜地到後進的浴堂爲他準備熱水。項少龍享受小家庭溫馨的氣氛，不由想起命薄的妮夫人。烏廷芳懂事了許多，不但沒有怪他鬱鬱不樂，還和婷芳氏悉心伺候他，撫慰他受到嚴重創傷的心。迷迷糊糊中，加上長途跋涉之苦，項少龍不知自己如何爬到榻上，醒來時已是夜深人靜的時分。

寬大的榻上，溫暖的被內，身上只有薄褻衣的烏廷芳緊靠著他，睡得又香又甜。項少龍略一移動，她甦醒過來，可知她的心神全擺在情郎身上。烏廷芳柔聲問道：「肚子餓嗎？你還未吃晚飯呢！」

項少龍擁緊她道：「有你在懷裡，其他一切都忘了。」

烏廷芳歡喜地道：「你回來眞好，沒有了你，一切都失去生趣和意義，芳兒不想騎馬，不想射箭，什麼都不想，每天在計算你什麼時候會回來，從未想過思念一個人會是這樣痛苦的！」

「雅姊回來後，芳兒每天去纏她，要她說你們旅途的事，她和人家都對你崇拜得不得了，我早說過沒有人可鬥贏你的。」

項少龍想起妮夫人，心中一痛，湊到她耳邊強顏歡笑道：「先吃我的乖芳兒，再吃我遲來的晚飯好嗎？」

烏廷芳羞紅了臉道：「當然好！人家等待你，等到頸兒都長哩。」

次晨烏氏倮使人來喚他和烏廷芳，要二人去和他共進早膳。烏廷芳見到爺爺，施出嬌嗲頑皮的看家本領，哄得老人家笑得嘴也合不攏來。

席間烏氏倮對項少龍道：「烏卓回來後，詳細報告少龍魏國之行所有細節，我們聽得大感欣悅，少龍你不但智計過人，有膽有色，兼且豪情俠義，芳兒得你爲婿，是她的福分。」

烏廷芳見最愛挑剔的爺爺如此盛讚夫君，開心得不住甜笑。

項少龍不好意思地謙讓，烏氏倮道：「這兩天我們擇個時辰，給你和廷芳祕密舉行婚禮，婷芳氏作你的小妾，少龍有沒有意見？」

項少龍起身叩頭拜謝，烏廷芳又羞又喜，垂下俏臉。

烏氏倮又道：「趙雅現在對我們的成敗，起關鍵性的作用，只有通過她，才有可能接觸到嬴政母子，幸好她迷上你，少龍須好好利用這個關係。」

烏廷芳嗔道：「爺爺啊！雅姊和少龍是眞誠相戀的。」

烏氏倮嘆道：「小女兒家！懂什麼？」

項少龍不想在這事上和他爭辯，且難怪他，趙雅的聲名實在太壞，沒有人肯相信她會從一而終，自己也不那麼有把握。

烏氏倮道：「昨晚郭縱使人傳來口訊，邀請少龍今晚到他的府上赴宴，慶祝成功盜取《魯公祕錄》，陪客還有趙穆，趙墨的鉅子嚴平和昨天向你提過的趙族武士行會的趙霸，這般陣仗，恐怕不只慶功宴那麼簡單。」

項少龍聽得眉頭大皺，問道：「我可否帶些人去？」

烏氏倮道：「當然可以！你現在身為我烏家孫婿，更立下軍功，身分不比往昔，沒有些家將隨身，怎成樣子。」

項少龍問道：「少龍一直有件事弄不清楚，孝成王和趙穆等全是趙姓，是否有血緣關係，為何他們可弄得如此一塌糊塗？甚至可以同姓通婚。」

烏氏倮驚異地望他一眼道：「我反給你說糊塗了，你們山野的人，從不講究血緣親疏，為何竟對這些事計較起來？」

項少龍記起自己的「眞正出身」，胡謅道：「我只奇怪為何王族的人會學我們那樣。」

烏氏倮怎會猜到他乃來自另一時空的人，坦白告訴他也不相信，解釋道：「姓趙的人有兩種，一種是眞正趙族的人，經過這麼多世代，血緣關係已淡得多，根本沒有人理會，甚至鼓勵同姓通婚。另一種是被趙王賜予『趙姓』的人，趙穆是其中一個例子。」

項少龍恍然大悟。

烏氏倮又道：「天下有兩個人少龍你不可不防，就是魏國的信陵君和齊國的田單，這兩人均非常了得，手下高手如雲，你既盜得《魯公祕錄》，又殺了囂魏牟，他們必不肯放過你。除非他們不動手，否則必是經過深思熟慮的驚人手段，不容易應付。」

項少龍雙目一揚道：「少龍心有準備，爺爺放心！」

烏氏倮仰天長笑，伸手一拍他肩頭道：「好！果然是我的好孫婿。」

知己知彼，百戰不殆。

儘管在二十一世紀，情報搜集仍是首要之務，只不過那時可倚賴人造衛星，現在卻要靠人的耳朵和眼睛。項少龍爲此和陶方商議一番，定下如何刺探趙穆對付他們的策略。又把情報網擴大至郭縱、趙霸、嚴平和趙穆的兩隻走狗，大夫郭開和將軍樂成等人。這才和烏廷芳前往雅夫人宮外那座夫人府。

滕翼和荊俊兩人成爲他的貼身侍衛，只要他踏出府門，便形影不離地跟隨他。烏卓還另外精挑十名手下，作他的隨從，這批人均曾隨他到魏國去，早結下深厚的主僕之情，合作起來自然如臂使指。

邯鄲城的街道比之前多了點生氣，行人轉多，看服飾聽語音，很多是來自別處的行腳商人，可見趙國正逐漸恢復因長平一戰而嚴重受損的元氣。項少龍和烏廷芳並騎而行，後面是滕翼和荊俊，前後是烏家的子弟親兵，途人無不側目。他禁不住心生感慨，想起當日初到邯鄲，前路茫茫，保不住一個婷芳氏，心中不由百感交集。不過眼前一切，只像建築在沙灘上的城堡，一個浪頭沖來，會消失得了無痕跡。事實上整個國家也適合這比喻，

一場大夢的感覺再次湧上心頭。爲何生命總有渾渾噩噩的造夢感覺？只有在一些特別的時刻，例如刀劍相對，又或昨晚和烏廷芳的激情纏綿，才能清楚地體會到生命和存在。

無論如何，投入到這時代裡，他很難像其他人一般去感受眼前的一切。因爲他始終是來自另一時代

的人，多上二千多年的歷史經驗，故比當時代任何一個賢人智者看得更眞實、更深入和更客觀。在烏廷芳不住向他投以又甜又媚的笑容中，人馬進入雅夫人的府第去。趙雅在主廳迎接他們。

項少龍特別向她介紹滕翼和荊俊，低聲道：「荊俊的夜行功夫非常好，穿房越舍，如履平地，若我有急事通知妳，會差遣他來找妳。」

定下幾種簡單的聯絡訊號，雅夫人邀功地媚笑道：「倩兒在裡面等你呢。」

項少龍又驚又奇地問道：「孝成王竟肯答允妳這樣的要求？」

雅夫人要他和烏廷芳前往內堂，滕荊兩人則留在外廳。邊走邊道：「我向王兄獻策，說要傳援倩兒媚惑男人的祕法，好使她將來作了別國的王妃，好好利用天賦本錢，發揮有利於我大趙的作用。王兄並不很有主見，給我陳說一番利害，終於答應。」

項少龍暗讚趙雅機伶多智，道：「原來趙穆本來並不姓趙，只不知他是什麼人，底細如何？」

趙雅道：「這事邯鄲沒有人敢提起，因爲趙穆會不擇手段對付追究他過往身世的人，他來趙時只有十四歲，是由一個內侍引介，由於趙穆劍法高明，人又乖巧，兼且投合王兄愛好男色的癖習，所以很快得到王兄的歡心，那時王兄尚未登上王位，但因兩人關係的密切，我們不敢說話。只想不到，如今趙妮死亡的疑案，王兄竟任得趙穆隻手遮天，宮內所有人都對王兄心寒，但又有什麼用呢？」

項少龍強迫自己不再想妮夫人，冷靜地道：「那引介的內侍還在嗎？」

趙雅道：「王兄登上王位不久，那內侍臣被人發覺失足掉下水井淹死。當時我們沒有懷疑，現在給你這麼問起來，我想這人應是被趙穆害死，以免洩露他身世的祕密。」

項少龍道：「那內侍是不是趙人？」

雅夫人想想道：「我不清楚，應不難查到。」

項少龍道：「調查的事一定要祕密進行。」

雅夫人嗔道：「得了！還需要你吩咐嗎？」

項少龍剛要說話，趙倩夾著一陣香風，投入他懷裡，嬌軀抖顫，用盡氣力把他摟緊。

烏廷芳笑道：「三公主，原來妳對他這麼癡纏呢！」

趙倩不好意思地離開項少龍的懷抱，拖起烏廷芳的小手，往雅夫人清幽雅靜的小樓走去，兩女吱吱喳喳說個不停，神態非常親熱。四人登上小樓，喝著小昭等奉上的香茗，享受早上明媚的天氣。樓外的大花園變成一個銀白的世界，樹上披掛雪花。

項少龍向烏廷芳和趙倩道：「花園這麼美，爲何不到下面走走？」

兩女對他自是千依百順，知他和雅夫人有要事商量，乖乖的下樓去，到園中觀賞雪景，項少龍遂向雅夫人說出嬴政的事。

雅夫人深深望他好一會，說道：「項郎莫怪雅兒好奇，似乎你初到邯鄲，便對嬴政很有興趣，那時你應仍不知道烏家和呂不韋的關係，爲何如此有先見之明？」

項少龍爲之啞口無言，以趙雅的慧黠，無論怎麼解釋也不妥當。因以他當時的身分地位，根本連嬴政這人的存在都無由得知。

雅夫人坐入他懷裡又道：「無論你有什麼祕密，雅兒不會管，只要你疼惜人家便行。」

項少龍心中感動地道：「有沒有法子安排我和嬴政見上一面。」

雅夫人嘆道：「安排你們見上一面毫無困難，最多是雅兒犧牲點色相，問題是不可能瞞過趙穆，而且見到嬴政反會累事，此人終日沉迷酒色，與廢人無異。他相信趙穆是他的恩人和朋友，一個不好，他反向趙穆洩露你的祕密，弄巧成拙。」

嬴政眞是如此這般一個人嗎？

項少龍大感頭痛道：「他的母親朱姬又如何？」

雅夫人道：「她是個非常精明厲害的女人，現在三十多歲，外表看來絕不比我年長，是罕見的迷人尤物，趙穆早和她有一手，但我看她只是爲了求生存，故與趙穆虛與委蛇。這個女人野心極大，不會對任何人忠心，包括呂不韋在內。」

項少龍靈機一動：「這就好辦，我便由她入手。」

暗忖只要她有野心，絕不會甘於留在邯鄲作人質，那老子將有機會。

回到烏府，吃過午飯，雅夫人的家將來找他，請他立即到夫人府去，還特別提醒他不要帶烏廷芳。項少龍聽得心中起個疙瘩，又感一頭霧水。與烏廷芳和婷芳氏話別後，與滕翼和荊俊，匆匆趕往夫人府。

趙雅在大廳截著他們，臉色凝重地道：「晶王后來哩。」又咬牙切齒道：「趙穆這奸賊不肯放過你半步。」

項少龍的心往下沉去，道：「看來唯有立即進宮向孝成王請罪。」想不到半天都拖不來。

雅夫人道：「情況仍未至如此地步，晶王后要親自見你呢！」嘻嘻一笑道：「長得好看的男子總是占便宜一點的。」

項少龍苦笑一下，到內廳見晶王后。

晶王后背著他立在窗前，喝退隨從婢女，冷冷地道：「項少龍你的膽子眞大！是否不怕死？三公主的處子之軀也敢沾污！」

項少龍暗忖做戲也要做得逼眞，跪了下來道：「少龍對公主是誠心誠意，絕無玩弄之心，請晶王后體察下情。」

晶王后倏地轉過身來，鳳目生威，臉寒如冰地斥道：「本后哪管得你們是否眞心相愛，若大王得知此事，定以爲你把三公主帶回邯鄲，只爲一己之私，而且監守自盜，乃欺君大罪，大王亦找不到饒你的藉口。現在看你仍不知事情輕重，枉我還當你是個人物。」

項少龍心中暗感不妙，看她臉色語氣，絕非以此威脅自己與她偷情那麼單純，確是大大低估她。想起平原夫人說過她是三晉合一計畫裡的其中一個婚約安排，而她則是嫁來趙國的韓國王族美女，心念一動道：「少龍知罪，晶王后救我！」

晶王后稍解冰寒臉色，嘆道：「項少龍！你給我站起來！」

項少龍站起身來，肅立不動。

晶王后轉回身去，望著窗外白雪處處的冬林，緩緩地道：「這事教我怎麼辦？若爲你隱瞞，遲早給人發現，我也不能免罪。假若魏人立即接回三公主，你說會有什麼後果？」

項少龍放大膽子，來到晶王后鳳軀之後，柔聲道：「晶王后放心，魏王根本是悔約，兼且趙穆亦會從中破壞，所以婚約必然如此拖延下去，過得一年半載，就算三公主再要嫁人，晶王后也可推得一乾二淨。」

趙王后默然半晌，沉聲道：「我這樣冒生命之險爲你們隱瞞，對我有什麼好處？」

項少龍心叫機會來了，斷然道：「晶王后若有任何吩咐，項少龍蹈湯赴火，萬死不辭。」

晶王后仍不回過身來，淡淡地道：「給我殺一個人。」

項少龍移前，緊貼她的背臀，兩手探出，用力箍緊她柔軟的小腹，咬她耳朵道：「晶王后要殺的人是不是趙穆？」

晶王后嬌軀一陣顫抖，靠入他懷裡道：「和你這樣機伶的人交手，省卻很多廢話，趙穆一天不死，趙國沒有半分希望，我這王后亦是虛有其名，你明白嗎？」

項少龍道：「明白！還有一個人吧，是嗎？」

另一個人自然是孝成王，只要除去趙穆和孝成王，晶王后的兒子可登上王座，晶王后那時升級做太后，而兒子年紀尚小，朝政自然落到她手上，那時趙倩是否處子，還有誰關心？這時代的人爲了爭權，沒有人不心狠手辣，妻殺夫，子弒父，無所不用其極。晶王后被他摟得嬌軀發軟，仍非常清醒，輕輕地道：「這是你說的，我要對付的人只是一個趙穆。唉！大王不是不想重用你，只是你成爲烏家的人，而烏應元則和秦人暗中往來密切，遲早是誅族之禍。但你若除掉趙穆，或者我可以護著你，還可以重用你。」

項少龍將她的嬌軀扳轉過來，貼身摟緊，晶王后怎受得住，臉紅如火，呼吸急促，春情蕩漾。

一來因爲她不可侵犯的尊貴身分，二來她的肉體豐滿迷人，三來因她動情後的媚態，項少龍忍不住戲假情真，恣意享受。

晶王后竭盡所有意志和僅餘的力量，抓著他一對放恣的手，離開他充滿侵略性的嘴，嬌喘道：「我從不信空口白話，三天內，我要你給我一個滿意的計畫，行嗎？」

最後一句充滿軟語相求的話兒，似乎她對項少龍不乏情意。

項少龍暗想這女人厲害得有點像平原夫人，只能對她曉以利害，使她清楚自己的利用價值，才可合作愉快，說道：「何用三天之久，現在我可以立即給你一個答案。」頓了頓，續道：「對付趙穆，不出文的和武的兩途，武的方法自然是把他刺殺；文的是查出他的底細，再設計對付他。照我猜測，他該是別國派來的奸細，設法從內部瓦解我大趙的朝政。否則若還對大趙有絲毫愛心，不會那樣胡來。」

晶王后鳳目亮起來，用心看他道：「你這人大不簡單，記緊對付趙穆要又快又狠，否則會反中他的奸計，陷於萬劫不復之地。」

項少龍眼中射出強烈的仇恨，咬牙切齒地道：「只是妮夫人的慘死，我便和他勢不兩立，晶王后安心。」

晶王后主動獻上香吻，然後道：「少龍！我要回宮。記著不可隨便找我，我會和你聯絡的。」

看著她的背影消失在門外，項少龍仍沒有輕鬆下來的感覺。只看這女人不立即要求和他歡好，知她能對自己的肉慾控制自如。這種女人最是可怕，隨時可掉轉槍頭對付自己，而他項少龍只是她手上一件有用的工具而已。

項少龍緊摟趙倩道：「沒有事哩！」

趙倩憂慮地道：「眞的不用怕嗎？若倩兒拖累你，倩兒只好——」

項少龍伸手捂著她的小嘴，向趙雅道：「妳要好好照顧倩兒，我會派荊俊領幾名好手充當妳的家將，必要時迫得動手在所不計。」

雅夫人道：「千萬不要！在邯鄲我有足夠的力量保護自己和倩兒，更何況王兄現在仍很倚重我呢。」把項少龍拉到一旁，低聲道：「你要我去查那引介趙穆的內侍，已有點眉目，據宮內一個老宮女說，那叫何旦的內侍是楚人，甚得先王愛寵和信任，這情報有什麼用呢？」

項少龍道：「現在還不知有什麼用，趙穆很有可能是楚國派來的人，任務是要令三晉永遠不能再統一起來。」

雅夫人點頭道：「很有道理，也解釋趙穆為何和囂魏牟有聯繫，因為趙穆正代表楚齊兩國的共同利益，他們都不想見到三晉的合一。」

項少龍皺眉苦思道：「儘管知道，一時間亦難利用來打擊趙穆。」

雅夫人笑道：「這事包在我身上，別忘記我是偽造的專家，只要有點頭緒，可偽造出楚人給趙穆的祕密信件。再巧妙點使它落在王兄手上，我和晶王后更在旁煽風點火，將有得趙穆好受。」

項少龍高興地道：「我會要陶方監視任何與趙穆接觸的楚人，若能找到眞憑實據，當然更理想。」

項少龍趕回烏氏城堡，剛踏入門口，門衛向他道：「鉅子嚴平先生來找孫姑爺，刻下由大少爺招呼他。」

項少龍心叫不妙，硬著頭皮到烏應元的大宅與他相見。

烏應元見他回來，找個借口開溜，剩下兩人對坐廳中。

嚴平木無表情地道：「項兄在魏大展神威，令所有人對你刮目相看，也把項兄推進險境，項兄不會不知吧！」

項少龍對他的直接和坦白頗有點好感，但因元宗的事，很難與這人合作，點頭道：「不招人妒是庸才，這是無法避免的。」

嚴平把「不招人妒是庸才」這句反覆唸兩遍，動容道：「項兄言深意遠，失敬失敬！」接著雙目嚴厲的光芒閃現，盯著他道：「難怪元宗肯把鉅子令交給你。」

項少龍皺眉道：「鉅子不是斷定鉅子令不在我這裡嗎？爲何忽然改變想法？」

嚴平平靜地道：「道理很簡單，因爲鉅子令並不在元宗身上。」

項少龍訝異道：「此事你到今天才知曉嗎？」

嚴平冷冷地道：「那天我們圍攻元宗，雖重創他，終給他突圍而出，最近方知他溜到楚國去，並因傷勢復發而亡。楚墨的符毒顯然在他身上找不到鉅子令，故有夜襲信陵君府之舉。不過折兵損將下，仍給你逃脫。」接著苦思不解地道：「眞不明白符毒爲何會知道元宗把鉅子令交了給你。」

項少龍心想，當然是趙穆洩給楚人知道。由此推之，趙穆確和楚人有密切的聯繫，所以楚人可以迅速得到最新的消息。

嚴平道：「鉅子令對外人沒有用處，反會招來橫禍，項兄若能交還給本子，嚴平必有回報。」

項少龍眞有點衝動得要把鉅子令這樣給他，免得憑添勁敵。可是元宗寧死不肯把鉅子令交給嚴平，必然有他的道理，而元宗犧牲自己，好使他安然逃往邯鄲，自己說什麼都不可有負所託。所以即使這樣做對他有百害無一利，他仍要堅持下去。微微一笑道：「鉅子令不在元兄身上，可能是他藏起來，又或交給其他人，爲何鉅子肯定在項某身上呢？」

嚴平不悅地道：「項兄是不肯把鉅子令交出來了，這是多麼不智的行爲，現在邯鄲想置項兄於死的人很多，若我幫上一把，項兄應付得來嗎？」

項少龍冷笑道：「元兄之死，說到底應由你負上責任，這個仇項某人尚未和你算，竟敢來威嚇我。」

嚴平霍地起立，淡淡地道：「好！項少龍！有膽色！今晚若你可安然無恙到達郭府，本子必向閣下討教。」

大笑三聲，旋風般走了。

項少龍暗忖我這人是從小被嚇大的，難道怕你不成？往找滕翼烏卓等人去。

# 第二章 三大殺招

元宗眞的死了！

一股悲傷襲上項少龍心頭，想起當日落魄武安，元宗不但供應食住，還傳他墨子劍法，那三個月的相處，使自己在這亂世裡具備求生的籌碼和本錢，義高情重。若非知道元宗因嚴平而致死，他絕不會和趙墨的鉅子決裂，故雖爲此平白多了幾百個苦行者式的可怕對手，心中仍感痛快。

他臥伏一張長几上，享受春盈等四女給他浴後的按摩推拿，儘量讓自己鬆弛神經，好應付今晚的連場大戰。

這是個強者稱雄，無法無天的世界，否則他早就通報公安，申請人身保護。他的手把玩那方鑄了一個「墨」字的鉅子令，感覺其奇異的冰寒。嚴平和符毒這些墨家的叛徒，爲何如此不惜一切要得到鉅子令？元宗身上沒有鉅子令和楚墨夜襲信陵君府兩事，自然是趙穆告知嚴平，好教他來找自己麻煩。此君非常狠毒，幾句話立使他陷身險境。

他仔細研究手中符令。以前他在二十一世紀看武俠小說，總愛描寫什麼令牌，只要拿在手中，對某一門派和組織的人便有至高無上的權威，可以指揮命令他們。只恨鉅子令顯然沒有這個作用，否則元宗舉起它來便成，不用拚命逃生。由此推之，鉅子令必然有某種實質的價值，非只是鉅子身分的象徵那麼簡單。若是如此，元宗爲何不告訴自己，是否因爲他未曾識破祕密，所以心中存疑，沒有說出來？

烏廷芳和婷芳氏兩女笑著走進浴堂，到他身旁坐下，兩對纖柔的小手加入爲他按摩肩膀。他舒服得閉上眼睛，手指卻在鉅子令上摩挲。當他摸著那個「墨」字時，字體內上方的兩點似若微不可察地轉動少許，嚇得他睜眼細看。再用力以拇指摩擦，兩個凸出的圓點卻是紋風不動。心中一嘆，待要放棄，忽地想起若這麼容易發現鉅子令可能存在的祕密，元宗早便發現了，於是又專心研究起來。

烏廷芳在旁笑道：「項郎啊！這是什麼寶貝，你看它比看我們更用神哩！」

婷芳氏則道：「這東西眞精巧！」

項少龍笑應著，以指頭用力向那兩個圓點按下去，可是仍沒有任何反應。烏廷芳頑皮起來，俯身輕嚙他的耳朵，往後一扯。項少龍舒服得呻吟起來，正要放下鉅子令來對付她，忽地靈機一動，按下沒有作用，那可否扯上來呢？遂吩咐春盈找來一個小鉗子，夾著其中一個圓點，用力往上一扯。「得」的一聲，圓點應手而起，由令身升起近半寸。項少龍精神大振，猛坐起來。衆女不解地簇擁著他，趁熱鬧一齊研究他手中的令牌。項少龍又把另一點拔高，變成由「墨」字上方凸起兩枝小圓柱。他不由緊張起來，嘗試順時針轉動小圓柱，果然應手旋動，發出另一聲開鎖般的微響。

衆女嘖嘖稱奇。

烏廷芳搖晃他的手臂道：「裡面定藏了東西，項郎快扭另一邊看看。」

項少龍深吸一口氣，壓下緊張的心情，扭動另一邊的小柱。試了一下，動也不動，但轉往逆時針的方向，異事倏生。

「得」的一聲下，鉅子令上下分開，露出藏於其內約五寸高的一個小帛卷。衆女齊聲歡呼。項少龍心頭震盪，知道自己在神推鬼使下，終於發現鉅子令的祕密。

小帛卷在榻上攤開，長達二十尺，密密麻麻布滿圖形和蠅頭小字。前半截是上卷「墨氏兵法」，下半截的下卷竟是劍法，卷首寫著「墨氏劍法補遺三大殺招」。

項少龍大感興趣，用神觀閱，心中狂喜。原來三大殺式全是攻擊的劍法，與墨子劍法的以守爲主大相逕庭，不知是不是墨翟晚年心態轉變，創出這主攻的三招，以補劍法的不足。名雖爲三招，但每招至少有百多個圖形，可知複雜至何等程度。最巧妙的是這三招全與防守有關，故可天衣無縫地配合在元宗傳授的墨子劍法裡。

第一式名爲「以守代攻」，那些栩栩如生的人像，由打坐、行走，以至持劍作勢，騰躍蹲滾，各種姿勢，應有盡有。每圖均有詳細文字說明練習和使用的方法。句句精妙，字字珠璣，使人對墨翟的才情智慧，顛倒拜服。

第二式名爲「以攻代守」。若說第一式穩若崇山峻嶺，第二式便若裂岸驚濤，有沛然莫測的威力。只此兩式，已盡劍道攻守的絕訣竅，配合起墨子劍法，威力增強不知多少倍。

第三式名爲「攻守兼資」，變化更形複雜，卻非另兩式的混合，而是玄奧之極的劍法，不但攻中有守，守中有攻，最厲害處是變化無窮，隨時可由攻變守，由守變攻，看得項少龍心神俱醉。他無暇研究上卷的兵法，拿起木劍，來到園中，專心一志地把這三招的劍式，演練起來。

衆女坐在園中的小亭，欣賞他苦心專志地揮劍起舞。

項少龍邊看邊練，開始時停停看看，練到得心應手，每劍揮出，或砍或劈，或刺或削，其中均隱含劍道的至理。不知不覺間他沉迷在奇奧巧妙的劍法裡，渾然忘記一切，這種美妙的感覺，自由元宗處學懂劍法後，還是首次嘗到。木劍在帛卷運力用勁的指引下，忽似輕巧起來，破空之聲反收斂淨盡，變成沉雄的呼嘯，更增加了使人心寒膽喪的威勢。他又配合原本的墨子劍法，再度演練，一時劍氣縱橫，生出亦靜亦動，靜時有若波平如鏡的大海，動時則似怒海激濤，變化莫測。

衆女看得心神俱醉，項少龍每一姿態莫不妙至毫巔，每一個動作都表現出人類體能的極限，既文雅又激烈，形成驚天地泣鬼神的氣勢。時間飛快溜走，到滕翼、荊俊和烏卓三人來找項少龍，他才知道不知不覺練了兩個時辰劍法。

對於未習墨子劍法的人來說，要練這三式可能三年仍沒有成果，對項少龍來說，三個時辰足可使他脫胎換骨，得益不淺。

項少龍沒有勞累的感覺，心中奇怪，墨翟那種奇異的呼吸方法，必是與人體神祕的潛力有關，假若自己日後依他的打坐法練習養氣的方法，可能效用更爲神奇，說不定眞能成爲武俠小說中所說的高手那樣，擁有神妙的內功。匆匆梳洗更衣後，他到廳堂見烏卓等三人。

滕翼驚異地看著他道：「項兄神采飛揚，像變成另一個人似的，是否有什麼喜慶之事。」

烏卓也道：「孫姑爺眼神比前更銳利，使人驚嘆！」

項少龍心中暗喜，岔開話題道：「眼下有多少人手可動用？」

烏卓道：「我們人手充足，調動五、六百人全無問題，可是如此一來，會暴露出我們的實力，長遠來說是有害無利。」

項少龍信心滿滿地道：「不若就我們四個人，再加上你精選出來的十名好手，去闖他一闖！」

三人同感愕然，這樣豈非強弱懸殊太大？

項少龍道：「若是正面交鋒，我們自是有敗無勝，但現在我們的目的是要安全抵達郭府，當是兩回事。」

荊俊道：「若只我一個人，定有把握神不知鬼不覺偷到郭府去。」

烏卓忽地興奮起來，說：「與孫姑爺並肩作戰，是最痛快的事，來！我們研究一下。」由懷中掏出一幅帛畫，赫然是邯鄲縱橫交錯的街道圖。

烏卓指點城內一座小丘道：「郭府位於山丘之上，正式的道路有兩條，分別通到郭府的前後宅，其他不是亂石就是密林。」

滕翼道：「只要抵達山丘，憑亂石密林的掩護，不用怕他們的弩箭等遠距離攻擊的武器，亦不怕他們人多勢衆。」

烏卓道：「問題是他們必會派人監視我們，那他們便可以在長約半里的路途上，於任何一個地點截殺我們。」

項少龍苦思頃刻，道：「我們可以用明修棧道，暗度陳倉的——噢！」看到他們錯愕的模樣，想起暗度陳倉的故事發生在楚漢相爭的時代，他們自然聽所未聽。忙改口道：「烏卓你可以同時派出三輛馬車，分向三個不同的方向出發，那些墨者被迫要追蹤每輛馬車，到發現車內無人，早被分散實力，那時我們才出發，教他們方寸大亂，應接不暇。」

三人一聽均感此計可行。

荊俊道：「我們可利用掛鉤攀索，越過民居，跟蹤我們的人，定給鬧個手忙腳亂，不知如何是好！」

衆人愈說愈興高采烈，就像已打贏這場仗一般。

最後項少龍道：「若我是嚴平，會把人手留在郭府所在的山丘腳下，那時我們可以借密林和他們打一場硬仗。」

滕翼神情一動道：「不若由我和荊俊先溜到那裡去，預早布下陷阱，將更有把握。」

荊俊最愛鬧事，跳起來道：「事不宜遲，趁離宴會尚有兩個時辰，我們立即帶齊傢伙，趕去布置。」

烏卓站起來，興奮地道：「你要什麼東西，保證供應無缺。」

三人離去，項少龍回到寢室，取出裝備和裝滿飛針的束腰，紮好在身上，吻別眾妻婢，趕去與烏卓會合，途中遇上臉現喜色的陶方。

陶方一把扯著他道：「我們眞幸運，查到一個身分神祕的人，剛在今天見過趙穆，聽他口音應是楚人無異。」

項少龍喜道：「拿著他沒有？」

陶方道：「他仍在城內，動手拿他說不定會打草驚蛇，根據探子的調查，他在旅舍的房子訂至明早。只要他踏出邯鄲城，我們立把他生擒活捉，囚在我們的牧場內，我不信他的口硬得過我們的刑具。」

項少龍一把摟著陶方的肩頭，往外走去，哈哈笑道：「若給我們拿著那奸鬼的陰謀證據，我們要他好看。」

兩人來到正門後的大廣場上，烏卓早預備三輛馬車，恭候他的指示。

陶方問道：「你一個人，爲何要三輛馬車？」

項少龍笑道：「三輛馬車都不是我坐的，而是贈給嚴平那短命的傢伙！」

大笑聲中，放開陶方去了。

細雪漫漫，天氣嚴寒。幸好沒有狂風，否則更教人難受。烏卓、項少龍和十多騎策馬離府，人人頭戴竹笠，遮掩大半面目，馳出烏府。到街上立時分道揚鑣，兩人一組，各朝不同方向奔去。

先是有三輛馬車，現在又有這惑敵的手法，就算嚴平的三百名手下全在府外守候，亦很難同時跟蹤這麼多的「疑人」，何況誰說得定項少龍是否其中一個。這一著是要迫嚴平的墨者武士，只能退守在郭家大宅下的山路和密林處。

項少龍和烏卓依循一條精心選擇的路線，迅速離開烏府外的園林區，直抵民居林立兩旁的大道，不往郭府的方向馳去，反冒著雨雪，轉左往相反的方向急馳。他們無暇理會對方是否跟在背後，到了一所大宅前，發出暗號，宅門打開。

大宅的主人是個和烏府有深厚交情的人，自然樂意與他們方便。兩人也不打話，闖宅而入，再由後門來到宅後的街上，然後往郭府所在的「秀越山」快馬奔去。

這一手由烏卓安排，即使給人追上，仍可將對方甩掉，漂亮之極。雨雪迎臉打來，項少龍忽地一陣茫然。

來到古戰國的時代裡，雖只短短一年的光陰，他已像歷盡滄桑。舒兒、素女的橫死，令他受到嚴重的創傷，趙妮的慘死，更直到這一刻也難以接受，偏又是殘酷無情的現實。忽然間，三位芳華正茂的美女，永遠消失在塵世間，就算他殺死趙穆或少原君，仍改變不了這個事實。現在他的大恩人元宗也證實辭世。

自己也可能隨時喪命，那是不是一種解脫？死後會不會和他們有再見的機會。自有生命開始，生死的問題一直困擾每一個人。那是否只是一次忘情投入的短暫旅程，人的存在並非至墳墓而止，這問題從沒有人能解答或證實。

宗教的答案，天堂地獄，又或生死之外，很可能只是一種主觀的願望。沒有卻又不行，死後空無所有，是很難被接受的一回事。

並騎身旁的烏卓道：「孫姑爺！前面就是秀越山。」

項少龍一震醒來，收攝心神，往前望去。他們剛離開民房區，到達山腳，一條山路直通丘頂，上面古木成林，隱見巨宅高樓，極具氣勢，但卻看不到有伏兵的蹤影，山腳處有座牌樓，寫著「郭氏山莊」，乍看並沒有人把守。兩人轉入道旁刻有與滕荊兩人約定暗號的疏林，躍下馬來。樹木草地積蓋白雪，景象純淨迷人，卻不利隱藏或逃跑。烏卓在另一棵樹腳處找到刻記，向項少龍打個手勢，領先深入林內。項少龍把墨子劍和趙倩爲他造的革囊背在背上，左手提著失而復得的飛虹，追在烏卓背後。忽爾四周無聲無息地出現幢幢人影和火光，把他們團團圍困。

「鏘！」烏卓背上兩支連鋋來到手上，暴喝一聲往前方突圍攻去，不讓敵人有時間摸清地形和鞏固包圍網。項少龍正傷痛心愛美女和元宗的死亡，滿腔怨忿，拔出木劍，拿在右手，隨在他背後，殺往林內。

對方想不到他們如此凶悍，正面攔截烏卓的兩名趙墨行者倉皇下一個往後退，另一人長劍揮擊。「鏗鏘」一聲，刃鋋交擊，在黑暗裡迸起一陣火花。

烏卓欺對方膂力及不上自己，盪開長劍，令敵人門戶洞開，使個假身似要向另一人攻去，左手連鋋迴轉過來，閃電破入對方的空門。那人也是了得，迴劍守中，擋格連鋋，豈知卻忘了烏卓右手的連鋋，精芒一閃，烏卓扭腰右手運鋋由下而上，直沒入對方小腹。那行者何曾想到烏卓的連鋋角度如此刁鑽，一聲慘叫，往後跌退，鮮血激濺在雪地上，當場斃命。烏卓毫不停留，兩鋌化作兩道電光，隨撲前之勢，往另一行者攻去。戰爭終於拉開序幕。

這些行者人人武技高強，怎想到只兩個照面便給名不見經傳的烏卓殺掉一人，都紅了眼，圍攻上來，殺聲震天。緊跟在烏卓身後的項少龍進入墨子劍法守心的訣竅，敵人的一舉手、一投足看得清清楚楚，更由於大家的劍法來自同一源頭，使他對敵人的攻勢瞭若指掌，看到所有不足和破綻。暴喝一聲，左手飛虹狂格猛挑、右手墨子劍重砍硬劈，左右手竟分別使出柔剛兩種截然不同的勁道和招式。他的眼神燃燒憤怒的火燄，神色則冷酷平靜，就像換了個人似的，氣勢懾人之極。兵刃交擊中，三名行者同時受創，其中一人傷於烏卓鋌下，另兩人自是由項少龍包辦。

一聲大喝響自項少龍右方，一名特別高大，看來有點身分的行者，手持鐵棍排衆而來，由一棵樹後搶出，右腳踏前，左腳後引，俯傾上身，在火光下閃閃發亮的鐵棍直戳項少龍心臟而來，又準又狠又急。項少龍見他移動時全無破綻，知道遇上行者中的高手，不敢怠慢，左手飛虹使出墨子劍法三大殺招裡的「以守爲攻」，迴劍內收，劍尖顫動，也不知要刺往敵人何處，應付左側撲來的兩名行者；右手墨子劍則施出「以攻爲守」的「絞擊法」，化作一道長芒，游蛇般竄出，和對方鐵棍絞纏一起。

墨子劍法最利以寡敵衆，雖同時應付兩方攻勢，絲毫不亂。兼且是著重感覺而不重眼睛，所以儘管蒙上雙目，仍可與敵周旋，在這黑暗的森林中，只憑外圍的幾個火把照明下，對項少龍尤爲有利。

持棍行者想不到項少龍忽然使出這麼精妙的一招來，有若狂龍出洞，勁道驚人的一棍，觸上對方木劍，頓生泥牛入海的感覺，虛虛蕩蕩，用不上半點力道。大吃一驚下，本能地抽棍後退，驀地小腹下劇痛，原來給項少龍飛起一腳，命中要害。縱使他比一般人忍痛的能力強上十倍，仍要慘嚎一聲，往後仰跌，再爬不起來。這一腳當然與墨子三大殺招無關，對一個二十一世紀的人來說，自不會墨守成規。

另一方的兩名行者，還以為項少龍改採守勢，挺劍硬攻，哪知光影暴漲，一人給齊腕斬掉右手，另一人大腿中劍，慘哼聲中，往後退跌，撞得己方想補入空隙的人左仆右倒，亂成一團。誰想得到項少龍劍法如此精妙狠辣，大別於墨子劍法一貫溫淳的風格。

烏卓的表現毫不遜色，硬撞入兩個敵人中間處，手移到連鋌的中間，施出近身肉搏的招數，雖給敵人的劍在臂上畫出一道口子，但同時刺入其中一人胸口，另一敵人則給鋌尾迴打，正中耳門。

倏忽間兩人推進數丈，背後弩機聲響，兩人同時閃往樹後，弩箭射空。他們雖殺傷對方多人，可是行者武士潮水般由四周湧來，形勢非常不利。項少龍見勢色不對，飛虹劍回到鞘內，探入外袍裡左手拔出飛針，連續施放。此著大出敵人意料之外，登時有數人中針倒地。對方見項少龍手揚處，立有人受傷或仆死，如施魔法，紛紛避往樹後。兩人那敢遲疑，朝暗黑處疾進，剎那間沒入林木深處。行者們給拋在身後，仍紛紛追來。

另一個問題出現，在如此漆黑中逃亡奔走，哪看得到滕荊兩人留下的暗記，幸好就在此時，左前方遠處傳來一聲夜梟的鳴叫，維妙維肖。兩人知是荊俊這狡計多端的小子弄鬼，大喜下循聲摸去。樹林愈趨濃密，積雪深厚，舉步維艱。不知撞斷多少樹枝，前方上空一點火光，像星火般掉下來，原來是荊俊手持火熠由樹上輕輕鬆鬆跳下來，向兩人眨眼道：「這邊走！」

兩人如遇救星，忙隨他去。不一會奔上斜坡，來到一塊大石上，上方叢林處隱見郭家透出來的燈火。滕翼巍然現身石上，單膝跪地，手持大弓，臉容肅穆，凝視下面追來的火光和人聲。三人來到他身後。

烏卓奇道：「你想幹什麼？」

滕翼沒有答他，烏項兩人大奇，在這種密林裡根本看不清楚敵人，強弓勁箭何來用武之地？驀地下方慘叫連連。

荊俊雀躍道：「掉進去哩！」

他們是優秀的獵人，自是設置獸坑的一流高手。「颼！」一枝勁箭，離開滕翼扳滿的強弓，射入密林，慘嘶應箭而起。

荊俊佩服地道：「滕大哥的『夜林箭』名震韓境，耗子都避不過。」

說話間，滕翼以驚人的熟練手法，連射三箭，眞的箭無虛發，必有人應箭慘叫。忽然項烏兩人發覺下面再沒有半點火光，原來持火把者無一倖免的被滕翼射殺，火投雪地，立即熄滅。滕翼的勁箭一枝接一枝往下射去，每箭必中一人，聽得烏項兩人五體投地，心想幸好他不是敵人，否則死了也不知是怎麼一回事。

滕翼放下強弓，淡淡地道：「沒有人再敢上來！」

荊俊跳起來道：「我們早綁好攀索，劈開通路，只要沿索而上，可及時到郭府赴宴。」

項少龍想不到這麼容易突破趙墨的重圍，可見戰略實在是至爲重要的事。再想到可在嚴平身上試試三大殺招的威力，不由湧起萬丈豪情，低喝道：「我們走！」

郭家山莊位於山丘高處，沿山勢而建，雖不及烏氏山城壘堡森嚴的氣勢，卻多出烏氏城堡欠缺的山靈水秀，宅前是兩列參天的古柏，大門燈火通明，左右高牆掛風燈，亮如白晝。項少龍在門口報上姓名，立時有自稱是管家高帛的中年男人，親自爲他們引路入府。通過一條兩旁園林小築的石板道，一座巍峨的府第赫然矗立前方。只看宅第的規模，便知郭縱富比王侯的身家。

路旁兩邊廣闊的園林燈火處處，採的是左右對稱的格局，使人感到腳下這條長達二十多丈的石板路正是府第的中軸線，而眼前華宅位於園林世界的正中處。園內設置兩亭，架設在長方形的水池上，重簷構頂，上覆紅瓦，亭頂處再扣一個造型華麗的寶頂，下面是石砌台基，欄杆雕紋精美。先不論奇花異樹、小橋流水、曲徑通幽，只是兩座亭子，盡見營造者的品味和匠心。

園內植物的布置大有心思，以松柏等耐寒的長青樹爲主調，配以落葉樹和四季花卉，組成濃郁的綠化環境，現在雖是滿園霜雪，雨雪飄飛，仍使人想起春夏時的美景。林木中不時看到由別處搬來的奇石，倍添園林內清幽雅致的氣氛。

主宅在園林的襯托下，氣象萬千，比之趙宮不遑多讓，乃坐北朝南的格局，面闊九開間，進深四間，呈長方形，上有重簷飛脊，下有白石台基的殿式大門。宅前還有小泉橫貫東西，上架兩座白玉石欄杆的石橋，宏偉壯觀得使人難以置信。

荊俊這長居山林的小子看得目瞪口呆，湊到項少龍耳邊低聲說：「這樣大的房子，怎睡得著覺呢？」

項少龍見管家高帛遙遙在前領路，聽不到他們的對答，笑應道：「摟個美人兒，還怕睡不著嗎？」

荊俊立時眉飛色舞，顯是想到今晚回烏府後的節目。項少龍想起趙宮，忍不住聯想到香魂已杳的趙妮，憶起在御園內與她調情的動人情景，心中絞痛，恨不得插自己兩刀來減輕噬心的痛苦。待會還要和趙穆虛與委蛇，自己是否忍受得了呢？

滕翼見他臉色忽轉蒼白，明白到他心事，伸手過來用力抓他一下臂膀，沉聲道：「大事為重。」

兩人交換一個眼神，泛起肝膽相照的知己感覺。項少龍強壓下內心傷痛，硬迫自己腦內空白一片，步上石橋，踏著長階，往府內走去。府內筵開十六席，分列大堂左右。當項少龍四人入內時，其他客人均已到齊，郭縱殷勤迎客，為他逐一引見諸人。

趙穆今晚示威地帶來一群家將，看他們慓悍的外型知是厲害的劍手，主從十二人，占去四席。嚴平白巾麻衣，孤身一人，腳上破例穿上一雙草鞋，有種獨來獨往的驕傲和灑脫，若非有元宗的仇恨築成在兩人間不能逾越的阻隔，說不定項少龍會和他攀點交情，現在則只能以這時代最常用的方法——武力來解決。

初見面的趙氏武士行館館主趙霸，聽名字以為他是個彪形大漢，其實他比一般人矮上少許，可是骨骼粗大，一切向橫發展，胸闊背厚，脖子特別粗，與背肌形成使人印象深刻的三角形肌肉，令人想到任你捏他脖子，休想能把他捏得斷氣。膚色黝黑，顴骨顯露，方形有如鐵鑄的面貌，閃閃有神如銅鈴般的巨目，體內似充盈無盡的力量，移動間自具威勢和氣度，項少龍亦看得有點心悸。他以前當特種部隊，打架乃家常便飯，最懂觀察對手，看到趙霸，立時把對方列入最難應付的敵人行列。

趙霸有四個弟子隨他來赴宴，當然是一流的劍手，最引人注目的是其中竟有一個叫趙致的年輕姑娘。乍看下她並沒有奪人心魄的艷色，但玉容帶著某一種難以形容的滄桑感，配以秀氣得驚人的鳳眼，瘦長的臉龐，性感的紅唇，極具女性的魅力。尤其她身長玉立，比趙霸高整個頭，只比項少龍矮上兩寸許，這麼高的姑娘，因大量運動練成的標準身型體格，予人鶴立雞群的出眾感覺。

趙霸和趙致等對項少龍非常冷淡，介紹時略略點頭，表現出掩不住的敵意。當荊俊忍不住上下打量趙致，此女更露出不悅神色，秀目閃過駭人的殺機，嚇得荊俊不敢再看她。

另兩位客人赫然是趙穆的文武兩大走狗。大夫郭開生得仙風道骨，留著五綹長鬚，只看他眼睛滴溜亂轉，便知他正如雅夫人所說的滿肚子壞水，衆人中以他表現得對項少龍等最是親熱，更使人印象深刻的是他那把陰柔尖細的嗓子。將軍樂乘與郭開都是三十開外的年紀，兩眼若閉若開，似有神又似無神，予人耽於酒色的印象，身材瘦長，手足靈活，一身將服，亦頗具威勢。兩人均有幾個家將跟隨，占去四席。

郭縱的兩個兒子，郭求和郭廷均爲平平無奇之輩，反是十多個家將裡，有個智囊人物叫商奇，無論風度氣質，予人足智多謀、學識豐富的印象，不可小覷。

介紹過後，郭縱招呼各人入座，首先請項少龍坐於右方第一席的上座，項少龍推辭不果，唯有坐入代表主賓的一席。對面的主家席自是郭縱，接著依次是趙穆、趙霸和郭開。

項少龍的下首則是一直面色陰沉的嚴平，其次是樂乘，郭縱的兩個兒子陪於末席。事實上直至此刻，項少龍仍弄不清楚郭縱爲何要設慶功宴，假設剛才自己被人傷創，於郭縱面子上亦不好看。

酒過三巡，郭縱欣然道：「老夫一生伴著個打鐵爐做人，現在年紀大了，粗重的事交給兒子，閒來只是踩踩窮山野地，找尋穴鐵脈，研究一下器械兵刃的型制。對我來說，沒有東西比先聖魯公的手錄更珍貴，少龍此次攜寶而回，別人或者不知少龍的功勞多大，老夫卻最清楚。來！爲我大趙中興有望乾一杯。」

衆人紛紛舉杯，只有嚴平不碰几上美酒。項少龍心中叫苦，郭縱這麼一說，分明指趙國的興衰由他一手包辦，在這爭權奪位的時代，怎會不招人妒忌。果然趙穆和樂乘臉上閃過不悅的神色，趙霸則兇光閃爍，只有郭開仍擺出一臉歡容，嚴平則仍是那毫無生氣、半死不活的表情。項少龍偷偷留意別具風格的趙致，她每次舉杯，總是淺嘗即止，不像其他人灌得一滴不剩。

烏卓在項少龍耳旁低聲道：「郭縱想害你！」

項少龍點頭表示知道，揚聲答謝道：「郭先生過獎，末將只是奉大王和侯爺之命盡心辦事，所有事均聽大王及侯爺指示，末將幸好有點運道，不負所託，我看這一杯應敬的是侯爺。」

衆人慌忙向趙穆舉杯，項少龍等自是邊飲酒邊心中詛咒，暗罵趙穆這殘暴的奸鬼。

美女趙致想不到項少龍對答如此得體，眼中亮起訝異之色，細心打量項少龍。趙穆的臉色好看了點，哈哈大笑，欣然喝酒，好像功勞眞是全歸於他的樣子。不過誰都知道以他的城府，絕不會被項少龍區區數話打動，表面的歡容只是裝出來給人看的。郭縱向立在身後的管家高帛打個手勢，後者立時傳令下去，頃刻數十名婢女如花蝴蝶般捧著熱葷美食，擺到席上，又殷勤爲客人添酒。項少龍特別留意嚴平，他几上只有青菜麥飯，顯見郭縱特別照顧他的「需要」。

郭縱哈哈一笑道：「老夫的宴會一向必有歌舞娛賓，但今天鉅子肯賞面來敝府赴宴，所以節目安排上有點改變。」

大力拍一下手掌，忽然十多個女子由後方的兩扇側門擁出，幾個觔斗來到堂心立定，表演起各種既驚險又精采的雜技百戲。當其中兩女絕無可能地在另兩女的肩頭凌空翻身，交換位置，再立定在對面下方的女子肩上時，除嚴平外衆人無不拍掌叫好。

荊俊低聲自負地道：「看過我的身手才拍掌吧！」

項少龍爲之莞爾，荊俊始終是個大孩子，充滿好勝心。衆女表演了變化萬千的疊羅漢後，在衆人掌聲中退出堂外。

郭縱笑道：「眞正要向之喝采的人是致姑娘，我這些家婢的身手，是由她一手訓練出來的。」

衆人聞言忙向趙致喝采，其中又以荊俊叫得最厲害，使人惱笑皆非。趙致盈盈起立，淡淡還禮，似對讚賞毫不在意，予人甚有涵養的印象。

郭縱忽地乾咳兩聲，正容向項少龍道：「老夫聽說少龍與鉅子間有點小誤會，不若由老夫當個和事佬，把事情解決。」

項少龍心中大恨，郭縱似乎沒有一句話不爲他著想，其實一直在煽風點火，挑撥離間，原因自是因他項少龍與烏家的關係。幾句話立即弄得他十分難堪，現在即使他肯交出鉅子令，仍要開罪趙穆，因爲他把擁有鉅子令一事瞞著這奸鬼；但假若他不讓郭縱做「和事佬」，郭縱將有對付他的藉口。

幸好嚴平冷冷地道：「郭先生的和事佬做得太遲，現在本子和項兵衛的事，只能依從墨門的方式解決。」

衆人不問可知，那種方式捨武力再無他途。趙墨行者伏擊項少龍一事，這些位於邯鄲權力最上層的人怎會不知道，亦明白嚴平方面吃大虧，種下不可解的深仇。

趙穆從容道：「一位是大王最看重的客卿，一位是大王最寵愛的御前劍士，誰也不願看到任何一方有失，不若明天由本侯稟奏大王，由他定奪。」

郭開和樂乘立即心中暗笑，嚴平在趙國地位尊崇，最近對付燕國的入侵時在輔翼守城上立下大功，對趙王仍是平起平坐，若把這事攤在他面前，不用說吃虧的是項少龍。

郭縱方面，他與烏氏倮不和並非一朝半日的事，而有關烏應元和呂不韋的關係，是由他透露予趙王，現在烏家出了個這麼厲害的孫姑爺，無論如何也要毀掉。起先他並不明白趙穆的心意，經過言語試探，立時建立默契。不過現在孝成王非常看重項少龍，且有烏氏倮在後面撐腰，他們不敢公然明槍明刀對付這由無名小卒變成有身分有地位的年輕劍手，所以只好大玩手段。

趙穆先打出查察貞操的牌子，哪知晶王后另有居心，爲項少龍隱瞞眞相。於是他選中劍術高明，手下高手如雲且身分超然的嚴平，告以元宗身上沒有鉅子令的事，挑起兩人間的矛盾。再由郭縱借擺慶功宴爲名，實是製造嚴平殺他的良機。如此連環毒計，確是厲害。

趙穆此議出籠，嚴平首先反對道：「侯爺的好意心領，鉅子令乃本門至寶，一刻也不能留在外人手上，此事必須立即解決。」

衆人心中暗樂，知道嚴平要向項少龍挑戰。

趙霸一陣大笑，吸引各人的注意力，道：「項兵衛宮宴與連晉一戰，聲震趙境，可惜趙某剛到別處考較行館兒郎的劍技，未能目睹盛況，至今耿耿於懷。下面的兒郎均望見識項兵衛的絕世劍術，只是切磋性質，希望項兵衛不吝賜教。」

烏卓等均皺起眉頭，世上豈有這麼不公平的事，竟採車輪戰法。而且讓嚴平先摸清項少龍的劍路，會對他提供大大便利。出乎衆人意料之外的，趙致倏地起立，抱劍來至項少龍席前，含笑道：「請兵衛指點！」

項少龍心道我和你有什麼深仇大恨呢？竟來向我挑戰，正要拒絕。滕翼向躍躍欲試的荊俊打個眼色，這小子大喜跳了起來，一點几角，凌空翻個觔斗，越過趙致的頭頂，落在她後方，笑嘻嘻道：「有事弟子服其勞，師傅對師傅，徒弟對徒弟，讓小子和致姑娘親熱一番。」

項少龍等見他忽然變作項少龍徒弟，又口沒遮攔，語意輕佻，均感好笑。其他人見荊俊身手靈活如猴，心中懍然，暗忖趙致此回遇到對手，因為趙致向以靈巧多變名著邯鄲。

趙霸一向崖岸自高，極為自負，暗忖項少龍哪有資格和自己平起平坐，心中狂怒，冷喝道：「小致領教這位小兄弟的技藝！」

趙致知道乃師暗示她下辣手，兼之她最恨男人向她調笑，應命一聲，猛一轉身，長劍電掣而去，標刺荊俊心臟，姿態既美，手法又疾又狠，確是第一流的劍法。眾人見她突然發難，均以為荊俊猝不及防，難以閃躲。項少龍和烏卓的兩顆心提到喉嚨頂，怕他有閃失。只有滕翼像嚴平般毫無表情，似若儘管地裂天崩，也不能使他臉上的顏色有絲毫改變。

荊俊想不到對方不打個招呼，立即動手。幸而他一生在山林出沒，在猛獸群裡打滾長大，比這更凶險的情況不知遇上過多少次，哈哈一笑，使個假身，似要往左橫移，到長劍臨身，差之毫釐般往右移開，閃到趙致的左後側，比鬼魅還要迅疾。

趙穆和郭縱交換個眼神，看出對方心中的驚異，項少龍有此子為助，確是如虎添翼，這樣看來，那烏卓和滕翼亦非泛泛之輩，不由使他們對項少龍的實力，重新估計起來。

趙致夷然不懼，這一劍純是試探荊俊的反應，既知對方身手靈活，嬌叱一聲，兩腳一撐，離地而起，一個大空翻，手中利刃化作千萬點劍花，凌空往荊俊撒去。趙霸的人立即高聲喝采。

項少龍見趙致劍法既好看又嚴密，非只是花巧靈動，心中大感訝異，由此推知趙霸必然非常厲害。同時想到當日連晉號稱無敵邯鄲，趙穆、嚴平這些身分超然的人，當然不會與連晉動手，可是趙霸只是武館的主持人，爲何竟任得連晉橫行？心中一動，似已捕捉到箇中因由，又不能清晰具體地描畫出來，那種微妙的感覺，令項少龍頗爲難受。

場中兩手空空，只在腰間插了把長匕首的荊俊，終於亮出他的兵器。他手往懷內一抹，一團黑忽忽的東西應手而出，先射往趙致的右外檔，然後加速彎擊回來，「噹！」的一聲擊中趙致長劍。

趙致的劍花立被撞散，人落地上。

荊俊那東西飛返頭上，不住隨右手的動作在上空繞圈，原來是把半月形銀光閃閃的「飛陀刃」，兩邊均鋒利無比，尤其彎若牛角的尖端，更使人感到可怕的殺傷力。項少龍還是初次見到他的獨門兵刃，暗忖若以之擊殺猛獸，當是不費吹灰之力。荊俊笑嘻嘻瞧著不知如何應付他武器的趙致，一對眼趁機賊兮兮的上下打量她。

趙霸喝道：「旁門左道的兵器，怎可拿來在大庭廣衆中見人。」

一聲大笑在大門處響起，只聽有人道：「趙館主此言差矣！天下間只有殺人或殺不了人的兵器，有什麼旁門左道可言？」

衆人愕然望去，大將李牧在十多名家將簇擁下，踏進門內，後面追著高帛和幾名郭家的府衛，顯是不及通報，項少龍趁機把荊俊喝回來。趙致眼中閃過森寒的殺機，悻悻然回座去。

郭縱這老狐狸笑呵呵離座迎客，滿臉笑容道：「大將軍何時回來的，否則今晚怎也不會漏了你。」

李牧虎虎生威的目光掃視全場所有站起來歡迎他的人，當他瞧到趙穆，虎目殺機一閃，迅速斂去，冷冷笑道：「希望郭先生不會怪我不請自來。」眼睛盯著表情尷尬的趙霸道：「館主負責爲我大趙培育人才，切勿墨守成規，本將軍長期與匈奴作戰，見慣戰場上千變萬化之道，兩軍對壘，唯一的目的是勝過對方，哪管用的是什麼武器。」

趙霸氣得面色發黑，卻是啞口無言。

李牧轉向項少龍，語氣立轉溫和道：「少龍立下大功，今天我來是要向你敬酒三杯，給我拿酒！」這趙國除廉頗外的一代名將，甫至立即震懾全場，連趙穆這麼霸道的人，亦不敢出言開罪軍方的第二號人物。樂乘和郭開更噤若寒蟬，不敢搭口。項少龍心中訝異，想不到這代表趙國軍方的人物竟會公然表示對自己的支持，使他不致勢單力孤，一籌莫展。只有嚴平仍踞坐席上，不賣賬給李牧。李牧亦不怪他，逕自和項少龍對飲三杯，還坐入項少龍席內。

烏卓等三人慌忙離座，由郭縱使人在席後另安排席位，安置他們和李牧的隨員。

各人坐定，趙穆乾咳一聲道：「大將軍風塵僕僕，不知邊防情況如何？」

李牧冷冷地道：「巨鹿侯還是第一次問起匈奴之事，本將此次趕回邯鄲，爲的卻是妮夫人的事情，我徵詢過廉相國的意見，均認爲她的自殺疑點頗多，故決定由軍方聯名上書，求大王徹查此事，侯爺乃一手處理此事的人，當知李牧所言非虛，還要向侯爺請教。」

項少龍恍然大悟，記起趙倩曾說過趙妮乃趙國曾大破秦軍的一代名將趙奢的媳婦，兼之因堅守貞節甚得人心，得軍方擁戴，所以趙穆不敢碰她。現在趙穆色膽包天把她害死，他與軍方趙奢系統將領們的鬥爭再無轉圜餘地，變成正面交鋒，所以李牧現在毫不客氣，擺明要對付他趙穆。趙穆的臉色立時變得非常難看，可是衝著李牧的軍權地位，仍不敢翻臉發作。

郭開陰聲細氣地道：「妮夫人因思念亡夫，自盡而死，乃千眞萬確的事，大王最清楚其中情況。大將軍不把精神放在邊防上，是否多此一舉？」

項少龍想不到圓滑如郭開者，竟會如此頂撞李牧，可見軍方和趙穆一黨的鬥爭，已到白熱化的地步，再不顧對方顏面。

李牧不愧強硬的軍人本色，仰天長笑道：「我們就是怕大王給小人蒙蔽，故不能不理此事。爭勝之道，先匡內，後攘外，若說此乃多此一舉，笑話之極。」

郭縱一向不參與任何派系的鬥爭，各派亦因他的舉足輕重而對他加以拉攏，使他左右逢源，這時見火藥味愈來愈濃，勢頭不對，插入打圓場道：「今晚不談國事，只談風月，老夫安排了一場精采絕倫的美人舞劍，請各位嘉賓欣賞如何？」

尚未打出手勢，嚴平沉聲喝道：「且慢！」緩緩站起來，拔出背後比一般劍至少長一半的鉅子劍，冷然望向項少龍道：「項兵衛，今晚不是你死，就是我亡，讓本子看看叛徒元宗傳你什麼絕技？」

由於嚴平身分特殊，李牧也找不到插嘴和干預的理由。

項少龍知道此戰避無可避，心想這一仗就當是送給元宗在天之靈的祭品，若非以衆凌寡，嚴平休想傷得這墨家大師的半根毫毛！霍地立起，兩眼寒芒電閃，狠盯嚴平道：「誰是叛徒？鉅子你見到墨翟他老人家才辯說吧！」

嚴平怒哼一聲，顯是心中非常憤怒，移步堂心，擺開門戶。堂內鴉雀無聲，人人均知道嚴平的劍法深不可測，當然有人暗中叫好，有人卻爲項少龍擔心。趙穆則在偷笑，若殺嚴平，儘管孝成王知道項少龍情非得已，必然大大不悅。若嚴平殺了項少龍，去此眼中釘，更是心頭大快。所以無論結果如何，對他均是有百利無一害。

項少龍離開席位，出乎衆人意料之外，他竟往對席的趙穆走去，兩眼寒芒閃閃，一點不讓地瞪著趙穆。趙穆和一眾手下泛起戒備的神色，有人更手按劍把，準備應付任何對趙穆不利的行動。

項少龍來到趙穆席前立定，微微一笑，解下腰間的飛虹劍，連鞘放在趙穆眼前席上，淡淡道：「這把劍還給侯爺，它既曾痛飲囂魏牟的鮮血，當沒有辱沒侯爺贈劍厚意。」再深深盯這與他有深刻血仇的奸賊一眼，轉身往立在堂心的嚴平走去。

囂魏牟雖因他而死，但眞正下手殺囂魏牟的卻是滕翼，項少龍這麼說，是故意激怒趙穆，同時讓他知道自己識破他的陰謀。還劍的行動表示以後和他畫清界線，公開對抗。在這一刻，他連趙孝成王也不放在眼內，更不要說趙穆。亦只有這樣公開決裂，他方可得到廉頗和李牧等軍方的全力支持。

趙穆果然氣得臉色陣紅陣白，難看之極。其他人還是首次知道囂魏牟給人殺死，齊感愕然，紛紛交頭接耳，李牧和嚴平無不閃過驚訝神色。

不用再和趙穆這大仇人做戲，項少龍大感輕鬆，兩眼凝視嚴平，伸手拔出墨子木劍，心中湧出騰騰殺氣，像熱霧般蒸騰著，同時心頭一片澄明，萬緣俱滅，連元宗的恩仇也置諸心外，天地間只剩下他的墨子木劍和對方的鉅子劍，再無他物。

嚴平雖然穩立如山，毫無破綻，可是項少龍卻似完全明白敵人的所有動向和意圖，一絲不漏地反映在他有若青天碧海的心境裡。這正是墨翟三大殺招「守心如玉」的心法，借著奇異的呼吸方法，專一心志。與趙穆的決裂，更使他像立地成佛，忽然得道的高僧，達到這種劍道的至境。

在旁觀者眼中，項少龍忽地化作另一個人似的，淵亭嶽峙，靜若止水，但又涵蘊爆炸性的力量和殺氣。趙穆和趙霸同時泛起駭然之色，他們乃用劍的大行家，自然知道這種境界，最能發揮劍術的精要。

嚴平露出凝重的神色，他深明墨子劍法重守不重攻之理，欺項少龍年輕氣躁，打定主意，決定不作主攻。若非項少龍顯露出如此可怕的氣勢，他絕不會這般忍手謙讓。

項少龍眼光落到對方的鉅子劍上。燈火下，有若暴長磷光的劍體散發一種無可名狀的璀璨光芒，纖塵不染，可見極爲鋒利。心中不由奇怪起來，墨子劍法以拙爲巧，這種鋒快的長劍，不是與墨子劍法的精神背道而馳嗎？除非嚴平另有絕活，否則這種劍絕發揮不出墨子劍法的精華。想到這裡，心有計較，提起木劍，一步一步，緩慢有力的向嚴平迫去。

嚴平雙目射出陰鷙厲芒，緊盯項少龍雙肩。

大堂落針可聞，響起項少龍似與天地萬象相合無間充滿節奏感的足音。衆人泛起一種奇怪的感覺，就似一切均在項少龍的掌握中，萬物向他俯伏叩首，豈知此正爲墨氏三大殺招的精神。

項少龍心湖內浮現大梁鄒衍的觀天台，憶起漫天星辰的美景，心中湧起萬丈豪情，一聲裂帛般的大喝，使出三大殺招以攻代守的招式，墨子劍似縮似吐，倏忽間依循一道玄奧無匹、含著物理深義的徑路，直擊嚴平面門。

以嚴平如此沉狠之人，亦吃一驚，對方劍勢若長江大河，滔滔不絕，假若自己只採墨子劍法的守式，立時會陷於挨打之局，更驚人的是對方的劍勢隱隱剋制墨子劍法，偏又是墨子劍法中不能懷疑的招數，無奈下，鉅子劍化作點點寒芒，以攻對攻。

項少龍正是要迫他施出壓箱底的本領，見計得逞，驀然後退，使出以守代攻其中的「回劍式」。

嚴平大喜，還以爲對方優越的劍法只是曇花一現，旋又落回墨子劍法的老套裡。他這套劍法乃出於自創，名爲「破墨」，專門用來對付墨門內的敵人，所以對殺死項少龍成竹在胸，怎肯錯過如此良機，忙搶前狂攻，渾忘剛擬好以守爲主的策略。

項少龍腦際澄明如鏡，見對方劍芒暴張，目標卻是自己的右肩，那亦是他故意露出來的破綻。以守代攻乃墨氏三大殺式的首式，內中包含一百二十勢，每勢均有一個破綻，而這些破綻無不是精心布置的陷阱，引敵人入彀，把以守代攻的精義發揮得淋漓盡致。見嚴平中計，哈哈一笑，閃電移前，嚴平登時刺空。項少龍略一沉腰，墨子木劍電疾回旋，不偏不倚重重砍在對方劍上。他知道嚴平劍法高明，火候老練，絕不會輸於自己，縱使自己有三大殺招傍身，始終是剛剛學會，未夠純熟，所以不求傷敵，但卻把握機會，以比對方長劍至少重上三、四倍的木劍，憑自己過人的臂力，硬迫對方比拚內勁。

嚴平立吃大虧，右手痠麻，鉅子劍差點甩手墮地。項少龍亦心中懍然，原來嚴平表面看來精瘦如鐵，臂力卻非常驚人，其反震之力，令他右手一陣痲痺。嚴平悶哼一聲，往橫移開，使出墨子劍法的守勢，門戶森嚴至潑水難進。

旁觀諸人看得目瞪口呆，項少龍劍交左手，由一個完全意想不到的角度，木劍燕子翔空般彎向外檔，迴擊而來，掃往嚴平右肩。嚴平哪想得到對方左手使劍同樣厲害，右手血氣尚未復元，不得已再退一步，變成面向敵人，鉅子劍使出巧勁，斜挑木劍，意圖化去對手重逾千鈞的橫掃。

項少龍大笑道：「你中計了！」木劍一絞，與對方寶刃纏在一起。

人影乍合倏分，表面看來兩人毫無損傷，但人人瞧出嚴平吃了大虧，臉色蒼白無比。

項少龍「嚓嚓嚓」連進三步，往嚴平迫去。嚴平咬著牙根，相應後退。兩人又同時齊往左移，似若有根無形的線，把兩人牽纏。嚴平不愧長年苦行的人，神情很快回復正常，像沒有受傷那樣。

原來嚴平剛才被項少龍起腳掃中小腿側，若非他馬步沉穩，且立即橫移化力，早仆倒地上，但仍隱隱作痛，知道不宜久戰，沉吼一聲，鉅子劍疾如流星似地往對方擊去。項少龍鬥志如虹，數著嚴平的呼吸和步調，當對方出招前，早由對方轉急的呼吸和步伐輕微的變法洞察先機，覷準虛實，使出三大殺招最厲害的「攻守兼資」中的「忘情法」，把自己投進死地，全憑稍占優勢的先機，和對方比賽本能和直覺的反應。

一聲慘哼，嚴平長劍墮地，踉蹌跌退，色若死人，左手捂著右肩，鮮血由指隙泉湧而出。這一劍雖不致命，但嚴平短期內將難有再戰之力，右手會否給廢掉，尚在未知之數。當下有人搶出，要攙扶這心高氣傲的人。

嚴平站直身體，喝開撲來的人，瞪著項少龍道：「爲何手下留情？」

項少龍抱劍淡淡地道：「元兄雖因你而死，但始終是你墨門本身的鬥爭，與我項少龍無干，爲何要分出生死？」

嚴平沉聲道：「剛才你使的是什麼劍法？」

項少龍平靜答道：「是本人自創的劍法，鉅子感覺還可以嗎？」

嚴平眼中射出深刻的仇恨，喝一聲「好」，頭也不回，朝大門走去，棄劍不顧。嚴平黯然敗走，項少龍乘機告辭。李牧欣然送他一程，吩咐隨從讓出三匹馬，予滕翼等三人，項少龍被他邀到馬車上去，車隊緩緩開下郭家山莊。

李牧沉吟半晌，喟然嘆道：「我們此次是忍無可忍，孤注一擲，借妮夫人的事與趙穆作最後的周旋。」伸手搭上他的肩頭，語重心長地道：「我和相國一直留心你，少龍你是我大趙數代人裡難得的人才，且是這麼年輕。」再嘆一口氣道：「假設此次大王仍要維護趙穆，少龍立即離開趙國，到別處闖天下，不要像我們般瞎守這完全沒有希望的國家。」

項少龍愕然道：「我們得到祕錄，爲何大將軍仍這麼悲觀，我看大趙的人丁正興旺起來，只要再多幾個年頭，該可恢復元氣——」

李牧打斷他道：「少龍你對國事認識尚淺，縱沒有長平之戰的大傷元氣，我們亦有先天的缺陷，就是不斷寇邊的匈奴，使我們爲了應付他們，國力長期損耗。所以各國中唯我大趙人丁最是單薄，雖是名將輩出，建國後從來只有守成的份兒，沒有擴張的能力。」

項少龍打從內心喜歡這與廉頗齊名的蓋世名將，忍不住道：「大將軍既看清楚這點，爲何戀棧趙境不去？」

李牧望向車窗外，眼中射出悲天憫人的神情，輕輕吁出一口氣道：「人非草木，孰能無情，我長期守衛北疆，與匈奴作戰，和邊塞的住民建立深厚的感情，若我棄他們而去，兇殘狠毒的匈奴人誰能抵擋，我怎忍心讓他們任人屠戮？唉！」言下既無奈，又不勝欷歔。

項少龍心中感動，斷然道：「大將軍可否把上書大王一事，推遲兩天。」

李牧兩眼精光一閃，瞪著他道：「你似乎有點把握，究竟是什麼妙招？」

項少龍對他是打心底生出欽佩之情，毫不隱瞞把趙穆可能是楚人派來顛覆的間諜一事說出來。

李牧眼中閃動希望的光芒，道：「少龍你眞行，我們從未想過如此入手對付趙穆，我還會在邯鄲留上幾天，讓我們緊密聯絡，配合上書的時間。」

兩人仔細商議，到抵達烏氏城堡，下車前，李牧拉著他道：「少龍你仍是血氣方剛，很難抵受誘惑，你雖記緊酒色害人，縱是鐵漢，也受不起那種日以繼夜的銷蝕，少龍定要切記。」

項少龍知道自己的風流事蹟，尤其是與雅夫人的韻事，已廣爲流傳，所以李牧有此忠告，老臉一紅，俯首受教。

踏入烏府，府衛把他和烏卓請去與烏應元見面，滕荊兩人逕自回後宅休息。

烏應元由陶方陪伴，在內宅的密室接見他們，聽取此行的報告，稱讚他們一番道：「圖先剛派人和我聯絡，說呂不韋的形勢相當不妙，他在秦朝的敵人正利用疏不間親之理，在莊襄王前撥弄是非排斥他，莊襄王爲人優柔寡斷，說不定會被打動，所以把嬴政母子送返咸陽一事，刻不容緩，有她母子二人在莊襄王身邊，呂不韋的地位可穩如山嶽，甚至可坐上相國之位，否則我們的希望將破滅。」

項少龍的血液裡仍流動被李牧打動的情緒，皺眉道：「可否拖遲幾天，看看扳倒趙穆一事是否有轉機？」

烏應元凝神瞧他道：「我知少龍恨不得把趙穆碎屍萬段，但這始終是私人恩怨，少龍應以大局爲重，現在烏家的命運已落在你肩頭上，一個不好，勢是堡破人亡之局。」

項少龍沉吟道：「若扳倒趙穆，大趙或仍有可爲——」

烏應元不耐煩地打斷他道：「只是妄想，就算殺掉趙穆，在孝成王這種昏君手上，趙家乃注定是亡國之奴，趙太子亦非好材料。烏家唯一出路，是依附大秦，才有希望。」

項少龍垂頭無語，心知肚明自己因與李牧一席話後，被對方忘我的偉大精神打動。還是烏應元這個不折不扣的生意人厲害，不論感情，只講實際收益來得高瞻遠矚，因爲歷史早證明他的說法正確無誤。

烏應元心中極疼愛這女婿，知自己語氣重了，聲音轉向溫和，道：「我知少龍智計過人，不知對送回嬴政母子的事，有什麼頭緒？」

項少龍振起精神道：「現在時間尚早，待我休息一會，便去找朱姬，只要說服她，事情將有望成功。」

烏應元等三人同時愕然，現在已是戌時，還說時間尚早？難道他要半夜三更，摸入朱姬的香閨嗎？

項少龍浸在浴池裡，心情矛盾之極。他是個極重感情的人，坐時空機來到的第一個地方是趙國，與趙人相處了這段時日，赴魏時又與趙軍相依為命，建立起緊密的感情，下意識地把趙國視為自己的國家，希望能為她盡一點力。可是他更清楚儘管幹掉趙穆，趙國仍不會好到哪裡去，兩頭不著岸的心情，自是使他愁思難禁。

身旁的婷芳氏柔聲問道：「少龍在想什麼呢？」

另一邊的烏廷芳帶點醋意地道：「當然是想著雅姊和倩公主哪！」

項少龍雖左擁右抱，卻想起李牧勸他不要縱情酒色的告戒，苦笑道：「和你們兩個美人在一起，怎會想起其他女人。我只是因今晚有要事去辦，不能陪妳們，所以心中苦惱。」

烏廷芳諒解地道：「陶公剛通知我們，項郎放心去吧，我們兩人會乖乖的等你回來，噢！忘了告訴你，自你到大梁去後，婷姊每晚都和芳兒同床共寢，說親密話兒，今晚我們姊妹就在榻上等你回來。」

項少龍心叫天啊，若每次她們都要雨露均沾，想不酒色傷身怕難矣。

烏廷芳又興奮地道：「想不到嚴平亦是你手下敗將，眞希望你能挫挫趙霸的威風。」

項少龍想起趙致，忍不住出言相詢。

烏廷芳有點尷尬地垂頭道：「聽說她是連晉那壞蛋的情人之一，你殺了連晉，她自然恨你入骨。」

項少龍恍然大悟。趙霸對自己充滿敵意，或與此有關，而非和趙穆有任何勾結，但當然也可能是另有原因。在這時代，又或在二十一世紀，誰有權勢，自有依附之人，此乃千古不移的至理。

項少龍看時間差不多，向正爲浴池添加熱水的春盈道：「給我請滕翼和荊俊兩位大爺來。」

紛紛雨雪，漫漫不休地灑往古城邯鄲。項少龍和滕翼兩人隱身暗處，注視隱透燈火的大宅。

項少龍在滕翼耳旁笑道：「荊俊這小子定是心中暗恨，因爲我把他從有女人的溫暖被窩中抓了出來。」

滕翼冷哼道：「他敢？我警戒過他，若太荒唐的話，就把他趕回家去。」

項少龍暗忖，有滕翼看管荊俊，這小子想放恣亦不易。

風聲響起，身手比常人敏捷靈巧十倍的荊俊由牆上翻下來，迅即來到兩人隱身處，低聲說：「想不到裡面這麼大！我找到朱姬的住處。」

項少龍點頭道：「去吧！」

三人從暗處閃出，來到高牆下。項少龍望往雨雪紛飛的夜空，暗忖這樣月黑風高，更適合幹夜行勾當，誰會在如此嚴寒天氣下不躲在被窩裡，守衛也要避進燃著火坑的室內。際此萬籟俱寂的夜深時刻，他們像置身在與衆不同的另一世界。尤其項少龍想起即可見到把中國第一個皇帝生出來的美女，心頭既興奮又刺激。項少龍仔細體會這奇異的情緒，隨荊俊迅速攀過高牆，進入莊院。裡面房舍連綿，教人難以一目了然，也教人想不通以嬴政的質子身分，爲何竟占用這麼大的地方。他們落腳處是個長方形的露天院子，與高牆相對的是一列房舍，看來是傭僕居住的地方。荊俊展開身法，熟門熟路的在前引領，一口氣越過數重屋宇，潛入一座園林之內，花木池沼，假山亭榭，相當不俗。

荊俊指著園林另一邊一座透出燈光的兩層樓房道：「我剛才偷聽侍女說話，朱姬應是住在那裡，卻不知是哪個房間？」

滕翼細察環境道：「我們在這裡爲你接應把風，若見形勢不對，荊俊會扮鳥叫通知你。」

項少龍點頭答應，往樓房潛去，揀了個沒有燈光透出的窗戶，看準情況，穿窗閃入，踏足一個小廳堂模樣的地方。躡足往廳門，貼上耳朵，聽得外面無人，推門而出。外面是一條走廊，一端通往外廳，另一端通往樓上的梯階。屋內靜悄無聲，看來婢僕們早進夢鄉。這個想法甫生，梯頂處足音響起。項少龍忙躲回門內，奇怪爲何這麼晚仍有人未睡覺。足音抵門前停下，項少龍大叫不妙，來不及由窗門離去，匆忙下避到一角，蹲在一個小櫃後，雖不是隱藏的好地方，總好過與來人面面相對。果然有人推門而入，接著是杯盤碰撞的聲音。項少龍知道對方不曉得有人藏在暗處，放膽探頭一看，原來是兩個俏丫環。

其中一婢女打個呵欠道：「最怕是他，每次來夫人都不用睡覺，累得我們要在旁侍候。」

另一婢道：「夫人平時話也不多半句，見到他卻像有說不完的話。」

先說話的婢女笑道：「總好過服侍那個色鬼，身體不行，還要靠討厭的玩意發洩，香姐給他一連三晚弄得只剩下半條人命。唉！」

項少龍心中一沉，色鬼不用說是嬴政，現在由侍候他的婢女口中說出來，看來雅夫人說的一字不假。究竟是怎麼一回事？雄才大略的秦始皇怎會是如此一個人？將來他憑什麼誅除呂不韋，統一六國，奠定中國龐大的基礎規模。

嘮嘮叨叨下，兩婢女捧著沏好的香茗去了。

項少龍知道有人未睡，不敢由樓梯上去，由窗戶離開，覷準二樓一間燈火昏暗的窗戶，往上攀去，尙在半途，一隊巡衛由花園的小路提燈而至。項少龍大吃一驚，因爲若是朱姬宿處，巡衛自然特別留心，絕不會錯過他這吊在半空中的人。猛一咬牙，加速往上升去，倏忽間穿窗進入屋內。那是女性住的大閨房，地上滿鋪厚軟的地蓆，秀榻內空空如也，除几椅梳粧鏡外，牆上掛滿壁畫，美輪美奐，項少龍正懷疑是朱姬的寢室，兩婢女熟悉的腳步又在門外響起。項少龍心中叫苦，這叫前面有狼，後面有虎，幸好房中一角放了個大櫃，無可選擇下，撲過去，拉開一看，內裡共分兩格，下格雖堆有衣物，仍可勉強擠進去，哪敢遲疑，忙縮進去，剛關上櫃門，兩婢女推門進來。

接著是整理被褥的聲音，不一會兩婢女離開，卻沒有把門掩上。項少龍心中叫苦，看情況朱姬和情夫隨時進來，自己豈非要屈在這裡聽朱姬的叫床聲。今晚看來很難接觸朱姬，若在有烏廷芳和婷芳氏兩人在被窩中過夜，自然比蜷曲在這裡強勝百倍。況且滕荊兩人久候他不出，可能會弄出事來。苦惱間，一重一輕兩種足音由遠而近，接著是關門聲。項少龍心叫天啊！閉上眼睛，聽天由命。

外面傳來衣衫窸窣的摩擦聲和男女親熱的呻吟聲。

項少龍閒著無事，不由猜測朱姬情夫的身分。照理該不會是趙穆，明知明天軍方將領會向孝成王翻他的賬，目下好應去向趙王獻媚下藥，蠱惑君心。因爲說到底，趙王對趙妮有著一定的感情，若眞的知道下手害她的人是趙穆，說不定會不顧「夫妻」恩情，把趙穆處死，趙穆怎可大意疏忽。可是朱姬母子一直被置於趙穆的監視下，其他人想接近需趙穆首肯才成。那這人會是誰呢？

一把柔情似水的聲音在櫃外的房內響起道：「人家託你的事，辦得如何？」

項少龍心中叫絕，只聽聲音，知這女人很懂利用天賦本錢，迷惑男人，難怪剛登皇位的莊襄王對她如此念念不忘。呂不韋既挑中她媚惑莊襄王，她自非泛泛之輩。

那情夫道：「現在局勢不明，仍未是回秦的時刻。」

項少龍嚇了一跳，立時認出是大夫郭開的娘娘腔。想不到原來竟是他，難怪能與朱姬搭上，只不知趙穆是否曉得此事。

朱姬嗔道：「有什麼不明朗的，現在異人登上王位，只要我們母子返回咸陽，政兒就是繼承王位的儲君，還有什麼好顧忌的！」

親吻的聲音再次傳來，朱姬嬌吟的聲音加劇，顯是郭開正施展調情手段，安撫朱姬。

只聽得朱姬嬌呼道：「不要！」

郭開道：「春宵一刻値千金，難得有機會，來！到帳內再說。」

朱姬微怒道：「你只是對人家身體有興趣，一點不關心妾身的心事。你說吧！爲何答應人家的事沒有做。」

郭開急道：「你不知我已做了很多工夫嗎？只是現在莊襄王剛登位，各方面看得你們很緊，兼且呂不韋現在地位不穩，隨時有坍台的危險，無論怎樣計算，你絕不應該於此時偷回咸陽去。」

項少龍逐漸明白過來，朱姬以美色誘惑趙穆黨內郭開這重要人物，想借助他的力量，逃離邯鄲。不知郭開是否眞想背叛趙穆，還只是存心騙色，看來當是後者居多。只要想想郭開正得勢當權，在趙國內又有龐大親族，無論他是多麼自私的人，一旦面對生與死的選擇，怎能不爲父母兄弟妻子兒女著想。最尷尬的更是若郭開到秦國去，肯定要失去朱姬甚至丟掉性命，因爲朱姬另外兩個男人，無論呂不韋或莊襄王，都會因妒忌把他郭開殺死。以郭開那麼精明的人，怎會不考慮到切身的問題？朱姬當明白這道理，只是心想著歸秦當王后，什麼都顧不得了。朱姬果然默不作聲。

郭開柔聲道：「來吧！天氣這麼冷！有什麼地方比被窩更舒服呢？」

接著是寬衣的聲音。

朱姬的聲音道：「你先到帳內去，我落了粧便來陪你。」

郭開顯然非常疲乏，打個呵欠，上榻去了。外面傳來朱姬脫衣的聲音和解下頭飾的微響。奇異的聲音響起，原來是郭開的鼻鼾聲。項少龍受到感染，眼皮沉重起來，快要睡著，足音迫近。他立時睡意全消，暗忖不是這麼巧吧，朱姬竟要來打開櫃門取她的性感睡袍？想到這裡，櫃門被拉開來。

項少龍人急智生，撲將出去，摟著她倒在席上，一手捂著她的小嘴，把她豐滿而只穿著單衣的動人肉體壓在身下，同時湊到她耳旁低喝道：「我是項少龍，奉呂不韋之命來找妳！」

重覆三次，朱姬停止掙扎，嬌軀放軟。榻上傳來郭開有節奏的打鼾聲。項少龍叫聲謝天謝地，仰起少許，登時和朱姬面面相對。他不由心兒急跳，身下女子，生得妖媚之極，充滿成熟女性的風情，一對會說話的眼睛，正在閃閃生輝的打量他。項少龍登時全面感受到她豐滿迷人的肉體，一陣心旌搖蕩，熱血騰湧。嚇得忙壓下慾火，以免對方察覺。

緩緩挪開捂著她濕軟小嘴的大手，朱姬的花容月貌，盡呈眼下。她絕不是烏廷芳、雅夫人又或紀嫣然那種完美精緻的美麗，臉龐稍嫌長一點，鼻樑微曲，朱唇豐厚了些，可是配起她秀媚的俏目，卻形成一種蕩人心魄的野性和誘惑力，尤其極具性格的嘴唇，唇角微往上彎，使男人感到要馴服她絕非易事。

我的天啊！這就是秦始皇的生母！他一直在尋找秦始皇，卻從沒夢想過可這樣占他母親的便宜。如蘭的體香髮香，沖鼻而入。

朱姬目不轉睛瞧著他輕輕道：「我知你是誰，因爲趙穆現在最想除去的人是你。」

項少龍收起意馬心猿，湊下去在她耳旁道：「希望妳清楚烏家和呂先生的關係，他派圖先來和我們接觸，要盡快把你們母子弄回咸陽去。」

朱姬側過俏臉，先向他耳朵吹一口氣，耳語道：「有圖先來我就放心，你們有什麼計畫？」

項少龍苦忍耳腔內的搔癢，強壓制侵犯她的衝動道：「首先要和妳取得聯絡，了解情況，才能定下逃亡的細節，我——」

榻上傳來翻身的聲音，兩人大吃一驚。

朱姬急道：「明晚再來！我等你。」

項少龍忙滾往一側。朱姬敏捷地站起來，榻帳內恰好傳出郭開的召喚。朱姬俏臉微紅，俯下俏臉橫項少龍一眼。項少龍忍不住色心大動，伸手握上她的小腿，緊捏一下，才放開來。那種銷魂的感覺，比之眞正歡好，更要動人。朱姬又白他一眼，往臥榻走去。當她弄熄燈火，鑽入帳幔裡時，項少龍清醒過來。不由暗叫此女厲害，匆匆離去。這時就算他弄出聲響，郭開絕不會聽到。

# 第三章 疑無路處

吃過早點，項少龍往見烏氏倮父子，烏卓和陶方沒有在場。他記起與趙穆接觸的可疑楚人，曉得兩人此時或許在爲此事奔波。當他報告了昨晚見到朱姬的情況，烏氏倮父子沉吟起來。

烏應元皺著眉頭道：「這個女人非常厲害，沒有男人能逃過她的引誘。但是郭開豈敢如此斗膽，那裡的婢僕應是趙穆的人，他這樣作登榻之賓，怎瞞得過趙穆？」

烏氏倮道：「趙穆很多事都放下去給郭開辦，那裡的人說不定是由郭開一手部署的，故而肆無忌憚，監守自盜。」又對項少龍說：「你那兩名新收的家將是難得的人才，好好地籠絡他們，財富女人，可任他們要求。」

項少龍唯唯諾諾應道：「我曉得。」暗忖若純講利害關係，怎可持久相依？

烏應元道：「少龍現在似乎可輕易把他們母子偷出來，問題只在如何離開邯鄲，沿途又如何逃過追兵的搜捕？」頓了頓滿心疑慮地道：「這是否太容易了呢？」

項少龍只擔心另一方面的事，說道：「我們烏家有這麼龐大的親族，眷屬不下千人，怎逃得出趙國？」

烏應元微笑道：「這事我在兩年前便安排妥當，烏家生意遍布天下，一直以來，不斷有人被遷往別處去管理生意和牧場，最近更藉口開發新的牧場，把廷威給送出去，免得他花天酒地時洩漏口風。」

項少龍心中恍然大悟，難怪見不到烏廷威，道：「趙王既知岳丈和呂不韋交往的事，現在我們又不斷把家族的人調離邯鄲，不怕教人起疑嗎？」

烏應元道：「他們始終只是懷疑，卻從沒有抓到什麼眞憑實據，而且無論郭家或我們，均與各國權貴有往來，還不時爲趙王進行祕密外交，若非趙穆從中煽風點火，和呂不韋建立交情哪算得上一回事？」

項少龍更是不明白，問道：「趙穆為何欲去我烏家而後快？」

烏氏倮一掌拍在几上，憤怒地道：「還不是郭縱這傢伙從中搞鬼，不知從哪裡查到我們族譜內有秦人的祖先，又得知烏氏乃秦人邊地一個大姓，自此趙王對我們疑忌日深，趙穆只是順應趙王心意，落井下石！」

項少龍至此弄清楚來龍去脈。

烏應元回到先前的話題道：「郭開既已祕密搭上朱姬，得怎樣想個方法，利用這事打擊郭開和趙穆的關係。若沒有郭開給趙穆出壞主意，趙穆會容易對付許多。」

烏氏倮嘴角逸出一絲高深莫測的笑意，道：「這事容後再說。」轉向項少龍說道：「你最好想個較具體的計畫，今晚見到朱姬時取得她的信任，以後合作起來就容易一點。」

下人來報，有客人找項少龍。項少龍心中奇怪，究竟是誰來找他？項少龍這時在烏家的身分更勝從前，儼然為烏氏倮、烏應元之外最重要的人物，因此，就在主宅大廳內接見客人。出到廳堂，來的竟是少原君的舊將劉巢和蒲布兩人。

項少龍大喜，上前把兩人扶起，驚喜交集地道：「我天天在盼你們來，終給我盼到了。」

兩人見項少龍如此重視他們，感激得熱淚盈眶。項少龍問起大梁的事，原來自項少龍攜美逃出信陵君府，信陵君暴跳如雷，又發覺《魯公祕錄》除了頭一截外，被人偷龍轉鳳盜走，氣得差點自殺，更懷疑乃姊平原夫人向項少龍透露消息，於是對她母子兩冷淡起來。少原君因此變得脾氣暴躁，終日打罵家將，蒲布等乘機請辭。沒有信陵君的支持，少原君難以支撐二百多個家將的局面，索性將他們遣散，於是蒲布等聯同四十多人，回到邯鄲。他們均爲這裡的地頭蛇，打聽到項少龍安然無恙，立即來找他。

項少龍靈機一動，差人向烏應元要了一筆鉅款，塞給兩人道：「你們找個地方落腳，記得不要洩露與我的關係，儘管盡情享樂，當我要你們辦事，自會找你們。」

蒲布兩人知他正與趙穆展開生死鬥爭，聞言心領神會，又見他出手比少原君闊綽十倍，人品則好上百倍，哪還不死心塌地追隨他。

劉巢道：「我們在邯鄲是很吃得開的人，現在正式離開平原府，不若我們詐作投靠趙穆，好充當公子的耳目。」

項少龍暗忖這果然是好主意，誰想得到一向與自己爲敵的平原府家將，竟是他的人呢？與他們商量投靠的對象，又研究聯絡的方法，兩人興高采烈地告辭。

項少龍心情輕鬆了起來，去找滕翼，見他正訓練烏家的子弟兵，想起特種部隊的觀念，對他說：「你看看我的提議是否可行，在這二千子弟兵中，揀出大約一百個最優秀的，名之爲『精兵團』，把他們帶往農場隔離起來操練，學習各種不同技能，假若人人學得你和荊俊的一半身手，那時要強闖進質子府救人，也不是沒有可能的事了。」

滕翼先聽得眉頭大皺，暗想一百人能成什麼大事，直到項少龍把自己以前在特種部隊的嚴格訓練和取強汰弱的方式說出來，這經驗豐富的猛將亦要五體投地說：「如此訓練方式我尚是首次聽到，少龍你實是無可比擬的軍事天才，戰爭到了你手上已變成一種藝術。」

項少龍心中暗笑，若把刀劍箭變成槍炮，只要這個古代特種部隊，或可征服六國，統一天下，那時何懼區區一個趙穆。兩人詳細研究訓練的方式和裝備之後，項少龍領著荊俊和十名隨身保鏢，往雅夫人府去了。

策騎路上，項少龍想起不知去向的美蠶娘，恨不得立即掉轉馬頭，走到桑林村去看個究竟。又想起遠在大梁的紀嫣然，一時滿懷憂思，不能自已，愁眉難舒。

與他並騎而行的荊俊，游目四顧，看著街上的行人，忽然有感而發：「小俊很感謝項大哥和滕大哥，沒有你們把我帶到這麼刺激好玩的地方來，生活不知怎麼過？」

項少龍拋開心事，笑道：「也可能害你丟了小命！」

荊俊嘻嘻一笑，灑脫地道：「那就只好認命！正是因爲有隨時丢命的危險，和美女玩起來特別有味道，那種感覺就像我五歲那年，首次幫著爹一起去獵虎的情景！」

項少龍失聲問道：「五歲的小孩走路都不穩當，你能夠幫什麼忙？」

荊俊笑起來道：「這我就忘記哩，只記得當猛虎掉進陷阱時，發出可怕的叫聲，嚇得我把尿撒到褲襠裡去哩。」

項少龍忍不住哈哈大笑，愁懷稍解。後方蹄聲響起，衆人聞聲扭頭往後望去。一騎由遠而近，策馬者外披罩頭斗篷，一時看不清楚面容，到奔至近處，認出是誰，荊俊的眼立即亮起來。

項少龍微感驚愕，喚道：「致姑娘要到哪裡去？」

趙致放緩馬速，來到項少龍另一邊，別過臉來，冷冷看著項少龍道：「兵衛要到哪裡去？」

荊俊在那邊向她眨眼道：「致姑娘還未回答項大哥的話哩？」

趙致見到荊俊就心中有氣，覺得他比任何人都要討厭，怒道：「大人說話，沒有你插嘴的餘地！」

項少龍失笑道：「姑娘錯了，小俊是我的好兄弟，他的話就是我的話。」

荊俊想不到項少龍這麼抬舉他，立時神氣起來，挺起胸膛，故意惋惜地嘆氣道：「我還以爲致姑娘是來找我荊俊的哩！」

趙致氣得俏臉煞白道：「誰要找你？」

不知爲何，荊俊的舉止動作，總令她看不順眼，心中有氣。

荊俊呵呵一笑道：「那妳來找誰啊？」

項少龍不禁莞爾，這小子對調戲女人，頗有一手。趙致知道落入荊俊的說話陷阱去，若她答是來找項少龍，因荊俊先前語氣暗示的意思，變成她是動了春心來找項少龍。若答不是，自然找的是他荊俊。事實上趙致亦弄不清楚來找項少龍有何目的，昨晚項少龍大勝在邯鄲有崇高武術地位的宗師級人物嚴平，震懾在場各人。一向自視甚高的趙霸亦生出怯意，尤其現在有軍方在背後爲項少龍撐腰，趙霸哪還敢捲入政軍兩大勢力的鬥爭中，宴後立即告戒諸徒，特別針對趙致，不准她惹項少龍。

趙致心高氣傲，回家後愈想愈氣忿，起來後不自覺策馬往烏府去，途中巧遇項少龍等人，所以追上來。不禁語塞，漲紅了臉。

項少龍不知她和連晉的關係親密至何種程度，輕嘆道：「當時在那種被迫分出生死的決戰裡，不是連晉死就是我項少龍亡，而且連晉和趙穆施弄陰謀詭計在先，我則是光明正大和他比拚高下，誰能怪我呢？」

趙致自知理虧，垂下俏臉。連晉與趙穆以春藥消耗項少龍體力一事，早傳遍朝中權貴，趙致亦有耳聞，卻硬迫自己不去理會。不知怎的，現在由項少龍輕描淡寫地說出來，卻使她深信不疑，或者那是因爲項少龍昨晚表現出不畏強權、光明磊落的態度所致。她對連晉的愛雖強烈，卻純出於異性間表面的吸引力，連晉利用她懷春少女的情懷，乘虛而入，攫奪她的芳心。這種初戀滋味雖令她難忘，仍未到刻骨銘心的地步，當連晉完美的形象被破壞，這段情愫隨風消散，一時間她腦內一片空白，茫然不知何以釋懷。

項少龍對她的轉變了然於胸，微微一笑道：「致姑娘，讓荊俊送妳回家好嗎？」

趙致大吃一驚道：「我不用人送！」拍馬馳進左旁的橫街去了。

項少龍向荊俊使個眼色，荊俊會意，拍馬追去，不理途人側目，大嚷道：「致姑娘等等我！」

項少龍內心暗自高興，趙致這妮子眞的不錯，與荊俊無論年紀和外型均極相配。最主要是他看出荊俊對她一見傾心，不過看來若要把她追到手，還要費一番功夫。忽然間項少龍醒悟到自己改變了很多，若在以前，對女人他是多多益善，來者不拒，現在不知是否擁有太多美女，又或接連遭受心愛人兒橫死的慘厲打擊，他對女人的心意已淡多了，有點不願涉足情場的心境。每一個人出生後，都要面對身旁的人的死亡，而最後則以自己的死亡作終結。這一年來，他歷盡生離死別的噬心痛楚。

他想起昨夜與朱姬的事，當時雖是慾念大作，卻與愛情扯不上半點關係，純是基於異性相吸的本能衝動，可又是那麼難以抑制。今晚見她時可要小心點，否則若和她發生肉體關係，事情會非常複雜。只希望她不會挑逗自己，這女人實在太懂得引誘男人。夫人府在望，項少龍暗嘆一口氣，拍馬而去。衆衛士忙策馬緊隨，十一騎旋風般捲進趙雅的夫人府。

雅夫人往王宮未返，夫人府內只有趙倩和公子盤。趙盤一下子成熟起來，沒有像以前那般整天溜去玩，或調戲侍女、結黨恣意生事。趙倩可憐他悲慘的遭遇，陪他讀書認字，而趙盤在美麗公主表姊面前，好似變成另一個人一般努力學習。項少龍看得心酸苦痛，把趙盤領到花園，悉心傳授他墨子劍法，又使手下和他對打搏擊。

趙盤忘情地武習，項少龍和一旁觀看的趙倩閒聊起來：「想不到這孩子變得這麼懂事。」

趙倩兩眼一紅道：「他最愛的人是妮姨，現在他心中充滿仇恨，不但恨趙穆，也恨父王，所以他要以你的師傅爲榜樣，學得智勇雙全，好爲妮姨報仇雪恨。」

項少龍看著公子盤臉上那與他年紀不相稱的陰鷙專注和堅毅不拔的神情，心中湧起一股寒意。他有種直覺，趙盤將來定非普通的人，雖暫時仍很難猜到他可以有什麼作爲。

趙倩低聲道：「他肯接受我，一方面因爲我是你的人，另一方面是因我和他一樣，都痛恨父王和趙穆。」

項少龍心頭一陣難受，道：「妳父王不是最敬重妮夫人嗎？爲何肯坐看趙穆行兇？至少應徹查此事，何況此事惹起軍方的不滿，使趙國面臨長平之戰以來最大的危機。」

趙倩幽幽一嘆道：「沒有人明白父王的，以前他並不是這個樣子。自長平之戰以後，他整個人變了，優柔寡斷，凡事三心兩意，甚至有點怕面對朝臣，尤其是軍方的將領。他放任趙穆大權獨攬，隻手遮天。像妮夫人這件事，他本應嚴責禁衛徹查，可是趙穆介入後，三招兩式便大事化小，小事化無，教宮內所有人對他心寒。」

項少龍由趙倩的話，看到長平之戰對趙國的另一種影響。該役戰敗，是因孝成王中了秦人幼稚之極的離間計，以趙括代廉頗，亦可說是新上任君主和當權老將的權力衝突。經此趙國有史以來最傷元氣的挫折後，孝成王失去信心，變成一個逃避現實的人，甚至害怕看到朝臣責備的眼光。於是趙穆乘虛而入，在精神和肉體上滿足他的需求。趙王變成同性戀者，說不定是一種自暴自棄、帶點自虐式的毀滅性行爲。當然亦有可能是天生的生理追求，眞正原因，恐怕孝成王自己仍難弄得清楚。

趙倩淒然道：「我仍在懷念當時逃出大梁的日子，希望每晚有你疼愛人家。少龍啊！什麼時候我們離開這醜惡的地方，找個無人的荒野，讓倩兒爲你生火炊飯，你則打獵來維持生活？」

項少龍心中苦笑，若他留在美蠶娘的小谷不走，或者能以這種方式終老山林，可惜現在勢成騎虎，欲罷不能。將來到秦國去，面對的可能是更複雜的權力鬥爭，在古戰國時代，看來並沒有桃花源式的樂土。否則美蠶娘不會險被土霸強姦，滕翼不致妻亡子滅。他把桃花源的故事說給趙倩聽，當美麗的三公主心神俱醉，靈魂飛到那人類憧憬的樂土時，趙雅神色凝重地回來了。

項少龍和她避入靜室商議。

趙雅嘆道：「李牧在戰場上是無可比擬的猛將，在權謀手段上卻太鹵莽，更低估趙穆對王兄的影響力。」

項少龍心叫不妙，問道：「發生什麼事？」

趙雅沒有直接答他，苦惱地道：「他們不明白王兄自長平一戰後，最怕別人說他犯錯，現今李牧擺明要迫王兄承認在妮姊一事中有疏忽和包庇兇嫌之責，他怎肯接受。」

項少龍皺眉追問道：「究竟發生什麼事？」

趙雅喪氣地道：「昨晚宴會後，趙穆立即進宮找王兄，說些什麼話沒有人知道，想來是指責軍方借題發揮，想動搖王兄寶座之語，對你當然不會有好話。」

項少龍終於深刻地體會什麼叫昏君誤國，當權力集中到一個人手上，這個人便成勝敗的關鍵。現代的民主制度雖充滿缺點，但總比由一個昏君操縱所有人的生死勝過千百倍。

趙雅繼續道：「今早王兄召我入宮，詳細詢問你的事，又迫人家說出和你眞正的關係，教我差點招架不來。」

項少龍心中一驚問道：「妳如何答他？」

趙雅神色不自在起來，道：「當然不會說眞話，不過看來他仍相信我沒有迷上你，或者是因爲我以前的聲譽太壞了吧！」言罷垂下俏臉，滿懷心事的樣子。

項少龍托著她下巴，抬起她的臉，道：「現在我牽涉到軍方和烏家兩個系統，你王兄應不敢對我輕舉妄動吧！」

趙雅淒然道：「人家擔心得要死哩！你千萬不要高估軍方和烏家的力量，假若王兄不顧一切，就地把你處決，那時米已成炊，誰也不會眞的爲你與王兄正面衝突。」

項少龍心中湧起怒火，冷笑道：「想殺我項少龍，恐怕孝成王要出動大軍才行，我絕不會俯首就擒的。」

趙雅嗔道：「有時你這人眞像個有勇無謀之輩，只是王兄的親衛兵團便達二萬人，守城兵三萬之衆，主帥樂乘是趙穆的人，鬧起事來，誰救得了你。你若有不測，人家怎活下去啊！」說到最後熱淚奪眶而出，可知她是何等淒惶恐懼，卻又似另有隱情。

項少龍心疼地把她摟入懷裡，微笑道：「放心吧！曾有人說過我是多災多難的新聖人，所以絕對死不了。」

趙雅一呆道：「誰說的？什麼是新聖人？」頓了頓又說：「現在人家方寸已失，心亂如麻，少龍快教我應該怎樣做。」

項少龍沉吟片晌，道：「還有什麼選擇，只有逃離邯鄲，始有生路。走前我定要把趙穆碎屍萬段，以洩心頭之恨。」

趙雅愛憐地撫著他的臉頰道：「你答應要帶雅兒走的啊！」

項少龍肯定地回答道：「這個當然，不但帶妳走，小盤和倩兒亦隨我們走。」

趙雅輕輕道：「是否到秦國去，唉！秦人比任何一國的人更深沉可怕哩！」

項少龍笑道：「別忘了我是新聖人。」站起身來道：「恐怕要到秦國才有機會陪伴你們，孝成王的反應大出我意料之外，我要立即找李牧商量，設法緩和妳王兄的情緒。」

趙雅陪他往外走去道：「我會負責偵察宮內的情況，幸好有晶王后站在你那一邊說話，王兄又三心兩意，短期內應不敢以霹靂手段對付你。」說完突然垂下臉來，美目掠過複雜難明的神色。

項少龍當然看不到，只是以爲她心中煩困。鄒衍可能深信他是什麼新聖人，但他卻知道沒有這一回事。若有新聖人，就應是嬴政。可是現在那樣子的嬴政，憑什麼做統一天下的新聖人？項少龍突然想念起以前在二十一世紀慣用的尖端武器。在這時代，最厲害的劍手，對付得十來人亦應付不了百多人，何況是成千上萬受過良好訓練的兵將。所以只能從戰略和謀術入手，才有保命逃生的機會。忽然間，他對邯鄲生出戀棧不捨的情緒，終於要離開這偉大的古城了。

項少龍來到李牧在邯鄲的大將軍府，牆內的廣場處聚集過千人馬，整裝待發，似要立即出門的樣子。項少龍心往下沉，由府衛領去見李牧，李牧正由宅內出來，一身戎裝，見到項少龍，把他拉往一旁道：「大趙再沒有希望，今天大王把我召入宮，要我立即趕返北疆，應付匈奴，更不給我機會提起趙妮的事，明言邯鄲由趙穆負責，你快走吧！否則性命難保。」

孝成王的反應，顯然出乎名將的意料之外。

李牧又低聲道：「邯鄲城內的將領有很多是我以前的部屬，我把你的事告訴他們，囑他們暗中幫你一把。」接著說出幾個名字。又道：「假若趙穆派人追你，可往北疆逃來，只要進入我的勢力範圍內，我有方法保護你，縱使大王也奈何不了我。」

項少龍想不到這個只見過三次面的人，如此情誼深重，義薄雲天，感激得說不出話來。

李牧解下配劍，遞給他道：「劍名『血浪』，比之飛虹更勝一籌，吹毛可斷，破敵甲如無物，以你的絕世劍法，當如虎添翼，不要拒絕，否則李牧會小看你。」

項少龍湧出熱淚，接過這名字可怕的寶刃。

李牧拍他的肩頭喟然道：「哪處可容你，便去哪處吧！說不定有一天我們會在沙場相遇，那時各爲其主，說不定要生死相見，我絕不會留情，你亦應該那樣對待我。」

言罷哈哈一笑，說不盡的蒼涼悲壯，毅然上馬離府，踏上北征之途。項少龍百感交集，呆然目送，頗有舉目無親的感覺。抽劍一看，晶光燦爛的劍體上隱有棗紅血紋，呈波浪狀。劍柄處以古篆鑄有「血浪」兩字。昨夜的喜悅不翼而飛，現在唯一可做的事，唯憑靠自己的智謀和能力，使烏家和自己心愛的人兒們，能安全離開這毫無天理的地方。

項少龍茫然離開大將軍府。沒有李牧這樣德高望重的人主持大局，軍方縱對趙穆不滿，仍不敢犯誅族之險為趙妮一案仗義執言，更沒有人敢站在他的一方，他也不願牽累其他人，現在只能靠烏家和自己。李牧被遣返北疆，整個趙國的軍政界全清楚趙王的心意，就是他要與趙穆站在同一陣線，而項少龍是趙穆最大的眼中釘，自是朝夕難保，時日無多。

雪中送炭沒有多少人肯做，落井下石卻是人人樂而為之，因為既可打擊烏家，且討好趙穆。現在最大的問題是趙穆何時取得趙王的同意，一舉除去烏家和項少龍。有什麼方法可拖延趙王下決定呢？

苦惱間回到烏氏倮城堡，陶方迎上來，道：「那個叫單進的楚人給我們擒來關在囚室，不過這人是硬漢一名，不肯吐露半句話，現在看看少龍你有什麼意見，說不定要下重刑。」

項少龍像看到一線希望的曙光，道：「搜過他的行囊嗎？」

陶方嘆道：「都是些沒有關係的東西，以趙穆的奸狡，絕不會有這麼容易給人抓到的把柄。」接著頹然道：「就算這人肯乖乖合作，站出來指證趙穆，趙穆仍可推個一乾二淨，反指我們誣陷他。唉！你說孝成王信他的男人還是信我們呢？」

項少龍沉吟道：「只要我們清楚趙穆和楚人的來龍去脈，可設計對付他，所以絕不可輕易放過任何線索。」

兩人來到後宅，由一座建築物的密室入口，進入守衛森嚴的地下囚室。楚諜單進被綁在木樁上，滿臉血污，精神萎靡，顯是吃過不少苦頭，垂頭默然不語。項少龍雖很同情他，卻別無辦法，戰爭時期，對敵人仁慈，簡直是自殺。

項少龍靈機一動，把陶方拉到一旁道：「這人一看便知是不畏死的人，否則楚人不會派他來負責這麼重要的任務，可是任何人的忍耐力總有限度，只要我們找到那方法，可摧毀他的意志。」

陶方沒好氣道：「問題是有什麼辦法？」

項少龍道：「方法叫疲勞審訊，你找十多個人來，不斷重覆向他問問題，不准他如廁和吃東西，最重要是不讓他睡覺，審問時要以強烈的燈光照他，我看他能捱得多久。」

陶方還是首次聽得這樣的審訊方法，半信半疑道：「會有用嗎？」

項少龍肯定地道：「包管有用，你先使人料理好他身上的傷口，給他換過乾淨的衣服，立即進行。」

又和他說些審訊的技巧和要問的東西，陶方亦覺很有道理，項少龍才去找烏應元。烏應元正在密室內接見客人，知他到來，立即把他請進去。那是個毫不起眼的行腳商人，身材高頎，可是相貌猥瑣，樣子一點不討好。

烏應元讓項少龍坐下後道：「少龍！這位是圖先生最倚重並有智多星之稱的肖月潭先生。」

項少龍心想原來是呂不韋頭號手下圖先派來的密使，如此看來，呂不韋是不惜一切，要在短時間內把朱姬母子接返咸陽。

肖月潭相當客氣，道：「未到邯鄲，早聞得項公子大名，請勿見怪，現在肖某的樣貌是假的，情非得已，故不能以真面目示人。」

項少龍恍然大悟，原來是易容化裝的高手，表面看不出半點破綻，靈機一動道：「那就是說，先生可把儲君母子變成任何模樣囉！」

肖月潭點頭道：「項公子的思想非常敏捷，這正是圖爺派肖某人來邯鄲的原因之一，但怎樣把他們偷出來，須靠你們。」

項少龍正想說把她母子偷出來並不困難，几下給烏應元踢一腳，忙把話呑回肚內。

烏應元接著道：「假若我們救出她們母子二人，呂先生那方面怎樣接應我們？」

項少龍恍然大悟，以他們的實力，又有肖月潭超卓的易容術，救出她母子應不是問題，難就難在烏家要同時全體逃亡，所以烏應元把嬴政母子和烏家掛鉤，迫呂不韋一併接收他們。

果然烏應元繼續道：「質子府守衛森嚴，自莊襄王登基後，府內長期駐有一營禁衛軍，邯鄲城禁之嚴，天下聞名，除強攻硬闖外，別無他法。不過肖先生請放心，我們已有妥善計畫，包管能把他們母子無驚無險送到城外。」

項少龍知他在誇大其辭，也沒有想到什麼救人大計，但換過是他也只好如此騙取對方的信任。

肖月潭道：「敝主曾和莊襄王商量過這個問題，屆時我軍會佯攻太原郡的狼孟、榆次諸城，引開趙人的注意力，而圖爺將親率精兵，潛入趙境接應，只要你們到達潦陽東的漳水西岸，圖爺可護送你們取魏境和韓境返回我國。」頓了頓又道：「肖某可否先聽你們的奇謀妙計。」

項少龍暗叫厲害，他說了這麼多話，事實上沒有洩露半點圖先率領精兵的位置和路線，因爲若要配合行動，圖先須身在趙境才行。几下再給烏應元踢一腳，顯然要他立刻弄一個根本不存在的計畫出來應付。

項少龍哪有什麼計畫，故作神祕道：「肖先生可否等待三天，因爲計畫裡最重要的一個環節是聯絡她們母子，這事我仍正在進行中，待有頭緒，其他細節始可作最後取捨。」

肖月潭不滿道：「至少應透露一點情況給肖某知道吧？」

項少龍故作從容道：「先生的出現，令整個計畫生出變化，因可借助先生的易容術，使我們遠離邯鄲趙人仍懵然不察，所以我要再作新的部署。」

肖月潭臉容稍寬，點頭道：「明白！」轉向烏應元說：「聽說烏家的歌舞姬名聞天下，肖某怎可錯過。」

烏應元大笑道：「早給先生安排好！」

項少龍知道再沒有他事，溜了出去。

踏出烏應元的內宅，項少龍有種筋疲力倦的感覺。城堡內一片午後的安寧，花園裡婢女和小孩在玩拋球遊戲，傳來陣陣歡笑聲。地上的雪剷除乾淨，樹梢上仍掛滿霜花冰柱。他經過時，較有姿色的婢女都向他大送秋波，希望博得青睞。但他這一向風流自賞的人卻黯然神傷，烏應元雖曾說過會把大部分人早一步調離趙境，誰都知道是指直系至親，至於較疏遠的親屬以及眼前的婢僕，大有可能被無情地捨棄，最終成爲趙人洩憤的對象。這是無可奈何的事，他項少龍亦沒有辦法。在這群雄割據的時代，人的命運並不是由自己操縱的。天堂會忽然變成可怕的阿鼻地獄！

他並不擔心呂不韋出賣他們，在這戰爭不息的土地，烏家的畜牧業對軍事和經濟均無比重要，以烏家父子的厲害，定可把部分資源撤出，其他的也不會留下給趙人，那將對趙國造成致命的打擊，以至於更難苟安生存，這是趙王自作自受的惡果。

烏應元是雄才大略的人，幾年前開始不動聲色地部署一切，只瞧他看中自己的眼光，又不惜把最鍾愛的女兒嫁給他，可知他的果敢和高瞻遠矚。只有這種人，才能在這世界快樂地活下去。後面口哨聲傳來，尙未來得及回頭一看，荊俊旋風般趕到他身旁，神態輕鬆。

項少龍大奇道：「得手了嗎？」問的自然是趙致。

荊俊搖頭，悻悻然道：「她一直不理我，最後被我跟回家，還拿劍來趕我。」

項少龍不解地道：「爲何你仍可像現在那麼開心高興？」

荊俊嘻嘻笑道：「妙就妙在她親爹原來是個書塾老師，出來對我嚴詞斥責，說了大堆什麼非禮勿視、非禮勿言的話。我其實一個字都聽不入耳，看在他美麗女兒份上，裝作俯首受教，他或者見我像是個讀書的人才，竟說什麼有教無類，要我每天去上學受教，學做人道理，只要過年過節送些臘肉便成。嘻！當時趙致氣得差點瘋掉，向我乾瞪眼，又毫無辦法，項大哥你說是否精采呢？」

項少龍搖頭失笑，給荊俊這樣的人纏上，趙致恐怕有難，打又打他不過，趕又趕他不走，看她怎樣應付？

荊俊問道：「滕大哥到哪裡去了？」

項少龍答道：「他有特別任務，在城外的大牧場。」

說到這裡，心中一動道：「有沒有辦法把數以千計的戰馬弄得四蹄發軟，不能走路？」

荊俊皺著眉道：「餵牠們吃些藥便成，但若數目太多，會困難一點。」

項少龍心想這事應問烏應元才對，烏家的畜牧業乃世代相傳，沒有人比他們更在行。

荊俊興奮地道：「有什麼事要我辦的！」

項少龍搖頭道：「你放心去讀書，須謹記滕大哥的吩咐，不要太過荒唐沉迷，今晚還要到質子府去。」

荊俊答應一聲，雀躍而去。

項少龍步入他的隱龍居，只想倒頭好好睡一覺，天塌下來也不去想。

醒來已是黃昏時分。項少龍回復精神，心情較佳。下人來報，雅夫人的忠僕趙大竟來找他。項少龍還以爲趙雅有什麼急事，忙把他迎入內室。

趙大神情古怪，好一會後道：「今天小人來找公子，夫人是不知道的。」

項少龍覺得不對勁，誠懇地道：「有事放膽說出來，我會爲你擔當。」

趙大道：「本來我這些當下人的，沒有資格管夫人的事，可是我們兄弟數人，心中早視公子爲我們的主人，故再顧及不到其他。」

項少龍更覺不妙，催他把來意說出。

趙大猛下決心，沉聲道：「夫人回來後，不到一個月，有個叫齊雨的貴族由齊國出使到邯鄲，這人生得比連晉更要俊秀，才學和劍術在齊國頗爲有名，更是脂粉叢中的高手，可是他來趙後，卻像只對夫人情有獨鍾似的，對夫人展開熱烈追求，大王和趙穆又不斷爲他製造與夫人相處的機會，看來夫人對他很有意思。」

項少龍一聽放下心來，他對自己這方面信心十足，不相信曾共患難的趙雅會這麼容易移情別戀。

趙大看他神情，焦急地道：「有些話我不想說也要說，夫人回來後，想你想得好苦，茶飯不思，偏是城內不斷傳出公子死訊的謠言。齊雨乘虛而入，有幾晚在夫人房內度過，到公子回來後，夫人把他疏遠，可是他昨晚又來纏夫人，今早離開。我們兄弟商量後，決定告訴公子。」

項少龍的心立時涼了一大截，以趙雅一向的放蕩，在那種苦思他的情況裡，的確需要其他男人的慰藉和刺激，以排遣痛苦和寂寞。人非草木，孰能無情，這種男女間事，開始了便很難斬斷，兼之齊雨具備不差於他的條件，所以趙雅與他藕斷絲連，纏夾不清。唉！蕩女終是蕩女，那可能牽涉到生理上荷爾蒙分泌的問題，要她長期沒有男人慰藉，會是很困難的一件事。他心中生出被騙的痛苦感覺。

趙大壓低聲音道：「若夫人只是和男人鬼混，我們絕不會作通風報訊的下流奸徒。夫人有大恩於我們，縱爲她死心甘情願，但我們卻怕她給人騙情騙色外，更別有用心，又害了公子，那就不值。」

項少龍一愣，問道：「究竟是怎麼一回事？」

趙大痛苦地道：「我們曾私下調查齊雨，發覺他每次與夫人幽會後，立即偷偷去見趙穆──」

項少龍內心劇震道：「什麼？」

趙大兩眼一紅，垂下頭去，兩手緊握成拳，顯是心內充滿憤慨。對他來說，項少龍是義薄雲天的大英雄，只有他配得起雅夫人，而趙穆則是邯鄲人人痛恨的人物，可想見他此刻的感受。

項少龍逐漸明白過來。這條男色的詭計可算厲害了！若趙穆再次控制趙雅，那他們這方面休想有一人能生離邯鄲，朱姬母子也要完蛋，因爲趙雅知悉他們的所有行動和祕密。不過看來趙雅雖與齊雨糾纏不清，仍未曾把他出賣。想起今天她神色淒然地要自己把她帶離趙國，又怕秦人難靠，當知她心情矛盾。但說到底，趙王對她仍是非常疼愛，她是否眞的願意背叛孝成王呢？她之想離開趙國，主因是趙國無望，故不想淪爲亡國之人，而齊雨卻可給她庇護，把她帶回與秦人間隔著趙國的齊國。

齊楚間顯有祕密協議，不擇手段阻止三晉合一，甚至瓜分三晉，所以趙穆既能邀囂魏牟狙擊他，現在又請到情場高手向他橫刀奪愛。此事當然有趙王在背後撐腰，因爲他不想趙雅與烏家牽上關係；同時想通過趙雅知悉烏家的祕密，時候到了，把烏家連根拔起，接收所有牧場，去此心腹大患。

項少龍的思路不住蔓延，想起趙妮一事，說不定趙王是參與者，因爲小盤說過他們是吃下趙王派人送來的糕點而昏睡。趙王容許趙穆這樣做，是原先以爲妮夫人只是不耐寂寞，故和項少龍相好，所以只要趙穆能予她同樣享受，可把她爭取回來，哪知趙妮生性貞烈，被污後自殺身亡。有了這樣的理解，所有不明白的事均豁然而通。那就是趙穆可以隻手遮蓋趙妮血案的原因，因爲根本是趙王首肯的，他更不想自己的惡行暴露，寧願開罪李牧，硬要將事情壓下去。

對於趙國，他是眞正死心。他的復仇名單上，多添趙王的名字。現在最頭痛的問題是趙雅，她對齊雨是否已泥足深陷？難怪趙王這麼容易把趙倩交給她。是否晶王后也是在半眞半假地演戲？故意引他行刺趙穆，讓趙王有藉口把烏家剷除。想到這裡，不由汗流浹背。

趙大道：「公子！現在我們應怎麼辦？」

項少龍沉聲道：「你們當作完全不知道這件事，以後不要再跟蹤或調查齊雨，此點至爲緊要，明白嗎？」

趙大點頭，欲言又止。

項少龍想起一事，問道：「你們對夫人這麼忠心，難道明知齊雨去見趙穆，也不告訴夫人嗎？」

趙大頹然道：「早告訴她，卻給她斥責一頓，說齊雨乃齊國來使，趙穆自然要殷勤招待，還說若我們再跟查齊雨，絕不輕饒。」

項少龍心中叫糟，看來齊雨眞的把善變的蕩女迷倒，否則爲何不許趙大追查眞相。自己可由連晉手上把她奪走，別人當然可以從他手上搶去，公平得很。何況雅夫人以前的廣結善緣，正表示她貪嘗鮮。

趙大終忍不住道：「若夫人眞的歸了齊雨，我們希望以後追隨公子。」以趙大的忠心，說出這種背主的話，可知他們對趙雅是多麼失望和痛心。趙雅曾出賣他一次，此回是否歷史重演。當她知道逃走無望，是否因爲齊雨和她的本身利益再次出賣他？

項少龍心內悲痛怨憤，沉聲道：「將來有一天，若我項少龍出人頭地，你們來找我，我必樂意收容你們。」

趙大歡喜拜謝，告辭離開。

項少龍心情惆悵，腦內一片空白，什麼都不願想。衆女見他神色有異，忙追問原由。他怎能把心事告訴她們，只好強振精神，暗忖兵來將擋，水來土淹，我還怕了誰來。

北風呼嘯中，項少龍和荊俊兩人無聲無息地竄牆越壁，避過巡邏和崗哨，潛入朱姬樓外的花園。荊俊留下把風，項少龍熟門熟路地來到二樓窗外，輕輕一推，窗門應手而開。

朱姬的聲音在裡面輕呼：「少龍嗎？快進來！」

項少龍一個閃身穿窗入屋，朱姬忙把窗門關上，轉身挨著窗台，胸口不住起伏，顯是心情緊張。房內只有一盞暗弱的孤燈，由於放在窗台那邊的一角，所以不會把兩人的影子反射在窗紙上。燈火強調了朱姬右半邊身體，左半邊沒在暗影裡，使她玲瓏浮凸的身材，更具立體的效果，非常誘人。房內燃起火盆，溫暖如春，所以朱姬的衣衫雖單薄，她仍是那麼舒慵適意。她美麗的媚眼像火炬般燃燒，更具灼人的暖意，目不轉睛地打量項少龍，好像要把他的五臟六腑研究清楚的樣子。

項少龍還是首次遇到這麼大膽野性，一點不怕男人的女人，心臟不由「霍霍」躍動起來，表面卻冷冷地和她對視。這是個絕不簡單的女人。

朱姬櫻唇輕啓道：「項少龍！我可以信任你嗎？」

項少龍微微一笑道：「看來夫人沒有選擇的餘地。」

朱姬美目深深地凝視著他道：「就算我可以信任你，你憑什麼本事把我們母子帶出去。」

項少龍暗忖我既然可潛到這裡來，自然可把你們帶出去，正要衝口說出來，忽覺不對，改口道：「這正是我來找夫人商量的原因，因爲我猜到趙穆必會把所有人手集中在儲君處。」

朱姬點頭道：「你非常精明，難怪趙穆這麼忌憚你。每次他們說到你，我會很留心聽，沒想到不韋竟找到你，眞的很好。」

項少龍聽她提起呂不韋，像提到個陌生人似的，心中懍然，看來她是不會對任何男人忠誠的。男人在利用她，她也在利用男人。

皺眉道：「儲君那裡的情況如何？」

朱姬輕嘆道：「除非你率領大軍，攻破邯鄲城，否則休想把他帶走，自異人郎君登基後，趙穆調來二百名身手高強的武士，日夜不停輪班在大宅內陪守他，外面則加建高牆，形成宅內有宅，且長期有一營近千人的禁衛軍在守著，除非你化作鳥兒，否則休想潛進去見他。」

項少龍聽得眉頭大皺，今天烏應元向肖月潭說起質子府守衛森嚴，不但沒有誇大，還把實情淡化了。

朱姬若無其事地道：「而且把他救出去有何用？趙穆乃用藥的大行家，給他餵服一種奇異的藥物，必須定期服用解藥，才可沒事，沒解藥吃，不出十天立刻毒發身亡。」

項少龍整條脊骨似結成冰柱。我的媽啊！這就是未來的秦始皇？今天眞是進退兩難。還以爲救出她們母子是舉手之勞，自己是太天眞了。吁出一口涼氣道：「這樣折磨儲君，除了自己出氣外，對趙人有什麼好處。」

朱姬淡淡道：「你也應聽過趙穆的陰謀，故意以酒色把他變成廢人，說眞的，趙穆恨不得把他送回去當秦王。現在卻不是時候，因爲會便宜呂不韋，你明白嗎？」

項少龍當然明白，呂不韋這麼急切把她們母子運返咸陽，是要加強與莊襄王的關係。此刻他突然發現當朱姬提到兒子時，只說「他」而沒有任何稱呼，也不喊他的名字，語氣冷淡得駭人，一時不禁迷惑起來。

朱姬忽然狠狠道：「這小子死了倒好，見到他我便無名火起。」

項少龍呆了起來，人謂虎毒不食子，朱姬爲何會詛咒能讓她成爲王太后的寶貝兒子？

朱姬移過來，挽起他的手，拉他往秀榻走去，柔聲道：「來！到榻上再說。」

項少龍一來完全失去心情，二來緊記勸戒，不可和此同時是呂不韋和莊襄王禁臠的女人發生曖昧關係，斷然下反手拉她道：「恐怕時地都不適合吧！」

朱姬沒好氣道：「你以爲人家不知道嗎？只不過那些婢女奉命每隔一段時間來看我，躲在榻上較爲安全。」

項少龍心想原來誤會她，忙隨她鑽入帳內，立時芳香盈鼻。

朱姬要他躺在內側，以錦被蓋過兩人，轉身擠入他懷裡，用力抱緊，小嘴湊到他耳旁輕輕道：「奴家要告訴你一個天大的祕密，但要你先發毒誓，不可以告訴任何人，方可以讓你知道。唉！我是別無選擇，不得不告訴你。我在這裡不准踏出屋門半步，又沒有任何可信任的人。」

項少龍心中大感驚訝，什麼祕密須發毒誓不得外洩那麼嚴重？答道：「我項少龍一言九鼎，答應人的話，絕不食言，夫人放心。」

朱姬欣然道：「我知你是言必有信的人，可是奴家仍不放心，你遷就人家吧！」

美女軟語相求，無奈下，項少龍只好立下毒誓，同時心中暗笑，項某人根本不信毒誓會應驗，對我有什麼約束力？不過既然答應，絕不會隨便向人說出來。

朱姬猶豫片晌，壓低聲音道：「他們軟禁的根本不是我的兒子。」

項少龍差點失聲驚呼。我的天啊！究竟是怎麼一回事？朱姬尚未有機會再說話，敲門聲響，婢女在門外道：「夫人睡了嗎？侯爺駕到！」

項少龍魂飛魄散，正要跳起身來，朱姬一把將他按住，伸手往前在床飾處一按，項少龍躺處立即變成活板，把他翻到床下的暗格去。剎那間，項少龍由榻上溫暖的被窩，變成躺在有棉被墊底的床下暗格內，幸好還開有通氣孔，不虞缺乏空氣。

門開，趙穆的聲音道：「美人兒，本侯來探望妳。」

朱姬答道：「侯爺今天精神煥發，定是發生令你高興的事，奴家很替你開心呢！」

暗格內的項少龍正猜到身躺處必是郭開這「奸夫」的專用暗格，聞言暗讚朱姬很懂得對男人灌迷湯。他「感到」趙朱兩人在榻沿坐下，還有親嘴聲和朱姬令人銷魂蝕骨「伊唔」喘息的聲音。

好一會後，趙穆笑道：「聽說妳的呂郎派遣圖先到邯鄲來救妳，美人兒妳高興嗎？」

朱姬嗔道：「你還不知奴家的心意嗎？沒有你，什麼地方人家也不想去，這只是謠言罷了！誰會蠢得到這裡來送死？」

下面的項少龍心中叫絕，朱姬自是在探聽趙穆的口風。

果然趙穆冷哼一聲道：「怎會是謠言？現在秦國舊臣正與呂不韋展開激烈鬥爭，要他負上毒殺先王的責任，恐怕妳的莊襄王亦無法維護。呂不韋死了，我自會把你們母子送回咸陽，那時可不要把我忘記。」

趙穆雖沒有說出來，項少龍和朱姬都猜到消息定是來自想扳倒呂不韋的秦朝權貴。這秦朝外來人和本地權臣的鬥爭，可謂牽連廣泛。主戰場在秦廷，副戰場卻在邯鄲。原本很簡單的事，變得複雜無比，尤其朱姬剛才說的話，更是出人意表，石破天驚。

朱姬大發嬌嗔道：「不回去！不回去！人家絕不回去，由政兒回去好了，我要留在這裡和你長相廝守。」

下面的項少龍聽得目瞪口呆，她怎能說得這麼眞摯感人，若讓她去到二十一世紀，必是演藝界的超級巨星。趙穆完全受用，和她親起嘴來，夾雜趙穆毛手毛腳時引起的衣服摩擦聲，男女的淫笑和呻吟，下面的項少龍大嘆倒楣。若兩人在榻上歡好，他更難受。這時他若要刺殺趙穆，確是易如反掌，當然他不會蠢得那樣做。

幸好趙穆談興未盡，停止與朱姬親熱，道：「我今天這麼開心，是因爲趙雅那賤人終於落到我算計裡，難以自拔。沒有人比我更清楚她，既迷戀榮華富貴，又貪新忘舊，不過她對項少龍算是很特別。豈知我還有一招殺手鐧，就是教孝成王動以兄妹之情，加上利害關係，哪容她不誠心就範？」

項少龍的心直往下沉，趙雅眞的背叛他。只不知她把自己的事透露了多少給王兄？幸好爲不使她擔心，很多事他沒有和她說，否則更不堪設想。

朱姬故意道：「爲何你整天咬牙切齒提那項少龍，他和奴家有什麼關係？人家對他沒有一點興趣。」

趙穆怎知狡婦在探他口風，又或根本不去防範失去自由的美人兒，淡淡地道：「怎會沒有關係，烏家一直和呂不韋有聯絡，項少龍是烏家的孫婿，呂不韋若來偷人，自須借助烏家的力量。」稍頓冷哼一聲道：「項少龍莫落到我手裡，那時我會讓他後悔做人。我操他時，你得在旁看熱鬧。」

下面的項少龍聽得咬牙切齒，恨不得撲出去把他殺掉。

朱姬當然知道項少龍在旁聽，忍不住喘笑道：「那個毛頭小子怎鬥得過你呢？他遲早總會落到你手裡，任你擺布。」

趙穆顯是聽得興奮，道：「來！上榻吧！」

朱姬總算有點良心，不依道：「半夜三更來弄醒人家，累得人家肚子餓咕咕的，哪來興趣。」

趙穆顯是對她極爲迷戀，忙召人去弄點心給朱姬吃，滿足地道：「現在趙國沒有人敢開罪我，待把烏家連根拔起，那時誰敢不看我趙某人的面色行事。」

朱姬曲意奉承幾句，柔聲道：「我看項少龍定是不折不扣的蠢材，否則怎會相信以淫蕩聞名天下的趙雅會對他專心一致？」

項少龍唯有苦笑，朱姬這兩句話當然是免費贈給他的禮物。

趙穆哪想得到其中有此轉折，正正經經答道：「妳錯哩！趙雅對項少龍確是動了眞情，所以很多事直到此刻仍替他隱瞞。不過我太明白她，所以她鬥不過我，因她不想和項少龍一塊兒死，只好乖乖與我合作。」再嘆道：「項少龍不但不蠢，還非常厲害，若不是抓住趙雅這弱點，鹿死誰手，尚未可知。」

項少龍想起一事，立時汗流浹背。假若趙倩把紀嫣然、鄒衍在大梁救他們一事，說給趙雅聽，再轉告趙穆，那紀嫣然鄒衍兩人便非常危險。這時侍女來報，食物準備妥當。趙穆和朱姬步出房外，此時不走，更待何時。項少龍叫聲「謝天謝地」，一溜煙走了。

趙倩在榻上輾轉反側，無法入睡。沒有項少龍在身旁，她有種淒苦無依的感覺。她又想到趙盤，這失去母親的孩子日漸變得陰沉可怕，只有對她和項少龍才恢復一點天眞的樣子，連趙雅的賬他也不賣。假設他表現得脆弱一些，趙倩反會好受點。

就在此時，帳幔忽給揭開，正要驚呼，項少龍熟悉的聲音道：「倩兒！是少龍！」

趙倩哪想到夜深人靜愛郎會出現榻旁，狂喜下撲過去，死命把他摟緊。

項少龍脫掉靴子，摟她鑽入被窩，先來個長吻，低聲問道：「妳有沒有把嫣然姊救我們的事告訴雅夫人？」

趙倩何等冰雪聰明，聞言駭然道：「她不是有什麼問題吧？爲何說給她聽會有問題？」

項少龍臉色大變道：「那是說妳已告訴她！」

趙倩搖頭道：「沒有。並非我不信任她，而是我曾答應嫣然姊，絕不把這事告訴任何人，所以只把我們編好的故事告訴她。」

項少龍如釋重負地舒一口大氣。

趙倩嬌軀一顫道：「天啊！夫人究竟做過什麼事？要勞你半夜三更偷進來問倩兒這樣的問題。」

項少龍愛憐地愛撫她粉背道：「今晚妳有沒有見過她呢？」

趙倩道：「聽說她有客人來了，所以我不方便過去。噢！我想起來哩，每次說有客人來，小昭她們的神情都很古怪，似乎充滿怨憤，又無法作聲的樣子，那客人難道是——」

項少龍早已麻木，再不會為趙雅與齊雨偷歡有任何激動，他乃提得起放得下的灑脫人物。他曾向趙雅提議讓荊俊等人保護她，給她堅決拒絕，當時尚不會意，現在當然明白她是不想讓他知道和齊雨的私情。

趙倩道：「項郎啊！求你告訴人家是怎麼一回事好嗎？」

項少龍道：「這幾天你覺得夫人有什麼異樣的地方嗎？」

趙倩凝神細想，思索道：「給你這樣說，夫人果然和以前不同，不時心神恍惚，有次我還發覺她獨自一人在垂淚，問起她時，她只說想起妮夫人。有時又無端端發下人的脾氣。」再催促道：「究竟是怎麼一回事啊！人家的心慼得很難受呢！」

項少龍道：「妳再想想，她有沒有說過什麼特別的話，例如我們絕逃不出去諸如此類的。」

趙倩道：「這倒沒有，但她曾提過呂不韋現在自身難保，隨時有抄家滅族的大禍，我們若隨烏家去投靠他，等若由狼口走到虎口裡。」

項少龍道：「那妳怎樣答她？」

趙倩吻他一口道：「我說只要跟著你，死也沒關係。」接著一震道：「是了！當時她神情很古怪，回想起來，似乎像既羞慚又後悔的樣子，後來藉故走了。」

項少龍至此對趙雅完全死心。趙穆說得對，他比項少龍更了解趙雅，所以可先後兩次利用這善變的女人來害他。暗嘆一口氣，把情況大約告訴趙倩。趙倩早料到大概的情形，出奇地冷靜。

項少龍道：「妳要表現得若無其事。」

趙倩柔情似水地道：「倩兒曉得，我對你這新聖人有無比的信心，知你定能領著倩兒和烏家安然度過劫難。」

項少龍臨走前道：「妳眞捨得丟下父王，隨我去接受茫不可測的命運嗎？」

趙倩肯定地點頭道：「只要能離開父王，倩兒一無所懼。人家有件事尚未告訴你，就是娘死後，倩兒的奶娘曾說了句罵趙穆的話，輾轉傳到父王那裡，他立即賜奶娘毒酒，奶娘臨死前握著我的手垂淚叮囑，若有機會定要遠離王宮，做個平常人家的女兒比做公主強多了。」

項少龍聽得不勝感慨。他眞的不明白王族人的心態，正如他並不明白趙雅那樣。

項少龍和荊俊回到烏府，各自返回宿處。分手前，荊俊欲言又止。

項少龍知他心意，道：「白天不會有事的，你放心去上學，不過小心點，現在邯鄲除烏府外，沒有地方是安全的。」

荊俊大喜道：「我是天生的獵人，不會那麼容易成爲獵物。」

項少龍知他狡猾多智，逃走的功夫更是天下無雙，並不擔心。回到隱龍居，衆女好夢正酣。項少龍雖疲倦得要死，但心理和精神被今晚一連串的事影響得太厲害，哪睡得著，靈機一觸，就在房內榻旁依「三大殺式」卷上的打坐方法，盤膝打坐運氣，意與心會，心與神守，神與虛合，萬念俱滅，竟無意地進入前所未有物我兩忘的境界。精神超離肉身的羈絆，渾渾融融，到回醒過來，天色大白，衆女都起床了。

項少龍不理眾女的驚訝，心中暗暗稱奇，自己坐了兩個多小時，卻像睡覺般似若闔眼的工夫，盤交的雙腿沒有血氣不暢的痲痺感覺。在特種部隊受訓時，他曾習過氣功，以不同的站樁爲主，卻從沒有這種神清氣爽的感覺，一時間對雅夫人的事再不太放在心上。

用過早點，他匆匆趕去找肖月潭，後者仍擁美高臥，見他尋來，披上一件棉袍出來見他。這時肖月潭易容的化裝盡去，露出精矍面容，與昨天那副尊容有天淵之別，頗有儒雅風流的氣質。

客氣兩句，項少龍低聲道：「圖爺來趙的消息，已由貴國反對呂先生的人洩漏出來，傳入趙王和趙穆耳內。」

肖月潭露出驚異不定的表情。

項少龍續道：「幸好，看來他們仍掌握不到圖爺所在，但派人搜索，卻是必然。」

肖月潭道：「我會使人警告圖爺。少龍，圖爺會很感激你，這消息事關重大。」

項少龍這才知道肖月潭並不是孤身潛入邯鄲，見到他對自己語氣不同，心中好笑，道：「趙穆對儲君的防範非常嚴密。」遂把昨夜朱姬的一番話轉告他，包括趙穆對嬴政下藥一事。肖月潭這次眞的臉色大變，默然無語。

項少龍昨夜便感到他主要是想把朱姬母子帶回咸陽，對烏家如何撤往秦境並不熱心。此刻聽到眞實的情況，始明白到憑他們這些外來人，根本絕無可能救出朱姬母子，縱有最高明的易容術仍不管用。正如朱姬所說，除非破城攻入，否則誰可把嬴政帶走？帶走亦只是落得毒發身亡的結局。

肖月潭深吸一口氣道：「少龍在何處得到這些消息？」

項少龍道：「趙穆身旁有我的人，昨晚終有機會聯絡到朱姬夫人，是由她親口說出來的。」

肖月潭不得不佩服項少龍有辦法，猶豫片晌後道：「少龍勿怪我直言，據說趙王早懷疑烏家和我們呂大爺暗中有往來，現在圖爺來趙的事又給洩露出來，誰都猜到是要搶回她母子，你們現在可說動彈不得，如何可以進行計畫？」

項少龍胸有成竹地微笑道：「這問題我要明天方可答你，總之仍未到山窮水盡的時候。先生可否先向圖爺傳話，若眞想把儲君母子帶返咸陽，我們雙方必須衷誠合作。」

肖月潭知被項少龍識破他們心意，老臉微紅道：「這個當然——當然！嘿！我會告知圖爺。」又皺眉道：「趙穆用藥之術，天下聞名，我們如何破解？」

項少龍笑道：「明天我自有令先生滿意的答案。」

肖月潭見他容光煥發，神態輕鬆，信心不由增加幾分，點頭道：「看來我要親自去見一趟圖爺，最快三、四天回來，希望少龍到時有好消息。」

項少龍再和他密議一番，告辭離去，途中遇上來找他的陶方，後者精神振奮，項少龍還以爲那楚諜一天都捱不了，盡吐實情，豈知陶方只是道：「少龍的方法眞管用，一晚功夫他已接近崩潰，只想睡覺，我看他捱不了多久，便要招供。」

項少龍暗想該算好消息，這種手法雖不人道，總比傷殘他的身體好一點，再堅強的人，處於這種情況下，也會變得軟弱無比。

陶方道：「少爺今早離城到牧場去，會有多天不回來。」壓低聲音繼續道：「他是去安排撤出趙國的事宜，十天後是農牧節，我們例行有『祭地』的儀式，由趙王親到牧場主持，到時我們會把部分府眷送往早預備好的密處隱藏，待將來風頭過後，再把他們逐一送往秦國。」

項少龍放下了點心事，以烏應元的深謀遠慮，他認爲穩妥的事，絕不易出漏子。

陶方引著他往烏氏倮的大宅走去，邊道：「當日我在桑林村遇到少龍，已知你必非池中之物，仍想不到你會有今天的成就。」

提起桑林村，項少龍不由想起美蠶娘，神色一黯！想不到來到古代，牽腸掛肚的事情，比以前更多。

陶方自知其意，安慰他幾句，亦知空口白話沒有什麼作用，道：「老爺要見你呢！」

烏氏倮在密室單獨接見孫女婿，開門見山道：「今天找個時間，讓我爲你和芳兒舉行簡單的儀式，正式結爲夫婦。」

項少龍忙叩頭感謝。他對烏廷芳生出深厚的感情，以有這麼一位嬌妻感到欣悅。

烏氏倮皺眉道：「我還以爲你們這麼親密，芳兒會很快有身孕，眞是奇怪——」

項少龍心中懍然，自己雖想過這問題，卻沒有在意。

烏氏倮顯亦不太在意，道：「我要告訴你一件有關烏家生死的大事，這事陶方都不知道，只有我們烏家直系有限的幾個人曉得。」

項少龍愕然望著他。

烏氏倮肅容道：「舉凡王侯府第，均有祕道供逃亡之用，這事人人知曉，我們也不例外，有四條逃往府外的祕道，出口都是在城堡附近，但對我們來說，只是作掩人耳目之用。」

項少龍一對虎目立時亮起來，又難以置信地道：「難道竟有通往城外的祕道？」

烏氏倮傲然道：「正是這樣，這條通往城東外的祕道歷時三代七十多年建成，長達三里，不知犧牲多少烏家子弟的性命，只是通氣口的布置，便費盡心血，深藏地底十丈之下，挖井亦掘不到，是藉一條地下河道建成，入口處在後山一個密洞裡，還要經後宅一條短地道，隱祕之極。」

項少龍終於明白爲何烏家父子，對逃出邯鄲總像胸有成竹的樣子。

烏氏倮道：「所以只要你有本事把朱姬母子帶來烏府，我們便有把握逃出去。」

項少龍大感振奮，信心倍增，最難解決的問題，忽然一下子解決。

烏氏倮旋又頹然道：「這條祕道很不好走，又悶又濕，我年輕時走過一趟，再不想踏足，還希望永遠不需以之逃生，現在老了，更是難行。」

項少龍道：「聽陶公說農牧節時，我們趁機送走一批人，爺爺你——」

烏氏倮嘆氣道：「若我走掉，孝成王那昏君不立刻採取行動才怪，誰都可以走，我卻不能走。」

項少龍聞言色變。

烏氏倮淡然一笑，頗有點窮途末路的意味，柔聲道：「天下是屬於你們年輕人的，我垂垂老矣，去日無多，再沒有勇氣去面對處身秦國的新生活，也經不起逃亡的驚險和辛勞，所以我早和應元說了，決定留在這裡不走。」

項少龍內心劇震道：「趙王怎肯放過爺爺？」

烏氏倮哈哈一笑道：「誰要他放過？我連皮都不留下一片給他尋到，我風光一生，死後自不想受辱。」

項少龍失聲道：「爺爺！」他首次發自深心對胖老人生出敬意。

烏氏倮灑脫地道：「莫作婦人孺子之態，我對你非常看重。凡成大事，必有犧牲的人。孝成王想攻破我烏家城堡，必須付出慘痛代價。我真的高興，到這等時刻，我仍有一批捨命相隨的手下。」頓了頓再道：「你只要帶走朱姬母子，孝成王會立即來攻城，若沒有人擋他們幾日，你們怎能逃遠？」再毅然道：「我意已決，不必多言。」

項少龍知道無法改變他的心意，事實上他是求仁得仁。道：「祕道的事有多少人知道？看來廷芳並不曉得。」

烏氏倮道：「這樣才能保密，放心吧！知道這事的人非常可靠，這幾天見到烏卓，讓他領你去探路，只要到得了城外，沒有人比我們這些世代農牧的人更懂生存之道。」再冷哼一聲道：「他不仁我不義，孝成王這樣對我，我就要他嘗嘗長平一役後最大的苦果，我要教他舉國無可用的戰馬，讓他坐看趙國逐分逐寸的沒落崩頹。」

看著烏氏倮眼中閃動著仇恨的光芒，項少龍忽然明白到若一個人抱定必死之心，實在是最可怕的。

回隱龍居後尚未坐穩，雅夫人派人來請。項少龍對此早有心理準備，驅策紀才女贈送的愛騎疾風，直抵夫人府，在內廳見趙雅。面對玉人，雖近在咫尺，項少龍卻感到兩人的心遠隔在萬水千山之外。特別留意下，果然小昭等諸女沉默多了，臉兒木無表情，眼內暗含淒楚。趙雅仍是笑靨如花，項少龍卻透視她笑容內的勉強和心底的矛盾。

她驚異地看他一眼道：「少龍你今天特別神采飛揚，是否事情有新的進展。」跟著壓下音量道：

「是否抓到趙穆的痛腳？」

項少龍搖頭道：「哪有這麼容易！」

趙雅道：「是否朱姬母子方面有新進展？」

項少龍裝出苦惱的樣子，緊鎖雙眉道：「她母子居處守衛森嚴，根本沒有方法闖入，妳有沒有辦法讓我見她們母子一面？」

趙雅垂下頭咬牙道：「讓我想想！」

項少龍知道她對自己確有情意，否則不會處處露出有異的神態，扮演得毫不稱職。正容道：「我昨夜想了一晚，決定依晶王后的話，刺殺趙穆。」

趙雅內心劇震道：「少龍！」仰起俏臉，淒然望向他。

項少龍心中得意，沉聲道：「只要幹掉趙穆，或有機會把朱姬母子劫走，我現在有一批大約五百人的烏家死士，有能力對趙穆公開襲擊，只要手腳乾淨點，誰敢指我行兇？」

趙雅茫然看他，項少龍當然知道她以為自己已落入晶王后布下的圈套裡，只覺無比痛快。賤人妳既想我死，我便騙騙妳來玩兒。

「什麼場合最適宜行動呢？」

趙雅垂下頭去，低聲道：「十天後是農牧節，趙穆會隨王兄到烏氏倮城外的牧場舉行祭祀儀式，唉！少龍須三思。」

項少龍感到她內心的掙扎和痛苦，心軟了下來，柔聲道：「不要對我那麼沒有信心，我會把五百人分作兩批，一批埋伏途中，伏擊你王兄和趙穆的座駕——」

趙雅失聲道：「什麼？你連王兄也要——」

項少龍正是要迫趙雅徹底走上背叛他的路上去，只有利用趙雅，他才可騙得趙王和趙穆入彀。眼中射出深刻的仇恨道：「妳王兄在妮夫人一事上包庇趙穆，正因他是罪魁禍首，這種奸惡之徒，何必留他在世上？」

趙雅惶然看著他，忽然像下定決心般垂下頭去，咬著嘴唇道：「那另一批人是去攻打質子府搶人了，可是你們如何離城呢？」

項少龍胸有成竹地道：「我會在城西開鑿一條通往城外的短地道，烏家在這方面有足夠的人手和專才，保證神不知鬼不覺，到時城外備有人馬，走時分作十多路逃走，沿途預先設置好隱藏點，就算大軍追來，仍難以找到我們，何況那時邯鄲城因你王兄和趙穆之死，群龍無首，必亂成一團，若讓晶王后當權，她更不會熱心追我們，這計畫可說萬無一失，到時我再約定妳和倩兒碰頭的時間地點。」

趙雅垂頭不語，臉上急劇的變化難以掩飾地盡露在項少龍眼下。

他故作驚奇地道：「雅兒！妳怎麼了？我的計畫有問題嗎？」

趙雅心中一震，回復過來，搖頭道：「沒有問題，只是人家一時接受不來。」

項少龍故意戲弄她道：「這叫有心算無心，加上戰術上運用得宜，我包管那昏君和奸臣只有這十天的壽命。」

趙雅淒然橫他一眼，沒再作聲。

項少龍知道落足了藥，伸個懶腰，站起來道：「來！讓我們去看看倩兒和小盤！」

趙雅垂頭低聲道：「少龍！」

項少龍心叫不妙，又是充滿期望，道：「什麼事？」

趙雅猶豫片刻，搖頭道：「沒有事哩，一切留待到秦國說。」

項少龍心中暗嘆，知道趙雅放過最後一個可挽回他的機會。兩人的感情至此終結！自此後恩斷義絕，兩不相干。

離開夫人府，他感到痛苦的快感。痛苦是因趙雅的變心，快感則是拋開感情的包袱。自那次趙雅毫無理由讓少原君進入她的寢室，他便知道她在男女之事上意志薄弱，這來自天性。趙妮和她遭遇相同，卻不見她四處勾引男人。現在叫長痛不如短痛。想到這裡，立即有種說不出的解脫感。

十天的緩衝期至關緊要，趙王會故意予他方便，使他從容部署刺殺的行動，好以此爲藉口，把烏家龐大的基業連根奪去。若沒有堂皇的藉口，趙王絕不敢動烏家，因爲那會使國內有家當的人無不自危，紛紛遷往他國，那情況就糟透，他也可算用心良苦。現在只要弄清楚眞正的嬴政在哪裡，他便可明修棧道，暗渡陳倉。說不定還可說服烏氏倮一起離去。想到這裡，恨不得插翼飛進質子府，向妖媚絕代，迷死男人的朱姬問個究竟。

天氣嚴寒、北風呼嘯。街上人車疏落，可以躲在家中的，均不願出來捱凍。蹄聲響起，一隊騎士出現前方，臨近一看，原來是成胥等十多個禁衛軍。項少龍見到故人，親切地打著招呼迎上去。

哪知成胥愕了一愕，勉強一笑道：「項兵衛，我有急事要辦，有機會再說話。」夾馬加速而去。

項少龍呆在當場，心中想到「人情冷暖，世態炎涼」兩句至理名言。看來邯鄲再沒有人歡迎他。後方蹄聲響起，一騎擦身而過，敏捷地遞了一個紙團給他，打開一看，原來是蒲布約他見面，上面寫著時間地點。

項少龍心中一陣溫暖，把紙撕碎，回府去也。

# 第四章 奇謀妙計

項少龍獨坐隱龍居幽森的林園裡，一道人工小泉由石隙飛瀉而出，形成一條蜿蜒而過的溪流，沿途奇石密布，層出不窮。溪水差不多全結成冰，只餘下中間少許泉水滾流，蔚爲奇觀。

心中思潮起伏，想起與趙雅初次在邯鄲長街相遇的情景，自己如何展開手段，把她征服。又想到她被趙穆在車上毛手毛腳，挑逗得情不自禁的淫浪起來。她的移情別戀其實早有徵兆，因爲她根本抵受不了男人的逗弄。她一向率性而爲，不顧是非黑白之分，否則不會明知趙穆禍國殃民，仍和他打得火熱，直至被他害苦，才肯離開他。若換過趙妮、趙倩，哪會受威脅來對付他。

可是他仍一廂情願地信任她，只看到她媚人美好的一面，深信她的甜言蜜語。當然，若他在趙國扶搖直上，他們的關係可能繼續保持下去，現在卻證明她受不起利慾的考驗。

當時代的人分外愛使「心術」，愈居於高位的人，愈是如此。曾共患難的成胥變臉不念舊情，使他心痛不已。這世界多的是錦上添花，雪中送炭罕見難得。思索間，他不自覺地依照墨子的打坐法行氣止念，頃刻意暢神舒，忽被足音驚醒，原來是陶方。

老朋友一臉喜色，到他身旁的大石撥掉薄雪坐下道：「那小子比猜想中還不行，終於供出來。」

項少龍一計時間，若由昨天開始問起，至少疲勞轟炸他超過三十小時，絕非好受的事，欣然問道：「可問到什麼內情？」

陶方喪氣地道：「其實他只是個帶訊的人，並不清楚趙穆的底細，純是以口頭方式報告楚國的事，再把趙穆的話傳回給楚國的文信君楚冷，那是楚王寵信的大臣。」

項少龍道：「這次趙穆傳的是什麼話？」

陶方喪氣地道：「他只說三個月後請文信君派人送禮物來，這個有點特別，其他則是最近發生的一些普通消息，譬如說囂魏牟被殺之類的事情。」
項少龍靈機一動道：「現在是否仍在審問他？」
陶方道：「當然！我怕他信口雌黃，所以依足你的話，不斷迫他把細節重複，看看有沒有前後不相符的地方。」
項少龍道：「他以前有沒有來過邯鄲？」
陶方搖頭道：「他是首次接觸趙穆，爲怕別人起疑心，相信他們每次派遣不同的人。」
項少龍道：「往返楚趙兩地，最快要多少時間？」
陶方道：「若是快馬趕路，因有許多關隘盤查耽擱，單程須時兩個月，所以我懷疑這小子說謊。」
項少龍精通間諜方法，微笑道：「不，他沒有說謊，這是防止被人逼供的暗語，三個月可能是減半的說法，實際上是指半年，送禮來是反話，我早想過若趙穆是楚國派來的人，絕不會讓《魯公祕錄》落入趙人手裡，所以眞正的意思是要楚人半年後派來高手，把祕錄盜回去，趙穆對楚國確是忠心耿耿。」
陶方恍然大悟道：「原來是反話，取禮才眞，而非送禮。楚人眞狡猾，兼且文信侯早知『禮物』指的是什麼，故此一聽立刻知曉。」
項少龍眼中閃著亮光：「最要緊的是要弄清楚他來邯鄲扮的是什麼身分，用的是什麼聯絡手法，愈詳細愈好，我正愁殺不了趙穆，這一趟必定非常精采。」
陶方開始明白他的想法，興奮地去了。
陶方後腳才去，荊俊便來找他，一副沒精打采的樣子。
項少龍站起身來，笑道：「看來上課並非那麼有趣，是嗎？」

荊俊來到他面前，喪氣地道：「把我直悶出鳥來，又不敢開罪未來岳丈大人，還害我破費買十斤臘肉送給他，結果連趙致的小手也碰不到。」

項少龍道：「見不到她嗎？」

荊俊嘆道：「見到有屁用，這麼多同窗，難道走過去摸她兩把嗎？我看大部分的人，都是爲她去上課的。」

項少龍啞然失笑道：「她也在上課嗎？」

荊俊搖頭道：「開始時，她坐在一角，騙得我以爲她是陪我上課，不半晌她笑著一溜煙便消失了，下課後怎也尋她不著。唉！拿劍逼我也不會再去。」

項少龍搖頭嘆氣道：「太沒有耐性，怎能奪得美人芳心？」

荊俊只是搖頭。

項少龍道：「你陪我到外邊走一趟。」

兩人換過普通裝束，坐上馬車，出了城堡，在轉角處溜下馬車，由荊俊在身後遠遠看著他，看看有沒有跟蹤的人。半個時辰後，項少龍在城南一處密林，見到蒲布。

蒲布興奮地道：「事情比想像中還順利，趙穆的頭號手下鄭約明把我們全體招納過去，不是我自誇，平原君還在世的時候，我們這批武士在邯鄲眞的是有頭有臉。」

項少龍道：「有什麼消息？」

蒲布愧疚地道：「我們剛剛安頓下來，打聽不到有用的消息，看來沒有一年半載，很難取得他們的信任。」

項少龍道：「沒有關係，你們就在那裡留一段時間，時機成熟了我回來找你們，完成一件大事，才領你們離去。」

蒲布道：「一切全聽項爺吩咐。」稍頓了頓又道：「項爺！我們只希望追隨你。」

項少龍誠懇地道：「我明白的，必不會辜負你們對我的厚愛和期望。」

兩人擬好聯絡的方法後，項少龍道：「你們知不知道有個叫齊雨的齊人？」

蒲布道：「項爺問得眞好，我和劉巢的第一個任務是當他的保鏢，陪他四處玩樂。嘿！這小子對女人很有一手，那些姐兒見到他，像蜜蜂找到花蜜般黏著不放。」

項少龍心中一痛，想起雅夫人，低聲道：「有沒有陪過他去見雅夫人？」

蒲布道：「沒有，昨晚他不用人陪，溜出使節館，說不定是去找她。」

項少龍道：「此事你勿要對任何人說，若沒有什麼特別事，千萬不要與我聯絡，無論聽到趙穆對我有什麼不利行動，不要來通知我，千萬謹記。」

蒲布知他智計過人，這樣說雖不合情理，其中必有道理，肯定地答應了。分手後，項少龍回到烏府，意外地發現烏應元、烏卓和滕翼三人正恭候他的大駕。密議室內，烏家幾個最重要的人物烏氏倮、烏應元、烏卓、陶方和項少龍全體列席，還多出個滕翼，顯示他因項少龍的關係和表現超卓，已取得烏家衆人的信任。

這是有關烏家存亡的最重要會議。

烏卓首先報告道：「我和滕翼依孫姑爺吩咐，在二千精銳裡挑出五百人，照孫姑爺提議的方法逐一測試。嘿！想不到只有七十七個人過關，明天會開始訓練他們，不過我敢保證他們無一不是能以一擋百的好手。」

項少龍微笑道：「你們只有十天時間，須好好掌握。」

衆人大奇，問他爲何肯定只有十天？項少龍把整件事說出來，只隱瞞假嬴政一事，因爲他曾答應朱姬守祕。

烏應元眉頭大皺道：「那你怎樣把她母子弄出來呢？弄出來毒發身亡豈非更糟？」

項少龍胸有成竹地道：「這事另有轉折，可是當朱姬要說出來時，趙穆卻來打斷，總之可包在我身上。」

衆人始鬆了一口氣，回復希望。

滕翼冷冷聆聽，臉容沒有半分變化，予人一種堅毅不拔的感覺。

陶方讚道：「少龍智計過人，反利用趙雅去騙倒趙王和趙穆，看來這十天無論我們有任何異舉，他們應不會干預。」

烏氏倮點頭道：「若沒有少龍，這次我們定是一敗塗地，片瓦不留。」轉向兒子說：「秦國那邊的牧場是否搞得差不多了？」

衆人大感驚訝，首次知悉烏應元在秦境內有部署。

烏應元道：「我選了四個地方經營牧場，兩年前已派出經驗豐富的老手去處理，現在頗具規模，足可勉強容納我們移去的物資和畜牲。哼！我很想親眼目睹孝成王那昏君在我們走後的表情。」

項少龍忍不住問：「牧場內那麼多牲口，沿途又有趙兵設關駐守，如何開溜？」

烏應元笑道：「我們不會動這個牧場的半根草，調動的是接近秦境的幾個畜牧場，這幾年來我們藉口對付秦人，不斷把邊境的牧場擴充，把最好的牲口送到那裡去。」

陶方接口道：「表面上趙人仍與我們烏家保持良好關係，邊境的守軍哪知道這裡的事，只要秦人同意，就算把所有牲口全體遷移，亦非難事，何況我們只送走最好的牲口，作配種之用。」

烏卓道：「邊防趙軍有很多是我特別插進去改名換姓的烏家子弟，做起事來非常方便。」

項少龍心中佩服，原來爲救嬴政母子，幾年前烏應元便開始做工夫，所以現在如此輕鬆從容。

滕翼若無其事道：「不會有任何牲口留給趙人吧？」

烏氏倮淡淡道：「這個當然！」

項少龍心中不忍，想起遍牧場盡是牛馬屍體的可怖情景，但這亦是無可奈何、不得已而爲之的事。

改變話題道：「現在最關鍵的，是我們能把城堡守住多少天，愈久我們愈有把握逃出去。」

滕翼和陶方剛得知項少龍的祕密計畫，明白他的意思。因爲趙人會以爲他們被困在城堡裡，不會派人追他們，而朱姬母子可由地道離城，故愈守得久，他們愈逃得遠，甚至在邊防軍接到消息前，早安抵咸陽。

烏卓道：「這事包由我和滕翼負責，這幾天我會祕密由地道把兵員物資和守城的器械運來藏好，滕兄則負責訓練守城的戰術。」

烏應元對陶方道：「陶公最好把外人調往別處，盡量遣散無關的婢僕，歌姬則挑選精良的送出城外，但要裝作祕密的樣子才成。」

眾人除滕翼、項少龍外，均笑起來。前者自妻兒慘死後，罕有歡顏；項少龍則是想起烏氏倮與堡偕亡的決定，忍不住道：「爺爺──」

烏氏倮插嘴道：「這事只能以流血來解決，使烏家後人永不忘記與趙人的仇恨。誰要對付烏家，都要付出慘痛代價。」輕嘆一聲，眼中射出緬懷的神色，緩緩地道：「我們祖先確實是秦國貴冑，因鬥爭被迫流落趙國，憑著堅毅不屈的精神，在荒山野地設置牧場，成爲天下首屈一指的畜牧大王。現在我的後代終於返家，而我則能轟轟烈烈而死，人生至此，夫復何求。」

烏卓默然無語，烏應元和陶方神色淒然。

滕翼眼中射出尊敬神色，大爲感動，道：「好漢子！」

烏氏倮欣然一笑，辛苦地站起身來道：「所以這幾天我要盡情享樂，沒有什麼事勿要煩我。」

哈哈一笑，在衆人目送下，哼著小調離室。

滕翼和項少龍並肩朝內宅方向走去，問道：「準備怎樣處置倩兒？」

項少龍知他疼愛趙倩，怕自己會把她捨下不顧，立即擔保道：「我會把她帶在身邊。」

滕翼放下心來，轉頭找烏卓去了。

當日黃昏，烏氏倮祕密爲項少龍與烏廷芳舉行婚禮，又爲他納婷芳氏爲妾，正式定下名分。該晚項少龍和荊俊二度潛入質子府，項少龍駕輕就熟，避過哨崗守衛，抵朱姬香閨，兩人躲在榻上，輕聲密語。朱姬媚艷的臉龐和他共用一枕，玉體毫無顧忌地緊擠著他，由於她是側臥，迷人的氣息有節奏地隨呼吸送入他的耳朵裡，那種誘惑是沒有男人可以抗拒的。幸好項少龍的眼睛投往羅帳頂部，否則被她那對媚眼一看，保證會不克自持，做出不應該做的事。於此男權高張的時代，女人都懂得以她們的天賦本錢控制男人。朱姬正是這類姬妲式尤物中的佼佼者，否則莊襄王不會對她念念不忘，而趙穆的雙性戀者和大夫郭開此等精明人物，也不會同時迷戀上她。

朱姬不說正事，先道：「你沒有愛上趙雅那淫婦吧？」

項少龍心想女人即是女人，時間寶貴，朱姬偏有閒情要來管閒事，唯有順她語意說：「妳熟悉她嗎？」

朱姬不屑道：「趙穆以前不時帶她到我這裡來，你說算不算相熟？」

項少龍記起趙雅曾暗示與假嬴政有曖昧關係，看來就是這種在趙穆指示下做的荒唐事，心頭一陣厭惡，亦有種解脫的感覺，因爲再不用對趙雅負上感情的責任。

朱姬忽地輕笑起來，得意地道：「趙穆雖然狡猾，卻絕非我們的對手，你應知道怎樣好好利用這個淫婦。」

項少龍暗叫厲害，給她一口說破自己的計畫，深吸一口氣道：「這次事成，的確要靠她的幫忙。」

忍不住道：「夫人！你的兒子究竟在哪裡？」

朱姬道：「先告訴我你的計畫，讓我看看是否可行，才可以告訴你。」

項少龍歷經變故，學懂逢人只說三分話，扼要地把計畫告訴她，卻隱去烏家地道這最重要的環節，改說由城西出城。

朱姬非常滿意，溫柔地吻他面頰，纖手撫他寬闊的胸膛，嬌媚地道：「你腰間硬梆梆的，扎了什麼東西在哪裡？」

項少龍道：「是可以飛簷走壁的工具和殺人於無形的飛針。」

朱姬臉色大變道：「趙雅知不知道你這本領？」

項少龍細心一想，搖頭道：「她雖曾見過，幸好我從沒有解釋用法，而且她看來仍希望我能獨自逃生，應不會向趙穆透露。」

朱姬鬆一口氣，耳語道：「我們不能只是靠碰運氣，你明晚可否給我帶些烈性迷藥來，必要時，我要自己想辦法溜出去。」

項少龍愈來愈發覺她不簡單，皺眉道：「我們就算可迷倒屋內看守你的婢女，亦闖不過守衛一關。千萬不要相信郭開，他只是在騙妳的身體。」

朱姬「噗哧」一笑道：「傻呆子才相信他，我要迷倒的人正是他，這是我十年來朝思暮想所得出來唯一可逃走的辦法，我要迷倒他是因看中他的身高和我相差不遠，只要把靴子墊高，衣服內像你一般扎些東西便成。」接著苦澀地道：「唉！若不找些事情來做，人都要被關得發瘋了。」頓了一頓，聲調語氣均變成郭開那陰柔尖細的聲音道：「所以我每天模仿他說話的聲調和他的舉止，若不是知道絕對逃不遠，我早溜掉哩。」

項少龍爲之絕倒，衷心讚歎道：「確是維妙維肖。」足音由門外傳來，項少龍忙躲進暗格去。婢女推門入房，揭帳看到假裝熟睡的朱姬，安心離去，項少龍鑽出來。

朱姬又靠過來摟著他道：「不韋手下有個精擅易容術的人——」

項少龍打斷她道：「妳說的定是肖月潭，我剛見過他。」

朱姬欣然說道：「現在我真的毫無保留地相信你。好啦！告訴你吧，我雖不懂易容術，但曾因興趣從他那裡學到些竅訣，悶著無聊時設法假扮郭開的模樣，自信除非熟識的人，否則不會看出破綻。」

項少龍心中感嘆，由此可知朱姬多麼渴望離開這個囚籠，亦見她在絕境中堅毅不屈的鬥志。

朱姬道：「你千萬要帶迷藥來給我，人是很奇怪的，無論做好事或壞事，開了頭便難以控制，所以趙雅遲早會把你完全出賣，以趙穆的謹慎多疑，會加派人手看管這裡。」

項少龍同意道：「給妳這麼分析，我生出很不好的預感，若讓趙穆知道我有高來高去的本領，定會針對這點加以應付。」說著坐起來。

朱姬訝異地道：「你幹什麼？」

項少龍沒有答她，移到窗旁，往外看去，剛好一隊衛兵巡邏經過。待他們走後，往外面的荊俊打出手勢，不一會他靈若狸貓般穿窗而入。項少龍吩咐他回烏家取藥，確定他安然離開，又回到床上。

朱姬瞪大眼睛看著他道：「原來竟有身手這麼高明的人物幫助你，難怪趙穆對你如此忌憚。」

項少龍道：「夫人請快點說出有關儲君的事。」

朱姬好整以暇地道：「這麼急幹嘛？橫豎要等人拿東西來你才走。你不知人家心中憋得多麼辛苦，好不容易有你這個說話的對象。」

項少龍又好氣又好笑，軟語道：「算我求妳吧？」

朱姬得意萬分，媚力直逼而來，柔聲道：「少龍！親親人家好嗎？」

項少龍無奈下，別過臉來，只見她那對攝人心魂的媚眼魅力四射，目不轉睛地直盯自己。兩對目光交纏片刻，朱姬香唇主動地印在他嘴上，嬌軀還輕輕地摩擦扭動。陣陣銷魂蝕骨的感覺，遍襲全身，項少龍立時慾燄高漲，難以自制。

朱姬的香唇移開少許，花枝亂顫輕笑道：「我還以爲你是能不動心的怪人，原來和其他男人毫無分別。」

項少龍大感氣憤，立刻分散精神，壓下慾火，微惱道：「夫人！」

朱姬伸出兩指，按在他嘴上，哄孩子般道：「不要發怒，人家是眞心想和你親熱的！」

項少龍拿她沒法，朱姬正容道：「當日爲避人耳目，不韋和異人郎君沒有把我帶走，當時我剛產下一子，尚未足月。他們走後，我知道形勢不妙，說不定政兒會被趙人殺掉洩憤，於是連夜使僕人外出找尋其他嬰孩，好代替政兒。」

項少龍恍然大悟道：「原來現在宅中的假嬴政是這麼來的。」

朱姬苦惱地道：「匆忙下做的事，自然會有錯漏，一時間找不到同齡的嬰兒，唯有以重金買了個三歲的小孩代替。幸好那時沒有人當異人郎君是個人物，沒有人清楚他的家事。當夜趙穆發覺呂不韋和異人郎君遁走，凶神惡煞地來把所有婢僕全體處死，只剩下我和那假兒子，沒有起疑心。」

項少龍恍然大悟，怪不得嬴政的年齡與史書不符，眞實的情況竟是這麼曲折離奇。

長平之戰發生在公元之前二六〇年，自己到此已有年多光景，眼前應是公元前二四九年，中間隔了十一年。假設秦始皇是在長平之敗來到趙國後出世，古代訊息不便，說不定已跨了一年，所以嬴政應是在長平之役後一年的年頭出生，那他在公元二四六年登位時，即距今三年後，剛好十三歲，證實史書無誤。自己眞蠢，竟猜不到嬴政是假的。以前想不通的事，立時恍然大悟。這才合理，以秦始皇的雄才大略，怎會是窩囊的人物。

朱姬由衣服裡掏出一塊式樣特別，刻有鳳凰紋飾的精緻玉墜，解下來珍而重之塞入項少龍手心，又把他手掌闔起來，兩手用力包緊他的鐵拳，柔聲道：「眞正的政兒被送到邯鄲一個剛在長平之役失去兩個兒子的窮人家寄養，說明將來以玉墜相認。政兒頸上戴著同樣的玉墜子，這個是鳳紋，那個刻的是龍紋。」

項少龍道：「那對夫婦知不知道儲君的來歷？」

朱姬眼中射出又喜又憂心事重重的神色，緊張得呼吸急促起來，嬌喘著道：「當然不會讓他們曉得，只說是富家千金的私生子，當時我想不到會立刻被軟禁起來，知情的僕人又給殺死，所以直到今天你來後，才有機會告訴你這件事。天啊！你一定要幫我把他找來，否則我不要活哩。」

項少龍手心感覺著玉墜傳入手內朱姬玉體的餘溫，充滿信心地道：「我敢以人頭擔保，必可找到他。」

他自是信心十足，否則歷史就不會是那樣子。

朱姬呻吟著道：「不要哄我歡喜。」

項少龍道：「我是個有異能的人，預感到的事絕不會錯。」朱姬半信半疑地瞪他一眼，湊到他耳旁唸出藏在心內十年那收養她兒子的人的姓名和住址。項少龍用心記牢。

窗門輕響，荊俊去而復返，手中提著大包迷藥，笑嘻嘻來到帳前，仔細打量著朱姬，立時目瞪口呆，忘記說話。朱姬看得「噗哧」一笑，自是百媚千嬌。

項少龍責備道：「小俊！」

荊俊靈魂歸位，道：「這是烈性迷藥，只一點點可教人躺上一天，冷水都救不醒，這包東西有足夠迷倒百多人的份。」

驀地遠方蹄音驟起，由遠而近。朱姬和項少龍同時一震，知道朱姬果然料對趙雅。項少龍更知趙雅不但愈陷愈深，還重新被趙穆控制，否則這等夜深時分，趙穆怎會派人來重新布防，顯是趙雅在床上把有關他的本事透露給趙穆知曉。匆匆與朱姬約定逃走的時間地點，兩人迅速離去。剛攀上高牆，衛士由假嬴政居所那邊擁來，展開新的防衛網。由此刻開始，這堅強的秦始皇之母，將要靠自己的力量和才智逃生。

翌日清早，迫不及待的項少龍偷偷溜到街上，故意繞一個圈子，來到城西貧民聚居的地方。雖說是窮民，生活仍不太差，只是屋子破舊一點，塌了的牆沒有修補罷了。這裡的人大多是農民出身，戰爭時農田被毀，不得已到城市來幹活。他依照地址，最後抵達朱姬所說的南巷。他不由緊張起來，抓著一個路過的人問道：「張力的家在哪裡？」

那人見他一表人才，指著巷尾一所圍有籬笆的房子道：「那就是他的家！」似有難言之隱，搖頭一嘆去了。

項少龍沒有在意，心情輕鬆起來，暗忖應是這樣才對，舉步走去，來到門前，喚道：「張力！張力！」

「咿呀」一聲，一位四十來歲樣貌平凡的女人探頭出來，驚疑不定地打量項少龍，問道：「誰找張力？」

項少龍微笑道：「妳是張家大嫂吧！」由懷中掏出玉墜，遞到她眼前。

「砰」的一聲，張嫂竟像見鬼似的猛地把門關上。項少龍被她的反應弄得楞在當場，呆子般望著閉上的木門。不一會屋內傳來男女的爭辯聲，項少龍反心中釋然，養育十年的孩子，自然不願交還給別人，唯有在金錢上好好補償他們。伸手拿起門環，輕叩兩下。頃刻後門被打開，一名漢子頹然立在門旁，垂頭道：「大爺請進來。」

項少龍見他相貌忠誠可靠，暗讚朱姬的手下懂揀人。步入屋中，那婦人坐在一角，不住飲泣，屋內一片愁雲，沒有半點生氣，更不聞孩子的聲音或見孩子衣物。

項少龍皺眉道：「孩子呢？」

那婦人哭得更厲害。

張力雙目通紅，痛心地道：「死了！」

這兩個字有若青天霹靂，轟得項少龍全身一震，差點心臟病發，駭然叫道：「死了？」

張力淒然道：「舊年燕人來攻邯鄲，所有十三歲以上的孩子都被徵召去守城，他被燕人的流箭射殺。我們雖受大爺你們的金錢，卻保不住孩子，你殺了我們吧！活下去再沒有什麼意義。」

項少龍失聲道：「可是他去年還未足十歲啊！」想起剛才指路那人的神態，終明白是為他們失去兒子惋惜。

張力道：「只怪他生得比十三歲的孩子還高大，一天在外面玩耍，被路過的兵爺捉去。」

項少龍頹然坐下，把臉埋在兩手裡。天啊！秦始皇竟然死了，怎麼辦好呢？不！這是不可能的，這對夫婦定是騙我。但看其神態，又知是實情，尤其一邊牆的几上，正供奉一個新牌位。

張力在懷裡掏出一個玉墜子，遞給他道：「這是從他屍身取來的，他葬在後園裡，大爺要不要去看看？」

項少龍挪開雙掌，眼光落在玉墜子上。一個荒唐大膽的念頭，不能抑制地湧上心頭。

項少龍來到夫人府，果如所料，趙雅仍未回來。府內多了些面生的人，趙大等他熟悉的卻一個不見，婢女中除小昭和小美外，其他都給調走。項少龍知道趙雅必有很好的藉口解釋這些安排，但仍很想聽她親口說出來。她愈騙他，他愈可把對她不住淡薄的愛念化成恨意。趙盤獨自一人在後園內練劍，專注用神，但項少龍甫踏進園內，他立即察覺，如見世上唯一的親人般持劍奔來。

項少龍「嚓！」地拔出李牧所贈的名劍血浪，大喝道：「小子看劍！」

趙盤眼中精光一閃，揮劍往他劈來。

項少龍擺劍輕輕鬆鬆架格，肅容說道：「當是玩耍嗎？狠一點！」

趙盤一聲大喝，展開墨子劍法，向項少龍橫砍直劈，斜挑側削，攻出七劍。到第七劍時，終因人小力弱，被反震得長劍甩手掉在地上。趙盤一臉頹喪，爲自己的敗北忿忿不平，偏又無可奈何。

項少龍爲他拾起長劍，領他到園心的小橋憑欄對坐，正容道：「小盤！你是否有決心排除萬難爲娘報仇？」

趙盤點頭斬釘截鐵地道：「無論如何，我誓要把趙穆和大王殺死。」

項少龍沉聲道：「你不是和太子是好朋友嗎？」

趙盤不屑地道：「他從來不是我的朋友，只懂憑身分來欺壓我，娘從你後，他整天向人說娘是淫娃蕩婦，若可以的話，我連他也要殺掉。」旋又喪氣地道：「不過縱使我像師傅那般厲害，仍奈何他們不得，否則師傅早就把他們殺掉了。」

項少龍暗暗驚異他精辟的推論，微笑道：「你要報仇，我也要報仇。不若我們做個分配，趙穆由我對付，孝成王這昏君交給你處置，好嗎？」

趙盤哪想得到項少龍這麼看得起他，瞪大眼睛，呆看著唯一的「親人」。

項少龍道：「現在我要告訴你一件非常重要的事，假設你眞有爲娘報仇雪恥的決心，依著我吩咐的去做，絕不可洩露半句出去，倩公主和雅夫人也不例外。」

趙盤跳起來，跪倒地上，重重叩三個響頭，兩眼通紅地道：「只要可以爲娘報仇，我趙盤什麼都肯做。」

項少龍低喝一聲道：「站起來！」

趙盤霍地起立，眼內充滿願聞其詳的神色。

項少龍微微一笑道：「我想使你成爲統一六國的秦始皇！」

趙盤呆若木雞，囁嚅道：「什麼是秦始皇？」

趙雅步入園內，項少龍剛把玉墜掛到趙盤頸上。由這一刻起，他就是秦國王位的繼承者嬴政。趙盤的神色又驚又喜，眼神卻堅定不移，充滿勇往直前的決心。沒有人比他這個長居王宮的小孩，更明白機會是如何難得。唯有成爲天下最強大國家的君主，他才有能力殺死趙王，爲母親妮夫人洗雪仇恨。他不但恨趙王，更恨每一個袖手旁觀、給他臉色看的趙人。現在只有項少龍讓他完全信任。

趙雅微笑來到他們師徒身旁，稱讚道：「從未見過小盤這麼勤奮過。」

項少龍向趙盤使個眼色，後者乖巧地溜走。趙雅雖勉強裝出歡喜的樣子，但臉色蒼白疲倦，顯然昨夜並不好過。

項少龍故意道：「雅兒是否身體不適？」

趙雅微顫道：「不！沒有什麼事。人家這幾天四出爲你打探消息，差點累壞了。」

項少龍皺眉道：「爲何無端多了這麼多生面人，趙大他們哪裡去了？」

趙雅早擬好答案，若無其事地道：「我把他們調進宮裡的別院，沒他們幫手，我在宮內行事很不方便。」怕他追問下去，岔開話題道：「計畫進行得如何？聯絡上嬴政了嗎？」

項少龍喪氣地道：「看來除強攻外，再沒有其他方法，不過烏家的子弟兵人人能以一擋十，我的計畫定能成功，趙穆和孝成王休想活過農牧節。」

趙雅垂下俏臉，不能掩飾地露出痛苦和矛盾的神色。

項少龍暗忖讓我再給妳一個機會，驚訝地道：「雅兒妳這幾天總像心事重重，究竟有什麼心煩事？不若說出來讓我分擔，沒有事情是不可以解決的。」

趙雅心中一震道：「哪有什麼心事，只是有點害怕。」堆起笑容，振作精神道：「少龍最好告訴我當日行事的細節，讓我和三公主好好配合你，才不致出差錯。」

項少龍微笑道：「不用緊張，過幾天我會把安排詳細告訴妳，因爲其中部份仍未能作最後決定。」心中暗自嘆息，明白到趙雅是要出賣他到底。

趙雅忽道：「少龍！這幾天有沒有聽到關於人家的閒言閒語？」

項少龍淡然道：「妳是說齊雨的事吧！怎麼會呢？我絕對信任我的好雅兒，明白妳是虛與委蛇，以瞞過趙王對我們的懷疑。」

趙雅神色不自然起來，像有點怕單獨面對項少龍一般，道：「不去看你的美麗公主嗎？」項少龍瀟灑地站起來。趙雅呆看他充滿英雄氣概的舉止神態，秀眸一片茫然之色。

項少龍心中冷哼一聲，想到將來她終究會明白自己亦在欺騙她，立即湧起極度的快意。

接下來的幾天，烏家全力備戰，兵員和物資源源不絕祕密由地道運進城堡。項少龍親自訓練七十七人組成的烏家特種部隊，而他所用的方法，使滕翼這精通兵法的人亦為之傾倒，哪想得到是來自二十一世紀的訓練方法。他不時往見小盤，教他如何扮演在窮家生活十年的嬴政，到後來反是由小盤告知他自己想出來的東西。項少龍見他這麼精明乖巧，大為放心。不知不覺，離農牧節只有三天時間，情勢頓時緊張起來。

現在項少龍最擔心的是朱姬，若她逃不出來，他們只好強攻質子府，沒有她，小盤將當不成嬴政，所以他們另有一套應變計畫。這天午後，離去整整七天的肖月潭終於回來。進入密室，肖月潭神態大是不同，歉然向烏應元和項少龍兩人道：「首先！圖爺命肖某向你們道歉，因為本來我們存有私心，言語間有不盡不實之處。但保證由這刻起，我們會誠心誠意與諸位合作。」

烏應元如在夢中，不知項少龍使過什麼手段，使這人態度大改。項少龍卻心中一懍，知道圖先是個果敢英明的人物，如此一來，始有成事的機會。

肖月潭道：「幸好得少龍提醒，否則圖爺說不定會給趙人抓到。」

項少龍問道：「你們來了多少人？」

肖月潭道：「隨我潛入城者共三十人，均為一等一的強手。」頓了頓又說：「圖爺身邊有一百二十人，亦是他手下最精銳的好手。」

項少龍道：「肖先生最好命入城的人全到烏府來。」

肖月潭一呆道：「少龍是否想和趙人打一場硬仗？」

項少龍微笑道：「可以這麼說，也不全然是這樣，先生請恕我賣個關子，後天我會把全盤計畫奉上，事關重大，請先生見諒。」

肖月潭笑道：「少龍如此有把握，我就更為放心了，現在圖爺藏在城外一處山頭的密林，靜候我們把政太子和夫人送出城外。」

烏應元笑道：「先生眞行，那幾名服侍過先生的歌姬不知多麼想念先生，只要先生一句話，我們會將她們送到咸陽貴府內——」

肖月潭喜上眉梢，道：「天下人人稱說烏家豪情蓋天，果是言不虛傳，肖某交了你們這些好朋友。」

項少龍告辭離去，途中遇到來找他的荊俊，原來滕翼有事找他。抵達靠近城牆的一座成了臨時指揮部的小樓，滕烏兩人正在研究質子府的詳圖。

項少龍覺得奇怪，問道：「哪裡弄來的好東西？」

荊俊得意地道：「是我畫出來的，只要我看過一次，便可默寫出來。」

項少龍大感驚訝，想不到荊俊有如此驚人的記憶力，畫功又那麼了得，誇獎他兩句後，道：「希望不須用強攻質子府的後備計畫，否則縱能成功，我方將傷亡慘重。」

滕烏兩人一齊點頭，可見對攻打質子府，存有怯意。

荊俊道：「若要把質子府攻破，確是難之又難的事，若只須救出朱姬，情況完全不同，只要由我率領那『精兵團』便成。」接著說出計畫，竟然頭頭是道。

三人大感驚訝，同時對他更刮目相看。

項少龍暗忖這小子正是天生的特種部隊，比自己還行，正容道：「由現在開始，你被任命爲精兵團的領導，你最好和他們一同作息，將來合作起來，可如魚得水。」

荊俊大喜，別人忙得喘不過氣來，他卻閒著無聊，只能當滕翼的跑腿，這時忽變成精兵團的指揮，禁不住喜出望外。一聲呼嘯，逕自跑去找他的部下。

烏卓苦笑搖頭，追著去了，沒有他的命令，誰會聽這麼一個乳臭未乾的小子指揮。

滕翼閉目養神，半晌睜眼道：「我仍放心不下倩兒。」

項少龍道：「照理未到農牧節，他們應不會擺布倩兒，免得惹起我們的猜疑。」

滕翼道：「在趙王眼中，倩兒已犯下不可饒恕的大罪，我擔心他當天賜她一死，我們將措手不及。」

項少龍聽他這麼一說，更多了小盤這項擔心，以趙王的兇殘無情，說不定小孩子也不放過，驚疑地道：「怎麼辦？」

趙穆逼趙雅把自己的人全部調走，一方面是由他的人監視雅夫人，教她不敢背叛他，同時可把趙倩控制，要她生便生，死便死。項少龍絕不想再失去趙倩和小盤，患得患失，腦內一片空白，想不到任何方法扭轉惡劣的形勢。最大的問題是他們只能待到最後一刻，始可把趙倩救出來。

滕翼道：「假若趙王早一天把趙倩召入宮中，我們會一籌莫展。」

雖值寒冬時分，項少龍仍熱汗直冒，駭然說道：「我倒沒想過這麼一著！」

滕翼冷靜地道：「這事包在我身上，趙穆仍不知我們已看穿他的詭計，所以不會派大軍駐防夫人府，儘管派人押解趙倩回宮，仍未致勞師動眾，只要我們派人十二個時辰監視夫人府，到時隨機應變，不怕有失。」

項少龍有苦自己知，問題是在小盤身上，他立下決心，不把小盤假扮嬴政一事告訴任何人，將來除他和趙倩、烏廷芳有限幾人外，沒有人知道小盤的真正身分。

滕翼道：「怕就怕趙王狠心到把女兒就地賜死，這事非常傷腦筋。」

項少龍把心一橫道：「說不定要強來，我就施壓力迫趙雅讓我把倩兒帶到這裡來，她唯一方法是請示趙王，假若他存心處決女兒，當不會介意女兒到烏家來，還可多加我們一項擄劫公主的罪名，讓他們可振振有詞。」

滕翼道：「理論上你應把趙雅一起帶走，她難道不會生疑嗎？」

項少龍頓感此路不通，愁懷難舒的當兒，雅夫人派人請他到夫人府去。項少龍匆匆上路，心知肚明是向趙雅攤牌的時候了。

他在幽靜的內軒見到趙雅，是日天氣晴朗，多天沒有露面的太陽溫柔地照拂銀白色的世界。這次項少龍連小昭小美都見不著，整座夫人府徹底換上趙穆方面的人。趙雅一身素黃，精神好了些兒，仍掩不住臉上的淒悵，有種令人心碎的孤獨美態，洩露出內心受到的折磨和矛盾。項少龍對她沒有半絲同情，暗叫活該。坐好，獻茶的婢女退出去，趙雅輕輕地道：「事情進行得如何？」

項少龍淡淡一笑道：「還算順利，妳那處有什麼新的消息，趙穆有沒有得到風聲？」

趙雅搖頭道：「王兄和趙穆的精神擺在和燕人的戰爭上，暫時無暇顧及其他事情。倒是晶王后催促你快點動手，要我告訴你王兄因你與李牧合謀上書一事，非常不滿，有可能在農牧節後，對付你和烏家。」

項少龍暗忖這是要加強我動手的決心，趙雅妳非常賣力。

趙雅見他沉吟不語，道：「你們與呂不韋他們聯絡上了嗎？若沒有秦人的接應，怎把朱姬母子送回咸陽去？」

項少龍裝作苦惱地道：「早聯絡上了，他們派圖先率人來接應，但仍不信任我們，只說我們若能把朱姬母子偷出城外，便到城西的馬股山與他們會合。」

趙雅怎知這是胡謅出來的，俏目亮起來，加緊追問道：「現在只剩下兩天時間，出城的祕道弄好了嗎？」

項少龍靈機一動道：「一切預備妥當。」然後以最深情誠懇的語氣道：「對我來說，妳和倩兒比朱姬母子更重要，所以我決定先把妳、倩兒和小盤三人送往城外，再發動對妳王兄赴牧場車隊和質子府的突襲，否則寧願取消整個計畫。」

趙雅嬌軀一震，垂下頭去，道：「我們眞的是那麼重要嗎？」

項少龍心中冷笑，道：「失去你們，我還有什麼樂趣，依照往例，妳王兄的車隊將於大後天辰時中離城，我會早少許於卯時末在後門處等你們，若諸事妥當，立即派人先送你們到城西，待我劫到朱姬母子後，再來與你們會合，一起由祕道離城。」

趙雅道：「誰負責城外的伏擊呢？」

項少龍道：「當然由烏卓負責，車隊經過長草原，我們的人會藏在預先挖好的箭坑內，在他們毫無防範下，只是拿弓勁箭，便教他們應付不了，萬無一失。」

趙雅櫻唇輕顫，以蚊蚋般的聲音道：「好吧！到時我會和三公主、小盤溜出來與你會合。」

項少龍見目的已達到，過去找趙倩。趙雅則藉詞回宮向晶王后報告，離府去了，項少龍當然知道她是要向趙王稟報最新的情況。趙倩見到他自是非常開心，又是憂心忡忡，怕他鬥不過趙王和趙穆。項少龍把她擁入懷裡，萬分憐愛，一邊告訴她小盤化身作嬴政一事。

聽得趙倩臉色大變，不知應害怕還是興奮，吁出一口涼氣道：「難怪小盤這些天來行爲古怪，不時自言自語，害得我還以爲他念母過度，失去常性，又不敢告訴你，怕分你的心神。」

項少龍道：「除妳和廷芳外，沒有人知悉他眞正的身分，所以無論在任何情況下，妳絕不可揭破此事。」

趙倩道：「我明白！」

爲安她的心，項少龍把剛才對趙雅說的話告訴她，再商量怎樣爲小盤掩飾後，回烏家城堡去。

次日項少龍再到夫人府找趙雅，探聽她的口風。果如所料，趙雅沒有反對這安排。站在趙穆的立場來說，項烏一幫人便像是在他的掌心內變戲法，怎樣變也變不出他的手心之外。所以絕不會因此放過一舉把項少龍和烏家所有潛在勢力盡殲的天賜良機。

項少龍微微一笑道：「小孩膽子較小，我想先把小盤帶走，雅兒有什麼意見？」

趙雅哪會在意一個無關痛癢的孤兒，點頭答應。項少龍起身，正要離去。趙雅輕呼：「少龍！」

項少龍轉過身來，趙雅把嬌軀挨入他懷裡，纖手纏上他脖子，獻上香吻，用盡所有力氣洩出心中的痛楚。項少龍興趣缺缺，虛與委蛇，裝作熱烈回應的樣子。兩人分開後，趙雅忍不住流下熱淚來。

項少龍故作驚奇地道：「有什麼心事呢？」

趙雅伏在他肩上失聲痛哭，好一會後平復過來，道：「人家太高興哩，故如此失態！」

項少龍心中大罵。

趙雅離開他，拭淚道：「去找小盤吧！」

項少龍公然領小盤出府，途中為他換過預備好的破舊衣服，叮嚀一番，帶他回烏家城堡。此前他早把嬴政另有其人一事告訴有關人等，烏家各人自是振奮莫名，最高興的還是肖月潭，如此一來，整個局勢頓時扭轉過來。剛踏入府門，烏應元和肖月潭兩人搶著迎來，跪下高叫太子。小盤詐作慌張失措，躲到項少龍身後，嚷著要見親娘。

項少龍向各人道：「他仍未習慣自己的眞正身分，讓我帶他去讓廷芳照顧，待他見到王后再說。」

眾人哪會疑心，歡天喜地擁著假太子到內府去。

時間轉瞬即逝，農牧節終於來臨。天尚未亮，城堡內熱鬧喧天。此時所有婦孺，藉口到牧場去慶祝農牧節，離城去也。婷芳氏和春盈四女是其中一批被送走的人。烏廷芳大發脾氣，堅持要留在項少龍身旁，眾人拿她沒法，唯有答應。

城內除烏卓手下的二千精銳子弟兵外，還有在忠誠上沒有問題的七百多名武士和二百多男女壯僕，人數達三千人，加上高牆和護河，實力不可輕侮。此即趙王等不敢輕舉妄動的原因，能把他們引離堅固的城堡，對付起來自是輕易多了。

吃過戰飯，項少龍領著滕翼、荊俊、肖月潭和他三十名武技高強的手下，與由烏家七十七名精銳組成等於特種部隊的精兵團，摸黑出門。他們離堡不久，烏卓率領另五十名好手駕著馬車，往夫人府開去。半個時辰後，到達夫人府的後門，天才微亮。後門立即打了開來，閃出趙雅和趙倩。有人拉開車門，恭請兩人上車。趙雅隨趙倩跨到車上，只見烏卓和另兩人坐在馬車上，冷冷地道：「夫人妳好！」

趙雅大感不對勁，馬車朝前開出。

趙雅強作鎮定道：「少龍呢？」

烏卓向那兩人打個眼色，兩人立即出手，把趙雅綁個結實，還封了她的嘴。烏卓則把預備好的衣服，遞給趙倩，讓她穿在身上，不一會搖身一變，化成男兒模樣，若非近看，絕難發覺破綻，尤其唇上黏的假鬚，維妙維肖。趙雅驚惶地看看烏卓，又看看對她不屑一顧的趙倩，終於明白是怎麼一回事，一時愧悔交集。

烏卓厭惡地看著她道：「妳這又蠢又賤的蕩貨，竟敢出賣我們項爺，自不量力。」「呸」的一聲向她吐一口唾沫。

馬車轉入一條林間小徑，烏卓和趙倩兩人走下車去，馬車再朝前開出。趙雅的淚水終於忍不住汨汨流下，車窗外忽見雨雪飄飛。

項少龍、滕翼、肖月潭等藏在質子府對面的密林，注視質子府正門的動靜，一切看似全無異樣，門外更不見守衛，似乎毫無戒備。

肖月潭懷疑地道：「夫人是否這麼輕易就溜出來呢？」

項少龍看著茫茫的雪花，暗忖史書上確有寫明朱姬母子安然返抵咸陽，所以看來沒有可能的事，應該會順利發生。充滿信心地道：「一定可以！」

話猶未已，質子府門大開，先是十名趙兵策馬衝出，接著是輛華麗的馬車，後面跟了另二十名騎兵，聲勢浩蕩的來到街上，轉左往城西馳去。衆人喜出望外，連忙行動。埋伏那方的荊俊接到旗號，立即發出準備攻擊的命令，三十個精銳隊員迅速利用早先縛好的攀索，爬上林蔭大道兩旁的樹上，弩箭瞄準迅速接近的目標。

當車隊快要來到伏兵密布的樹下，後面蹄聲大作，一名趙兵策馬追來，打出停止前進的手號。指揮車隊的小頭目大感驚訝，下令勒馬停步。忽地箭聲嗤嗤，弩括聲響，三十一個包括御車者在內的趙兵全部了賬，均是一箭斃命，倒下馬來。精兵隊員紛紛躍下，準確無誤地落在馬背上，控制了吃驚嘶跳的戰馬。

荊俊則輕若飄絮地躍在馬車頂上，正要一個倒掛金鉤，探頭向裡面的「假郭開」眞朱姬邀功領賞，「砰」的一聲一個男子持劍撞開車門衝出來。衆人大吃一驚，此人一身華服，年紀在二十五六間，高度比得上項少龍，長相英俊不凡，生得玉樹臨風，那對眼更有勾魂攝魄的能力，足夠資格作任何女人的深閨夢裡人。他非常機警，見到滿地趙兵屍體，四周全是敵人，一聲大喊，企圖竄入道旁的樹林裡，哪知脖子一緊，給車頂的荊俊以獵獸的手法套個正著，手中劍脫手落地。

兩名精兵隊員撲上來，立時把他掀翻地上，還吃了三拳一腳，痛得彎曲起身體。項少龍、肖月潭等剛趕過來，見到此情此景，爲之臉色大變。馬車內空無他人。

項少龍一腳踩在那人腹上，喝道：「你是何人？」

荊俊抓著他的頭髮，扯得他仰起漂亮的小白臉。

那人早嚇得臉無人色，顫聲求饒道：「大爺饒命，我是齊國派來的特使，與你們無冤無仇。」

項少龍與荊俊面面相覷，想不到齊雨中看不中用，如此窩囊怕死。

肖月潭氣急敗壞地道：「現在該怎麼辦？郭開昨夜顯然沒有到夫人房去。」

衆人立時醒悟到眼前此子定是去占朱姬便宜，得食後現在離開，那朱姬縱有天下最能誘惑男人的媚法，卻無用武之地，既沒法引郭開到她榻上去，當然沒有機會把他迷倒。

項少龍擦地拔出血浪，指著齊雨的眼睛喝道：「你要左眼還是右眼？」

齊雨顫聲道：「饒命啊！你要我幹什麼我便幹什麼。」

項少龍恢復冷靜從容，微笑道：「我只要你回質子府去。」

馬隊冒著雨雪，回質子府去。

項少龍和肖月潭兩人坐在車廂裡，脅持驚得渾身發抖的齊雨，看著這縱橫情場的古代潘安，又好氣又好笑。

中門大開，有人叫道：「齊爺回來何事？」

在項肖兩人脅迫下，齊雨掀簾向外道：「我遺下重要文件，須到夫人處取回來。」

那兵衛道：「郭大夫有命，任何人不得進入質子府。」

齊雨依項少龍傳入他耳旁的話道：「這文件與貴國大王有關，非常重要，萬事有我擔當，快放行！」

那兵衛顯因他身分特殊，又是剛由府內出去，無奈下讓他們進入。隨行的趙兵當然由荊俊等人假扮，一來由於下著大雪，兼且這批趙兵專責保護齊雨，與守府的趙兵分屬不同營系，互不相識，一時竟沒有察覺出岔子來。衆人暗叫僥倖，車隊迅速馳至朱姬宅旁空地。荊俊負責留守宅外，見花園內處處架起種種防禦敵人攻來的設施，挖下箭壕，不由倒吸一口涼氣，慶幸不用強攻進來。

項少龍和肖月潭一左一右挾持齊雨，後隨四人，進入宅內，守在石階下的四名趙兵認得齊雨，雖見他臉青唇白，還以爲昨夜「操勞過度」，沒有起疑，其中兩兵隨他們一起入內。兩名婢女在廳堂打掃，見到齊雨眉開眼笑，迎了過來。項少龍一聲暗號，四名精兵隊員同時出手，以從項少龍學來的手法，把兩兵兩婢擊昏過去，立即用繩索綑個結實，塞著口拖到一角。

項少龍寒聲向齊雨問道：「宅內有多少人？」

齊雨乖乖答道：「還有五個婢女，其中兩人陪伴朱姬。」爲了活命，他確是知無不言，言無不盡。

四個精兵隊員正要去尋人，大門忽然打開，郭開興沖沖衝進來，向齊雨不悅地道：「使節大人爲何去而復返，昨夜尚未興盡嗎？」語氣中充滿酸溜溜的意味。

項少龍知他定是聞報由假嬴政處匆匆趕來，找占了他朱姬便宜的齊雨發作，心中好笑。齊雨唯有向他報以苦笑，郭開這時終於有空望向齊雨身旁諸人，他目光落在臉露冷笑的項少龍，立時臉色大變，尚未有機會呼救，早刀劍加頸。

項少龍微笑道：「郭大夫別來無恙！」

郭開顫聲道：「你們逃不出去的！」

項少龍淡淡地道：「誰要逃出去？」說到「逃」字時，特別加重語氣。

肖月潭喝道：「押他們上去。」

兩名隊員先行一步，找尋其他尚未被制服的婢女，項少龍等則押兩人登上二樓，直抵朱姬緊閉的房外。郭開受迫之下，無奈吩咐房內看管朱姬的壯碩婢女開門。門才開少許，項少龍便搶了進去，把兩名婢女打昏。

朱姬正呆坐在梳粧銅鏡前，玉容不展，忽然見到有個趙兵闖進來動手打人，嚇得目瞪口呆，肖月潭撲前跪伏地上，低呼道：「小人肖月潭救駕來遲，害夫人受苦！」言下不勝欷歔，差點掉下淚來。

項少龍心想這傢伙倒有點演技，難怪能得呂不韋重用，提醒道：「夫人快些變成郭開。」

朱姬認出是項少龍，大喜下跳起來，先來到郭開和齊雨兩人身前，左右開弓，每人賞一記耳光。

項少龍心呼厲害，喝道：「先把他兩人押出去，脫下郭大夫的衣服，然後把他綁起來。」

兩名隊員應命推兩人到房外，在肖月潭這高手幫助下，當朱姬粘上郭開的招牌長鬚，穿戴上他的官服官帽，項少龍自問看不出破綻。

朱姬想起一事，問道：「政兒呢？」聲音抖顫。

項少龍微笑道：「幸不辱命！」

朱姬一聲歡呼，差點撲過去擁抱項少龍，旋又向肖月潭問道：「他——他長得像不像大王？」

肖月潭乾咳一聲，先偷看項少龍一眼，有點尷尬地道：「像極了，體質則像夫人那麼好。」

這麼一問一答，項少龍立時知道朱姬自己也弄不清楚她兒子是跟誰生的，當然更想不到快要相見的兒子，根本不是她的親兒。這筆糊塗賬，不知怎麼算才成。他們不敢逗留，走出房外。

郭開自是給綑個結實，見到「自己」由房內走出來，驚駭得眼珠差點掉下。

朱姬模仿他的聲音道：「給我宰了他！」

郭開和齊雨同時嚇得臉無人色。

項少龍不想下手殺死全無抵抗能力的人，笑道：「留下他的命比殺他更令他受罪。」

朱姬白他一眼道：「你是個好心腸的人！」笑著領先下樓。

項少龍等反變成陪從，押齊雨追下去。

朱姬扮成的郭開一馬當先，走出宅門，學郭開的聲音語氣，向後面的跟班齊雨斥責說：「若非你是由齊國來的貴賓，本官必把你當場庭杖伺候。」

齊雨低垂頭，一副犯了錯事的樣子。

「郭開」一邊責罵，一邊和齊雨登上馬車，項少龍和肖月潭當然也鑽進去。

車隊開出，來到緊閉的大門前，守門的兵頭走過來道：「使節大人——」

朱姬揭簾道：「本官要和使節大人往外一趟，你們小心把守門戶。」

那兵頭一呆道：「大人！這裡怎能沒有你。」

朱姬大發官威道：「我自有主張，哪輪到你陳佳來管我，快開門！」

妙在她連對方的名字都叫出來。兵頭一臉無奈，吩咐大開中門。車隊無驚無險開出質子府。

馬車停下。趙雅正在自怨自艾，羞愧交集，烏卓登上車廂，爲她鬆掉繩縛。待她活動手腳後，烏卓命她下車。趙雅認得這是離烏家城堡不遠處的一座密林，驚惶間，幾個人由樹後轉出來，帶頭者正是被自己出賣的項少龍。趙雅雙腿一軟，坐倒地上，熱淚奪眶而出，說不出話來。

項少龍將身旁的人一推，使他跌在趙雅身側，冷笑道：「讓你們這對姦夫淫婦做對同命鴛鴦。」

齊雨顫聲道：「不要殺我，大爺曾答應過啊。」

他的懦弱，連趙雅都感鄙夷厭惡。這好看的男人平時瞧來頂天立地，不可一世，卻原來如此膽怯無能，尤其和項少龍站在一起，與後者漠視生死的英雄氣概比較，立有雲泥天壤之別。令她首次懷疑自己給鬼迷心竅，竟戀上這樣一個人。

趙雅勉強站起身來，淒慚地道：「少龍！我對不起你，也配不上你，殺我吧！」

項少龍仰天一陣長笑，冷漠無情地道：「我不想讓妳這淫婦污了項某人的寶劍。記得嗎？我曾說過任何人要殺死本人，都要付出慘痛代價，現在我就證明給妳看，叫妳的王兄和趙穆來吧！」

趙雅一呆道：「你不是要逃出去嗎？」

項少龍神祕一笑，道：「當然！我現在立即走，有了朱姬，我已可向秦王交待。」

蹄聲在遠方轟然響起。

項少龍露出意外的神色，叫道：「糟了！給發覺哩。」

烏卓也惶然道：「沒時間哩，先回城堡去。」

趙雅以淚眼目送這曾使自己嘗到眞正愛情滋味的男子離去，所感到的悔恨，像毒蛇般咬噬她的心。旁邊的齊雨喜叫道：「看！趙兵來了，我們有救哩！」

趙雅眼前一黑，昏迷過去。

項少龍等大功告成，在烏家戰士的歡呼中凱旋而歸，通過大吊橋，蹄聲轟隆衝入城堡。烏氏倮親自在廣場迎接，小盤則躲在一身戎裝的烏廷芳和趙倩背後，看著回復本來面目的「母親」朱姬入堡下車。

朱姬這時的眼內只看到一個小盤，臉上現出無可掩藏、真摯感人的狂喜神色，往小盤奔過去。小盤哭著奔出來，投入她懷裡去，兩母子抱頭痛哭起來。闊別十年，令她朝思暮想的親生骨肉重投入自己懷裡，她哪能不哭。小盤則是因這「母親」而想起自己的生母，哭得比朱姬更厲害，更真誠，積蓄的憤怒激流般傾瀉而出。

烏氏倮來到朱姬母子旁，感動地道：「夫人，應是高興的時候才對。」號角聲起，表示趙軍兵臨堡下。

朱姬抬起臉來，哭得又紅又腫的秀眸看著烏氏倮道：「我們母子得有今天，全仗烏爺豪情厚義，感激的話不說了，只要我們母子一天在秦國還可以說話，便要保得你們烏家富貴榮華，子孫昌盛。」她已知悉烏氏倮欲與堡偕亡，以掩護她們逃走的壯烈行為，所以掏出罕有的肺腑之言。

烏氏倮目泛淚光，大笑道：「有夫人這句話，烏氏倮可含笑九泉之下。」

肖月潭深恐夜長夢多，催促道：「夫人！我們立即起行。」

烏應元和荊俊的精兵隊員，加上肖月潭和他的三十名好手，護著她們母子、與項少龍依依惜別的趙倩，往後宅去了，自然是由地道潛往城外，與圖先的部隊會合。項少龍、烏卓、滕翼等全留下來，沒有他們幾員大將，怎抵擋人數多上十多倍，兼後援無窮的趙國大軍。

趙軍沒有立即進攻城堡，只在外面布防，邯鄲城內外的駐軍不住趕來增援，運來各種攻城的工具，到第三天時終完成整個包圍的陣勢。豈知此正中項少龍等下懷，就是把趙軍牽在這裡不放，好讓朱姬他們安然逃返咸陽。整個計畫最精采的地方，是趙人以為嬴政仍在他們手內，所以不太計較其他人逃出去，只要攻破城堡，殺盡烏家的人，便心滿意足。項少龍不時在城牆露面，還特別安排烏氏倮和烏廷芳到城樓現身，使趙人更不懷疑他們暗有圖謀。

第三天晚上，負責監聽四條只能通往堡外密林地道的烏家戰士，發現有趙兵潛來，忙把浸了脂油的柴火拋入地道內，再加鼓風機吹送，把快到達的趙兵活生生焗死數百人，再從容把地道以石塊封閉。

那邊的趙王自是氣得七竅生煙，清早派人到城下大罵一番。項少龍大感有趣，他還是首次見到這種毫無實質意義的「罵城」。滕翼一言不發，取出他特製的強弓，在趙人目瞪口呆中，一箭把那聲音特大的罵城專家射下馬來，射程超過八百步，比弩弓的射程還要遠上數丈。烏家戰士喝采聲震天。趙兵則是噤口無言。

忽又有一人策馬衝來，這次學乖了，在千步之外勒馬停定，大聲喝上城堡道：「項少龍，大王要與你說話。」

項少龍心中好笑，我才不會蠢得喊破喉嚨與你對答。

旁邊的烏卓召了個人來，笑道：「當衆折辱一下他也好！」

項少龍會意，道：「叫他有屁就放吧！」說完自己忍不住先笑起來。

烏卓和滕翼不禁莞爾，對滕翼來說，那是罕見的表情。

那人呆了一呆，大喝下去道：「有屁就放！」

聲音在牆上牆下來迴激盪。

烏家這面人人放聲大笑，充滿喜悅的氣氛，趙人那邊自是無比憤慨。對話還怎樣繼續下去，戰鼓聲中，趙軍開始發動攻城之戰。趙人圍城的大軍，不計後勤支援的人數，總兵力達三萬多人，以步兵為主，這已是趙人一時間能召集的所有力量，把城堡重重布陣困堵。

在孫子兵法《雄牝城》篇裡，將城市大分作兩類：居於高處或背靠山嶺、又有良好水源的城堡叫「雄城」，非常難被攻克；凡居於低處，或兩山之間，又或背靠谷地，水草不盛的叫「牝城」，只要有足夠力量，一攻立破。烏家城堡是典型的「雄城」，起初建城時趙王是希望作爲城內另一能堅守的據點，哪知竟是變成對付自己的反叛基地。所以趙人不願倉卒攻城，免得元氣大傷，初時還以爲堡內人手和糧草均有問題，這時看到城堡上士氣如虹，才知道大錯特錯。本來衆將均支持長期圍困的策略，豈知項少龍一句話，惹得趙王沉不住氣，下令強攻。

烏家富甲天下，城堡的形式是依當時最嚴格的標準建成，堅固嚴密。城牆又厚又高，足可抵擋敵人的仰攻、攀登和撞擊，護城河既深且闊，城牆上又有精銳的烏家戰士，所以縱然趙軍人數是他們十多倍，仍沒有破城的把握，唯一的優點，是趙人後援無窮，足以支持他們打一場消耗戰。

項少龍他們雖有地道之便，但儲存的物資糧食早全部搬來，城外牧場的人又要逃往秦境，頓成孤軍，不過他們的目的只是要守上一段時間，所以心懷舒暢，抱著遊戲的心情和趙人玩一場城堡攻防戰。

項少龍看著舉起護盾，陣容鼎盛又不住迫近的趙軍，皺著眉頭道：「爲何他們不把護城河的水源截斷，那樣就不用涉水過河那麼麻煩了呀！」

烏卓笑道：「我們這條是活河，不用引進河水，因爲壕底有泉水噴出，無法截斷。」

項少龍恍然大悟，眞是經一事長一智。

滕翼平靜地道：「破解之法，是開鑿支流，把河水引走，那最少要十多天的時間，我猜他們正在後方趕建活橋，橫跨河上，方便攻城。」

項少龍奇怪地道：「那現在下面這些人豈非只是虛張聲勢？」

滕翼說：「圍城軍最忌悶圍，必須讓他們有些動作，當作活動筋骨也好，操練也好，好保持士氣。」

項少龍點頭表示明白，在戰爭中，人的心理因素不可忽略，古今如一。

驀地下面的趙軍一聲發喊，持盾衝前，直衝到城河對岸處，蹲了下來，躲在盾後，數千弩箭手，隨後衝至，躲在盾牌手後，舉弩發射，一時漫天箭雨往牆上灑來。

滕翼大聲傳令，烏家戰士全躲到城垛之後，不用還擊。

滕翼又以比那罵城軍官更大的聲音喝道：「準備沙石！滅火隊候命。」

話猶未已，敵陣中再衝出一隊二千多的火器兵，以燃著的火箭，往城牆射來，攻城戰終於拉開序幕。雙方各以矢石火器互相攻擊，外牆和城頭均有撞擊和火灼的纍纍痕跡，但只是表面傷痕，不損結構，烏家戰士居高臨下，矢石充足，守得固若金湯，傷亡極少，而趙人一天下來，傷亡者達千多人，可謂損傷慘重。

直到此刻，趙王和趙穆仍不明白對方為何各方面均如此準備充足，因為他們一直密切注視烏家的動靜，只見有人和物資移出城外，從沒見東西運進城堡來。他們沒有想起地道的存在，不能怪他們愚蠢，一來要建一條這麼長的地道，是近乎不可能的事，還有是因為若有地道，項少龍等沒有理由留在這裡，哪猜到正是項少龍計畫裡中最關鍵性的環節。

那晚消息傳來，秦人大軍犯境，嚇得趙王臉色如土，催迫手下大將日夜不斷攻城。第十天，趙人在傷亡慘重下，終於成功建立三條跨河的臨時木橋，搬來雲梯攻城，又以巨木撞擊城門。

烏家戰士則以矢石火器還擊，又以類似長鉤的武器對付敵人的攀攻，並用一鑊鑊的沸水滾油往下澆去，殺傷敵方近二千人，趙人無奈退下去，勉強守著三座木橋。

烏家方面死者五十多人，傷者百多人，傷者立即被運往城外。至此項少龍眞正感受到在戰爭裡，個人的力量是多麼渺少，那對他來說，絕不是愉快的感覺。守到第二十天，趙人終於成功把河水引走，又花三天時間以土石把護城河填平，烏家城堡大勢已去。趙人大舉進攻，把設有護甲保護的攻城戰車，推過填平的護城河。這些戰車形式五花八門，最厲害是登城車、撞車和飛樓。登城車高度像城牆那麼高，使敵人能迅速攀車登城；撞車負載堅木，對城門和城牆施以連續的猛烈撞擊；飛樓則供箭手之用，反以居高之勢，向牆頭的守軍襲擊。對付的唯一方法，是以巨石加以轟擊。不到兩天，再無石可用，項少龍終發下撤退的命令。

當趙軍攻入城內，整個烏家堡全陷在一片火海裡，由於房舍樹木均抹上火油，要救火也有心無力。趙人坐看大火燃足十天，剩下一片焦炭，片瓦不留的災場，讓人心中不知是何滋味，但總不會是好受了。

是役趙人喪生八千多人，負傷一萬多人，舉國震驚。烏家在趙國軍民中一向聲譽良好，趙王硬是把他們逼反，自是怨聲四起。到趙王由瓦礫底發現通往城外的地道，始知中了項少龍之計，不過已是一個月後的事。趙王雖暴跳如雷，只有徒呼奈何。此時他心中頗有悔意，有項少龍這麼好的人才不能用，還把他白送給秦人，確是何苦來著！

# 第五章 咸陽風雨

秦國的發祥地在渭水上游秦川的東岸。

自先祖蜚廉開始，秦人崇尚武風，以逐水草而居的游牧民族形式，在這片土地上艱苦地掙扎求存，長期與西戎及犬戎作戰，他們的歷史，每一個字都由血和淚寫成。部落式戰鬥集團的形態，雖使他們與土地的關係薄弱，難以落地生根，卻令秦人先祖不受土地的侷限，不斷向未開發的西方移民和與異族雜居鬥爭。

周孝王時，嬴姓的非子因替周室養馬息蕃的功勞，受封於此，建立一個近畿的附庸；其實卻是爲周王室承擔鎮守邊疆、防衛蠻戎的艱苦使命。西周四百多年的悠久歲月是秦人最艱辛和困難的日子，以血汗及無數族人的生命，悍衛周朝共主的西防，同時向西方不住拓展。這種無時無刻不面對嚴酷挑戰和堅毅不移的勇武精神，爲秦國打下堅實無比的基礎。

千載難逢的機會終於降臨秦人身上。周室因幽王無德，至犬戎攻入鎬京，幽王被殺，周室威權至此蕩然無存。平王東遷，秦襄公因護駕有功，被平王將他升在諸侯之列，秦國終於擁有諸侯國的法定地位。

當戰國開場的時刻，七雄中最弱的卻是秦國，君權旁落。直至不世霸主秦穆公登位，起用外籍政客百里奚、蹇叔、公孫枝等人，奠定一個強國的基礎。眞正的富國強兵來自秦孝公和公孫鞅的改革，他們徹底地摧毀傳統的氏族部落結構，革新兵制，以軍功論爵，把王室權力提升至當時的極限。又把國都遷至咸陽，築起宏偉的城闕和宮殿，統一全國的度量衡，將國土并歸爲三十一縣，把舊日封區的疆界廢除，人民可擁私田，由國家直接計田徵稅。至此秦國一躍而爲天下霸主，深爲東方各國畏懼。

當項少龍長途跋涉，由邯鄲逃至咸陽，秦國正經歷著公孫鞅翻天覆地的改革成果。

咸陽在九嵕山之南，渭水之北，故又名渭城。

項少龍帶領嬌妻烏廷芳、滕翼、烏卓和過千家將叩關入秦，受到守關將領的熱烈歡迎，一邊使人飛報咸陽，又調來五艘大船，免去他們跋涉山林之苦，直抵咸陽之南登岸，烏應元早率家將和趙倩，與呂不韋的頭號手下圖先在渡頭恭候，非常隆重。

烏廷芳父女相見，歡欣若狂，恍若隔世；又觸及烏氏倮壯烈自殺的悲傷，百感交集。肖月潭和另一儒生狀似軍師型的青年，隨圖先欣然迎接項少龍。

圖先體型瘦長，年在三十左右，長得非常結實，皮膚黝黑，動作靈活，舉止間有種慓悍威猛的懾人氣勢，雙目炯炯有神，配上一副馬臉，算不上英俊，卻有股陽剛的男人氣魄和魅力。

他大步上前，拉起項少龍雙手，長笑一聲道：「圖先何幸！終於見到心儀久矣的超卓人物，若非項少龍，誰可成此不朽事業？」

項少龍有點不知如何應付這種熱情，連忙謙讓，心中同時想到現在正值呂不韋和烏家關係的蜜月期，圖先自是得到呂不韋吩咐，要好好籠絡他們。圖先又逐一與滕翼和烏卓見面寒暄，神態親切熱烈。

荊俊這時不知由哪裡鑽出來，久別重逢，各人甚是歡暢。

肖月潭擺出老朋友的姿態，向項少龍介紹那青年道：「這位是楚國來的名士李斯先生，現在是大老爺的舍人。」

舍人就是食客。

項少龍暗忖「李斯」的名字為何如此耳熟，驀地記起，動容道：「原來是少懷輔助名主一統天下大志的李斯先生！」

李斯渾身一震，垂著頭道：「項先生見笑，李斯哪說得上有什麼大志，只求在呂相國領導下一展所長，則吾願足矣！」

肖月潭閃過奇怪的臉色，暗忖自己說李斯是楚國名士，只是客氣的抬舉之語，事實上李斯籍籍無名，只不過憑三寸不爛之舌，令呂不韋頗有點好感，今天隨來是自動提出要求，想一睹項少龍的風采，為何項少龍竟像對他聞名久矣呢？不由得道：「少龍在何處聽過李先生的事？」

項少龍心中叫苦，難說他告訴肖月潭自己是由《秦始皇》那套電影認識到李斯嗎？忙岔開話題說：「呂爺當上相國嗎？」

圖先來到項少龍旁，感激地道：「呂爺令鄙人定要清楚表達他對烏老爺子、應元少爺和少龍的感激，若非姬王后和政太子安返咸陽，恐怕會是另一局面。姬王后和政太子在大王和呂爺跟前對少龍推許備至，大王特地為少龍於明晚安排洗塵宴，好讓少龍稍有休息的機會。以後大家是自己人。」

項少龍心中暗嘆，你口中說得好聽，只不過是騙項某去作呂不韋的走狗罷！他對政治和權力鬥爭早極度厭倦，更沒有興趣參與呂不韋這外族政團與本土權貴的鬥爭，心中暗作決定。

只看烏家在咸陽以十二個三合院落組成的新宅，當知秦人對烏家的禮遇，也可推知莊襄王對朱姬、由小盤假冒的嬴政的寵愛，以及對呂不韋的寵信。烏家新宅雖遠及不上邯鄲烏家城堡的規模和氣派，卻位於咸陽宮附近公卿大臣聚居的區域。策馬緩馳約一盞熱茶的工夫，可抵達咸陽宮正中入口的城闕。

咸陽有內外城之分。內城主要由渭水之北的咸陽宮和渭南的興樂宮組成，橫跨渭水，靠長達二百八十步的渭橋貫連兩岸交通，形成宏偉壯麗的宮殿群，規模遠非邯鄲或大梁的宮殿可以企及。

兩宮氣勢磅礡，全部均為高台建築，有上扼天穹，下壓黎庶那種崇高博大、富麗堂皇的氣魄，隱然有君臨天下之象。外城比內城大了十多倍，是平民聚居的郡城區，商業發達，旅運頻繁，肆上貨物，品種繁多，物美價廉。

項少龍的車隊路過城東的市集，目睹各種畜類產品的出售，例如肉、皮、筋、角、脂、膠等等。另外又有陶、木、鐵器、紡織品等手工業製成品，其況之盛，遠非趙魏兩國能及，可見國勢和經濟實有直接關係。

據同乘一車的圖先介紹，咸陽的營運分私營和官營兩種，政府設有管理市場貿易的機關和官吏，以監察和促進商業的發展。例如置鹽鐵官、管理手工業的「工室」、「工師」及司徒、司馬、司空、治田等官吏，以釐定產品的規格、質量或生產的方向，反映秦國強大的經濟實力。

往烏家新宅路上，所見民風純樸，罕有魏趙等國到處可見的鮮衣華服，人口卻比大梁更繁盛，邯鄲更是不能相比。項少龍耳目一新，暗忖這才是強國的規模。行人多配備兵器，武風之盛，遠非魏趙能及。

抵達烏家主宅前的廣場，圖先等告辭離去，臨行前李斯偷偷向項少龍表示明早想來見他，項少龍欣然應允，李斯有點茫然地離開。烏府上下各人全到大門來迎接這批烏家的英雄親信，尤其項少龍，更成為烏氏一族的明星砥柱，備受尊崇。

烏應元撥出四組房舍暫時安頓各人，大部分子弟兵明早將出發到咸陽北郊的大牧場去，由於秦國地大物博，所以牧場的規模更勝從前。

項少龍應付了親族的道賀，春盈等四女擁著他與烏廷芳、趙倩到他新的隱龍居去。婷芳氏原來受不住旅途的艱困病倒，嚇得項少龍忙趕到她的香閨去。伊人清瘦不少，玉容蒼白，病因卻有一半是爲掛念項少龍，見他回來，摟著他喜極而泣，到晚宴前，精神轉佳，可離榻活動。

看到春盈眾女歡天喜地的樣子，項少龍愁懷盡解，摟著婷芳氏和趙倩的蠻腰，欣然問道：「今晚由誰伴我？」

兩女俏臉飛紅。

烏廷芳笑道：「不若我們三人一起陪你吧！只怕你應付不來。」

趙倩亦赧然嬌笑道：「還有六個丫頭呢？看你怎生應付？」

項少龍望了春盈四女一眼，奇怪地問：「何來六個之多？」

婷芳氏笑道：「忘了倩公主的翠桐和翠綠嗎？」

項少龍一呆，問道：「她們不是留在邯鄲嗎？」

趙倩埋怨地道：「你忘了她們哩！幸好人家央求陶公派人把她們乘亂祕密接走，比你們還早十天到咸陽呢。」

項少龍大喜，道：「還不喚她們來見我？」

趙倩一聲嬌呼，兩個美麗的婢女由內堂奔出，拜倒項少龍身前，忍不住痛哭起來。項少龍心中生起忽略她們的歉意，憐意大生，起身扶起兩女，撫慰一番，到主宅大堂和烏應元共進晚膳，與會的還有陶方、烏卓、滕翼和荊俊。

一番勸酒和互相祝賀後，烏應元由衷致謝地道：「我們烏家能有此再生機會，全賴各位協力同心，不顧生死爭取回來的。」

陶方道：「這次我們眞的可安居樂業，王后和太子回到咸陽後，呂爺立即被封爲右丞相，只要再立軍功，有望晉爵封侯，我們烏家得此大靠山，老爺在天之靈，可以安息。」提起烏氏倮和隨他一齊殉死的妻妾婢僕，衆人神色一黯。

烏應元咬牙切齒地道：「這筆血債，呂相國必會爲我們追討回來，圖管家私下對我說，相國已有全盤攻打趙國的計畫，還希望由少龍執行。」

項少龍心中苦惱，說實在的，他的主要仇人只是趙穆，趙王最多是個幫兇，若要他率軍把趙境內的城池逐一攻陷，塗炭生靈，實非他所願。對侵略性的戰爭，他感到深深的厭惡。還有一個更大的問題，是他怎也不可成爲呂不韋的爪牙，因爲歷史上的秦始皇，即位十年前後，與呂不韋決裂，他怎可站在呂不韋的一邊呢？可是看來烏家各人，早視呂不韋爲他們的新主子，一副生死與共、同進同退的樣子。自己又不可以告訴他們歷史會朝什麼方向發展，亦自問無法令他們相信，這的確是頭痛之極的一回事。感慨地道：「秦王冊封呂爺爲丞相，難道秦國本地的權貴全無異議嗎？」

烏應元見他對呂不韋準備委他以重任的事毫不在意，奇怪地瞧他幾眼，道：「不但有異議，還反對得非常激烈。秦自衛人商鞅之後，排外的情緒相當強烈，後來爲瓦解蘇秦促成的『合縱政策』，免受東方六國的聯攻，勉強起用張儀，以『連橫政策』對抗『合縱政策』。之後又再重用范睢，採取遠交近攻的策略，應付六國聯手之勢，都可說是在迫不得已下，不能不借助外國的人才，爲己籌謀。」

再嘆一口氣道：「可是白起被昭襄王賜死，秦國軍方非常不滿，終於迫得范睢丟官，仇外的情緒再次壯大起來。我們雖說有秦人血統，可是終被視爲外人，屬呂爺的系統，所以我們定要全心全力鼓助呂爺，否則若他倒台，我們不會有好日子過。」

最後這幾句自然是要提醒項少龍。滕翼等人默然不語，他們三人以項少龍馬首是瞻，只看重項少龍的想法。

陶方插嘴道：「現在呂爺的策略是要先立軍功，因爲秦人一向重武輕商，呂爺做生意賺錢的本事當然誰都不會有疑問，但在軍事上，秦人卻認爲他一竅不通，所以他若能在這方面有所建樹，地位即可穩若泰山，我們須在這方面爲他多做工夫。」

滕翼沉聲問道：「秦人方面反對呂不韋的主要有什麼人？」

烏應元道：「最主要是以楊泉君爲首的本地權貴，他們因姬王后曾是呂爺小妾，所以懷疑政太子並非大王骨肉，轉而支持大王的次子成虫喬，這批人是秦國實力派的人物，呂爺對他們非常忌憚，大王也不敢過分違逆他們，所以雖任用呂爺爲右丞相，左丞相不得不起用楊泉君。」

陶方怕他們不清楚楊泉君，進一步解釋道：「楊泉君乃昭襄王王后之弟，當年大王之所以能成爲儲君，他曾盡力遊說乃姊，使她向昭襄王說項，所以一直以爲自己功勞最大，現在竟然屈居呂爺之下，自然極不服氣。」

衆人恍然大悟。昭襄王乃現今嬴政之父莊襄王嬴異人的祖父，那時異人的父親安國君仍只是儲君身分，對異人毫不重視，否則不會送他去趙國作質子。呂不韋得了異人這「貴人」之後，大施銀彈，買通安國君最寵愛的華陽夫人之姊和楊泉君，使他們分別遊說華陽夫人及昭襄王的后妃，再由她們影響安國君和昭襄王，異人始有問鼎王位的機會。

項少龍知道刻下並非說服烏應元要小心呂不韋的時候，不再多言，岔開話題，一番風花雪月，晚宴完畢，各自回居所休息。離開大堂，滕翼和烏卓兩人藉口送他回去，陪他一道走。

滕翼低聲問道：「少龍似乎對呂不韋沒有多大好感，是嗎？」

項少龍苦笑道：「商人只重實利，這種人滕兄願和他交朋友嗎？」

烏卓皺著眉頭道：「可是正如少爺所言，我們的命運已和他掛鉤，若他坍台，我們亦完蛋。」

項少龍眞想把小盤的事告訴他們，終壓下不智的想法，微笑道：「隨機應變吧！待呂不韋的權位穩定下來，我們設法和他畫清界線，否則定會給他累死。這是我的想法，切莫告訴任何人，包括荊俊和陶方。」

兩人對項少龍早心悅誠服，又見他這麼信任自己，欣然點頭。

話別後，項少龍回到新的隱龍居。居內燈火通明，衆女聚在大廳，觀看趙倩和烏廷芳兩人下棋取樂。婷芳氏則因病體尚未完全復元，回房休息。項少龍先到房內探看婷芳氏，這美女不知是否因環境影響，又或項少龍的愛寵，原本冶艷的風姿，轉變爲姣麗中帶著貴氣的動人氣質，穿了一襲素藍配上淡黃鳳紋的貴婦服裝，刻意爲他打扮過的高髻雲鬟，淡掃蛾眉，充滿清雅誘人的風情，臉色雖仍有點蒼白，卻另有一股楚楚動人的柔弱美姿，在燈火映照中，美目藏著對他海一般的深情和依戀。自大梁之行後，爲應付趙人，他少有與她這樣單獨相處的機會，禁不住一陣歉疚。

衆女陣陣喧笑聲，隱隱由大廳傳來，卻不至破壞這裡的寧靜，反更增添幸福、滿足和溫馨的感覺。

婷芳氏見他走進房來，「啊！」一聲歡喜地擁被坐起來，玉頰生輝。

項少龍坐到榻沿，把撲入懷內的美女擁個結實，感覺她酥胸起伏不停，充滿豐盈誘人的生命感覺。

他以面頰摩擦她粉嫩的臉蛋，看她後頸和領口內一截雪白的內袍，心中一陣激動，比之以前任何一刻，他更有信心保護自己心愛的女子。在擁有這種信心之前，他曾經歷了無數令他心傷魂斷的事。他想起趙雅，心中一痛！對她再沒有恨意。不過又如何呢？他們沒有修好的可能。魏國的紀嫣然知不知道他已來了這裡？在這通訊困難的古代世界，他們像生活在兩個不同的星球上。難怪古人對離別生出這麼多傷情和感觸，相思之苦確使人受盡折磨，婷芳氏正是因此病倒，爲情消瘦。現在婷芳氏和趙倩孤零無依，唯一倚憑的是自己，他怎能不寵她們疼她們呢？

不知是否病中特別使人脆弱，婷芳氏流下情淚，死命摟緊他道：「郎君啊！妾身想得你很苦哩！」

項少龍又念起美蠶娘，一時神傷魂斷，擁著婷芳氏倒到榻上去，項少龍俯頭埋在她的懷裡，緊繃的神經鬆弛下來，同時生出對鬥爭仇殺的厭倦，只希望以後能退隱於泉林之地，把紀嫣然和美蠶娘接來，過那只羨鴛鴦不羨仙的醉人生活。腦內勾畫出溪水緩流、芳草濃綠、林木蒼翠、丹山白水的美景。他要求的再非華衣美食，而是原始簡單的生活。

在這地廣人稀的世界，找個世外桃源之地，開墾荒田，種些農作物，由懷中玉人養雞飼鴨，自己則負責捕魚狩獵，直至老死，於願已足。他想到來時經過的原始森林，途中不時遇上漫天濃霧，又或飛瀉千尋的瀑布、山中的大湖，不由神思飛越，暗下決心，終有一天，他要在山林終老。對一個二十一世紀的人來說，這種生活，最是迷人的。

婷芳氏勉力睜開美眸，散發出灼熱的情火，怪他仍不和她合體交歡。

項少龍心神俱醉，忘掉一切，把所有注意力全投到她迷人的肉體去。

終於抵達咸陽。

甜美嬌柔的聲音，把他從最深沉的睡眠中喚醒過來，睜眼一看，初昇的驕陽早散發朝霞，猛然坐起來。

美麗的三公主趙倩嚇了一跳，抿嘴嬌笑道：「我們三個都輸了，誰都估你爬不起床來的。」言罷俏臉飛紅，羞喜不勝，顯是想起昨晚激烈醉人的「戰況」。

項少龍給她提醒，試試舒展筋骨，發覺自己仍是生龍活虎，哈哈一笑，一把摟著趙倩，倒往榻上，道：「唔！待和乖倩兒再來一次！」

趙倩欲迎還拒，偏又渾體發軟，無力爬起來，嬌吟道：「相國府的李斯先生來找你呢！」

項少龍記起李斯昨天向他密訂的約會，嘆一口氣，起身讓妻妾美婢侍候盥洗更衣，指頭不用他動半個，一切弄得妥當整齊。李斯在內軒等他，神色平靜，至少表面如此。

客套兩句，秋盈獻上香茗糕點，李斯開門見山道：「項先生究竟在何處聽過在下名字，爲何像對李某非常熟悉的樣子。」

項少龍昨晚曾向陶方查問過這將來勖助秦始皇征服六國的一代名臣的身世，知他是韓非的師弟，師事荀子，很想騙他說是由韓非處聽到的，但想到謊言說不定有拆穿的一朝，便放棄這個想法。微笑道：「李先生聽過緣分這回事嗎？」

李斯愕然問道：「什麼是緣分？」

專論「因緣」的佛教要在漢代傳入中國，李斯自然不明白項少龍在說什麼。

項少龍呷一口熱茶道：「命運像一隻無形的手，把不同的人，無論他們出生的背景如何不同，相隔有多遠，最終會把他們拉在一起，變成朋友、君臣、又或夫妻主僕，是之爲緣分。」

李斯臉露驚訝神色，思索片刻，點頭道：「想不到項先生不但劍術驚動天下，還有發人深省的思想，只不知和先生知悉在下的事有何關係？」

項少龍淡淡地道：「緣分是難以解釋的，項某雖是初見先生，卻像早知道很多關於先生的抱負，衝口說出那番話，或者是因爲曾聞李兄遊學於荀卿的關係吧！」

李斯皺起眉頭，他雖出自荀卿門牆，兩人思想卻有很大分別，正要說話，項少龍岔開話題道：「先生對治國有何卓見？」

李斯呆了一呆，這話若是莊襄王問他，自是口若懸河，說個不停。但項少龍不但尚未有官職，且屬呂不韋系統，假設他李斯和對方交淺言深，抖出底牌，說不定會招來橫禍，不禁猶豫起來。自到咸陽，雖曾與呂不韋深談過幾次，呂不韋表示對他頗爲欣賞，他卻看出呂不韋野心極大，賦性驕橫，遲早惹出禍來，兼且他治國之說和自己大相逕庭，他很難會受賞識重用，正在心中苦惱。

項少龍微微一笑道：「先生並不甘於只作一個無足輕重的小幕僚吧！」

李斯大吃一驚，忙道：「項先生說笑！」

項少龍正容道：「要成大事，須冒大險，先生若不能把生死置於度外，今天的話至此爲止，事後我不會向任何人提起，如何？」

李斯凝神看他，感覺項少龍透出使人心動的眞誠，心中一熱，豁出去道：「未知項先生有何提議？」

項少龍道：「李先生怎樣看呂相國將來的成敗？」

李斯臉色微變，長長吁出一口氣，道：「項先生是有點強人所難。」

項少龍明白他的苦衷，溫和地道：「李先生現在呂府幹什麼工作？」

李斯爽快答道：「李某正協助呂相國依他指示編寫《呂氏春秋》，相國希望以此書擬出一套完整的治國理論和政策，嘿！李斯只是其中一名小卒，『協助』這詞語實在有點誇大。」

項少龍並非歷史學家，還是初次聽聞此事，奇怪地問：「原來竟有此事，不知書內對治國之說，有什麼新的看法？」

李斯嘴角閃現一絲不屑之色，淡淡地道：「有什麼新的看法？主要還不是集前人的精要，提出『法天地』的主張，那是說只有順應天地自然的本性，才能達到天下大治，所謂君臣各行其說，互不相涉。爲君之說，必要以仁德治國，不時反省，求賢用賢，正名審分，最後達到無爲而治的理想。」

項少龍見他說理清晰，心中佩服，輕聲問道：「先生認爲相國這套主張行得通嗎？」

李斯哪敢答他，問道：「項先生又以爲如何呢？」

項少龍知道若不露上一手，會被這博學多才、胸懷大志，比自己更年輕的人看不起，從容地說：「呂相國以韓人而執秦政，重用的多是三晉人，和他結交的王后又是趙女，加上秦國自商鞅變法以來，崇尚以法和武治國，與呂相國的治國思想如南轅北轍，全無調協的地方，將來會發生何事，還希望先生明示了。」

李斯拍案而起道：「有項先生如此人才在秦，李斯可回家務農。」

項少龍一把抓著他手臂，拉得他坐回椅內，誠懇地道：「先生言重，先不說項某對治國之術一竅不通，最主要是項某無心仕途，以前種種作爲，是求存而非求名利，終有一天退隱山林，不理世事，大秦能否一統六國，全賴先生。」

李斯呆了一呆，暗忖這話若由莊襄王對他說就差不多，項少龍縱得莊襄王另眼相看，可是莊襄王絕非什麼有為明主，事事以呂不韋馬首是瞻。在目前的形勢下，他們這些外人，不依附呂不韋還可依附何人？項少龍卻擺出別樹一幟的格局，確令他費解。

項少龍伸手按在他肩頭，微笑道：「項某這番話，李先生終有一天會明白，安心留在咸陽吧！這是你唯一可以施展抱負的地方。」

李斯告別後，項少龍找到滕翼，共進早餐。

席間滕翼問：「少龍今後有什麼打算？」

項少龍自然有他的如意算盤，就是憑著他在《秦始皇》那套電影得來的資料，為小盤的冒牌嬴政建立他的班底，好應付將來發生的呂不韋專權，以及假宦官嫪毒的出現。

現在先找到李斯，還有是王翦、王賁父子，都是日後為秦始皇統一天下的名將，有此三人劻助小盤，他可安心退隱田園。想到這裡，輕鬆地挨到椅背，伸展身體道：「說眞的，我項少龍胸無大志，宰掉趙穆後，我會到烏家偏遠的牧場，過著田園的隱居生活，閒來打獵捕魚。」

滕翼露出一絲難得的笑意，淡淡地道：「假設你做得到，我陪你去打獵。」

荊俊旋風般衝進來，神采飛揚地道：「來！讓小俊作引路人，領兩位大哥見識咸陽的繁華盛景。」

滕翼皺眉道：「這些日子來你和什麼人胡混？」

荊俊在兩人對面席地坐下，興奮地道：「當然是相國府的人，在這裡眞刺激，天天打架傷人，前天相國府的劍士在咸陽最大的官妓樓中伏，死三人傷七人，算那些偷襲的賊子走運，我剛去了渭南的太廟偷看寡婦清拜祭先王，否則怎會傷亡這麼多人？」

項少龍和滕翼對望一眼，暗叫不好，這小子年輕好鬥，說不定惹出禍事來。

滕翼皺眉道：「秦人不是最重法紀嗎？爲何竟會隨便打鬥？」

荊俊得意地道：「現在咸陽亂成一片，誰管得了誰，尤其牽涉到左右相國府的人，更是沒有人敢理閒事。」

項少龍肅容道：「這幾天你最好不要惹事生非，我們看清楚形勢，立即回趙對付趙穆，明白了嗎？」

荊俊大喜敬禮道：「小俊曉得，眞好！我可以把趙致弄回來。」

滕翼沉聲喝道：「你愈來愈放肆！」

荊俊最怕滕翼，嚇得俯伏地上，不敢作聲。

滕翼對著項少龍嘆氣說道：「少龍！這小子年紀太輕，不知輕重，我會管教他，少龍勿放在心上。」

項少龍笑道：「我怎麼會怪他？」

荊俊抗議：「小俊最尊敬兩位大哥！」

滕翼喝道：「閉嘴！」向項少龍打個眼色，表示要獨自訓斥荊俊。

項少龍會意，自行返回隱龍居去，尙未踏進門檻，天井處傳來衆女陣陣的歡叫喝采聲，趕去一看，原來妻子婢女們全換上輕便短襦，正在拋球爲樂，婷芳氏在一旁含笑觀看。春盈和夏盈擁上來，把他拉入場去。一天就在充滿歡樂的氣氛中度過，黃昏時分烏應元使人來請他，同往皇宮赴宴。想到即可見到呂不韋這叱吒風雲，影響整個戰國歷史的人物，項少龍不由有點緊張起來。他怎想得到只不過在「黑豹酒吧」打一場閒架，竟徹底改變自己的命運呢！

馬車緩緩開進宏偉的大門，由圓巷形的門，進入主大殿前的廣場。大門兩旁設有兵館，駐屯兩營軍隊，由司馬尉指揮，循序問話，使十二騎前後護送項烏兩人的馬車，進入內宮。

像趙宮般，咸陽宮雖大幾倍，仍是「前朝後寢」的布局，外朝是秦王辦理政務、舉行朝會的地方，內廷則是秦王和諸子妃嬪的寢室。前廷的三座主殿巍峨壯麗，設於前後宮門相對的中軸線，兩邊為相國堂和各類官署；後廷以秦王與王后的後三宮為主，左右兩方為東六宮和西六宮，乃太后、太妃、妃嬪和眾王子的宮室。殿堂、樓閣、園林裡的亭、台、廊廓等等，無不法度嚴緊，氣象肅穆。內廷建築形式比外廷更多樣化，布局緊湊，各組建築自成庭院，四周有院牆圍繞，不同區間另有高大宮牆相隔，若沒有人引路，迷途是毫不稀奇的事。想到小盤有一天會成為這裡的主人，而此事正是由自己一手促成，項少龍不由生出顧盼自豪的成就感。

莊襄王設宴的地方是後廷的「養生殿」，乃後宮內最宏偉的木構建築，是座三層樓式的高台建築，高台上是兩層樓閣式的殿堂，殿堂兩旁及其下部土台的東西兩側，分布十間大小不等的宮室，有臥室、休息室、沐浴室、盥洗室等，各室間以迴廊、坡道相連。牆上有彩繪壁畫，迴廊的踏步鋪上龍鳳紋或幾何紋心磚，殿堂和長階則鋪方磚，氣派宏偉，富麗堂皇。

馬車停在大殿堂階下的廣場，呂不韋特別遣管家圖先在那裡恭候他們，見面時自有一番高興和客套。步上長階，圖先低聲道：「今晚除呂相爺外，還有楊泉君，此人自恃當年曾為大王出力，專橫驕傲，大王和呂相都讓他三分，兩位小心應付。」

烏應元見他對他們丈婿如此推心置腹，顯是把他們視作自己人，心中歡喜，不斷應諾。項少龍想起終有一天要與呂不韋翻臉決裂，卻是心中感嘆。這或者是預知命運的痛苦，禁不住意興索然，更增避世退隱之心。跨入殿門，長笑撲耳而至，一個無論體形和手足均比人粗大的豪漢，身穿華服，虎步龍遊般往他們迎來，頭戴絲織高冠，上插鳥羽簪纓，行來時鳥羽前後搖動，更增威勢。此人年約四十，生得方臉大耳，貌相威奇，只嫌一對眼細長些兒，但眸子精光閃閃，予人深沉厲害的感覺。

烏應元慌忙偕項少龍行跪叩之禮，高呼呂相。尚未拜下，呂不韋搶上前來扶起兩人，灼灼眸光落到項少龍身上，訝然道：「難怪姬王后和肖先生均對項少龍讚不絕口，我呂不韋足跡遍天下，還是第一次見到少龍這般人才。」有如洪鐘的聲音，在殿堂的空間震盪迴響。

項少龍見他只比自己矮少許，氣勢迫人而來，心中暗讚，忙謙讓道：「相爺誇獎！」

偷眼一看，除在上首設的三席外，大殿左右各有兩席，每席旁立著兩名宮女，暗舒一口氣，不用應付那麼多人，自然輕鬆許多。

呂不韋毫無相爺架子，左右手分別挽著兩人，往設於上首右席走去，低聲在項少龍耳旁道：「本相正苦於有兵無將，少龍來了萬事俱備，何愁大事不成。」又哈哈笑起來。

那邊的烏應元歡喜地道：「全賴相爺提拔。」

項少龍心中叫苦，人非草木，孰能無情，呂不韋這麼看重自己，他怎脫身去享受憧憬中的田園生活？

三人來到席前，呂不韋揮手命宮女退開，低聲道：「本相和大王說好，任少龍爲蒙驁將軍副將。蒙將軍本是齊人，來秦後一直被本地軍將排擠，鬱鬱不得志，其實他兵法謀略，我大秦無人能及，若有少龍爲輔翼，立下軍功，本相定不會薄待你們。」

項少龍暗叫厲害，呂不韋的籠絡手法，直接有力，怎不教人爲他效死命。先扮作感激的樣兒，道：「相爺如此看重少龍，縱爲相爺肝腦塗地，不會有半分猶豫，問題在於少龍的大仇人趙穆仍然健在，一天不能將此惡賊碎屍萬段，少龍很難分神到別的事情上。」

呂不韋大力抓他的手臂，眼中厲芒一閃道：「本相恨不得把他剝皮拆骨，少龍儘管放手施爲，萬事有本相支持，拿得他首級，謹記定要帶回咸陽，大王和本相要一睹爲快！」

項少龍至此眞正領教到呂不韋的厲害，難怪他能以一個商人，成爲天下最強大國家的右丞相。而且他只由自己幾句話，看穿自己準備潛回邯鄲行刺趙穆，可知他的腦筋多麼靈敏迅捷。

門官唱道：「蒙驁將軍到！」

項少龍差點衝口說「一說曹操，曹操就到」，幸好記起曹操尚未出世，連忙忍住。

呂不韋欣然轉身，大笑道：「有什麼事比見到老朋友更令人高興的呢？」

項少龍和烏應元往正門望去，一位高瘦的男子，身穿錦袍，氣宇軒昂地大步走入殿內，隔遠禮拜道：「蒙驁參見呂相！」

呂不韋以他獨特懾人的步姿，迎了上去，親熱地與蒙驁把臂而行，往烏項兩人處走來。

蒙驁臉型修長，年紀約在四十左右，膚色黝黑，滿臉風霜，眉頭像時常皺到一起的樣子，不過雙目藏神，使人有孤傲不群的感覺。身體非常硬朗靈活，顯然因大量運動保持在極佳狀態中。項少龍暗忖呂不韋的眼光這麼厲害，給他看得上的蒙驁自非無能之輩。蒙驁和烏應元早已認識，打過招呼，精光閃閃的眼神落到項少龍臉上。項少龍不想和他對望，忙行下輩之禮。呂不韋爲兩人引介。

蒙驁顯然不大擅長交際，繃緊的臉沒有什麼笑容，有點生硬地道：「幸會！幸會！」

烏應元笑道：「荊俊那小子來此幾天，與蒙將軍的令郎們結爲好友，不時結伴到荒郊打獵遊樂。」

呂不韋欣然道：「那小子的身手眞的很好，來咸陽這麼短一段日子，連續擊敗本地三個著名劍手，他卻誰都不服，只服少龍，害得我們心癢癢想看看少龍的絕世劍法。」

項少龍聽得不知應歡喜還是憂心，看來暫時他想不站在呂不韋的一方也不行。

蒙驁聽到有人提起他的兒子，露出一絲難得的笑容道：「看看少龍什麼時候有空，請來舍下一敘，小武和小恬非常仰慕少龍。」

項少龍尚未有機會答話，門官唱喏道：「左丞相楊泉君、大將軍王齕到！」

蒙驁的笑容立時收起來，呂不韋則冷哼一聲，看來新和舊、外地和本土兩個派系的鬥爭，已達完全表面化的白熱階段。項少龍目光投往大門，身穿交領華服的矮胖子和穿著戰袍的彪形大漢，昂首闊步而來。秦人風氣確與趙人不同，既沒有前呼後擁的家將，亦沒有奏樂歡迎的樂隊，簡單多了，反使項少龍輕鬆不少。項少龍心中好笑，呂不韋的右丞相和楊泉君這位左丞相，各帶一名將軍出席，顯是並非偶然，而是秦王蓄意讓雙方勢力均衡的安排。

不過王齕乃秦國軍方首要人物，而蒙驁只是個不得志的將軍，顯然呂不韋仍未獲得秦國軍方的支持，此正爲呂不韋致命的弱點，所以如此積極爭取項少龍，否則這務實的商人可能沒興趣看多他一眼。

楊泉君和王齕的目光凝注在項少龍身上，項少龍和烏應元連忙施禮。王齕很有風度，微笑還禮。楊泉君神情倨傲，略一點頭，瞇起那對被肥肉包圍的陰險細眼，冷冷一笑道：「項兵衛來了多少天呢！本君若非到此赴宴，恐怕仍不能一睹尊駕的風采！」

這幾句話分明怪責項少龍到咸陽後，沒有謁見他這要人。

烏應元心中暗罵，臉上堆起笑容道：「愚婿昨天才到，疏忽之處，君上大人有大量，切勿放在心頭。」

項少龍反放下心來，楊泉君喜怒形於色，庸俗平凡，怎會是呂不韋對手，反是王齕厲害多了。

「噹！」磬聲響起。十八名虎背熊腰，身形彪悍的衛士手持長戈，步履整齊地由後堂進入殿內，排列兩旁，接著殿後傳來密集步下樓梯的聲音。項少龍心中恍然大悟，原來莊襄王一直在上一層的殿堂，這時得人通知賓客到齊，下來主持晚宴。同時猜到先前呂不韋當是在上一層與莊襄王密議，由此可見兩人關係多麼密切。

衆人分列兩旁跪伏迎接秦王大駕，先是四名內侍肅容步出，後面是八位俏麗的年輕宮娥，服飾以紫色爲主，襯以紅藍二色，頗有點土氣，遠及不上趙魏兩國宮女內侍的華袍繡服。他們分成兩組，每組二男四女，肅立一側。

環珮聲響，一位體態綽約、羅衣長褂的俏佳人，牽著髮冠華衣、年約十歲的小孩盈盈走了進來。項少龍偷眼一看，還以爲是朱姬和小盤，等看清楚，才知錯了。

內侍之一唱道：「秀麗夫人、成虫喬王子到！」

項少龍心想，這就是楊泉君要捧的王子，秀麗夫人姿色不俗，應是莊襄王由邯鄲返秦後納的妃嬪，她和兒子能出席今夜宴會，隱有與朱姬和小盤分庭抗禮之勢，可見莊襄王對她頗爲愛寵，否則她早被打下冷宮。

環珮再響，項少龍立時眼前一亮。只見朱姬身穿用金縷刺繡花紋圖案的短襦，熠熠閃光，非常搶眼，下面是觸地裙褂，加上高髻宮裝，走起路來若迎風擺柳，更襯托出她纖腰豐臀的體態和媚在骨子裡的動人風情，立時把秀麗夫人比下去。她一手攬衣，另一手拖著以黑色為主、短襦錦褲的小盤，正是「羅衣何飄飄、輕裾隨風還」，輕盈柔美、飄逸若神。

項少龍想起曾與她擁眠被內，枕邊細語，又是另一番滋味。低下頭去，避免與她的四目交觸。

內侍唱道：「姬王后、政太子到。」

兩對母子，分別來到宴席旁，下跪等待莊襄王的龍駕。小盤目不斜視，不往項少龍投上一瞥。項少龍心中讚許，他曾千叮萬囑地吩咐小盤，對他絕不可神態有異，否則說不定會惹起朱姬或其他有心人的懷疑。

四名內侍一齊唱道：「大王駕到！」

項少龍不敢偷看，只能在腦海幻想對方模樣。

一把柔和悅耳、斯文平淡的聲音在前方響起道：「眾卿平身！」

眾人齊呼道：「謝大王！」

項少龍隨眾人起立，抬頭一看，剛好與莊襄王打量他的眼光直接交觸。

曾在邯鄲作質子的秦王，年約四十，身材高瘦，頗有點仙風道骨之態。皮膚白皙如女子，臉容蒼白，卻有股罕見的文秀神采，手指纖長，予人一種有良好出身，大族世家子弟的氣質，只可惜雙目神光不足，否則更是氣概不凡。

頭頂冕旒，外黑內紅，蓋在頭頂是一塊長方形的冕板，使他擁有帝王之姿。身上當然是帝皇的冕服，黑底黃紋，襯金邊，莊嚴肅穆。看到項少龍遠勝一般人的體形神采，莊襄王的龍目亮起來，唇角露出一絲溫文爾雅的笑意，柔聲道：「能成非常之事，必須非常之人，少龍你沒有令寡人失望。」

項少龍想不到莊襄王直呼他的名字，語氣如此親切，連忙拜謝。

莊襄王目光落到烏應元身上，溫和地道：「得婿如此，烏先生尚有何求，烏家異日定能因少龍光大門楣，可以預期。」

烏應元大喜謝恩。楊泉君和王齕交換個眼色，互看出對方心中不滿。

莊襄王目光掃過衆人，淡淡地道：「衆卿入席！」

磬聲再響。另十八名衛士由內步出，先前的衛士九人一組，移到客席後持戈而立。衆人紛紛來到席旁立定，待莊襄王坐下，侍衛於其身後，秀麗夫人和朱姬兩對母子亦席地坐下，方敢入席。

右邊兩席，上首處坐的是呂不韋和項少龍，接著是蒙驁和烏應元；另一邊則由楊泉君和王齕各據一席，涇渭分明。項少龍故意不看朱姬和小盤，以免莊襄王或其他人發覺他和她「母子」二人的特別關係，這叫寧教人知，莫教人見。宮女穿花蝴蝶般穿插席間，爲各人添酒和奉上佳餚。

莊襄王道：「姬后和政王兒均安返咸陽，寡人再無憾事，讓我們喝一杯！」

衆人舉酒祝賀，不過秀麗夫人、楊泉君和王齕等的臉色當然不太自在。

莊襄王的眼光落到朱姬和小盤身上，眼神更溫柔了，以他那充滿感情的好聽聲音道：「政王兒，少龍有大恩於你，還不敬項先生一杯！」

項少龍不由爲他的風采傾倒，深感成功非靠僥倖。莊襄王能於落魄時被呂不韋看中是「奇貨可居」，後來又打動最被當時昭襄王寵愛的華陽夫人，納其爲子，最後突圍而出，成爲王位繼承者，自有其懾人的特色和丰采。否則縱使呂不韋花再多的錢，只是枉費工夫。

小盤聞言起立，來到項少龍席前，到此刻兩人始有機會眼神交接。小盤一對眼睛立時紅起來，射出深刻的感情，幸好一閃即沒。

當下自有侍女捧來酒壺酒盃。項少龍起身，恭敬俯身，舉手過頭，接過小盤遞來的美酒，一飲而盡。小盤的身體更粗壯，神色冷靜，當項少龍想到他日後統一天下的雄姿，不由心中一顫。兩人分別回到席位，項少龍忍不住再望小盤一眼，發覺朱姬正含笑看他，秀眸盡是溫柔之色，嚇得忙垂下目光。

莊襄王逐一和衆人閒聊兩句，眼光再落到項少龍身上，從容自若地道：「若要攻陷邯鄲，滅掉趙國，把趙穆生擒回來，少龍認爲需多少軍馬？」

朱姬和小盤的眼睛同時亮起來。楊泉君和王齕露出關注的神色，看他有什麼話說。

呂不韋哈哈一笑道：「少龍放膽直言，舒陳己見！」

項少龍微微一笑道：「以現在的形勢論，攻陷邯鄲二十萬人即可，但要滅趙，就算舉大秦全國之力，仍難辦到。」

衆人齊感愕然。

楊泉君冷笑道：「項兵衛對兵家爭戰之事，時日仍短，故有此無知之言，王大將軍可否向兵衛解說一二，以免他見解錯誤仍不自覺。」

他始終堅持稱他作兵衛，正是要提醒別人，他只是個微不足道的小將，更表明視他爲外人。莊襄王和呂不韋先是對項少龍之言露出不悅之色，旋又深思起來。朱姬則是嘴角含笑，對項少龍滿懷信心。烏應元則向項少龍猛打眼色，希望他愼言。蒙驁雙目亮起來，顯是體會到項少龍話中的含意。項少龍從容不迫地看著王齕，虎目光芒閃閃。

王齕給他看得有點心寒，謹愼起來，說道：「臣子想請項先生先解釋一下爲何有此立論。」

此話一出，莊襄王、呂不韋、烏應元和楊泉君四個不通軍事的人，立知項少龍並非胡謅一通，否則王齕不會如此有所保留。

項少龍淡然一笑道：「長平一役後，趙國確是遭到致命之傷，不但影響軍心士氣，亦深入打擊王公大臣對國家的信心，不過正是由於這種心態，形成上下拚死抗敵之心，燕人的大敗正是明證，臣下提出能以二十萬人攻陷邯鄲，是趁我們烏家剛撤離趙國，牧場所有牲畜均被毒斃，使趙人在這方面的補給難繼，兼之士氣大損，而有此把握。且此戰必須以快打快，趁李牧和廉頗分別被匈奴和燕人纏困，無暇分身，故城破則退，不宜久留。」

再沉聲說道：「若只爲破城，十萬人可以辦到，但若要速戰速決，全師而退，非二十萬人不可。」

王齕呆了半晌，嘆道：「項先生這話不無道理。」

項少龍禁不住對他好感大增，由於對方不會睜眼說謊話。

蒙驁沉聲說道：「末將完全同意少龍之言。」

楊泉君氣得臉色陣紅陣白，與秀麗夫人交換個眼色，一時說不出話來。

朱姬一陣嬌笑，媚眼一送，對莊襄王道：「大王啊！人家沒推薦錯人吧！大將軍和蒙將軍好似還是首次對同一件事點頭同意呢！」

這麼一說，王齕和蒙驁尷尬起來。小盤凝望項少龍，湧起崇慕和依戀的情緒。

莊襄王先瞥呂不韋一眼，又問道：「少龍所言舉我全國之力，仍未能滅趙，又怎樣解釋呢？」

最緊張的是烏應元，假設項少龍在此項上不能說服秦王，剛占得的一點優勢，將盡付東流。

項少龍陳辭道：「戰爭之要，雖說以國力爲本，軍力爲器，但外交和情報卻是同樣重要，所謂知己知彼，百戰不殆。」

楊泉君插嘴道：「這兩方面的事，我大秦從沒有疏忽過，先王以張儀爲相，正是從外交入手，粉碎六國合縱之策，至於情報方面，我們不時有探子到各國偵察，從沒鬆懈下來。」

項少龍愈來愈看不起這秦朝元老，不客氣地問道：「請問君上，假設我們傾全力揮軍攻趙，各國會有何反應？」

楊泉君登時語塞，因爲若沒有確實情報的支持，如何可回答這假設性的問題。呂不韋在几下拍拍項少龍的大腿，表示很高興他挫了楊泉君的鋒頭。

王齕終是和楊泉君共乘一船，出言說道：「此事確不可輕舉妄動，齊楚兩國暫且不說，但三晉唇亡齒寒，必會齊起反抗，三國任何一國之力仍未足抗我大秦百萬之師，聯合起來，則是另一回事。」

如此說，雖似爲楊泉君緩頰，也等若肯定項少龍的說法。

項少龍不讓衆人有喘息之機，侃侃而言道：「趙國若受攻擊，各國絕不會坐視，縱使開始時抱有隔山觀虎鬥的撿便宜心態，但只要趙人閉關穩守，再派人截斷我軍的補給路線，其他各國遲早必派軍支援，那時我們四面受敵，情勢殊不樂觀。」

莊襄王拍案道：「好一句『隔山觀虎鬥』，這麼精采的語句，寡人還是初次聽到。」

項少龍暗忖難道這句話仍未在這時代被引用？謝過莊襄王讚賞後續道：「況且魏國信陵君仍在，足可影響各國，再來另一次合縱，我們險矣。」

衆人均默然無語，八年前魏國信陵君聯同各國軍隊，在邯鄲城下大破秦軍，各人自是記憶猶新，仍有餘悸。

莊襄王嘆道：「如此說來，難道任由趙穆這奸賊逍遙自在嗎？」

只憑這句話，當知莊襄王沒有統一天下的大志，否則這句話應是「如何才可蕩平六國。」

項少龍肅容道：「若只是要把趙穆擒來，大王則不必費一兵半卒，只須交由臣下去辦。」

眾人同時愕然。

莊襄王精神一振問道：「可有虛言？」

項少龍道：「絕無半字虛語，臣下只須半年的時間去搜集情報，便可行動，把趙穆生蹦活跳帶到大王御座之前，任憑處置，不過此事一定要保密，否則臣下恐難活命回來。」

莊襄王拍案道：「誰敢洩出此事，立殺無赦！」

同一時間呂不韋在項少龍耳旁嘆道：「怎可說出來？」

項少龍知他擔心自己會被楊泉君陷害，探手几下，在他大腿上寫了個「假」字，呂不韋登時會意，讚許地看他一眼。楊泉君垂下頭去，免給人看破他的喜色。

朱姬嬌笑起來，向莊襄王撒嬌道：「生蹦活跳的趙穆，少龍用語真是有趣，剛才人家的提議，大王還要猶豫嗎？」

眾人一聽，立知另有文章。

果然莊襄王哈哈一笑道：「與少龍一席話，令寡人痛快極矣，若能把趙穆生擒回來，以洩寡人心頭之恨，定然重重有賞，由今天起，少龍就是寡人客卿兼太子太傅，專責教導政兒劍術兵法。」

呂不韋大喜，忙向項少龍舉杯祝賀。要知太子乃王位繼承人，若能成爲他的師傅，異日太子登基，自可發揮直接的影響力量，所以這官位實是非同小可，人人眼熱。

楊泉君由席中走出來，跪伏地上，顫聲道：「大王尚請三思，我大秦立國數百年，以武聞名，能當太子兵法劍術太傅者，均乃國內最佳兵劍大家，從沒有外人擔任此職，況且項兵衛一無軍功，二來不知劍術是否名實相符，不若待項兵衛擒趙穆回來後，大王再作定奪。」

他這番話合乎情理，可見此人仍有點小聰明，可是莊襄王哪聽得入耳，不悅地道：「寡人怎會看錯人，這事就是如此安排，左丞相不必多言。」

王齕忍不住走出來跪陳道：「大王務要三思，否則恐人心難服。」

大將軍一開腔，等若秦國軍方齊聲反對，莊襄王雖心中大怒，不得不猶豫起來。

項少龍見狀跪稟道：「左丞相和大將軍之言不無道理，大王請收回成命，先看臣下能否擒回趙穆，再作決定。」

烏應元和朱姬暗叫可惜，朱姬更暗恨少去與項少龍接觸的機會。小盤則差點想把楊泉君痛揍一頓。

莊襄王嘆道：「眾卿請起。」

楊泉君和王齕兩人知他回心轉意，大喜回席。項少龍從容回席去也，王齕見他毫不介懷，禁不住心生好感。莊襄王尚未說話，呂不韋一聲大笑，吸引了所有人的注意力。

呂不韋正容道：「政太子太傅一職，怎可丟空半年以上。兵法方面，少龍剛才表現超卓，而少龍在趙魏兩境，以少勝多，大破賊軍，又斬囂魏牟之首，早名震天下，不用贅言。至於劍術，只要楊泉君和大將軍請來心目中我國最有資格的劍術大家，擇日御前比試，立見分明。」

莊襄王大喜道：「就這麼辦，好了！讓我們喝酒作樂。」

一拍雙掌，一隊歌舞姬立時飄進殿來，載歌載舞，可是卻衝不破那緊張的氣氛。雙方都盤馬彎弓，準備讓對方栽個大觔斗。項少龍心中苦笑，知道自己給捲進秦廷權力鬥爭的風暴中。這或者就是人在江湖，身不由己吧！

跟著的十天，項少龍度過來到這古強國後最悠閒的美好時光。他領著妻子婢女，與滕翼、荊俊、烏卓和那些隨他由邯鄲前來的家將，到城外烏家新開發的牧場休養生息。牧場占地甚廣，快馬一個時辰可勉強由一端去到另一端，共有十八組簡樸但設備完善的房舍。他們選取一座位於美麗小谷的四合院落，名之爲「隱龍別院」。

每天清早起來，便和妻子婢女在大草原上馳馬爲樂，順道練習騎射。又找來滕翼、烏卓和荊俊三個高手對打，練習各種武器的掌握運用，作爲與楊泉君等選出來那仍未知是何人的對手決戰前的熱身練習。

「精兵團」由原先的七十七人擴展至三百人，日夜操練，以作將來返回邯鄲活擒趙穆的班底。有項少龍這眞正的特種戰士主持，人人進步神速，掌握到各種深入敵後的偵察與作戰技術。烏家人丁旺盛，其中不乏懂得冶鐵的巧匠，烏卓遵項少龍之言，在牧場內成立冶煉鐵器的作坊，依照他的設計，打造出攀爬腰索和飛針一類的工具暗器。

項少龍更不忘依墨氏補遺卷上的方法打坐練氣，滕翼發現後大感興趣，從他處學得訣竅，效果比項少龍還要好。項少龍索性把補遺卷贈他，由他自行鑽研上面寫的兵法和劍術，兩人間的關係，比親兄弟更勝一籌。樂也融融時，陶方來了，衆人齊集在廳內舉行會議。

陶方神采飛揚道：「有邯鄲的消息，眞是精采。」卻沒有立即接下去。

衆人見他賣關子，急得牙癢起來，只有滕翼不爲所動，沉著如常。

陶方笑道：「逐件事來說吧！這次被我們害得最慘的是趙穆，當趙人發現我們那條直通城外的祕道，發覺上了大當，然後收到眞正的嬴政返抵咸陽的消息時，孝成王氣得大病一場，更把趙穆痛罵一頓，整整一個月不肯見他，到現在關係始稍有改善，趙穆權勢已大不如前，反而那郭開不知說了什麼謊話，竟騙得孝成王那昏君對他信任大增。」

項少龍忍不住問道：「趙雅的情況如何？」

陶方知他仍沒有忘記這善變的美女，嘆道：「她也大病一場，齊雨還想去纏她，給她轟出府門，很多人都看到呢！」

烏卓奇怪地問：「趙王沒怪她嗎？」

陶方沉吟道：「據說她曾苦勸趙王不要對付少龍，昏君事後大有悔意，又見她病得死去活來，或者基於這些原因，趙雅的地位並沒有受多大影響。現在邯鄲人心惶惶，怕我們會引領秦軍攻打趙國。最近孝成王派出使節，希望能聯結各國，以應付秦人的入侵，眞是大快人心。」

滕翼道：「假嬴政的命運又如何？」

陶方搖頭嘆氣道：「給趙穆處死了，他滿肚子氣，唯有拿無辜的可憐蟲發洩。」

項少龍心中頗感不忍，不過卻知是沒有法子的事。

陶方忽然伸手按著項少龍肩頭，低聲道：「告訴你一件事，千萬莫要動氣。」

項少龍一驚，問道：「什麼事？」

陶方眼中掠過異樣神色，沉聲道：「終有美蠶娘的消息。」

項少龍臉色大變，道：「死了？」

陶方搖頭道：「不！是嫁到附近一個村莊去了，還生下兒子，丈夫是個頗有名氣的獵戶，據說相當愛護她。」

項少龍呆了半晌，反輕鬆起來，想起分別時的情景，美蠶娘可能早立下決心不離開那和平的地方。也好！最緊要她有個好歸宿。

荊俊湊到陶方旁，輕聲問道：「有沒有給我送信與趙致？」

滕翼一震道：「你那封信有沒有洩露我們回邯鄲的事？」

荊俊嚇了一跳道：「當然沒有，小俊怎會這麼不知輕重。」

陶方由懷裡掏出一封信來，塞到荊俊手裡，笑道：「看來趙致對你有點意思哩！」

荊俊一聲歡呼，凌空翻三個觔斗，一溜煙走了，看得衆人失笑不已。

陶方見項少龍乍聞美蠶娘的事後，仍然情緒穩定，放心地道：「我們到大梁的人有消息回來，聽說紀才女已到楚國去。」

項少龍一震道：「不好！她定是往邯鄲找我。」

衆人同時捕捉到他的意思，紀才女當然不能直接赴趙國找他，唯有先往楚國，再取道齊國往邯鄲去。古代訊息不便，邯鄲發生的事，恐怕到這時紀嫣然尚未知曉。

項少龍卻是心煩意亂，斷然道：「我們立即到邯鄲去！」

陶方道：「至少要過了大後天才成，秦人推出一個人來和你爭太子太傅之職，定下大後天午前在御前比武，有點身分地位的都會來觀戰。」
烏卓道：「那人是誰？」
陶方回答道：「好像是叫王翦吧！」
項少龍大感錯愕，心想怎會又這麼巧。

項少龍在離農莊別院不遠的小瀑布旁獨坐沉思。在古戰國的時代裡，無處不是桃源仙境，眼前便是罕見奇景，谷內秀峰羅列，萬象紛陳，奇巧怪石，碧水流經其間，飛瀑彩池，自然天成，水動石變間，在陽光下百彩交織，使人怎麼看都不感厭倦。他坐在一個這樣的水池旁，傾聽飛瀑注入清潭的悅耳聲響，欣賞岸旁綠竹翠樹，浮波蕩漾，水嬌色艷，充盈初春的生機和欣欣向榮的意象，不由心曠神怡。

可是當心神轉到大後天的御前比武上，又愁懷暗結。不論哪一個勝出，恐怕都會有點問題。問題在他能否改變歷史。若答案是否的話，那他大可不理一切，遨遊山林，終日享受與妻子婢女們的魚水之歡，而小盤自然會成爲中國首位皇帝，只恨他不能肯定。若他擊敗王翦，對方還能否成爲日後統一六國的蓋世名將呢？眞教他煞費思量。而他亦是敗不得，否則烏家將會受到很大的損害，對小盤更是嚴重的打擊，甚至他的邯鄲之行也會受到影響。苦惱間，少女嬌甜的笑聲傳來。

草樹掩映中，翠桐和翠綠兩位俏麗的婢女，每人挑著兩個小木桶，到這兒來取水，低言輕笑，並沒有留意到項少龍的存在。兩女來到池旁，放下挑擔小桶。翠桐坐到一塊石上，翠綠則脫掉鞋子，露出秀美的赤足，濯在水裡，意態放浪自如，不時發出銀鈴般的嬌笑。項少龍想起與美蠶娘在小谷的溪流，同作水中嬉戲的動人情景，心內不無感觸。

翠桐忽然道：「少爺摟過妳嗎？」

翠綠嬌笑反問：「妳呢？」

翠桐霞生玉頰，點點頭，有點苦惱地道：「唉！只是輕輕摟人家的腰，吻吻臉蛋了事。」

翠綠笑道：「小丫頭動了春心。」

翠桐氣道：「妳比我好得多少，昨晚夢中都在喚少爺。」

翠綠羞紅了臉，道：「不准妳再說！」

看到兩女嬌態，愁思難解的項少龍不由怦然心動，由藏身處站起來。兩女忽覺有人，別過頭來，見是項少龍，先是大吃一驚，然後是臉紅耳赤，羞得不知鑽到哪裡去才好。項少龍怕她們不勝嬌羞急急溜掉，迅速移到兩人間，分別抓起兩女柔軟的小手。兩女渾身發軟，挨在石上池旁，不肯起來，額頭差點藏到酥胸裡。

項少龍威脅著道：「不想給人看到吧？乖乖的隨我去吧！」

兩女無奈站起來，既羞又喜。項少龍拉著兩女，沿溪踏著高低起伏的怪石，往上攀去，不一會來到最高一層的小水池，剛好可盡收谷地的美景。要兩女和他並肩坐下，共賞媲美人間仙境的樂土。兩人情不自禁地靠入他懷裡，芳香沁人。

文明究竟是好事還是壞事呢？二千多年後的科技，肯定是人類作繭自縛，不住地去破壞美麗的大自然。任何人若能像他一般來到這古時代裡，都要爲大自然異日的面目全非心生感慨。

翠桐低聲道：「少爺剛才是否一直坐在那裡？」

項少龍促狹地道：「我睡著哩，聽不到什麼輕輕摟抱，親親臉蛋，又或有人昨夜發夢囈語那類話。」

兩女立時窘得無地自容，同聲嬌吟，把臉埋入他懷裡。

項少龍一邊讚嘆這時代的男人眞幸福，兩手撫著她們滑嫩的臉蛋，溫柔地摩娑，此時無聲勝有聲。項少龍心中一陣感觸，若現在是太平盛世，即使永不能返回二十一世紀，亦有何憾可言。

那晚項少龍縱情歡樂，可是即使在銷魂蝕骨的時刻，他的腦海仍不住閃過紀嫣然、美蠶娘，甚至趙雅的倩影。衆女知他趙國之行迫在眉睫，神傷魂斷下，份外對他痴纏，難捨難離。

光陰在這種情況下溜得特別快，兩天後他們離開美麗的小谷，返回咸陽城去。除荊俊外，滕翼和烏卓留下來繼續操訓精兵。

甫抵烏府，烏應元把他召去，神色凝重地道：「圖先調查過王翦，據說此人不但劍術稱冠秦國，最厲害是騎射的功夫，可連發三箭，用的是鐵弓銅弦，五百步內，人畜難避。」

想起死鬼連晉的箭術，可能仍及不上此人，項少龍不由頭皮發麻，問道：「什麼年紀？」

烏應元顯是為他擔心，嘆道：「今年應是二十歲上下，聽說樣子頗斯文秀氣，從外表看誰都不知他這麼厲害。」又沉聲道：「圖先查出楊泉君和王齕等人早內定找他來和你比武，拖十多日是讓他利用這段時間加緊操練。那些人不安好心，看準你和妻妾久別重逢，在床笫間必有大量損耗，眞虧他們想得到。現在呂相很擔心哩！」

項少龍記起昨晚的風流，心生慚愧，同時想到自己是有點輕敵。

烏應元拍拍他肩頭道：「儘量養足精神，我會向芳兒解說。」

項少龍回到隱龍居，拋開一切，避入靜室，依墨氏補遺的指示，打坐吐納，不一會物我兩忘，精神進入至靜至極的禪境。

叩門聲把項少龍驚醒過來。項少龍忙把門拉開，露出烏廷芳淒惶的面容，顫抖著聲音道：「小俊給人打傷，傷得很重呢！」

「咯！咯！」

項少龍大吃一驚，忙趕到主宅。烏應元和陶方全在，還有烏府的兩名府醫，正爲荊俊止血和包紮。

項少龍擠到荊俊旁，吩咐各人退開，詳細檢視他的傷勢。他身上至少有七、八處劍傷，最要命是左脅的傷口，差點刺入心臟，其他傷勢雖嚇人，不外皮肉之傷，不過其中兩劍深可見骨，皮肉綻開來，觸目驚心。荊俊因失血過多，陷入半昏迷的狀態，臉上不時露出痛楚難當的神色。

項少龍雖心痛，卻知他應該可撿回小命，退到烏應元和陶方中間問：「誰幹的？」

烏應元道：「已通知圖先，他們會派人查探，幸好這小子身體硬朗，傷得這麼厲害，仍能挨到回來後才倒地，算他本事。」

陶方道：「這些人分明想要他的命。」

門衛的聲音傳來：「呂相國駕到！」

衆人想不到呂不韋親來探望，轉身迎接。

呂不韋在十多名手下擁護裡，大步走來，先細看荊俊的傷勢，然後和三人到一旁說話，神情肅然道：「定是楊泉君等人的詭計，借殺死小俊，打擊少龍的精神，少龍千萬不要上當。」

項少龍平靜地道：「他們顯然低估小俊的逃生本領，只要小俊醒來，當可知誰下的手。」

呂不韋道：「無論是誰下手，所有事待明天與王翦一戰後才和敵人算賬。只要少龍奪得太傅之位，本相會全力支持少龍爲小俊討回這筆血債，教所有人知道呂不韋並不是好欺負的。」

項少龍心情矛盾，他並不想與呂不韋關係這麼密切，但看來情勢若依現時方向發展下去，他遲早會變成呂不韋的一黨。這還不是問題，最怕是大家生出感情，將來更頭痛。荊俊一聲呻吟，醒轉過來。衆人圍了上去，荊俊只看到項少龍一人，憤然叫道：「大哥！他們好狠！」

項少龍伸手按他肩頭，說：「不要動！」

呂不韋沉聲道：「誰幹的！」

荊俊冷靜了點，咬牙苦忍身上的痛楚，道：「他們有二十多人，我認得其中一人叫『疤臉』國興。」

呂不韋吩咐把他抬到後宅養傷，雙目殺氣大盛，道：「國興在咸陽頗有名氣，是渭南武士行館的三大教席之一，館主邱日昇與軍方關係密切，一向不把我的人放在眼內，少龍遲些替我把那行館挑了，我要讓秦人知道開罪我呂不韋絕不會好過。你要多少人？儘管說出來。」

項少龍暗自思量，這不就等於是作了他的打手嗎，口中應道：「區區小事，我們有足夠力量辦妥。」

呂不韋道：「有了少龍，我們整個聲勢改變過來，楊泉君等若非畏懼少龍，何用出此下策？」又說：「明天本相會先來此與你們會合，一起進宮，本相有信心少龍不會教人失望。」

項少龍心中有事，先向烏應元和陶方打個眼色，道：「讓少龍送呂相國出門！」

烏陶兩人會意，任他獨自一人送呂不韋到門外登車。

呂不韋乃極爲精明的人，低聲問：「少龍有什麼話要說？」

項少龍微笑不語，直至來到車前，道：「這十天沒有一刻少龍不在爲呂相籌謀苦思，發覺這樣和秦國本土勢力對抗下去，終是下下之策，說不定最後落得兩敗俱傷。」

呂不韋嘆道：「凡事以和爲貴，我沒想過這問題嗎？奈何大利當前，秦人一向仇外，誰也不相信我有誠意爲秦國盡心盡力。」

項少龍從容地道：「他們既是因利益而結合，我們就以利害來分化他們，像楊泉君又或渭南武士行館等死硬份子，我們以無情手段摧毀他們，借之立威。但像王齕這類並非純爲私利的人，大可籠絡施恩，使他靠到我們的一方。」

呂不韋目射奇光，仔細打量項少龍，點頭道：「少龍似是妙計在胸，快點說來聽聽！」

項少龍輕描淡寫地說出計畫。

呂不韋聽罷，道：「若做得到，自然最好，只怕一不小心，弄巧成拙，白賠性命。」

項少龍淡淡地道：「呂相對烏家恩比天高，我冒點險算得了什麼呢？」

呂不韋哈哈一笑，用力摟摟項少龍肩頭，離開時心情愉快。項少龍知道取得呂不韋絕對的信任，轉頭看荊俊去了。

咸陽宮主殿旁的大校場上，萬頭攢動，有若鬧市，人人迫不及待觀看即將舉行的比武盛事。一方是秦國威名最盛的無敵悍將，另一方卻是聲名鵲起，戰績彪炳，從趙國來的不世劍客。誰都希望看到兩人如何分出勝負。

陽光普照下，靠主殿的一方架起三座高台，擺好座椅，正中的當然是莊襄王和太子后妃的寶座。左台坐滿以楊泉君和王齕為首的大臣和軍方將領；右台除呂不韋外，蒙驁和親呂不韋的大臣客卿均已列席。李斯是其中一，他本沒有列席的資格，由於關心項少龍，憑三寸不爛之舌，遊說得一個座位。其他地位較低的人，只好站在校場的四周觀戰。

甲冑鮮明，比其他六國人身材更高大的秦兵，守在正殿長階上和三座看台的四周，長戈在陽光下閃爍生輝，平添不少莊嚴肅殺的氣氛。

呂不韋和項少龍等剛乘車抵達，下車後往右台行去，立時造成轟動，均對項少龍指點呼叫。

呂不韋吁出一口氣，在項少龍耳旁道：「秦人好武，最重英雄，此戰是許勝不許敗。」

項少龍今早以墨氏補遺卷上的方法行氣吐納，龍精虎猛，信心十足，道：「呂相放心！」

呂不韋道：「左邊看台那身穿黑色戰服的人是邱日昇，切勿忘記他的樣子。」語氣透出深刻的恨意。項少龍依言望去，台上近百人的目光全集中到他身上，忙以微笑點頭回應。瞥那邱日昇一眼，移開眼光。

呂不韋領他登上看台，引見諸人，坐下來問後面的圖先道：「王翦來了嗎？」

圖先回答：「應該來哩！卻不知在哪裡？」

號角響起。禁衛簇擁中，一身龍袍的莊襄王，引領小盤、朱姬、秀麗夫人、王子齊虫喬和一眾妃嬪，由殿內步出，朝中間看台行去。軍士肅立正視敬禮，其他台上台下諸人跪伏迎接，一時整個校場肅然無聲。項少龍心中暗讚，只看情況便知秦王的威嚴和秦人的服從性和重紀律。直到莊襄王和眾王子王妃在台上坐好，近侍宣布眾人平身入座，會場回復先前模樣，但人人都停止說話，靜候莊襄王的宣布。

內侍高唱道：「項少龍何在！」

項少龍連忙起身，順手脫掉外袍，露出他完美的體格，下台來到主台前面，行晉謁秦王的大禮。莊襄王欣然看著項少龍，不住點頭，表示讚賞。

他長居國外，基本上可算外人，所以對這由趙國來，又救回他妻兒的青年劍手特別有好感。

內侍再呼道：「弁將王翦何在？」

話聲才落，一陣蹄聲響起，一騎旋風般由宮門處馳來。人群爆起震天采聲，紛紛讓路，騎士直馳場心。若說聲勢，項少龍明顯輸一大截。

王翦騎術驚人，短短一程，已作了俯衝，側靠等等高難度的姿勢，快要停下時，竟奇蹟縮入馬腹下，從另一邊登上馬背，躍下馬來，跪伏地上，大嚷著：「末將王翦！叩見我王！」

眾人再響起驚天動地的喝采和打氣聲音，把氣氛推上澎湃的高潮。呂不韋台上諸人，包括對項少龍深具信心的烏應元和陶方，見他騎技驚人至此，信心動搖起來，更不用說呂不韋等未知項少龍深淺的人。

莊襄王露出驚異之色，頻頻點頭。朱姬因對項少龍別具好感，緊張得抓著小盤的手，發覺小盤手心也在冒汗。楊泉君那台上的人卻是人人面露喜色，好像項少龍的敗北，已成定局。

王翦站起身來，往項少龍望來。剛好項少龍含笑看去，大家打個照面。雙方同時露出驚訝神色，為對方的體形氣度驚異。王翦確如烏應元所說的白皙秀氣，但卻不足描畫出他眞正的氣魄。

他最多只比項少龍矮上半寸，身穿紅黑相間的武士戰服，外配件藤甲背心，肩寬背厚，體形慓悍，予人英姿爽颯的印象。高鼻深目，一對眼深邃莫測，烏黑的頭髮在頭上紮短髻，用一條紅繩綁緊，兩端垂至後頸，更顯威風八面。

項少龍心內讚賞，微笑施禮，暗忖如此人才，難怪將來能助小盤打下江山，統一六國。王翦見項少龍神色友善，放鬆面容，禮貌地還禮，眼內仍充滿敵意。主台處由內侍讀出這次比武的目的和作用，其中自然不免對朝臣作出勉勵，強調保持武風的重要性。到最後，內侍朗聲道：「這次比武分兩部分舉行，先比騎射，再比劍術。」

項少龍心中叫苦，暗忖自己近來騎技雖大有進步，但若要與王翦相比，回家多練幾年也不成。王翦高聲領命，項少龍只好學他般應諾。

「颼！」的一聲，王翦以一個美妙的姿態飛身上馬，疾馳開去，直趨場角快要衝入圍觀的人堆時，忽然勒馬人立，兜轉馬頭，蹄不沾地地轉過身來，倏然停下。

當然是另一陣喝采叫好之聲。兩名軍士早由場邊搬出箭靶，放在廣闊大校場的正中央。

此時呂不韋使人把「疾風」牽來，項少龍從容一笑，雙足一彈，由馬尾躍上馬背，一夾馬腹，靠著「疾風」驚人的速度，繞個大圈，抵校場另一角，亦贏來不少喝采聲。

王翦從馬鞍旁拿出他的鐵弓，往頭上一揚，登時惹來一片讚美。

項少龍知他信心十足，準備表演箭技，收攝心神，向王翦遙喝道：「死靶怎如活靶，不若王兄射在下三箭如何？我保證絕不用盾牌擋格。」

全場立時鴉雀無聲，不過所有目光都射出難以置信的神色，像在猜測這人是否找死？項少龍卻是有苦自己知，與其等著落敗，不若行險一博，憑自己的劍術和身手應付對方的騎射，若能成功，可過此一關。

王翦顯然不是想占便宜的小人，沉聲喝道：「箭矢無情，項兄可已想清楚。」

項少龍遙向莊襄王施禮道：「請大王欽准！」

莊襄王猶豫片晌，以手勢示准此請。全場近二千人全體屏息靜氣，等候驚心動魄的場面出現。

王翦一手舉弓，另一手由背後箭筒拔出四支長箭，夾在五指之間，手勢熟練，使人感到他要把四箭射出，有若呼吸般輕易。項少龍心中暗呼親娘，原來這人一直深藏不露，使外人以爲他技止三箭，到現在亮出眞本領示人。

鴉雀無聲。

王翦大笑道：「末將鐵弓鐵箭，可貫穿任何盾牌，項兄用盾又如何，小心！」微夾馬腹，戰馬放蹄衝來。

項少龍仰天一笑，拍馬衝去，取的是靠近莊襄王那一邊，欺他不敢向莊襄王的方向發箭，好洩他的銳氣。兩騎接近分開，交換位置。

王翦一抽馬頭，一刻不待回身馳來。項少龍心神進入墨家守靜的訣竅，天地似在這一刻完全靜止，捨王翦外再無他物。同時催馬往王翦迎去。只要貼近王翦，避過四箭，這場騎射競賽當可收工大吉。兩騎迅速接近，由過千步的距離，拉至七百步內。

「騰！」

王翦先拉一下弓弦，不知如何，其中一支箭已落到弓弦處，霎時弓滿箭出。

項少龍從未見過這麼快的箭，幾乎是剛離弦便抵面門。幸好他的反應比常人敏捷十倍，一聲大喝，血浪離背而出，斜劈矢頭。全場不論友敵，一齊轟然叫好。

項少龍策馬、拔劍、疾劈，幾個動作一氣呵成，行雲流水，角度時間拿捏得恰到好處，表現出一種動作和力度的極致美態，觀者無不深感震動，爲他喝采。由此可見秦人率直眞誠的性格。

「噹！」的一聲清響，鐵箭應聲斜飛墮地。

王翦大叫一聲「好」，倏地消失不見，原來躲到馬腹下。項少龍心中駭然，剛才對方一箭力道驚人，震得他整條右臂酸痲起來，差點甩手掉下血浪寶刃，這時見不到王翦，即是說連他怎樣發箭都不知道，哪能不吃驚。

大校場寂靜至落針可聞，呼吸聲像宣告暫停，只餘下戰馬如雷的奔騰聲，雙方由七百步拉近至五百步。

不聞弦響，以項少龍的角度看去，兩支箭同時由略往右斜移的馬腹下射出，一取項少龍心窩，另一箭往他大腿射去，絕對地把握項少龍在矢到時的準確位置，教人嘆爲觀止。項少龍知道由於比先前接近二百步，兼之手臂的疼痲仍未復元，絕無可能以臂力挑開對方更強力的勁箭，把心一橫，硬以劍柄往來箭挫下去，同時純憑本能和直覺，閃電飛出一腳，迎往另一勁箭。衆人仍未有時間分神爲他擔心，「篤」的一聲，劍柄硬把勁箭磕飛，下面則鞋頭一陣火痛，勁箭應腳失準，在項少龍身前斜向上掠，直達最高點，往下掉來。

兩騎此時相距三百步之遙，項少龍忽覺不妥，原來最後一箭竟無聲無息地由馬頸側射來，角度之刁鑽，除非翻下馬背，休想躲過，不過此時已來不及。項少龍整條手臂這時痛得連舉起或放下都有問題，能拿著血浪只是作個幌子。一聲大喝，左手抽出掛在馬側的木劍，勉強掃在對方這最後一箭上。

「噗！」鐵箭被掃得橫飛開去。全場歡聲雷動，王翦亦禁不住再叫聲「好」，把鐵弓掛回馬背側，拔出佩劍，往項少龍疾衝過來。

項少龍不敢大意，血浪回到背上，一振左手木劍，拍馬衝去。兩人擦身而過，連串的木鐵交鳴聲響徹校場。項少龍試出對方臂力比自己有過之而無不及，心中懍然，故意馳到場端才轉回馬來，好爭取右臂復元的時間。觀者此時無不看得一顆心提到咽喉頂處。

王翦高舉長劍，策馬衝來。項少龍木劍交到右手，深吸一口氣，朝頑強的對手馳去。

兩騎迅速接近，五十步左右的距離時，項少龍跨著那紅粉佳人紀嫣然贈送的駿驥，忽然增速，箭矢般疾竄，有若騰雲駕霧般來到王翦馬前。

項少龍使出墨子補遺三大殺招以攻爲守中的「旋風式」，木劍彈上半空，旋轉一圈，力道蓄至極限，一劍掃去。王翦因對方馬速驟增，判斷失誤，本想憑馬術取勝的計策登時落空，隨著又給對方怪招所惑，到劍風迫臉，勉強一劍格去。項少龍出此奇招，就是怕他的馬上功夫，若讓他摸清楚疾風的速度和自己的劍路，久鬥下必敗無疑，對王翦來說，馬上比馬下更要靈活自如。

「噹！」的一聲巨響，王翦差點連人帶劍給他劈下馬去，既因項少龍這一劍借自然之力加強勢道，更因木劍本身的重量，造成此等意外戰果。

王翦仰貼馬背上，防範項少龍乘勢進襲。項少龍木劍在他右上方幻出數道劍影，同時趁兩馬擦過之際，伸足在王翦大腿處輕點兩下，可是由於所有人的目光全集中到他的木劍處，馬體又阻隔大部分人的視線，所以除交戰雙方心知肚明外，沒有第三個人知道。

王翦當然知他腳下留情。項少龍知道是時候，向台上的呂不韋揮了一下木劍，打出約定的暗號。此時兩騎互換位置，遙遙相對。

王翦一臉頹喪，他乃英雄豪傑，輸贏既定，不肯撒賴，正要棄劍認敗，呂不韋猛地起立，高喝道：「停手！」

眾人愕然向他望去。

呂不韋走到台邊，朝莊襄王跪下稟報：「項少龍王翦兩人無論劍技騎術，均旗鼓相當，臣下不想見他們任何一方稍有損傷，此戰請大王判爲不分勝負，兩人同時榮任太子太傅，負起訓導太子重責。」

楊泉君那一台的人裡，有一半露出驚愕之色，想不到呂不韋有如此容人大量，雖然他們看不到項少龍點在王翦腿上那兩腳，但剛才王翦給劈得差點翻下馬背，卻是人人目睹，清楚他落在下風。

莊襄王微一點頭，朝項少龍道：「項卿家意下如何，肯否就此罷休！」

他這麼說，自然是看出項少龍勝出的機會較大。只要是明眼人，看看王翦的臉色，就不會對他樂觀。

項少龍劍回鞘內，恭敬地道：「王將軍騎射蓋世，劍術超群，臣下至爲欽佩，呂相國這提議有若久旱裡的甘露，臣下受命，甘之如飴。」

莊襄王哈哈一笑，站起來宣布道：「由今天起，項少龍、王翦兩人，同爲太子太傅，不分高低，共侍太子。」

喝采聲震天響起。最感激的是王翦，太子太傅一職對他實在太重要，否則空有抱負，亦難發揮。最高興的卻是呂不韋，項少龍教他這一手確是漂亮之極，使他贏得滿場采聲，在秦國這是他從未嘗過的甜美滋味。

朱姬興奮得緊握小盤的手，湊到他耳旁道：「久旱甘露，甘之如飴，世上還有人比你這師傅說話更動聽嗎？」

小盤雙眼發光地看著唯一的親人，不住點頭。歡呼聲中，項少龍和王翦並騎來到主台前，下馬謝恩。

全場跪送莊襄王之際，王翦低聲道：「謝謝！」

項少龍低聲答道：「這是你我間的祕密，王兄請我吃頓酒如何？」

王翦正擔心他事後宣揚，感激得連聲答應。此時衆王公大臣擁下台來，爭向兩人道賀。項少龍趁機來到王齕身前，誠懇地多謝他予自己這個機會，使王齕立時覺得大有面子，好像項少龍是由他一手提攜起來一般。呂不韋和他早有約定，自不會怪他向王齕示好，逕向王翦道賀，好爭取人心。莊襄王見結果如此圓滿，泛起一臉笑容。

除楊泉君和幾個死硬派因扳不倒項少龍而面色陰沉外，衆人目睹如此神乎其技的比武，人人興高采烈，喜氣洋洋。一場風雨，就這麼安然度過。

# 第六章 巧結奇緣

賽後，莊襄王把項少龍和王翦召到宮裡，勉勵一番，又當衆讚賞呂不韋，對他兩全其美的提議表示欣賞。當夜呂不韋在他的相國府舉行私人宴會，被邀者就只項少龍、烏應元和蒙驁三人，呂府方面，除呂不韋外，只有親信圖先和幾個有地位的客卿，李斯則仍不夠資格參與這種高層次的宴會。

席間呂不韋意氣風發，頻頻向項少龍勸酒，心懷大開。蒙驁得一睹項少龍的絕世劍法和視死如歸的豪氣，對他自是另眼相看。烏應元見愛婿立此大功，更是心花怒放。酒過數巡，歌姬舞罷。

呂不韋哈哈一笑，對著項少龍道：「本相近日獲得齊人送來三名歌姬，均爲不可多得的絕色美女，琴棋舞曲無一不精，美女配英雄，本相把她們轉贈少龍、烏先生和蒙將軍，萬勿推辭。」

烏應元和蒙驁暗忖呂不韋送出來的美人兒，還會差到哪裡，大喜道謝。

項少龍自問已應付不來家中的嬌妻美婢，又學不會戰國人視女人爲工具或裝飾，忙推辭道：「相爺好意，少龍心領，邯鄲之行，如箭在弦，勢在必發，少龍不想因美色當前分心，請相爺見諒。」

呂不韋見他不貪美色，心中愈發敬重，加上對方毫不居功自矜，笑道：「那就由烏先生暫且保管，待少龍擒趙穆回來後，再圓好夢。」

衆人一起起哄，紛紛向烏應元調笑，擔心他忍不住監守自盜，氣氛鬧哄哄的。項少龍見推辭不得，唯有苦笑受禮。

蒙驁道：「少龍準備何時赴趙。」

項少龍想起紀嫣然，恨不得立即起程，看看呂府那幾個客卿，猶豫起來。

呂不韋自知其意，笑道：「這裡全是自己人，少龍直言無礙。」

項少龍沉聲道：「待小俊康復，立即起程。」

呂不韋點頭道：「我會和大王提起此事，到時隨便找個藉口，例如要你到某地辦事，少龍將可神不知鬼不覺潛往趙境去。」

這時他對項少龍信心十足，雖仍不知項少龍憑什麼法寶活捉趙穆，卻深信他定會成功。

呂不韋話題一轉道：「小俊的仇不能不報，少龍準備怎樣對付邸日昇和國興？」

烏應元有點擔心地道：「事情鬧大，大王是否會不高興呢？」

呂不韋笑道：「剛才本相曾和大王提及此事，他非常不滿邸日昇的卑鄙手段，少龍儘管放手去做，萬事有本相擔當。」

項少龍對荊俊差點被殺甚感忿怒，雙目寒光一閃，冷冷地道：「少龍曉得怎樣做。」在這個時代生活這麼久，他早深悉很多事情必須以武力解決，否則遲早身受其害。這次若非荊俊脫身回來，連誰殺了他都會如石沉大海，永不得知，就算當一次呂不韋的打手亦顧不得那麼多。假若不狠狠教訓對方，同樣的事再發生在陶方或烏應元身上，那就後悔莫及。酒宴在興高采烈的氣氛下繼續，直至賓主盡歡，各自回家。

途中烏應元酒意上湧，嘆道：「得少龍如此佳婿，是廷芳之福，也是烏家之幸，若非少龍，我們在秦國哪有目前如此風光。」

項少龍對這精明的岳丈生出深厚的感情。幾乎打一開始，烏應元就無條件地支持他，又把愛女許他，怎不教他心中感激。

烏應元流出熱淚，喟嘆一聲道：「待少龍把趙穆擒回來後，少龍一定要向大王要求爲爹在咸陽建一個宏偉的衣冠塚，想起他老人家屍骨無存，我便——唉！」

項少龍怕他酒後傷身，忙好言勸慰。心中百感交集，看來自己也應爲趙妮、舒兒和素女三人立塚，至少有個拜祭的對象。

次晨，得知荊俊受傷的滕翼和烏卓趕回來，還帶來十五個劍術最高明的精兵團戰士。荊俊精神好轉，可以坐起來說話。

滕翼看過他的傷口，點頭道：「他們的確想要小俊的命。」

荊俊擔心地道：「你們到邯鄲去，絕不能沒我的份兒。」

烏卓道：「那你就好好睡個覺！」向兩人使個眼色，退出房去。

項少龍和滕翼隨他來到外廳，烏卓道：「唯一的方法，是以暴治暴，否則遲早會有另一次同樣的事情發生。」

項少龍笑道：「我們還要公然行事，儘量把事情鬧大，讓所有人明白我們烏家不是好欺負的。」

滕翼道：「事不宜遲，我很久沒有活動筋骨。」

項少龍大笑道：「不如立即起程，教訓完那些蠢才後，我們還有時間吃頓豐盛的午飯。」

三人坐言起行，領十五名好手，策馬出烏府，朝武士行館馳去。街上行人如鯽，車水馬龍，好不熱鬧。項少龍還是首次在咸陽騎馬逛街，大感有趣，沿途和衆人指指點點，談笑風生，好不得意。滕翼忽勒馬停定，循聲瞧去，行人道上一片混亂，「砰！」的一聲，一盤擺在一間雜貨店外售賣的蔬果被撞得掉到地上，人人爭相走避。倏地一個以長巾包裹頭臉的女子由人堆裡竄出來，拚命往另一邊行人道搶去，後面追著五、六個凶神惡煞的大漢。

剛好一輛騾車駛來，那看不清面目的女子一聲驚叫，眼看要給騾子撞倒，幸好及時退後，腳下不知絆到什麼東西，失去平衡，跌倒地上。包紮頭臉的布巾掉下來，如雲的秀髮散垂地上。那幾名大漢追上來，團團把女子圍住。

女子仰起俏臉，尖叫道：「殺我吧！我怎也不回去。」

項少龍等全體眼前一亮，想不到女子生得如此貌美。

滕翼一聲大喝，跳下馬來。

其中一名大漢獰笑道：「我們的事你也敢管，活得不耐煩哩！」

滕翼一個箭步上前，來到兩名大漢中間。兩名大漢怒喝一聲，揮拳便打。滕翼略一矮身，鐵拳左右開弓，兩名大漢立時中拳拋飛開去，再爬不起來。其他四名大漢紛紛拔出兵刃。烏卓發出暗號，十五名戰士一齊飛身下馬，擺出陣勢。

滕翼不理那些人，來到少女身旁，伸出援助之手道：「姑娘起來吧！」

少女仰臉深深看著滕翼，粉臉出現淒然神色，搖頭道：「你鬥不過他們的，走吧！否則會連累你們。」

馬上的項少龍心中大爲驚訝，自己這方人強馬壯，一看便知不是一般來歷，爲何美麗的少女對他們仍這麼沒有信心？對方究竟什麼來頭？

滕翼見她在這種情況下仍能爲別人設想，心中感動，微笑道：「我滕翼從不怕任何人，大不了是一死！」

少女把手放入他大手掌裡，嬌軀一顫，滕翼把她拉起來。

那些大漢將倒地的兩人扶了起來，目中凶光閃閃地打量他們，其中一人忽地看到後方高踞馬上的項少龍，失聲叫道：「這位不是項太傅嗎？」

項少龍暗忖原來自己變得如此有威望，眼光一掃圍觀的人群，策馬上前，向那幾名神態變得恭敬無比的大漢道：「這是怎麼一回事？」

領頭的大漢道：「小人叫張郎，是呂相國府的人，剛才奉相爺之命，把兩名齊女送往貴府，豈知竟給此女中途溜走。」

項少龍和烏卓交換個眼色後，哈哈笑道：「原來是一場誤會，好了！這齊女就當交收完成，你們可以回去覆命。」

大漢道：「還有一個，在後面的馬車上──」

項少龍心中好笑，道：「那位麻煩諸位大哥送往舍下。」

大漢們見他謙恭有禮，大生好感，施禮告退。

項少龍拍馬來到滕翼和齊國美女旁，見到那美女小鳥依人般偎緊滕翼，心中感動，道：「我們在附近找間館子坐下再說好嗎？」

項少龍等人分據四桌，點配酒菜。齊女自然和項少龍、滕翼、烏卓三人共席，喝一杯熱茶後，原是蒼白的面容紅潤起來，更是人比花嬌，難怪呂不韋讚她們美麗動人。滕翼默然不語，眼內閃動奇異的神色。

項少龍柔聲問道：「怎樣稱呼姑娘呢？」

齊女偷看滕翼一眼，見他目不邪視，有點失望，垂下頭去，黯然道：「我叫善蘭！」

烏卓問道：「爲何來到咸陽還要逃走？在這裡刑法森嚴，以十家爲一組，一家犯法，其他諸家得連同坐罪，知情不舉的腰斬，誰敢把妳藏起來？」

善蘭兩眼一紅道：「我準備一死了之，哪管得這麼多。」

滕翼虎軀一震，垂下頭，凝視杯內熱茶騰升起來的蒸氣。

項少龍柔聲道：「現在善姑娘既知是要到我們家來，還要逃走嗎？」

善蘭呆了一呆，低聲道：「我不知道！」

項少龍微笑道：「這樣吧！我給姑娘兩個選擇，一是由我們派人把姑娘送回齊國與家人團聚，一是你嫁給我這兄弟滕翼。」一手拍拍滕翼的肩頭。

滕翼心中劇震，往項少龍望來，神情既尷尬，又有掩不住的感激。愛情總是來得出人意料之外，善蘭的淒慘景況，楚楚動人的可憐模樣，深深打動鐵漢死去的心。項少龍鑑貌辨色，哪還不知滕翼心意。

善蘭再偷看滕翼一眼，兩眼泛紅，以蚊蚋般的聲音輕輕道：「小女子早無家可歸。」

烏卓大喜拍桌道：「恭喜滕兄。」

滕翼皺起眉頭，道：「少龍！她本應是——」

項少龍截斷他道：「說這種話就不當我是兄弟。唉！滕兄肯再接受幸福生活，我高興得差點掉淚呢！」

烏卓笑道：「今天似乎不大適合去找邱日昇晦氣。」

項少龍欣然道：「回府再說吧！」

不由鬆一口氣，這麼圓滿地解決齊女和滕翼的問題，還能有比這更理想的嗎？

抵烏府，陶方迎上來道：「我剛要使人去找你，幸好你們回來。」

項少龍一呆問：「什麼事這麼要緊？」

陶方笑道：「要緊是要緊極了，卻是好事，大王傳旨你立即入宮去見他。」接著把他拉到一旁，壓低聲音道：「少龍勿怪我人老嚕嗦，昨天校場比武，王后看你的眼光很奇怪，你千萬要小心點！」

項少龍明白他話內的含意，堅定地道：「我有分寸的，就算不會牽累任何人，我絕不會幹這種傷風敗俗的蠢事。」

陶方知他言出必行，放下心來。項少龍掉轉馬頭，拒絕烏卓等的護送，策馬朝秦宮馳去。咸陽街道的寬闊，介乎邯鄲和大梁之間，不過那只是指趙魏首都最大的那幾條街而言。平均來說，咸陽的街道較爲寬敞開闊。轉入向南的大道，項少龍心中突然興起給人盯視的感覺，那是很難解釋的一種感應。

項少龍心中驚訝，不知是否勤於打坐運功，自己的感覺竟變得這麼敏銳，更奇怪爲何會有人在暗裡窺伺他。他裝作瀏覽街景一般，不動聲息往四周張望，剎那間把握周圍的形勢。這裡地接南區市集，店舖與民居夾雜，兩邊路旁每隔兩丈許植有大樹，林木成蔭，清翠蒼綠，若偷襲者要隱起身形，確是輕而易舉。

眼光一掃，他發現幾個可疑之人。兩人在一間酒菜館子二樓憑窗據桌而坐，見項少龍眼光望上來，立時垂下灼灼盯緊他的目光，裝作說話。另一人則是在路旁擺賣雜貨的行腳販，被一群看似是買東西的人圍住，正在討價還價，可是卻給項少龍發現他正專注地看著他，緊張得額頭現出青筋。那些背著他的人中，有兩、三個體形壯碩，極可能是他的同黨。與這扮作行腳販遙對的另一邊街上，有兩人見到項少龍馳來，忙閃到樹後去，顯然不懷好意。

項少龍想到的卻是另一方面的事，有人布局殺他不奇怪，奇在對方爲何能這麼準確把握他的路線和行徑。唯一的解釋是對方知道莊襄王下旨召他入宮，所以於這前往王宮的必經之路，設下對付他的死亡陷阱。而敵人的實力應是不怕他有隨行的人員，因爲對方一定不會想到他是孤身上路的，想到這裡不禁心中懍然。

他幾可肯定要殺他的人是楊泉君，只有他可通過秀麗夫人清楚知悉秦王的舉動，亦只有他有膽量和實力對付自己。既然對付得了荊俊，對自己當不用客氣。

馬車聲響。前方街上馳來四輛盛滿草料的馬車，各有一名御者。兩車一組，分由左右靠近行人道馳來，騰空中間丈許的空間，可容他筆直穿過。

項少龍從馬車出現的時間、地點和方式，立知不對勁。生死關頭，他不敢托大，輕提疾風的韁索，裝作毫不覺察地往馬車迎去，同時暗裡由腰間拔出兩枚鋼針，藏在手裡。雙方逐漸接近。項少龍心中好笑，輕夾馬腹，與他經過這段日子相處的疾風已明其意，立即增速，剎那間馳入四車之間。

這一著大出對方意料之外，駕車的四名漢子齊聲叱喝，露出猙獰面目。草料揚上半天，每車草料內均暗藏一名弩弓手，從草料下冒起身來，裝上弩箭的弩弓同時瞄準項少龍。

項少龍大喝一聲，疾風箭矢般衝前，同時兩手一揚，鋼針往後擲出。

頭兩輛車上的箭手尚未有發射的機會，面門早插著飛針倒回草堆裡。另兩人倉忙下盲目發射，失了準繩，勁箭交叉在他背後激射而過。

項少龍哈哈一笑，疾風的速度增至極限，剎那間消失在長街遠處，教敵人空有實力，仍莫奈他何。

項少龍在莊襄王寢宮的內廳見到莊襄王和朱姬「母子」，陪客當然漏不了呂不韋。廳堂布置典雅，莊襄王獨坐上首，呂不韋、項少龍居左；朱姬小盤居右，各據一几。宮女進來擺上食物美酒，退了出去。侍衛只在外面防守，使午宴有點家庭聚會的氣氛。小盤態度沉著，沒有偷看項少龍。朱姬收斂很多，美目雖艷采更盛，再沒像以前般秋波頻送。廳堂兩旁打開大窗，可見外面迴廊曲折，花木繁茂，清幽雅靜，不聞人聲。

莊襄王連勸三杯後，微笑道：「相國今早告訴寡人，少龍這幾天便要上路，去把趙穆擒回來好讓寡人一洩心頭之恨，寡人和姬后非常感動，所以要立即把少龍請來吃一頓飯，以壯行色。」

項少龍對莊襄王大生好感，不但因他文秀的風采，更因他有種發自內心的真誠。不知是否因長期在趙國作人質，受盡冷眼，所以他並沒有像孝成王般有著王族奢華不實的習氣。只看他對朱姬情深一片，又這麼眷念呂不韋對他的恩情，與這大商賈著手對付自己國人，可見他是多麼重情義。而且還有一個原因，使項少龍對他特別同情。當今世上，只有他一個人知道，這天下最強大國家的領袖，只剩下三年的壽命，連忙叩首謝過。

莊襄王忽然慈藹地道：「王兒是否有話要說？」

朱姬和呂不韋的眼光落到小盤身上，都射出如莊襄王一般愛憐無限的神色。項少龍心中感嘆，三人全當小盤是他們的寶貝兒子，怎知是個假貨。同時暗吃一驚，小盤定是因聽到辱母仇人趙穆的名字，露出異樣神態，被莊襄王看入眼內。

小盤往項少龍望來，失望地道：「太傅尚未有機會指導王兒，便要離開。」

三人笑起來。

朱姬蹙起黛眉道：「這事是否令太傅冒太多的危險呢？」

項少龍笑著道：「愈危險的事，愈合我心意，姬后請放心，臣下會小心在意。」

呂不韋呵呵笑道：「我對少龍信心十足，知他定可馬到功成。」

莊襄王對小盤愛寵之極，微笑向他道：「王兒這麼敬愛太傅，父王非常高興。」轉向項少龍道：「太傅這幾天若有空，可多抽點時間到宮來指點太子，你昨天在校場擋王翦四箭，王兒興奮得向人不斷提起呢！」

項少龍忍不住和小盤對望一眼，暗叫厲害，小子如此一番造作，異日若特別對他親密，不會被懷疑是另有隱情，當下恭敬答應。

莊襄王喟然嘆道：「寡人當年命運坎坷，留落邯鄲，受盡白眼閒氣，從來沒有機會好好讀過書，且每天擔心明天是否有命。所以王兒回到咸陽，寡人第一件事是要他博覽群籍，要他——」

朱姬嬌嗔地橫他一眼，撒嗲道：「大王一口氣找來十多個人輪流輔導太子，眞怕政兒給累壞了。」

莊襄王欣然一笑，絲毫不因被她打斷說話有半分不悅。

呂不韋呵呵笑道：「姬后是否想聽聽老臣培育政太子的大計？」

四人同時愕然往他望去。

呂不韋以「慈父」的眼色投往小盤，然後對莊襄王道：「所謂不知則問，不能則學，先聖賢人，兵家劍客，誰最初時不是一無所識，還不是由學習思辨而來。既是如此，爲君之道，更須學習。」

莊襄王訝異地道：「呂相國是否認爲寡人對王兒的培育仍有所不足？這次請來指導王兒的人，均爲我國在某一藝學上最出衆的人才，例如琴清的詩歌樂藝，不但冠絕大秦，六國之人無不心生景仰，與魏國的紀才女並稱於世，相國難道有更好的人選嗎？」

項少龍這才知道寡婦清原來姓琴，也是太子太傅之一，難怪異日秦始皇，嘿！亦即是小盤，會建「懷清台」來褒揚他這女師傅。朱姬和小盤好奇地看呂不韋，瞧他拿出什麼話來答莊襄王。

呂不韋胸有成竹地道：「政太子身爲大秦儲君，當然不愁沒有能人指點。但過猶不及，有時太多雜學意見，反無所適從，所以臣下針對此點，特招來天下賢者能人，奇人異士，一齊集思廣益，把治國之道，上至統理天下，下至四時耕種，無所不包，總結在一書之中。異日書成，只要太子一書在手，便能無所不知，無所不曉。」

項少龍心中感嘆，呂不韋爲「兒子」，可說是用心良苦。

莊襄王啞然失笑道：「眞虧相國想出這辦法來，假若相國需要什麼幫助，儘管向寡人提出來！」

午宴在這樣輕鬆融洽的氣氛下度過。宴罷莊襄王和朱姬返寢宮休息，呂不韋身爲相國，日理萬機，連說上幾句話的時間都不夠，項少龍把來時遇襲一事告訴他，他聽罷匆匆離去，剩下項少龍領小盤到校場練劍。小盤今非昔比，到哪處都有大批禁衛內侍宮娥陪侍一側，累得兩人想說句心事話兒都有所不能。

動手比試前，小盤忍不住低聲道：「師傅！不要去邯鄲好嗎？沒有你，我什麼都沒有。」

項少龍見最近的內侍離他們足有五丈的距離，詐作指導他劍法，問道：「他們對你好嗎？」

小盤兩眼一紅道：「非常好！我眞的當他們是我親生父母。」

項少龍責備道：「這是你最後一次當自己是小盤，由此刻起，就算在我面前，你仍是嬴政。」

小盤明白地點頭，再道：「不去可以嗎？」

項少龍微笑道：「記著我們的君子協定，趙穆是我的，趙王是你的。」

言罷一劍砍去，小盤靈活地跳開一步，擺出架勢。項少龍看得心中一震，這小子多了以前沒有的一種東西，就是強大的信心，使他的氣勢頓然大爲改觀。媽的！這就是未來統一天下，成爲中國第一個皇帝的巨人。想到這裡，心頭湧起一陣難以遏制的衝動。這時內侍來報，琴清來了。

項少龍雖很想看一眼與紀嫣然齊名的寡婦清，看她如何貞麗秀潔，卻因於禮不合，且苦無藉口，何況小盤又要沐浴更衣，唯有打道回烏府去。踏入門口，守衛報上王翦來找他，正在大廳與烏應元和陶方閒聊，忙趕進去。王翦見到項少龍，神情欣悅，趨前和他拉手寒暄。

項少龍見他穿上普通武士服，另有一番威武懾人的丰姿，不禁泛起惺惺相惜的感覺，誠懇地道：「累王兄久等！」

烏應元和陶方站起來，前者道：「王太傅是來向少龍辭行的。」

項少龍愕然問道：「辭行？」

王翦興奮地道：「是的！我立即要起程赴北疆，與匈奴作戰。」

項少龍心頭一陣不舒服，暗忖若他要上沙場，必須莊襄王和呂不韋點頭才成。

秦國自商鞅變法後，部族領袖的權力被褫奪，喪失繼承的權利，官爵以軍功論賞。凡有五十兵員以上的調動，均須秦王批准，這在當時是史無先例之舉，使秦朝的中央集權，臻至當時的頂峰。所有大將平時只持半邊令符，若沒有秦王把另一半發落，便不能調動兵員。除兵符外，還須蓋上秦王印璽的文書，才算合法。所以要在秦國造反，比在其他國家困難多了。

烏應元和陶方知他兩人有話說，識趣地借口離開。兩人分賓主坐下，項少龍啜飲侍女奉上的香茗，心想難道呂不韋始終沒有容人之量，故意調走王翦，免得他來和自己爭寵。想到這裡，歉意大起。

王翦奇怪地道：「項兄的臉色為何變得這麼難看？」

項少龍嘆息一聲道：「王兄剛晉陞為太子太傅，便給人調走，小弟很替王兄不值，不行！我定要向大王為王兄說項。」

王翦乃智勇雙全的人物，先呆了一呆，旋即明白過來，感動地道：「現在王翦確定項兄眞的是愛護末將。不過中間有點誤會，這次任命是末將向大王提出來的，唉！實不相瞞，軍中最講論資排輩，沒有一點人事關係，想領兵打仗，提也休提。這次他們不願項兄得太傅之位，迫不得已捧我出來，與項兄分個短長。現在我的身分不同，今早晉謁大王，大王問末將有何心願，末將立即說出望能到北疆效力。大王和呂相商量後，再問明末將心中所定策略，當場賜末將虎符，讓末將赴北疆當主帥。這是末將一直夢想的事，想不到竟成事實，末將是來向項兄報喜和說謝呢！」

這回輪到項少龍呆起來，匈奴和胡人長期侵犯秦趙燕三國的邊疆，三國為逐鹿中原，一向對他們採取築長城禦邊的對策，始終奈何不了這些在蒙古高原上逐水草而居的強大遊牧民族。所以與匈奴人作戰，無人不認為是吃力不討好的苦差事，一個不好，還要丟命。匈奴人居無定所，生活清苦，因此特別具有掠奪性，利用騎兵行動迅速的優勢，採取游擊戰略，敵退我進，敵進我退，經常深入中原，對以農業為主的中原諸國襲擾和掠奪，秦人正是深受困擾的一國。當日李牧開罪趙王，給調去北疆，可知那是一種變相的懲罰，所以怎想得到王翦自動請纓，求人把他調往北疆？

看到項少龍的關心模樣，王翦笑道：「難怪項兄不解，自少年時代開始，我的想法就大多異於常人。」

項少龍好奇心大起，問道：「王兄何不說來聽聽？」

王翦一口把杯內香茗喝掉，正容說道：「末將一向心儀趙國的武靈王，若非他以天大勇氣，作出兩項變革，不但使趙國成爲諸強之一，也使天下改變了戰爭的方式。」

項少龍早聽過此事，點頭道：「王兄是否說他的胡服騎射？」

王翦興奮起來，道：「正是如此。那時趙人的衣服，袖子長、腰肥、領口寬、下擺大，這種長袍大褂，騎馬射箭極不方便。於是武靈王不理國內大臣什麼『變古之說，逆人之心』種種食古不化的反對大道理，下令全軍改穿胡服，把大袖子長袍改成小袖的短褂，腰繫皮索，腳踏長靴，裝扮一新。」

項少龍大覺有趣，笑道：「改革牽涉到體面和社會風氣的變化，阻力當然不小。」

王翦冷哼一聲道：「比起做亡國之奴，小小改革算得什麼？」

續道：「另一更深遠的改革，是棄車戰爲主的戰爭方式，代以騎兵作主兵種，在短時間內建起一支強大的騎兵，不但橫掃匈奴，還披靡中原，所向無敵，名將輩出。若非出了孝成王這昏君，我國縱有白起這種不可一世的軍事天才，恐仍難有長平之勝。」

項少龍恍然大悟道：「原來你往征北疆，是要效法武靈王當年霸業，開創局面。」

王翦充滿信心地微微一笑道：「末將作戰經驗雖然不少，只是充當先鋒士卒，從沒有領軍的機會，與東南方諸國作戰，何時輪得到我，所以自動請纓，好試試領軍的滋味。亦可熟習騎射作戰的方式，找匈奴人把我的劍磨利。」壓低聲音道：「當年趙武靈王闢地千里，把林胡人盡畫入疆界之內，精於騎射的林胡人更充當趙國的騎兵，頓使實力大增。末將一直有此想法，這叫一石二鳥，一日不逼退匈奴，何言一統天下？」

項少龍伸手搭上他肩頭，心悅誠服地道：「王兄果是非常之人，竟可由一般人視爲苦差事裡，想出這麼多好處機遇，他日統一大業，必由你的寶劍弓箭開創出來。」

王翦還是首次遇上有人不說他是蠢才呆子，舉手抓他的手臂，感激地道：「項兄才是非常之人，末將之有今日——」

項少龍打斷他道：「你再提那件事，就不當我是好兄弟。」

王翦兩眼一紅，誠懇地道：「項兄莫怪末將高攀，這次北征之舉，凶險萬分，說不定末將難以活命回來。這次前來——嘿！」

項少龍見他欲言又止，奇怪地道：「王兄有什麼話，儘管說出來！」

王翦老臉一紅道：「其實末將一見項兄便心中傾倒，不知可否和項兄結爲異姓兄弟，日後禍福與共，若有半分虛情假意，願教天誅地滅。」

項少龍大喜道：「是我高攀才對，不過項某有三個肝膽相照的好友，不若就讓我們效劉關張的桃園結義，留下千古忠義之名。」

王翦一呆道：「你說什麼劉關張的桃什麼結義？」

這回輪到項少龍大感尷尬，劉備、關羽和張飛的結義發生在三國時代，王翦當然是聞所未聞。當下胡謅一番，蒙混過去。又找來滕翼和烏卓，四個人在痊癒大半的荊俊榻旁，一同行結拜的隆重盟誓。接著大喝大吃一頓，王翦歡天喜地的告辭去了。

當晚項少龍心情大好，把煩惱和對紀嫣然的相思之苦，暫且拋在一旁。忽然間，項少龍深切感受到自己來到人生最得意風光的時刻。只要把紀嫣然接回咸陽，又擒下趙穆，他再沒有其他奢求。

次晨圖先手下的頭號智囊肖月潭來訪，兩人在內軒的小客廳坐下，肖月潭道：「是相國要鄙人來找太傅，看看有什麼可幫得上忙的地方。」

項少龍昨夜多喝兩杯，頭腦昏沉地道：「先生請勿見外，叫在下少龍便成，無論我官至何職，我們既曾共患難，只以平輩論交。」同時揣摩對方來意。

肖月潭見他不擺架子，心中歡喜，謙讓一番，開門見山道：「為方便少龍往趙國行事，純靠易容化裝，既麻煩又不妥當，所以相國命肖某特別為少龍、小俊、滕兄和烏兄四位，依臉形特製四塊精巧的面具，只要略加化裝，例如修改鬢髮形狀和色澤，保證可瞞過趙穆。當然！少龍等仍要在聲音和舉止方面多加配合，否則會給辨認出來。」

項少龍如夢初醒，大喜道：「相國想得真周到。」

肖月潭驕傲地取下背上的小包裹，解開，赫然是四副面具。他拈起其中一副給項少龍戴上，項少龍立時搖身一變，化為一個滿臉鬚髯的粗豪大漢。

肖月潭伸出手指，在他眼睛四周一陣撫摸，笑著道：「設計最巧妙的地方，是接口多在毛髮處，例如露出眼睛的眼形缺口，不但把你的眉毛加濃，還把眼形變圓，所以即使熟識你的人，亦不能由眼睛把你辨認出來，至於顎下的接口，塗上一層粉油，便天衣無縫。」

項少龍忙拿銅鏡照看，讚嘆不已。

肖月潭拿出色粉，在面具上畫上符號，為他脫下來，道：「這面具仍要作少許修補，三天內即可交貨。」

項少龍訝異地道：「肖先生眞是神乎其技，只憑記憶竟可製造出這麼恰到好處的面具，究竟用的是什麼質料？」

肖月潭得人欣賞，自是高興，欣然答道：「是產於西北一種叫『豹鱗』的珍獸，比獵犬大上少許，非常難得，我以高價搜羅，只得四張獸皮，這次一下子用光。」

項少龍暗忖這種聞所未聞的奇獸，極可能是因肖月潭而絕種，感謝一番，把滕翼等三人召來，讓他們一一試戴，看看有沒有須修補的地方。滕翼等均嘖嘖稱奇，對邯鄲之行更是大爲雀躍。荊俊的體質好得教人難以相信，只這幾天工夫，已可活動自如，當然仍不能動手搏鬥。

肖月潭爲滕翼脫下面具，奇怪地道：「滕兄是否遇上什麼開心的事，爲何整個人脫胎換骨似的。」

滕翼破天荒地老臉一紅，唯唯諾諾敷衍過去，不敢接觸其他人眼光。

肖月潭把東西包紮好，壓低聲音道：「昨天少龍在街上被人伏擊一事，圖爺派人查過，應是渭南武士行館的人，因爲剛巧他們有兩名武士昨天死了，祕密舉行葬禮。」

如此一說，衆人心知肚明圖先收買了武士行館的其中某人，否則怎能得知這麼祕密的消息。

肖月潭道：「相國想請少龍暫時忍下這口氣，因爲相國有個更好的計畫，可把楊泉君和邱日昇一舉除掉，所以不欲在此刻打草驚蛇。」

荊俊憤慨地道：「他們高興便儘管來對付我們，遲早有人會給他們害了！」

項少龍暗忖呂不韋愈來愈厲害，不再爭一時之氣，那種沉狠教人心寒，制止荊俊道：「肖先生請相國放心，我們知道該怎麼辦。」

肖月潭顯然和荊俊關係良好，把他拉到一旁，解釋一番，保證不會放過邱日昇等人，離開烏府。

衆人商研烏家上下的保安問題，擬定策略，項少龍道：「你們準備一下，三天後面具到手，我們立即上路。」向滕翼笑道：「好好享受這幾天珍貴的光陰啊！」

滕翼苦笑道：「你也來調侃我！」此時有內侍到，說奉王后之命，請項少龍立即入宮。項少龍愕然應命，離府去了。這次當然跟著大批烏家武士，不像上次般單騎赴約。

朱姬遣退宮娥內侍，御花園的大方亭內只剩下朱姬、小盤和項少龍三人，其他最接近的侍衛立在十多丈之外，只能遠遠望著，聽不到他們的對答。

有小盤在，項少龍當然不擔心朱姬會「勾引」他，否則那會是非常頭痛的一回事。朱姬爲他斟滿置在亭心石桌上的酒杯，殷勤勸飲，臉上不勝酒力的泛起兩團紅暈，使她更是狐媚無倫。這美女確有種傾國傾城的嬌媚，迷人風韻使人聯想到紅顏禍水，尤其當項少龍想起將來發生在她身上的事。

朱姬的表情忽地嚴肅起來，誠懇地道：「今天我請少龍來，是得到大王同意，好讓我母子表示感激之意。現在朱姬再無所求，只望好好栽培政兒，使他將來當個勝任的君主。」眼光移到小盤身上，露出母親慈愛之色。再低聲道：「還好孩子並沒有令我失望！」

小盤眼睛微紅，靠近朱姬。項少龍心中釋然，朱姬縱使是天性淫蕩，但在邯鄲過了這麼多年任人採摘的生活，早應厭倦透頂，所以份外珍惜與丈夫和兒子重逢的新生活，至少暫時是此種心境。

項少龍點頭道：「姬后的心事，少龍明白。」

朱姬深深看他一眼，環視四周御園美景，滿足地吁出一口氣道：「我知道你最明白我，見到你，不但像見到朋友，還像見到親人，一點不須瞞你。你若有什麼難題，不要怕向我說出來，有些情況由我向大王陳說，會比由相國稟告更爲方便些。」

項少龍不知她這番話有多少百分比是眞的，因以她現時的身分，說這種話確是非比尋常。

朱姬拍拍小盤的肩頭道：「政兒！琴太傅來了，快去。」

小盤依依不捨地站起來，隨站在遠處等候的內侍去了。項少龍知道戲碼開始了，默然靜候。

朱姬白他一眼道：「人家又沒有在你面前擺王后架子，爲何忽然變成啞巴？」

項少龍見只有他們兩人，輕鬆笑著道：「守點君臣之禮，對姬后和我有利無害。」

朱姬微笑道：「我和你之間很多話不須說出來，不過人家眞的很感激你。唉！早知道趁在邯鄲的時候，把身體給你就好哩，可留下一段美麗的回憶。現在爲做個好王后和好母后，所有私情要放到一旁，希望少龍體諒我的心境。」

項少龍想不到朱姬成爲秦國之后，說話仍這麼直接露骨，可見江山易改，本性難移，一時找不到朱姬嬌嗔道：「看你！又變啞巴哩！」

項少龍苦笑道：「我可以說什麼呢？應表示高興還是不高興。」

朱姬淡淡地道：「看你還是高興居多，那就不怕給朱姬牽累。」

項少龍心中好笑，女人眞奇怪，明是叫你不要惹她，但你若眞個不去惹她，又不甘心，是多麼矛盾。

朱姬知道過分了，表情轉寒道：「此趟少龍到邯鄲，可否給我殺兩個人？」

項少龍一震，道：「說吧！」

朱姬像變了另一個人似的，雙目殺氣大盛，一字一字緩緩地道：「第一個是趙穆的另一條走狗樂乘，但不要問我原因，我連想也不願想起來。」

項少龍知她必是受過此人很大凌辱，否則不會恨成這個樣子，點頭道：「我定給妳辦到！」

朱姬斂去殺氣，眼睛露出溫柔的神色，櫻唇輕吐道：「太危險就不必，最要緊是你無恙歸來，沒有你，朱姬會感到失去一個好知己。由第一眼看到你開始，我便感到儘管你不是我的情人，也會是知心好友。」

項少龍糊塗起來，她的話究竟是來自眞心，還是只在籠絡自己？他早看過她迷得趙穆和郭開暈頭轉向的本領，故深具戒心，表面當然裝出感動的神色。

可是卻瞞她不過，朱姬大發嬌嗔道：「你當我在騙你嗎？皇天在上，若我朱姬有一字虛言，教我不得善終！」

項少龍嚇了一跳，忙道：「低聲一點，給人聽到就糟透！」

朱姬橫他一眼，氣呼呼地道：「沒膽鬼！信了嗎！」

項少龍無奈點頭，嘆道：「還有一個人是誰呢？郭開嗎？」旋又搖頭道：「當然不是他，否則姬后那天早逼我殺了他哩！」

朱姬仍是心中有氣，冷冷地道：「算你還懂動腦筋，當然不是郭開，在那些可惡的人中，他對我算是很好的。」

項少龍好奇心大起，道：「不要賣關子，快說吧！」

朱姬抿嘴一笑，俏皮地道：「是否無論我說出任何人，你都會照人家指示把他宰掉？」

項少龍一呆道：「還說我是妳的知己，爲何姬后總像要看我爲難尷尬的樣子？」

朱姬心中一軟，嬌笑道：「好了！人家不再爲難你，另一個人就是——就是——」

項少龍皺眉道：「是否要我求妳才肯說？」

朱姬垂下螓首，再仰起來時，淚珠由眼角瀉下，淒然道：「當日大王和呂相逃離邯鄲，趙穆知悉後，派樂乘率領大批人凶神惡煞般衝入家來，即時把所有男僕處死，女的給他們集體淫辱，那猙獰可怖的情景，到現在仍歷歷在目，白天不去想，夢裡仍會重演那淒慘不堪的景況，下令的人正是樂乘，你說他該殺嗎？」

項少龍熱血上沖，眼中閃過森寒的殺機。

朱姬垂首道：「翌日我和假兒子給帶到趙穆處軟禁起來，那幾天是我一生中最噁心的日子，當時我曾立下毒誓，假設將來有能力活著逃出，必報此辱。」

項少龍提醒她道：「妳仍未說那第二人是誰哩！」

朱姬淡淡地道：「趙雅！」

項少龍心中劇震道：「什麼？」

朱姬冷冷地道：「什麼？不忍心下手嗎！」

項少龍終明白她爲何要多費唇舌，心中不舒服之極，沉聲道：「她究竟做過什麼事？」

朱姬竟然「噗哧」嬌笑起來，花枝亂顫般道：「人家是騙你的，只是恨你對人家那毫不動心的可惡樣兒，故找趙雅來嚇唬你。」接而玉臉一寒道：「除這部份外，其他的話千眞萬確。若情況許可，給人家把樂乘的首級帶回來！算朱姬求你吧！」

看她猶帶淚珠的嬌艷朱顏，項少龍只覺頭大如斗。這女人眞不好應付，似乎上天把她生下來是爲使她能把男人玩弄於股掌之上，難怪趙穆捨不得殺她。

朱姬舉袖拭去淚漬，輕輕地道：「小心點啊！若換過是別人，我會說擔保他榮華富貴。但我卻知道你視功名如糞土，所以只好對你說聲感激。若你有任何要求，只要說出來，朱姬定盡心盡力爲你辦理。」忽地淺笑道：「例如那天下最美麗的寡婦清，少龍要不要人家爲你引介，人家不信她可以抗拒你的魅力？」

項少龍沒好氣地瞪她一眼，立起身來道：「姬王后若再沒有吩咐，請恕微臣要回家準備邯鄲之行。」

朱姬幽幽地看他一眼，嬌嗔站起來道：「你這人眞是個硬骨頭，老是拿邯鄲之行壓過來，人家想不放你走也不行。」又盈盈一笑道：「不過我正歡喜你那樣子。唉！以後很難再有機會像現在這般和你暢所欲言。」

項少龍聞言不無感觸，朱姬當上王后的日子仍短，所以依然保存昔日的心態。只看她剛開始時似乎意態堅定，不旋踵又向自己調情，當可知道。無論如何！兩人間有了道不能逾越的鴻溝，無論如何愛慕對方，日後只能密藏心底。兩人默對半晌，項少龍施禮告退。

內侍領項少龍離開御花園，循迴廊穿園過殿，往外宮走去。沿途哨崗林立，守衛森嚴，保安明顯比他上次來時加強。項少龍心中大爲驚訝，難說秦宮在防備變故？想起楊泉君先傷荊俊，又公然找人在長街伏擊他，可算行爲囂張，謀反並不稀奇。問題是秦國軍方有多少人站在他的一方。他當然不擔心，歷史書上早說明呂不韋在被秦始皇罷黜前，一直縱橫不敗。

思索間，小盤的聲音由左方傳來：「項太傅！」

項少龍愕然，朝聲音來源望去，見到小盤由一所外面植滿修竹的單層木構建築奔出來，穿過草地，來到迴廊處，內侍和守護的禁衛嚇得慌忙跪伏地上。

項少龍正不知身爲太子太傅，應否跪下，小盤叫道：「太傅免禮！」打個眼色。

項少龍理解，和他走到一角，皺眉道：「你不是要上課嗎？」

小盤喘著氣道：「我早知太傅會經過這裡，所以一直留意。」

項少龍道：「你有什麼話要說？」

小盤正想說話，一陣清甜但帶著怒意的女子聲音在兩人身後響起道：「太子！」

兩人心中有鬼，齊嚇一跳，往聲音來處看去。

一位面容絕美、頎長苗條的女子，垂著燕尾形的髮髻，頭戴步搖，身穿素白的羅衣長褂，在陽光灑射下熠熠生輝，步履輕盈，飄然若仙地踏著碧草往他們兩人走來，姿態優雅高貴得有若由天界下凡來的美麗女神。尤其走動間垂在兩旁的一對廣袖，隨風輕擺，更襯托出儀態萬千的絕世丰姿。

更使人震撼的是她臉部的輪廓，有著這時代女性罕見而清晰的雕塑美，一雙眼睛清澈澄明，顴骨本嫌稍高，可是襯托起她挺直的鼻子，卻使人感到風姿綽約、別具震撼人心的美態，亦使人感到她是個獨立自主，意志堅定的美女。

她的一對秀眉細長嫵媚，斜向兩鬢，益發襯托得眼珠晶靈亮閃。這般名副其實的鳳眼蛾眉，充盈古典美態，其誘人和特異處，項少龍還是初次目睹。縱使以項少龍現在對女色心如止水的心情，亦不由怦然心動。秀挺的酥胸，不盈一握的小蠻腰，修長的雙腿，使她有種傲然超於這時代其他女性的姿態風采，比之紀嫣然是各擅勝場，難分軒輊。

不過這時她緊繃著臉，冷若冰霜，神情肅穆的盯著小盤道：「不知則問，不能則學，不學而能聽道者，古今無有也。太子你見事分心，無心向學，將來如何治國理民？」

小盤終是小孩子，心怯地躲到項少龍背後，變成兩位太傅正面交鋒之局。領路的內侍嚇得退到一旁，怕殃及池魚。四周的禁衛目不斜視，扮作什麼都看不見。

琴清雖是生氣，臉色卻是清冷自若，氣定神閒，雙手負在身後，仰臉看比她高了小半個頭的項少龍，柔聲道：「這位該是政太子整天提到的項太傅吧？」

項少龍看她玉潔冰清，眼正鼻直的端莊樣兒，拋開遐思，正容答道：「正是項某人，琴太傅請多多指教！」

琴清淡然一笑道：「項太傅客氣了！太子！還不給我走出來，大丈夫敢作敢爲，須承擔責任。」

項少龍一呆，問道：「不是那麼嚴重吧？」

琴清玉顏轉寒道：「項太傅這話大有問題，學習途中開溜，本小事一件，可是見微知著，日後當上君主，仍是這般心性，如何處理國事？若項太傅只知包庇縱容太子，如何對得起委重責於太子的大王？」

項少龍苦笑道：「不要說得那麼嚴重好嗎？算我不對，舉白旗投降好了。」伸手一拍背後的小盤，說：「政太子！來！表現一下你敢作敢當的大丈夫英雄氣概給琴太傅過目欣賞！」

琴清聽得目瞪口呆，哪有身爲重臣這麼說話的，就像鬧玩的樣子。小盤應聲挺身而出，站在項少龍旁，挺胸突肚，作大丈夫狀，小臉苦忍著笑，那模樣惹笑至極。

琴清眼光落到小盤臉上，看到他因忍笑弄得小臉脹紅，明知絕不可以發笑，仍忍不住「噗嗤」一聲笑起來，別過臉去，以袖遮臉。小盤見狀哪忍得住，捧腹狂笑起來，項少龍亦不禁莞爾失笑。笑意最具感染力，尤其在這種嚴肅的氣氛裡，四周的內侍禁衛，無不暗中偷笑。

琴清垂下衣袖，露出斂去笑態的玉容，蹙起清淡如彎月的蛾眉，輕輕責備道：「笑夠了嗎？」嚇得小盤和項少龍連忙肅容立定。

笑開來實是很難制止，這時不但項少龍和小盤神情古怪，美麗的寡婦也好不了多少，勉強繃著臉孔，責備地道：「不學而能知者，古今無也。但學而不專，等若不學，政太子好好反省今天行爲，假若認爲不能做到專心致志，琴清只好辭去太傅一職。」

小盤忙道：「琴太傅，小政不敢，保證不會有下一次。唉！今天又要背誦點什麼東西呢？」

琴清顯然是狠在臉上，其實疼在心頭，嘆道：「今天只要你用心反省，好哩！今天到此作罷。」往項少龍望來，尚未有機會說話，項少龍瀟灑地向她躬身施禮，姿勢動作均非常悅目好看。琴清看得呆了一呆，垂下螓首，避過他灼灼迫人的目光，微一欠身，轉身婀娜去了。項少龍心中歡喜，總算還了心願，見到沒有令他失望的絕代美女，對他來說已足夠。今日的項少龍，再沒有「初到貴境」時的獵艷心情。

項少龍回到烏府，岳丈烏應元剛送走一批來訪的秦朝權貴，春風得意。這些天來烏應元展開親善社交政策，不住對有權勢的秦人送出歌姬和良駒，爲在秦國的長期居留打下基礎，否則縱使有秦王和呂不韋在上支持，大處沒有問題，小處給人處處掣肘，仍是頭痛的事。烏應元乃做生意的人，深明不論國籍身分，貴族平民，無不在求名逐利，於是針對此點，加上圓滑手段，逐步打通原本重重阻滯的關節。

項少龍心念一動，隨烏應元回到主宅的大廳，坐下後說出肖月潭精巧面具一事，道：「我本想扮作行腳商人潛返邯鄲，再出其不意俘虜趙穆回來了事，但這些面具卻令小婿信心大增，決意放手大幹一番。」

烏應元何等精明，笑道：「錢財上沒有問題，嘿！若比身家，呂相恐亦非我們對手。」再壓低聲音道：「要不要我弄一批歌姬來給你送人。」旋又失笑道：「我眞糊塗，她們會洩露出你們的底細。」

項少龍心想我如何無恥，尚做不出把女人當貨物般送來送去，笑道：「我只要一批不會洩露我們底子的第一流戰馬。」

烏應元微感錯愕道：「你眞的準備大幹一場？」

項少龍大讚烏應元聞弦歌知雅意，道：「岳丈舉一反三，我眞的要放手好好地整治孝成王和趙穆一場，以出出那口塞在胸頭的忿怨之氣。」

烏應元吁出一口涼氣道：「賢婿是我認識的人中最膽大包天的一個，不過你這一著肯定押對。我們烏家離開趙國時把農場所有牲畜全部毒死，使趙人在戰馬牲口的供應上，出現短缺的情況，你若帶戰馬去與他們交易，保證他們倒屣相迎。」

項少龍道：「我不單要和他們作買賣，還要他們讓我代替烏家在趙國開設牧場。岳丈最熟悉這行業，我們以什麼身分出現，最能取信趙人？」

烏應元皺眉苦思，忽然拍案叫道：「我想到了，在楚國夏水處有個以養馬著名的人，叫『馬癡』董匡。我想起這個人的原因，是因他本是趙人，因父親董平開罪權貴，舉家逃亡楚國，董平在楚國當上個養馬小官，不知是否性格使然，被楚人排擠，丟官後歸隱荒野，專心養馬。少龍若冒充他後人，一來口音上不會出問題，二來從沒有人見過董匡，又可配合楚人的身分，好騙得趙穆相信你是楚人派去助他的間諜，我實在想不到一個比他更適合的冒充對象。」

項少龍大喜道：「眞的不能更理想了，岳丈可否撥十來匹沒有標記的戰馬，好讓我充當農牧大豪客？」

烏應元失笑道：「十來匹馬怎樣向人充闊氣，至少要數百到一千匹才行，而且必須有標記，當然不是『烏』字而是『董』字，包在我身上。」

項少龍皺眉道：「只可讓呂不韋一人知道，否則若讓秦人發覺，說不定會通風報訊，那就糟糕。」

烏應元搖頭道：「這事最好連呂不韋都瞞過，才萬無一失，放心吧！我們不須趕數百匹戰馬出秦關那麼張揚，只要有幾天工夫，應可辦妥，路線上反要下一番功夫布署，好讓趙人以爲你們是由楚國到邯鄲去。」

項少龍大感刺激有趣，和他商量妥細節，回內宅去，經過滕翼居所，忽聞刀劍交擊的聲音，大爲驚訝，順步走進去，經侍女指點，在小後園裡找到滕翼，原來此君正和善蘭兩人在鴛鴦戲劍。

滕翼見到項少龍，臉上露出眞摰的感情，要善蘭繼續和手下對打，拉項少龍到一旁，欣然道：「昨晚眞痛快，這幾個月來所有鬱結和痛苦都舒解了，現在希望善蘭能給我生個兒子，好延續我滕家的一點香火，以免我作滕家絕後的罪人。」

項少龍忍不住開懷大笑起來。

滕翼老臉一紅，佯怒道：「若你再笑我，我和你大戰一場。」

項少龍笑得更厲害，滕翼只是搖頭。

翌日項少龍與嬌妻美婢、痊癒的荊俊、滕翼、烏卓和那批烏家最精銳的家將，回到和平安逸的郊野牧場。其他一切有關赴趙的安排，交由烏應元和陶方處理。項少龍專心陪伴妻妾，閒來則和滕翼等加緊訓練烏家的「特種部隊」，當然少不了灌輸他們有關一切為偽裝身分擬定出來的資料，以免露出馬腳。

十五天後陶方到牧場通知他們一切安排妥當，在牧場大宅的廳堂裡，眾人聚在一起，聽取有關邯鄲的最新消息。

陶方道：「邯鄲忽然熱鬧起來，不知為什麼原因，魏國的龍陽君和韓國最有權勢的大臣平山侯韓闖同時出使到邯鄲去，定是有所圖謀，據聞齊國的特使會於短期內到那裡去，形勢非常微妙。」

項少龍和滕翼等面面相覷，想到一個相當不妙的問題。

陶方人老成精，早想到問題所在，嘆道：「假若楚國亦為這件我們仍不知道的祕密派使者到邯鄲去，雖說不一定會拆穿你們的假身分，但你們勢不能向趙穆冒充是應他請求而來奪取《魯公祕錄》的楚人。」

滕翼冷笑一聲，撮指成刀，作出個下劈宰割的手勢。要知楚國離趙最遠，假設行動迅速，很有機會在楚使到趙前，搶先把他攔截。

烏卓笑道：「這事交我去辦，橫豎我們須派出先頭部隊，與趙穆取得聯絡和默契，好讓他為我們打通孝成王的關節，使趙人大開城門歡迎我們。」向陶方問道：「趙穆與昏君和好如初了嗎？」

陶方嘆道：「孝成王是不折不扣的昏君，聽宮內傳出的消息，趙穆這無恥的傢伙在他宮門外跪了半晚，終獲他接見，不一會又水乳交融般黏在一起。」轉向項少龍道：「趙雅更是天生淫婦，現在故態復萌，和多個俊男打得火熱，回復以前放浪的生活。」

項少龍默然無語，陶方故意提出此事，自是要教他死心。唉！這賤人眞要狠狠教訓一頓，以洩他心頭之恨。想到這裡，暗忖難道自己對她仍餘情未了，否則怎會聞此事心生恨意？

陶方皺眉苦思道：「他們究竟有何圖謀？」

荊俊道：「當然是要對付我們秦國。」

滕翼呆了一呆道：「小俊你這麼快便以秦人自居。」

荊俊尷尬地道：「不妥當嗎？」

陶方笑道：「怎會不妥當，你滕大哥只是不習慣。」

滕翼苦笑搖頭，沒再說話。項少龍心想當時代的人對國家的觀念遠比對家族觀念淡薄，有點像二十一世紀的人在大公司任職，若覺得沒有前途而自己又有點本事的話，轉到第二家公司是常規而非例外。問陶方道：「呂不韋在秦國的形勢是否大大改善？」

陶方點頭應是，慢條斯理道：「呂相國現在欠的只是軍功，他卻不敢輕舉妄動，怕因秦人的不合作而吃大虧，那他由少龍你經營出來的少許優勢，將盡付東流。」

項少龍心中苦笑，他恐怕難以幫忙，雖說在這戰爭的時代，你不去侵略人，別人亦要來侵略你，但若要他項某帶兵去攻城掠地，殺人放火，他卻怎也提不起那種心意。各人仔細商量一會，決定由烏卓明天立即起程去阻止楚使到趙，返回後宅去。

尚未踏入門口，聽到趙倩的聲音在廳內道：「唉！月事又來哩！」

項少龍愕然立在門外。

烏廷芳的聲音應道：「急死人了，人家已不斷進補，仍沒有身孕。」

項少龍不安起來，難道乘坐時空機來時，給什麼輻射一類的東西損害了這方面的能力？對幸福的家庭生活，特別這時代重視香火繼承的諸女來說，始終是一種缺憾，他自己反不覺得太重要。廳內沉默起來，項少龍搖頭一嘆，加重腳步走進去。

二十天後，當荊俊回復生龍活虎，衆人立即祕密上路，出秦關，繞個大圈，由齊境入趙。項少龍的思慮比以前更周詳，先派出使者向趙國的邊防軍遞上晉謁趙王的正式文書，不片晌趙軍城樓鐘鼓齊鳴，城門放下吊橋，隊形整齊地馳出數百趙軍，向他們營地迎來。滕翼一聲令下，由三百烏家「精兵團」組成扮作牧馬人的隊伍，列陣營外，恭候趙人大駕。

帶軍來的趙兵將領是守將翟邊，年約三十，身形短少精悍，眉眼精靈，態度親熱，見面哈哈笑著道：「董先生之名，如雷貫耳，今日一見，更勝聞名。」

客套過後，項少龍、滕翼和荊俊伴侍左右，領他觀看帶來的一千匹駿馬。

翟邊身為戰將，自然識貨，憑欄觀馬，驚異莫名道：「這批戰馬質素之高，更勝敝國以前由烏家豢養的馬匹。」

項少龍等心中好笑，謙讓一番，教人牽出其中特別高駿的一匹，贈與翟邊。

不用說翟邊的態度更親熱了，忙大開城門，把他們這支浩浩蕩蕩的趕馬隊請入城裡，邊走邊道：

「大王知道董先生遠道由楚而來，非常高興，尤其敝國正在急需戰馬補充的時刻，先生來得正是時候。」

項少龍和滕荊兩人交換個眼色，知道烏卓不辱使命，打通趙穆的關節。當晚翟邊設宴款待衆人，席間問起他們在楚國的情況，他們遂以編好的故事從容應付，賓主盡歡。翌晨翟邊派一名領軍，偕他們朝邯鄲出發，曉行夜宿，二十天後，項少龍終於回到曾令他神傷魂斷的大城市。

# 第七章 重回邯鄲

邯鄲風采依然。

來迎接的是「老朋友」大夫郭開，還有化名為「狄引」的烏卓。一番禮儀和場面話後，衆人趕著千匹戰馬，昂然進入代表趙人權力中心的古城去。

郭開和項少龍並騎而馳，笑著道：「大王對先生身在楚方，心存故國非常欣賞，今晚特在王宮設宴款待先生。」

項少龍正滿懷感觸觀覽城內風光，聞言以壓低得又沙又啞，放緩節奏的聲調道：「大王明白小人的心情，小人感動非常。唉！失去國家的人，有若無根浮萍，其中苦處，不足為外人道。」

郭開微側著臉道：「聽貴府狄先生說，董先生準備回來大展身手，未知是否已清楚形勢？」

項少龍心念一動，扮出愚魯誠懇的樣兒道：「小人只懂養馬，其他一竅不通，還望郭大夫多加指點，小人絕不會忘記大夫的恩典。」

此回的策略是裝作愚蠢和無知，以應付狡猾之徒如郭開者。

郭開哈哈一笑，正容低聲道：「不知是何緣故，郭某見到先生，立即心生歡喜，指點實不敢當，郭某定會竭盡所能，助先生完成心願。」

項少龍裝出感激零涕的模樣，道：「有大夫照顧小人，那就安心多了。不知小人須注意什麼事呢？」

郭開以無比誠懇的語調道：「大王那裡，自有下官為先生打點。可是邯鄲有兩個人，先生必須小心提防，否則不但心願難成，說不定還有不測之禍，遭到與烏氏同樣的命運。」

項少龍裝出震駭的樣子，瞠目結舌道：「我和任何人無怨無仇，為何有人要害我？」心中卻是好笑。郭開顯是以爲他是草野莽夫，思想單純，故以這種直接的方法籠絡自己，好使自己死心塌地，爲他所用。由此亦可知趙王準備以他取代烏氏，遂令郭開認爲自己有被籠絡的價值。

郭開那對閃爍不定的賊眼先逡巡四方，見前方開路的趙兵和後面的烏卓等人，均隔著一段「安全」距離，壓低聲音道：「第一個要小心的人是郭縱，這人不會容忍另一個烏氏倮的出現。」

項少龍點頭表示明白，郭開所言不無道理，這叫作一山不能藏二虎。不過他的「董匡」若要變成烏氏倮當日那麼財雄勢大，恐怕沒有幾代的時間休想辦得到，所以郭開仍是在虛聲恫嚇。

郭開神祕兮兮地繼續道：「另一個要小心的人是巨鹿侯趙穆。」

項少龍忍不住失聲道：「什麼？」

剎那間他明白郭開並不甘於屈居趙穆之下，還正在找方法把他扳倒。不過郭開如此向自己一個外人透露心事，實在太不謹愼，禁不住疑雲陣陣。這時剛抵達用來款待他們的賓館，赫然是當日囚禁朱姬和假嬴政的質子府。郭開微微一笑，沒有再說下去，陪他進府去也。郭開又說了一番好聽的話，接收一千匹駿馬這令趙人無可抗拒的重禮，回宮覆命。衆人聚集內廳，聽取烏卓報告。

烏卓吁了一口氣道：「我們確有點運道，楚人果然派來使節，幸好給我截個正著，還得到很多珍貴的資料。」

滕翼明白過來，道：「大哥辛苦！」

五個結拜兄弟裡，以烏卓居長，所以成了大哥。接著是滕翼和項少龍，然後是王翦和荊俊這位小弟弟。

烏卓點頭道：「的確很辛苦，雖然在截捉楚使時設下陷阱和埋伏，仍損失五名兄弟，傷十多人，不過這是在所難免。」

項少龍可想像到當時情況的凶險和激烈，道：「弄清楚他們爲何要來邯鄲嗎？」

烏卓道：「還是四弟的疲勞審訊管用，那叫白定年的楚使捱不到三天便崩潰，吐露實情，原來此事牽涉到東周君。」

衆人一齊動容。

自七百年前由武王肇創，周公所奠定的「封建帝國」，或者可以借一個累世同居的大家庭來作爲形容。大家庭先由一精明強悍的始祖，督率著幾個兒子，在艱苦中同心協力，創造出一個以姬氏宗族爲中心的大家族，天子與異姓諸侯間，多半有姻戚關係。整個封建帝國的組織，都是以家族爲經緯。只從這點推論，帝國的崩潰只是時間的問題。危機來自兩方面，首先是「嫡長繼承制」，一旦所傳非人，便會弄得衆叛親離，周幽王是最明顯的例子。其次是彼此間原本親密的關係，數代相傳後漸顯疏隔，人口增加，良莠不齊，難免出現仇怨爭奪，傾軋動武的情況。

亂局一現，誰也無力去阻止歷史巨輪的自然運轉。一旦王室失去駕御諸侯的能力，立時陷進群雄割據的局面。而外族的入侵，迫得周平王東遷，正提供這麼一個機會。君臣上下的名份，最初靠權力造成，當維繫的權力消失，名份成了紙老虎，周室的治權全面崩潰。

坍崩是緩緩出現，卻非一瀉而下。三家分晉前，諸侯間在與周室的關係上，仍存著顧念舊情，不爲已甚的心理，干忤而不過度。所以平王東遷後三百年間，大體上仍維繫對周室精神上的尊重和敬意。

三家分晉前，並沒有以非公室至親的大夫篡奪或僭登君位的情況出現。但分晉後，周室的名位進一步被削弱，威嚴愈減，但東周君仍然是諸侯名義上的共主。現在東周君針對各國畏秦的心理，作出最後的一擊，確不可輕忽之。

烏卓繼續道：「此回東周君派來的密使叫姬重，若讓他促成齊、楚、燕、趙、魏、韓六國的聯盟，秦國勢將處於非常不妙的形勢，如今看來成事的機會相當大。」

滕翼望向項少龍道：「我們必須設法破壞此事，否則呂不韋將難保他相國的地位。」

項少龍的頭立時大了幾倍，滕翼的話很有道理，說到底呂不韋的相國之位，全賴莊襄王而來，並不穩妥。而秦人最重軍功，若讓六國聯手，此仗定是有敗無勝，那時即使莊襄王亦護不住呂不韋。若呂不韋坍台，他們烏家休想立足秦國，天下雖大，烏家勢將沒有安居之所。原本簡單的事情，一下子變得複雜麻煩起來。

荊俊終於找到插口的機會，道：「燕趙不是在開戰嗎？爲何這次竟有燕人的份兒？」

滕翼道：「百年來諸侯間誰不是忽戰忽和呢？」跟著肅容道：「小俊必須忍耐，不要在形勢未明前去找你的趙致，否則洩出底細，我們休想有一人能生離邯鄲。」

荊俊神情一黯，垂頭答應，不過誰都看出他心中的不願意。

項少龍道：「趙穆那方面的情況如何？」

烏卓猶有餘悸地道：「幸好我們抓到楚人派來的使節，否則這次定要吃大虧，原來趙穆是楚國春申君的第五子，這楚使白定年正是春申君派來與趙穆聯絡的人，還握有春申君的親筆密函，省去我不少審訊唇舌。」

滕翼笑道：「大哥當然不會一字不改把信交給奸賊吧！」

烏卓笑道：「這是必然的，密函內容簡單，只是教趙穆信任白定年，好好與他合作，至於合作什麼，卻沒有寫出來。於是我依信上的印鑑簽押，另外仿摹一封，交給趙穆，現在看來他對我們是深信不疑。」

項少龍心念一動道：「密函仍在嗎？」

烏卓道：「這麼有用的東西，我怎會扔掉，那楚使亦一併留下，軟禁在邯鄲外一個祕密地方，這次趙穆有難囉。」

項少龍大喜，四兄弟往趙宮赴宴去也。路途中項少龍想起那次到趙宮與連晉決戰，不禁大生感觸。世事之難以逆料者，莫過於此。當時哪猜想得到，兩年後的今天，他會以另一種身分，完全不同的心情去見趙王？

在趙軍的引領下，項少龍和三位結拜兄弟，昂然策騎進入宮門。禁衛軍擺開陣勢，在趙宮主殿前的廣場上列隊歡迎，鼓樂喧天，好不熱鬧。項少龍等想不到有如此大的規模，頗感意外，亦知趙王非常重視他們的「回歸」。其中一名將領策馬迎出，高唱出歡迎的讚語，赫然是忘恩負義的老相識成胥。這傢伙的軍服煥然一新，看來是高升一級，成爲禁衛軍的頭子。項少龍依足禮數，虛與委蛇一番，與他並騎馳往宮庭。

成胥親切笑道：「不知如何，末將雖是首次見到先生，竟有一見如故的感覺。唔！先生很像某一位末將熟悉的人，卻一時想不起是誰。」

項少龍心中暗自緊張，知道自己縱使改變容貌，但體形依然，言行舉止方面亦會在無意中漏出少許破綻，遂勾起成胥對他的回憶和感覺。

若無其事地以他「低沉沙啞」、「節奏緩慢」的聲音道：「成兵衛不須奇怪，鄙人不時會有這類感覺，就是見到首次相識的人，卻像早曾相識的樣子。」

成胥釋然道：「應是如此。」

於內宮玉華殿前的廣場處，成胥首先下馬，項少龍和隨後的滕翼等隨之跳下馬來。玉華殿台階兩旁左右排開兩列數十名禁衛，執戈致敬中，趙穆這奸賊在樂乘和郭開兩人傍陪下，迎下階來。項少龍等看得心底暗自嘆息，想不到昏君孝成王經過他們一役的嚴厲教訓，仍然這麼倚重趙穆。

趙穆隔遠呵呵大笑道：「本人巨鹿侯趙穆！董先生來得眞好，大王等得心焦。」

項少龍裝出惶恐的樣子，恭敬地道：「若教大王心焦，小人怎擔當得起。」

趙穆趨前，伸手和他相握，向他打個眼色，微笑道：「大王親自看過先生送來的戰馬，非常滿意。我們大趙得先生之助，定能大振軍威。」

項少龍見趙穆認不出他來，放下心事，欣然道：「能令大王高興，小人已感不虛此行。」同時與郭開交換個眼色。

趙穆親切地爲他引介樂乘，項少龍則爲滕荊兩人引見，客氣話後，各人輕鬆地步行往趙宮。進入宮門，大殿內的侍衛動作整齊地端立敬禮，樂隊奏起迎接貴賓的鼓樂。項少龍等和趙穆三人趨前下跪。

趙王哈哈一笑，離開設在位於殿端的龍座，步下台階，急步走來，一把扶起項少龍，欣然親切地道：「董先生乃寡人上賓，不用執君臣之禮。」又向滕翼等人道：「諸位請起！」

項少龍剛站起來，後面的荊俊竟「嘩」一聲哭出來，包括項少龍等人在內，全楞在當場。當所有人的眼光集中到垂頭痛哭，賴在地上不肯爬起來的荊俊身上，這小子嗚咽地道：「小人失禮，可是看到少主終於回國效力，完成多年來的願望，使我激動得——」又哭起來。

項少龍等心中叫絕，想不到荊俊有此要哭就哭的本領，若非他們心中有數，還以爲他眞是感動得忍不住落淚。

趙王當然更不會懷疑，走過去把荊俊扶起，勸慰一番，向項少龍道：「董先生有此忠僕，令寡人感動不已。」

項少龍打量殿內的環境，趙王后韓晶亦有出席，席位設於孝成王右旁稍後處，正目光灼灼地瞧自己。幸好看表情只是出於好奇，並非看出他什麼破綻來。趙王左右下首處各設四席，應是每人一席，那便有一席空出來，只不知何人架子這麼大，斗膽遲到？口中誠懇應道：「小人等雖長期身處異國，但無時無刻不期望回國效力，可是因烏氏倮的關係，害怕——」

趙王冷哼一聲，打斷他道：「休要再提此人，難得先生如此念舊，由今天起，安心爲寡人養馬，寡人必不會薄待先生。」

項少龍等忙跪下謝恩。

正要入席，門官唱道：「雅夫人到！」

項少龍等齊吃一驚，往大門望去。趙雅除面容多添幾分滄桑外，仍是艷光四射，丰采依然，一身白底紅藍花紋的華貴晚服，像隻彩蝴蝶般飛進殿來。項少龍念起往日恩情，禁不住黯然神傷。趙雅美目飄到項少龍身上，明顯地嬌軀一震，停下步來。項少龍等心叫不妙，趙雅不像趙穆和孝成王等人，對曾朝夕與共、肌膚相親的男人，只憑女性對愛侶敏銳的直覺可察知旁人一無所覺的東西。

幸好孝成王、晶王后還以爲著名蕩女看上項少龍，故有這等奇怪表情，哈哈笑道：「王妹又遲到哩，待會定要罰妳三杯，還不過來見過董先生！」

趙雅回過神來，疑惑地打量項少龍，忽地秀眸黯淡下去，移前向趙王下跪，站起來向項少龍施禮道：「趙雅見過董先生。」

項少龍等暗鬆一口氣，乘機入席。他們以項少龍為首，依次占坐右方四席。另一邊則是趙穆、趙雅、樂乘和郭開。侍女奉上酒菜，一隊三十多人的歌舞姬輕盈地跑進來，在鼓樂聲伴隨下，載歌載舞。趙雅入席後一直低垂著臉，神情傷感，看來似被勾起回憶，暗自悲苦。舞罷主賓照例互相祝酒。趙穆卻不肯放過趙雅，重提罰酒三杯的事，迫她連乾三杯。

微醉的趙雅放浪起來，不住嬌笑撒嗲，雖看得項少龍心頭發火，卻的確為宴會帶來無限熱鬧和春光。這美女放蕩起來，沒有男人不看得心癢難熬。尤其她回復昔日的浪蕩樣兒，對在場諸人秋波拋送，眉目傳情。滕翼和烏卓還好一點，荊俊早大暈其浪，頻頻和她舉杯對飲。

鬧了一會，趙王向項少龍道：「先生準備如何在此開展大業？」

項少龍沙啞著聲音緩緩地道：「小人只是先行一步，還有幾批戰馬和馬種正在運赴途中。事不宜遲，明天小人到城外視察，看看有什麼適合地點，好開設牧場。」

趙王歡喜地道：「這就最理想不過！」

趙雅向項少龍飛一個媚眼過來道：「先生的家眷是否會同時抵達？」

項少龍見她放浪形骸，心中不喜，冷冷地道：「待一切安頓好後，小人派人回去把他們接來。」

樂乘奇怪地問道：「董先生如此舉家遷來我國，不怕招楚人之忌嗎？」

項少龍從容答道：「小人的牧場設在楚魏邊疆，只要每年向楚人交出五百匹戰馬和五千頭牲口，楚人從不過問小人的事。這次前來，小人早有安排，不用擔心他們在短期內有任何發現。」

趙王哈哈一笑道：「今晚不談正事，只說風月，來！讓先生看點好東西。」

言罷一拍手掌，樂聲再起。衆人瞪大眼睛，四名歌舞姬以曼妙的舞姿來到席前，表演另一輪歌舞。

她們不但姿色遠勝剛才的歌舞姬，更使人要命的是美麗誘人的肉體上只是分別披上紫紅、鮮黃、淡綠和水藍色的輕紗，手持長劍，翩翩起舞。若隱若現間，青春動人的胴體春光隱現，美不勝收。尤其長劍和女體剛柔的對比，更令她們倍添狂野之態。

舞罷歌姬退走，趙穆笑道：「這是燕人獻給大王的十名燕族美女中的精品，是大王贈送先生的見面禮，先生認爲還可以嗎？」

這種贈送美女的盛事，乃此時代權貴交往間的例行風氣，但項少龍現在的形勢卻是不宜接受，正容道：「大王的好意，小人心領，只是現在開設牧場之事百廢待舉，實不宜酖於女色安逸，大王請收回成命。」

趙王愕然半晌，感動地道：「先生果非常人，難怪有馬癡之譽。既如此，四名燕女暫留在宮內，俟諸事定當，再送往貴府。」

趙雅大感興趣地打量項少龍道：「不知先生何時到城外視察？」

項少龍知她對自己的見色不動生出好奇心，暗叫不妙，皺眉答道：「明天日出前出發，還望樂乘將軍安排城關開放的問題。」

他猜想趙雅既回復以前放浪靡爛的生活，怎也不能絕早爬起床來，故有此說。趙雅果然露出失望之色，沒再說話。宴會繼續進行下去，雖說不談正事，但因項少龍扮作一個只知畜牧的粗人，話題始終繞在這方面。當趙王問起楚國的情況，項少龍早準備答案，輕鬆地應付過去。最後賓主盡歡。宴後趙穆借辭送項少龍回去，與他共乘一車，乘機祕密商議。趙雅後的第二個危機來了。

車子開出宮門。

趙穆立即扳起臉孔，冷冷地道：「是誰人想出來的主意，竟要把一千匹上佳戰馬，送給趙人？」

項少龍心中好笑，淡淡地道：「當然是春申君的主意。」

趙穆的面色陰沉起來，雙目厲芒閃閃，冷冷地凝視項少龍，沉聲道：「你眞是那『馬癡』董匡嗎？」

項少龍壓低聲音道：「當然不是，眞正的馬癡確有返趙之心，早給君上處死，還抄了家當，這千匹戰馬只是他部分家業。」

趙穆不解地道：「我只叫你們派人來奪取落在郭縱手上的《魯公祕錄》，爲何現在卻大張旗鼓來到邯鄲，有事起來，說不定我會被牽累在內。」

項少龍從容答道：「這是春申君的奇謀妙計，要知趙國經烏家一役，元氣大傷，外強中乾，說不定會便宜鄰近的秦、魏、齊諸國，君上有鑑及此，所以改變策略，希望公子取趙王而代之，那我們大楚可不費一兵一卒，置趙國於版圖之內。」

趙穆渾身一震，雙目喜形於色，失聲道：「君父眞有此想法？」

自從抵達趙國後，他的權勢與日俱增，心情亦是矛盾之極。春申君的原意是要他控制趙王，好以趙人之力牽制秦人，破壞三晉合一的密謀。但人非草木，經過十多年的長期居趙，趙穆不由對趙國生出歸屬之心。不過這只能空想一番，他仍是給楚人遙遙控制。若有異心，楚人可隨時把他的身分揭破，那種感覺絕不好受。但假若他能篡奪趙王之位，那將是完全不同的局面。人望高處，此正是趙穆心中夢想的寫照。

項少龍察言辨色，知命中要害，加重語氣道：「小人怎敢欺騙公子，這次隨小人來此的戰士，均是第一流的好手，稍後還有數千人假藉趕送牲畜入趙，只要能除掉像廉頗李牧這種有影響力的將領，趙國勢成公子囊中之物。」

趙穆歡喜地道：「原來如此，待我回去想想，看看應如何進行計畫。」探手搭上他肩頭，湊到他耳旁低聲道：「若我成爲趙國之君，必不會薄待先生。」

兩人對望一眼，大笑起來。當然是爲了截然不同的理由開懷。

回到前爲質子府的華宅，滕翼對項少龍道：「那蕩婦對三弟很有興趣，須小心點。」

荊俊羨慕地道：「三哥以別種身分，再幹她幾場，不是精采絕倫嗎？」

項少龍尙未有機會說話，滕翼不悅地責難荊俊道：「你總是滿腦袋色慾之想，卻不知好色誤事之弊，那蕩婦和你三哥以前關係親密，若有肉體接觸，包保從感覺上揭破少龍的眞面目，只是氣味這項，肯定瞞她不過。」

項少龍心中一驚，暗生警惕，說實在的，他對趙雅的肉體仍十分眷念，不會視與她合體交歡爲苦差，卻沒有想過會被趙雅「嗅出」眞相的可能性。笑道：「幸好我扮的是個只愛養馬不愛美人的馬癡，她對我有意又如何？」

各人議定明天要做的事，回房睡覺。項少龍脫下面具，躺到榻上，思潮起伏，沒法成眠。主要還是因爲趙雅，曾兩次背叛他的蕩女，顯然對他仍是餘情未了，否則不會因自己這馬癡而勾起對他項少龍的思念，生出興趣。他心中湧起說不出的恨意，那或者是出於對她放蕩的妒忌，又或是純粹報復的念頭，連他自己都弄不清楚。他戴上面具後的樣子絕不算英俊，膚色有點曝曬過多陽光後的黝黑，可是配合他的身形體魄，卻總有股骨子裡透出來的魅力，尤其是改變眼形的眸子，仍是那麼閃閃有神，充滿吸引人的魅力。又想起紀嫣然這情深義重的女子，更是不能入睡，索性起榻到一旁依墨家心法打坐。不一會心與神守，睜眼時天色微明。

項少龍匆匆換衣，戴上面具，出廳與滕翼和烏卓會合，一起出門。荊俊因別有任務，沒有隨他們一起去。樂乘派來一個叫謝法的武將領一隊趙軍作導遊，在大廳恭候他們，客氣幾句，眾人策馬馳上邯鄲剛開始新一天活動的大街上。

蹄聲在後方響起。眾人愕然回首後望，一隊人馬追上來，赫然是趙雅和十多名護送的家將。項少龍和滕烏兩人交換個眼色，無奈下勒馬等候。誰也想不到趙雅對項少龍的「興趣」這麼大。

笑臉如花的趙雅先遣走家將，其中包括趙大等人，策馬來到項少龍旁，欣然道：「董先生遠來是客，怎可無人相伴？」

項少龍見她一身淺藍的緊身騎馬裝束，短襖長褲，足蹬長靴，把她動人的線條暴露無遺，心頭一陣感觸，說不出話來。

趙雅白他一眼道：「董先生是否不歡迎人家哩？」

項少龍以他沙啞的聲音淡淡地道：「夫人勿要多心，小人有夫人作伴，歡喜還來不及呢！」

趙雅發出一陣銀鈴般的嬌笑聲，領先策馬而出，叫道：「隨我來吧！」項少龍心中一嘆，策馬追去。他們由東門出城，放蹄疾奔。目睹春夏之交的山林野嶺，項少龍心懷大開，拋去所有心事，同時下定決心，立意好好大幹一場，鬧他趙人一個天翻地覆，不會再因心軟而有所保留。

趙雅縱情拍馬飛馳，害得眾人追在馬後，越過城外的大草原，趙雅離開官道，朝東北丘陵起伏處奔去。

地勢開始變化，奇峰異石代替重重草浪，沿途飛瀑危崖，雲飛霧繞、幽壑流泉，明麗如畫，構成動人心魄，層出不窮的美景。穿過一座山谷，來到一道長峽，兩邊陡壁凌霄，多處只窺見青天一線，形勢險奇。

趙雅在前方放緩下來，項少龍正要趕上她，滕翼馳到他旁低聲道：「少龍！你若以剛才那種神態語氣和趙雅說話，遲早會給她看穿底細。」

項少龍一驚，知道滕翼旁觀者清，往後望去，烏卓正纏著謝法指點環境，不用擔心會聽到他們的對話，忙虛心求教。

滕翼道：「董匡是出名只懂養馬的人，其他方面則是粗人一個，你自己斟酌看看吧！」

項少龍了然於心，沉默下來。長峽已盡，眼前豁然開朗，林木參天，陽光由濃葉成蔭的樹頂透射下來，彩光紛呈，美得難以描擬。樹叢山石間溪流交錯，涓涓細流，潺湲靜淌，似若不屬於這世界的仙境，教人心怡神醉。趙雅似乎對這地方非常熟悉，領他們來到一座小丘之上，四周景物，立時盡收眼下。

項少龍策馬來到趙雅身旁，環目四顧，看清形勢，始發覺立馬處恰是一幅廣闊盤地的核心，遠處奇峰峻嶺層層環護，翠色濃重，水草肥茂，山重水複中地勢開闊，滿眼綠蔭，遠近飄香，禁不住哈哈一笑，道：「他奶奶的兒子，夫人怎知有這麼一處好地方？」

趙雅聽他語氣粗鄙，秀眉大皺，沒有答他。滕翼等來到左右，同時讚嘆。

謝法道：「此地名藏軍谷，唯一的入口是剛才的一線天，當年我大趙的武靈王與戎狄作戰，曾藏軍於此，以奇兵得勝，自此命名爲藏軍谷，董先生認爲還可以嗎？」

項少龍暗忖我怎知可不可以，忙向烏卓這畜牧專家打個眼色。烏卓略一含頷首，表示同意。

項少龍裝模作樣地細看一番，讚嘆道：「呀！眞是要操他的娘！」

滕翼和烏卓兩人心中好笑，謝法和雅夫人卻是聽得爲之皺眉。

項少龍忍著笑道：「鄙人一見好東西，會忍不住要說幾句操他娘。這麼美好的地方，不是更要大操他的娘嗎？」

謝法歡喜地道：「如此說，先生是否要選此谷作牧場呢？」

趙雅此時往項少龍望過來。

項少龍故意狠狠地在她高挺的胸脯盯一眼，點頭道：「唔！這地方甚合鄙人眼緣，由今天開始，藏軍谷就是本人建立第一個牧場的地方，他奶奶的！想不到這麼順利揀到場地。」

趙雅見他語氣神態，粗鄙不文，以爲這才是他的眞面目，心中不悅，冷冷地道：「董先生既找到理想的場址，可以回去了嗎？」

項少龍故意色迷迷打量她，道：「鄙人還要仔細勘察這裡的水源、泥土和草質，奶奶的，夫人這麼急回去作啥？」

趙雅聽他說話粗魯無禮，更是不悅，微怒道：「我還有約會，哪來時間多陪先生呢？」心中暗責自己定是鬼迷心竅，昨晚回府後不住念著這個人，夜不能寐，所以天甫亮便來找他。不過這也好，此人外形雖有項少龍的影子，相去卻是千萬里之遙，自己可以死心。自項少龍後，她再不希望有任何感情上的牽纏。

項少龍一不做，二不休，索性絕了趙雅對他的任何念頭，怪笑道：「未知是誰令夫人這麼急著回去？」

趙雅再忍不住，怒道：「這是我的事，與先生沒有半點關係。」一抽馬首，掉頭往原路馳去。

嚇得謝法忙分出一半人護送她回城。項少龍心頭一陣痛快，只要能傷害她，便感快意。雖說她對自己仍有餘情，可是若上次她陷害他成功，他屍骨早寒，所以兩人間再不存在任何情義。裝模作樣勘查一番，他們在日落時分回到行館。趙穆的人早在候他，邀他到侯府赴宴。項少龍沐浴更衣，獨自一人隨來人往侯府。

趙穆見他來到，神情欣喜，趁時間尚早，把他帶入內軒密議，未入正題前，笑道：「聽說你把趙雅氣得半死，怎麼了？對這蕩婦沒有興趣嗎？現在的她比任何時間更容易弄上手！」

項少龍心中既罵趙穆，又恨趙雅作賤自己，嘴上應道：「我怕她是孝成王的奸細，哪敢惹她。」

趙穆顯然對他的審慎態度非常欣賞，拍他一記肩頭，親切地道：「是不是奸細？誰比我更清楚？若對她有意，我自會給你安排。」

項少龍暗中叫苦，忙轉移話題道：「那件事侯爺想過沒有？」

趙穆精神大振，哪還記得趙雅，肅容道：「現在邯鄲，誰不是我的親信，只要除去幾個人，我必可安穩地坐上趙國君主之位。」

項少龍微笑道：「首先要殺的兩個人是廉頗和李牧吧！」

趙穆讚嘆道：「有你這種人才助我，何愁大業不成，不過他們兩人身旁猛將如雲，恐怕很難下手。」

項少龍淡淡地道：「若是容易，侯爺早下手了，這事可包在我身上，只要我能得到他們的精確情報，必可一擊成功。聽說現在他們不在邯鄲，最好有方法把他們召回來，我使人作好埋伏，乾手淨腳把他們幹掉。」

趙穆懷疑地道：「你眞的如此有把握？這兩人只是家將親兵足有數千人，相當不易對付。」

項少龍道：「沒有人比我更精刺殺之術，侯爺安心。」

趙穆哪會相信他空口說白話，沉聲道：「事情須從長計議，你最好先建牧場，打下根基，這方面有我在孝成王跟前說項，定可順利達到。」

項少龍心中好笑，他說這番話，是要趙穆自己明白到不可操之過急，見目的已達，自然不會蠢得去逼他，點頭恭敬道：「鄙人全聽侯爺吩咐，這是君上的指示。」

趙穆見他這麼聽話，心中大悅，微笑道：「孝成王現在對你印象絕佳，但記著牧場的事要加緊進行。哈！你一招命中趙人的要害，沒有比趙人更需要你這救星。」

項少龍道：「我已選定場址，明天立即動手進行。」

趙穆立起身來道：「來吧！客人也應該來了，今晚請來的除了幾個在邯鄲最有權勢的人外，還有爲東周君的事來此的各國使節，趁這機會見見他們吧！」

項少龍知道自己現在成為趙穆的寵信心腹，所以特別得他垂青，站起來隨他往侯府的主宅走去。兩人並肩在迴廊漫步，遇到的家將婢僕，無不跪地施禮。經過位於侯府正中的大花園，一群達百人之眾的歌舞姬正在練舞，一時衣香鬢影、嬌聲軟語，教人看得眼花撩亂。項少龍眼利，一瞥之下發現指導她們歌舞的導師赫然竟是趙致，不禁多看幾眼。訓練並沒有因趙穆經過終止，趙致明明看到趙穆，卻充作視而不見，不住發出命令，使眾美姬翩翩起舞，五光十色的彩衣，在燈火照耀下教人目為之眩。

趙穆湊到項少龍耳旁道：「看上她嗎？此女叫趙致，父親是趙國有德行學問的大儒，師傅則是劍術大家，我也拿她沒有辦法。」

項少龍不置可否地一聳肩頭，繼續前行。過了花園，兩人踏上直通府前主宅的長廊，對比下似是忽然靜下來，一名婢女迎面而至，看見趙穆，忙避在一旁下跪。就在此時，項少龍心生警兆，自然而然地右手握在血浪的劍把上。

他心中奇怪，不由往婢女望去，只見她的手縮入廣袖裡，低垂頭，下跪的姿勢很特別，使人有種怪異的感覺，似乎她隨時可由地上彈起來，作出種種動作。這純粹是一種直覺，若非項少龍在來邯鄲途中，每晚均依墨家心法靜坐練功，感覺恐亦不能變得如此敏銳。趙穆一無所覺，繼續前行。

項少龍大感矛盾，若此女是來刺殺趙穆，當是自己的同道中人，他現在固然要保住趙穆，因為不但要活捉他回秦，還要借他進行殺死樂乘的計畫、打探東周君派使來趙的陰謀，但若害得此女落入趙穆手中，卻是於心何安。不過此時不容多想，兩人走至離婢女十步的近處，項少龍忽由外檔移到趙穆和婢女之間，希望教她知難而退。趙穆生出警覺，望往項少龍。

婢女猛地抬頭，露出一張俏秀堅強的面容，美目射出熾熱的仇恨，同時兩手由袖內伸出來，運勁外揚，兩道白光，一上一下往趙穆電射而去。趙穆猝不及防下大驚失色，還未有時間呼叫或閃避，項少龍血浪離鞘而出，閃電般上挑下劈，準確地磕飛兩把匕首。

女刺客顯然沒有第三把匕首，一聲尖叱，就在兩人身前滾出廊內去。項少龍作勢追趕，眼前黑影一閃，原來是女刺客手上揮來的軟鞭。

他借機退到趙穆前，似是保護他，其實是擋著已拔劍出鞘的趙穆的進路。女刺客知道失去良機，毫不停留滾入一堆草叢裡，在夜色中消失不見。趙穆差點撞在項少龍身上，忙舉手按他肩頭，煞止衝勢。

項少龍目光投往掉在地上的兩把匕首，刀鋒在燈光映照下透出藍色光芒，顯是淬了劇毒。

趙穆猶有餘悸道：「此回幸有你在，否則吾命難保。哼！那些人全是飯桶，給刺客潛進來仍一無所知。」

項少龍心中欣慰，這樣一來既更取得趙穆的信任，另一方面亦讓女刺客安然遁走。他並非首次遇到這身手高明的女刺客，當日他乘坐趙穆的馬車離開侯府，便給女刺客誤會他是趙穆，把毒蛇投入車廂向他行刺。只不知她和趙穆有什麼深仇大恨，必欲置之死地而甘心，而兩次都因自己而不成功。不過趙穆壞事做盡，仇家遍地乃必然的事。

宴會在侯府廣闊的大廳舉行，筵開四十多席，採「雙席制」，擺滿整個廳堂。項少龍對這時代宴會的禮儀已有相當的認識，大出意料外，想不到今晚的宴會隆重至此。

君主款待朝臣貴賓的宴會，人少時多採一人一席的「單席制」，倘或百人以上的大宴會，則採前後席，每席四人以上的「多席制」。至於一般大臣公卿權貴的宴會，多採「雙席制」。

他們抵達大廳，離開席尚有一段時間，只來了趙穆的心腹樂乘和一肚子壞水的郭開，兩人與趙穆關係密切，早點來好幫忙招呼客人。趙穆應酬兩句便消失了，自然是去責備手下保衛侯府不力，看來會有人遭殃。

樂乘和郭開親切地與項少龍聊天，先問牧場選址的事，樂乘嘆道：「這次我是左右做人難，在邯鄲所有自認有點頭面的人，爭著來參加今晚的宴會，席位卻是有限，唉——」

郭開亦苦笑道：「我也遇到同樣的難題，唯有把責任全推到侯爺身上，教他們直接向侯爺詢問，為何沒有被列於邀請名單上。」

項少龍大感驚訝，自問沒有如此吸引人的魅力，皺眉道：「今晚的宴會為何如此熱鬧？」

樂乘奇怪地問道：「侯爺沒有告訴先生嗎？與秦國寡婦清齊名的大才女紀嫣然來邯鄲作客，侯爺本沒有把握將她邀來，豈知她毫不猶豫答應，害得所有人都要擠到這裡來，好一睹她的丰采。」

項少龍心頭心中劇震，熱血上沖，一時說不出話來。謝天謝地！我的絕世佳人終於來了。

郭開驚訝地打量他道：「哈！想不到董先生是另一個『才女迷』！」

項少龍的心神全轉移到紀嫣然身上，哪還有興趣和他們胡扯，告個罪，由側門步出園林，以舒緩興奮的心情。想到今晚即可和心中玉人聚首，立感飄然欲仙，身在雲端。心中同時感到奇怪，為何她明知趙穆是他的大仇人，還肯前來赴宴？急碎的腳步聲在身後響起，項少龍警覺地猛轉過身來，剛好與一位千嬌百媚的美人兒打個照臉。

美女嚇了一跳，踉蹌跌退兩步，俏臉轉白，由驚喜變成失望，垂下頭去，幽幽地道：「對不起！奴家認錯人哩。」

在遠處昏暗的燈火映照下，入目的是越國美女田貞。項少龍心中恍然大悟，她路過此處，看到自己的背影，認出他是項少龍，等看到他扮成董匡的尊容，禁不住大失所望。

由此可知她對自己的印象是何等深刻難忘。心生憐惜，柔聲道：「沒有關係！妳叫什麼名字？」

田貞嬌軀一震，掩口道：「你眞是項爺，奴家作夢也記得你難忘的聲音。」

項少龍登時汗流浹背，想不到一時忘記改變口音，洩露身分，忙壓得聲音沙啞地道：「姑娘誤——」

田貞一聲歡呼，撲過來死命摟抱他道：「奴家死也忘不掉你，我們都不知多麼爲你擔心呢，現在大爺沒事，多謝老天爺哩！」

項少龍知瞞不過她，摟她到林木深處，湊到她耳旁道：「現在我的眞正身分是個大祕密——」

田貞乖巧地接口道：「奴家明白，死都不會洩露大爺身份。」

項少龍加重語氣道：「連妹子都不可透露此事。」

田貞猶豫片晌，無奈點頭道：「好吧！不過她像奴家般思念大爺呢！」

項少龍稍微放心，低聲道：「只要你乖乖的聽話，我會把你們姊妹帶走，絕不食言。」

田貞感動得熱淚盈眶，以最熱烈的方式獻上香吻，身體緊緊靠著他。項少龍壓制已久的慾火立時熊熊燃燒起來，只恨這不是適當的時候和地方，癡纏一番，臉紅耳赤的田貞在他苦勸下，依依不捨地返回內宅。項少龍苦笑搖頭，往大廳走去。走了兩步，一對男女由他剛才出來的側門步入園裡，密密商議，赫然是趙穆和趙雅。他心念一動，隱在一叢草樹間，靜心窺聽。

趙雅緊繃著臉，冷冷地道：「不要說了，我怎也不會去陪那種粗鄙不文的莽夫，你手上多的是美女，為何不拿去送他，例如你最疼愛的田家姊妹花，不是更可令他滿意嗎？」

趙穆探手過去環抱她的小蠻腰，陰陰笑道：「是不是妳仍忘不掉項少龍呢？」

趙雅楞了一楞，怒道：「不要胡言亂語，誰說我忘不了他！」

項少龍見到兩人親熱的情態，聽著趙雅無情的話，雖明知她不得不如此表態，仍心頭火發，湧起惱恨和報復的念頭。

趙穆伸出另一隻手，把她摟個結實，笑嘻嘻道：「不再想他自然最好，此回若我們六國結成聯盟，儘管秦國亦難逃被瓜分的厄運，那時我要項少龍死無葬身之地，即使死掉，我也要鞭屍始可洩心頭之憤。」

趙雅冷冷地道：「你有那本事才說吧！噢！」

衣衫窸窣，顯是趙穆正借身體的擠壓，大占趙雅便宜。項少龍聽得眼噴燄火，暗恨趙雅不知自愛。她的呼吸不能控制地急促起來，顫聲道：「你還不回去招待客人嗎？」

趙穆嘿嘿淫笑道：「你不要我先招待妳嗎？」

趙雅的粉拳無力地在他背上敲幾下，嗔道：「放開我！」

趙穆道：「妳答應我去陪董匡，我才放開妳！」

項少龍恍然大悟，原來趙穆是要借趙雅來討好自己，原因當然是自己不但剛救他一命，還顯示出過人的機警和絕世劍術，使他對自己另眼相看，更為倚重。趙穆將己比人，當然認為須以權位、美色、財貨等利益去籠絡他，而趙雅則是他現時能想到的最佳禮物。

趙雅奇怪地問道：「你為何這麼看重董匡？」

趙穆乾笑兩聲道：「不是我看重他，而是妳的王兄有命，至緊要好好籠絡此人，妳還不明白嗎？」

聽到是趙王的意思，趙雅軟化少許，低聲道：「或者他不好女色呢？否則為何昨晚他拒絕大王送他歌姬。」

趙穆嘆道：「只要是眞正的男人，誰不好色，我看是他眼光過高，看不上那些歌姬吧！我們的雅夫人怎可同日而語。」

趙雅冷冷地道：「眼光高便去追求紀嫣然，我趙雅算什麼東西？」

項少龍聽她語氣中充滿酸澀的味道，知她嫉妒紀嫣然，不由升起個報復的主意。

趙穆哄她道：「紀嫣然是出名無情的石女，怎及得上溫柔多情的趙雅，不要多說了，聽說董匡走出來透透氣，妳幫我找他回來，那麼緊張幹嘛？又不是要妳今晚陪他入房登榻。」

趙雅默然無語。項少龍知道聽下去再沒有新意，緩緩溜開去。

項少龍坐在涼亭裡，仰望點點繁星的夜空，耳內響起趙雅由遠而近的足音。他忽然改變對趙雅的想法，決意玩弄她一個痛快，以示對她的懲罰。

趙雅來到他身後，勉強壓下心中對他的厭惡，和氣地道：「董先生為何離群獨處？」

項少龍沙啞聲音，凝視天空道：「鄙人一向不喜熱鬧，看！天空多麼迷人，她與我們的關係是多麼密切，全靠她懷抱裡的星辰，讓人辨認路途，知道季節時間，人死後回歸到她深幽之處。她象徵我們最崇高的理想，冥冥中主宰大地上每一個人的命運。」

趙雅哪想得到這麼一個粗人，竟懂說出這麼深具哲理的話來，呆了一呆，坐到他身後的石凳上，一時默然無語。

項少龍心頭一陣感觸，苦笑搖頭道：「想起無論是墨翟或孔丘，武王或周公，當他們抬起頭來，看到是同樣的天空，我們怎能不感到天空的恆久長存，人類生命的渺小和短暫。可憐大多數人仍忘不掉權位之爭，爲眼前的利益，朝夕不讓，爭個你死我活，所以我董某人從來對爭權奪利沒有好感，只希望自由自在地養我的寶貝馬兒，愛說什麼就說什麼！操她奶奶的天空，我實在太愛她，所以要操她，就像去操我心愛的女人那樣。」

他雖連說三句粗話，但這次聽來趙雅卻有完全不同的感受，因爲他賦予這三句粗話無比深刻的感情和含義，變成完全的另一回事。

趙雅低聲道：「今天人家冒瀆先生，眞不好意思。」

項少龍瀟灑地一聳肩頭，立起身來，轉身以灼灼的目光盯她的臉，微笑著道：「夫人看到鄙人是怎樣就怎樣算了，何誤會之有？就像這夜空，假若妳只看一眼，可能一無所覺，但假若妳定心細看，妳會看到愈來愈多的星辰，愈是深黑的晚夜，每粒星辰都有她們的故事。沒有開始，沒有終結。」

趙雅抵擋不住他的目光，垂下頭去，幽幽地道：「先生的話眞動聽！」

項少龍心中好笑，沒有人比他更知道怎樣打動這蕩女的心。伸個懶腰道：「好了！我也應回到那人間的俗世裡，只希望時間快點過去，可趁早回家睡覺。夢中的世界，不是更美麗嗎？」

趙雅生出依依之情，只希望聽他繼續說下去。忽然間，她感到即使要陪他睡覺，再不是苦差事。何況他雄偉的軀體，使她難以克制地聯想到項少龍。和他歡好，是不是亦如與項少龍纏綿那麼使她迷醉呢？她很想知道答案！

項少龍和趙雅並肩返回舉行宴會的大廳，已鬧哄哄一片，放眼看去，至少來了五十多人，大半是舊相識，包括郭縱等人在內，分成十多組在閒聊和打招呼。郭開見到他們，先向項少龍使個眼色，接著把他拉到正與趙穆交談的郭縱處，將他介紹給大商賈認識。趙雅則像蜜糖遇上蜜蜂，給另一堆男人討好奉承，可見她的魅力絲毫未減。項少龍暗忖趙雅的生命力與適應性眞強，這麼快從自己予她的打擊中回復過來。唉！自己放過她算了，說到底總曾有一段眞誠的交往。

郭縱親切地道：「董先生遠道來此，怎也該讓我作個小東道，不知先生明天是否有空，侯爺和郭大夫當然要作陪客。」

項少龍微笑道：「郭公這麼客氣，沒空都要有空哩！」

郭縱大喜，與他約定時間。

趙雅脫身出來，來到項少龍旁，尚未有機會說話，一人大笑走過來道：「今天終於見到夫人！」

項少龍轉頭看去，一個年約三十，長相威武英俊的男子，大步走過來。此人腳步有力，腰配長劍，氣勢懾人。

趙雅看到他，美目明亮起來，置項少龍不顧，媚笑道：「平山侯這麼說，折煞妾身，好像人家是很難見到的樣子。」

原來是韓國此次派來的使節平山侯韓闖，看來頗是個人物。

趙穆哈哈笑道：「你們暫停打情罵俏，闖侯來，讓我介紹你認識名震天下的馬癡董匡先生。」

韓闖目光落到項少龍臉上，神情冷淡，敷衍幾句，把趙雅拉到一旁，親熱地喁喁私語起來。項少龍心中有氣，又恨自己始終不能對蕩女忘情，幸好有面具遮蓋眞正的表情，可是說話興致大減。

趙穆看在眼裡，藉個機會扯他往一旁道：「趙雅包在我身上，必教你有機會一親芳澤。不過我卻有個忠告，此女人盡可夫，先生和她玩玩無礙，切勿認眞。」

項少龍知道誤會愈來愈深，忙道：「正事要緊，這檔事對我來說可有可無。」

趙穆哪會相信他，尙未有機會說話，門官報道：「魏國龍陽君到！」

大廳內立時靜下來，顯然與會諸人，大多尙未見過這以男色馳名天下的美男子。趙穆好此道者，雙目立時放射異采，盯緊入門處。環珮聲響，「媚視煙行」的龍陽君身穿彩服，在四、五名劍手護侍中，嬝嬝娜娜步進廳堂。廳內立時響起嗡嗡耳語的聲音，話題自離不開這男妖。趙穆拍拍項少龍肩頭，迎了上去。

郭開來到項少龍旁，低笑道：「世間竟有如此人物，不是精采之極嗎？」

樂乘到他另一邊，搖頭嘆道：「侯爺有得忙哩。」

項少龍看趙穆與龍陽君低談淺笑，心中叫絕，同時暗生警惕。龍陽君對男人既有興趣又特別留心，自己一個不小心，說不定會給「他」發現破綻，那就糟透。

趙雅的聲音在他身後響起道：「看你們目不轉睛的樣子，是不是受不住男色引誘呢？」

項少龍無法壓下對她與平山侯韓闖親熱態度的反感，冷哼一聲，走了開去。

趙雅追到他旁嬌笑道：「董先生爲何神情不悅？是不是人家開罪你哩？」

項少龍心中一驚，至此確定自己對蕩女猶有餘情，故忍不住升起嫉妒之心，失了常態。忙收攝心神，停步往她瞧去，微微一笑道：「夫人言重，夫人又沒有做過什麼惹鄙人不高興的事，何出此言？」同時想到趙雅可能是故意半眞半假地借韓闖來測試自己對她的心意。

趙雅橫她一眼道：「爲何人家只說一句話，董先生竟要避開呢？」

項少龍知沒法作出解釋，索性不加解釋，淡淡地道：「我這人歡喜做什麼便做什麼，從沒有費神去想理由。」

趙雅給他的眼睛盯著，心頭泛起既熟悉又迷惘的感覺，而他那種自然的男性霸氣，更令她芳心軟化，幽幽地道：「你這人變幻莫測，一時比任何人溫柔，一時又像現在般冰冷無情，教人不知如何應付你。」

項少龍瞥見趙致伴著趙霸步入場內，加入趙穆的一組，趙穆則招手喚他過去與龍陽君相見。向趙雅微微一笑道：「這裡有足夠的人令夫人大費心神，何用把寶貴的精神浪費在我這粗人身上。看！平山侯又來找妳。」

趙雅循他眼光望去，韓闖剛和龍陽君客套完畢，朝她走來，不禁暗恨韓闖，怪他來得不是時候。失去項少龍後，她感到無比的失落和空虛，無奈下回復以前勾三搭四的生活方式，希望藉別的男人痲醉自己，以減輕歉疚和思念項少龍的痛苦，可是總沒有人能代替項少龍。韓闖初來趙國時，她與他打得火熱，過了一小段快樂的光陰。不旋踵發覺這人代替不了項少龍，熱情逐漸冷卻，只好尋找別的新鮮和刺激。

所以當遇上身形「酷肖」項少龍的董匡，像發現新的天地。今早雖給他粗鄙的神態語氣惹怒，但無可否認確予她另一種刺激。到項少龍在園裡向她說一番使她心神俱醉的話，令她像重溫與項少龍相處的醉人時光，一顆芳心早轉到此人身上。項少龍愈表現出男性陽剛硬朗的氣魄，愈使她感到對方是項少龍的化身，遂更爲之傾倒。在這種情況下，韓闖反成討厭的障礙。思索間韓闖來到身前，項少龍瀟灑一笑，告個罪，離開兩人，朝趙穆和龍陽君等人走去，趙致和龍陽君同時往項少龍瞧來。

項少龍故意改變步姿，充滿粗豪之態，啞聲拱手道：「董匡拜見龍陽君！」

龍陽君的「美眸」閃過驚異之色，應道：「久仰先生大名，今日得見，何幸之有！」

趙致則仍瞪大雙眼，目不轉睛地瞧他。趙穆哈哈一笑，把趙霸等和幾位趙國的大臣逐一爲項少龍引見。

龍陽君媚笑道：「先生確是當世豪士，難怪引得我們女兒家個個目不轉睛！」

趙致俏臉一紅，知因這人酷肖項少龍而失態，垂下臉來，又狠狠瞪龍陽君一眼。項少龍給龍陽君看得心頭發毛，祈禱他不要看上自己。

趙霸哈哈一笑道：「龍陽君和董先生均爲用劍高手，不若找天到行館來大家切磋切磋，豈非武壇盛事？」

龍陽君滴溜溜的眼睛環視全場，笑道：「若能把我們的紀才女也邀到趙館主的行館去，說不定這裡所有人都會去湊熱鬧，才是眞正的盛事。」

衆人陪笑起來。趙致又忍不住偷看項少龍兩眼，神情古怪。項少龍心中叫苦，猜到應是荊俊這傢伙漏了點消息，否則趙致的神情不會如此奇怪。

就在此時，門官特別提高聲音唱道：「紀嫣然小姐芳駕到！」全場吵鬧聲倏地消退，不論男女，無不朝大門瞧去。項少龍的心臟霍霍急躍起來。久別了的紅粉俏佳人，是否丰采依然呢？

全場賓客期待中，紀嫣然姍姍而至，同行的還有當代五行學大家老朋友鄒衍。紀嫣然清瘦少許，卻無損她的國色天香，她那種秀氣和清麗是無與匹敵的。趙雅和趙致均是出色的美女，但在她比對下，立即黯然失色。紀嫣然一對秀眸多了點淒迷之色，不知是否因思念他而生。鄒衍則是神采飛揚，伴著紀嫣然步入大廳堂。項少龍怕紀嫣然認出自己的身型，忙躲到趙霸和趙致身後。

看得發呆的趙穆清醒過來，大步迎前，高聲道：「歡迎紀才女、鄒先生大駕光臨。」

衆人忍不住往入口處靠去，爭睹以才貌名聞天下的美女，項少龍反給擠出去。

趙致的聲音在耳旁響起道：「董先生！」

此時趙穆正逐一爲紀嫣然和鄒衍引介與會賓客，項少龍暗吃一驚，回頭向身後的趙致瞧去，見她美目射出灼熱的亮光，深深地盯著自己，忙微微一笑道：「趙姑娘有何指教？」

趙致輕柔地道：「先生像極趙致的一位故人哩！」

項少龍鬆一口氣，知道荊俊只是漏了點消息，沒有眞的全抖出來，裝出蠻有興趣的樣子道：「那是不是趙姑娘的情郎呢？」

這句話明顯帶調侃的味兒，他知道趙致定然受不起，最好是以後不睬他，那就謝天謝地。豈知趙致臉上立時染上一層紅霞，嬌羞地垂下俏臉，忽又搖搖頭，走了開去。紀嫣然的笑聲在人堆那邊銀鈴輕響般傳來，項少龍卻在抹冷汗。這是什麼一回事？趙致不是愛上荊俊嗎？爲何又像對自己大有情意的樣子，那他豈非成了荊俊的情敵？她若不喜歡荊俊，爲何竟給他回信？心亂如麻中，輪到趙雅來找他。

趙雅臉上明顯有吃乾醋的神色，偏裝作若無其事地道：「人人都爭著認識紀嫣然，何故先生卻避到這裡來？」

項少龍對她恨意正濃，故意戲弄她，湊到她耳旁啞聲道：「我這人天生對女人有驚人的魅力，若讓紀嫣然接近鄙人，她定會情難自禁，所以還是避開爲妙。」

趙雅聽得呆起來，天下間竟有如此厚面皮自誇有吸引女人魅力的男人，何況說話的對象還是她這樣一位女性，豈非明指她正是因受不住他的誘惑送上門來。她差點要拂袖而去，只是一雙腿不聽話，硬是留在那裡。縱是給他侮辱，似乎亦有一種被虐的快感。看她臉上明暗不定的難過樣子，項少龍大感快意，變本加厲道：「鄙人更怕和女人歡好，因爲那些女人嘗過鄙人的雄風和快樂的滋味後，保證離不開鄙人，唉！那時就眞個頭痛。」

趙雅更是瞠目結舌，哪有第一次見面的人，敢對她說這種不知羞恥的髒話。偏偏又是這個人對她說出自項少龍以來最令她感覺深刻入骨的動人詞語。

她心情矛盾之極，無意識地道：「這裡哪個男人不想得到紀才女的身心，何故獨先生是例外？」

項少龍對作弄她大有趣味，微微一笑道：「人說懷璧其罪，鄙人也認爲很有道理。若鄙人得到紀才女，她又纏著鄙人不放，定會招來嫉妒，惹來不必要的煩惱，對鄙人在此建立家業的大計最是不利。故此鄙人唯有壓下色心。嘿！坦白告訴妳，在楚國時，鄙人每晚無女不歡。」

趙雅聽得粉臉通紅，又感到一種粗野的莫名刺激，垂著頭道：「先生對初相識的女子說話儘是如此肆無忌憚嗎？」

項少龍心中好笑，道：「鄙人對女人一向想說什麼就說什麼，妳不愛聽的話請自便，鄙人就是這副德性。」

趙雅的自尊終禁受不起，臉色大變道：「先生太不顧女兒家的面子，誰受得起這種話。」

項少龍見全場的注意力全集中到紀嫣然身上，沒有人留意他們，哈哈一笑道：「女人就像馬兒，只要你把握到牠們的喜好，可馴得她們貼貼服服，任君馳騁。嘿！給董某人看中的馬兒，沒有一匹最後不馴服在鄙人的鞭下。」

這番話更是露骨，趙雅再忍受不住，不悅地道：「先生對女人太霸道，把人當作畜牲般的驅策，難道半點不理人家的感受嗎？」心中竟糊塗起來，更弄不清這馬癡究竟是怎樣的一個人，一忽兒像不沾女色的君子，一忽兒又像色中狂魔。

項少龍暗忖夠她好受了，淡淡地道：「對鄙人來說，馬兒比人有更高尚的品德，當牠認清主人後，從不會三心兩意。」

趙雅呆了起來，這幾句話恰好勾起她的心病。項少龍剛發覺到趙致正在人堆裡偷偷看他和趙雅說話，促狹地向她眨眨眼睛，氣得她忙別轉頭去。

趙雅發覺了，皺眉道：「先生和趙致說過什麼話？」

項少龍心想關妳的屁事，又不見老子問妳和平山侯韓闖說過什麼，湊到她耳旁道：「她是一匹野馬，夫人是另一匹。」

趙雅此回真的受不起，勃然大怒，正要加以痛斥，那邊傳來趙穆的聲音道：「董匡先生到哪裡去，紀小姐想認識今晚的主賓哩！」

眾人紛紛回頭朝他兩人望來。項少龍向趙雅打個曖昧的眼色，笑著去了，心中大感快意，總算大出一口鳥氣，最好以後趙雅對他失去興趣，免去很多不必要的煩惱。唉！若她肯修心養性，躲在家中懺悔，他說不定心中一軟原諒她，現在卻是另一回事。好不容易擠過人群，抵趙穆身旁。紀嫣然的眼光落到他身上，立時異采連閃，看清楚不是項少龍，又神色轉黯，臉色的變化清楚明顯。

項少龍強壓下心頭的激情和熱火，施禮道：「董匡參見紀小姐、鄒先生。」

紀嫣然回復自然，禮貌地微笑道：「聞先生之名久矣，嫣然也是愛馬之人，有機會定要向先生請益。」

項少龍有著咫尺天涯之嘆！暗忖若不把握千載良機，與她暗通款曲，日後須大費周章，若她因找不到自己，又或打聽得他到了秦國而追去，更是失之交臂。當下點頭道：「鄙人怎當得小姐讚賞，聽說紀小姐良驥名疾風，可否給鄙人一開眼界。」

紀嫣然和鄒衍同時愕然。

紀嫣然立時變得神采飛揚，明媚的秀眸目不轉睛地盯著他道：「先生若有空，不若明早到嫣然處一行，嫣然可請教高明。」

四周的人無不向項少龍投以艷羨的眼光，想不到他因擅養馬之技，獲得與才藝雙全的絕世美女親近相處的機會。

龍陽君嬌聲嚦嚦插嘴道：「奴家的馬兒亦有幾匹病倒，董先生可否移駕一看。」

兩句話惹來另一種羨慕的目光。

項少龍大感頭痛，暗叫聲我的媽呀！敷衍道：「君上來此長途跋涉，馬兒只是不堪勞累，多休息一段時間就會好的。」

此語一出，人人清楚項少龍不好男風。

龍陽君嗲聲道：「我和馬兒們早休息了個把月，何況牠們只是近兩天染病，先生不是愛馬的人嗎？如何可見死不救呢？」

趙穆怕他開罪龍陽君，順水推舟道：「董先生怎會是這種人，明天本侯找個時間，陪董先生來訪龍陽君吧！」又向紀嫣然道：「本侯亦想見識一下能使董先生念念不忘的神驥。」

項少龍和紀嫣然心中一起大罵，偏拿他沒法。後者無奈地道：「嫣然當然歡迎之至，侯爺和董先生一道來吧！」

人叢裡的趙雅又是另一番滋味，她做夢沒想過紀嫣然竟會主動約會語無倫次的怪人，難道他對女人眞有天生的吸引力？而且自己確被他弄得六神無主，不知應喜歡他還是討厭他。

趙穆道：「紀小姐請入席。」

紀嫣然按捺不住，向鄒衍打個眼色。

鄒衍這頭老狐狸哪還不會意，笑道：「嫣然和董先生均爲愛馬的人，今天得此良機，讓老夫和董先生調換席位如何？」

這次連趙穆都醋意大盛，幸好人人曉得紀嫣然一向對奇人異士有興趣，卻全與男女之私無關，哪會想到兩人確有私情。

項少龍壓下心中的興奮，欣然道：「眞是求之不得，只怕鄙人識見淺薄，有污紀小姐清聽。」

紀嫣然綻出一個甜甜的笑容，看得衆人無不發呆，柔聲道：「應是嫣然受寵若驚才對。」不敢再看項少龍，轉身隨趙穆的引領朝左方最前的一席盈盈舉步，水綠配玉白的仕女服和烏黑閃亮的髮髻吸引了所有人的目光。

趙雅恨不得捅項少龍兩刀，剛說過不會親近紀嫣然，現在又示威地與她兜搭到一塊兒。忽然間，她驚覺到自己竟完全忘掉項少龍，心中只有這個令她又惱又愛，高深難測的粗豪野漢。

項少龍入席後，發覺仍是難以說話，一來因兩人相距達五尺之遙，更因兩人身後立著漂亮的侍女，殷勤服侍，害得他們空有萬語千言，難以傾訴。對席坐的是趙穆和趙雅，後者故意不看項少龍，氣氛頗爲尷尬。趙穆則以爲趙雅因自己強迫她去接近項少龍，心生怨憤，反不以爲異。近百張几席坐滿人，甚爲熱鬧。鄒衍與郭開同席，言笑甚歡。

紀嫣然坐下後，亦感沒有機會與項少龍說話，因她乃宴會裡的焦點，人人想在她面前表現一番，使她應接不暇。她敏捷的才思，高貴的談吐，與會諸人無不傾倒。

有兩對眼睛不時飄到項少龍身上來，一對屬於居於下首一席的龍陽君，另一則是與趙霸同席，於對面趙穆數下來第五席的趙致。先前不將他放在心上的平山侯韓闖，見到項少龍竟得到與紀嫣然同席的殊榮，狠盯他幾眼。

有人向紀嫣然問道：「不知對紀小姐來說，世上最能令妳動心的事物是什麼呢？」

衆人大感有趣，定神看紀嫣然如何回答。

紀嫣然秋波流轉，美目顧盼，微笑道：「這個問題很難回答哩！在人生的不同階段，會有不同的答案，或者到嫣然芳華逝去，最想得到的就是永不回頭的青春吧！」

衆人知她故意迴避，紛紛表示不滿，迫她作答。

項少龍怎忍心玉人受窘，哈哈一笑道：「紀小姐早答了這問題，那就是得不到的東西，永遠教人最是心動。」

眾人全靜下來，細心一想，均覺非常有見地。例如誰不想做一國之君，亦正因自知沒有份兒，更爲心動。

郭縱讚賞道：「想不到董先生在養馬之技外還另有絕學。」

他的話惹來哄堂笑聲。

龍陽君嬌聲道：「不知董先生又會爲什麼事物心動呢？」

平山侯韓闖插嘴道：「當然是那永得不到能日馳千里的寶馬啦！」

這句話再惹來哄堂大笑，氣氛熱烈。

項少龍知道此時正是在這些趙國統治階層建立粗放形象的良機，高嚷著道：「非也！非也！縱有一兩匹寶馬，對大局依然無補於事，鄙人要的是萬匹能給我王帶來勝利的戰馬。」

與座的趙人聽得點頭稱許。

趙雅忍不住道：「然則令董先生心動的又是什麼不能得到的事物呢？」

項少龍粗豪一笑，繼續以那已成他招牌的沙啞聲音，盯著趙雅道：「鄙人一向缺乏幻想力，明知絕不可能得到的東西從不費神去想。不過！嘿！一些或可到手卻偏又尚未能到手的東西，卻會令董某心癢得睡不著覺。」

在座的男人別有會心地笑起來。趙雅見他盯著自己說話，又怒又喜，垂下頭去避開他的眼光。旁邊的紀嫣然想起自己正是他快要到手而尚未得手的東西，俏臉不由紅起來，偷偷白他一眼，恨不得立即投身到他懷抱裡去。

忽有侍衛走入廳來，到了趙穆身旁向他低聲稟告。趙穆現出訝異之色，向項少龍望來。

項少龍正摸不著頭腦，趙穆立起身來公布道：「今晚我們多了位剛抵達的貴客，他就是楚國春申君客卿裡的大紅人李園先生。」

項少龍一聽立時魂飛魄散，汗流浹背。

# 第八章 遠方來客

在眾人注視下，一身華服，年約二十五六的李園在趙穆的迎接下瀟灑地步入廳堂。無可否認他是個很好看的男人，清秀而又顯得性格突出，肩寬腰細腿長，身形高挺筆直，腰佩長劍，予人文武全才的印象。一對眼睛更是靈活有神，可見此人足智多謀，不可小覷。

項少龍一顆心霍霍跳動起來，他要擔心的事情多得他自己也難以弄清楚。最糟的是李園可一眼看穿自己並非馬癡董匡，那時他休想活著離開侯府。其次是他和趙穆的關係，假設李園是楚國春申君黃歇派來與趙穆祕密聯絡的人，那趙穆會立即拆穿項少龍對付他的計謀。還有是李園若知道楚使仍未抵達邯鄲，當然猜到在途中出事，同樣會惹起他與趙穆的疑心。任何一個問題發生，都會立刻令他們全軍覆沒。此刻的他如坐針氈，完全想不到應付的辦法。唉！怎會平白鑽這麼一個人出來？

李園步入廳堂，一邊聆聽趙穆對他說話，一邊風度翩翩的含笑向兩旁席上的賓客打招呼。

項少龍但願李園永遠走不完這段路。

紀嫣然心靈質慧，早發覺他神態有異，微笑道：「董先生！楚國人才濟濟，不但出了你這養馬專家，還有李園先生這才學劍術名聞天下的超卓人物，他妹妹李嫣嫣乃楚王新納的愛妃，聽說剛有身孕，若產下兒子，將會成為楚國的儲君，所以現在誰都認為他的前程無可限量。」

項少龍明白她是礙於身後的女侍，故意以這種方式提點李園的來歷。她來邯鄲前曾先到楚國，所以自然得知有關楚國的最新消息。不過他卻感覺當她說到李園的名字，神情有點不大自然。

李園的眼睛看到紀嫣然，立時亮起來，主動來至席前，禮貌地向項少龍打個招呼道：「董先生你好！我們雖曾同是楚臣，想不到要來到千里之外的邯鄲始有機會碰頭。」

項少龍放下最迫在眼前的一個心事，稍微鬆了一口氣，起立還禮。趙穆忽地向他打了個奇怪的眼色，望向李園的眼神掠過一絲殺機。

李園並不太在意項少龍，目光落到紀嫣然身上，立即閃動懾人的神采，一揖到地道：「紀小姐不辭而別，把在下害得好苦。」

他壓下聲音，除趙穆和項少龍外，其他賓客還以爲他在作禮貌的客套。

項少龍再放下心頭另一塊大石，恍然大悟李園原來正苦纏紀嫣然，看來在楚國他們還有一段交往，否則李園不會說出這麼酸溜溜的話來。李園當是天生情種，否則怎會千里迢迢，由萬水千山外的楚國直追到這裡來。想到這裡，又多了另外一件心事。自趙雅曾背叛他，他對女人再沒有以前那種盲目的信心。李園人品出衆，對愛情又有不顧一切的熱誠，怎知是否會由他項少龍手上奪去紀嫣然，假若事實如此，對他的打擊會比趙雅嚴重千百倍。

紀嫣然偷看項少龍一眼，微微一笑道：「李先生言重，嫣然怎擔當得起。」

趙穆笑道：「兩位原來是舊相識，現在大家都在邯鄲，何愁沒有聚首暢談的時刻。李先生不如加入本侯那一席，欣賞歌舞姬的表演。」

李園瀟灑一笑，深深地再看紀嫣然一眼，隨著趙穆，坐到趙穆和趙雅的中間去了。紀嫣然似被李園直追到邯鄲來的表現感動，垂下臉來，秀眸蒙上茫然之色。項少龍的心更不舒服。

音樂聲起，一群百多人的歌舞姬來到場中，載歌載舞，彩衣飛揚，極盡視聽娛樂之效果。

「喂！」

項少龍微一愕然，紀嫣然正深深地凝視著他，眼中包含濃濃的情意。歌舞姬隔開李園、趙穆的視線，兼之人人全神欣賞歌舞，音樂聲又有助掩蓋他們的說話聲，不用擔心給人聽到，確是訴說祕密的良機，項少龍露出一個不太自然的笑意。

紀嫣然白他一眼道：「不要對人家沒信心好嗎？人家想得你不知多苦啊！」

項少龍暗忖這叫一朝被蛇咬，見草繩而吃驚。低聲問道：「妳住在哪裡？」

紀嫣然迅速說出，接著道：「不要找我，讓嫣然來找你，龍陽君一直懷疑人家和你有問題，在這裡也差人監視我。」

項少龍知她智謀過人，手段高明，並不擔心她會有閃失，點頭答應。紀嫣然忽地斂容不語，項少龍警覺地詐作全神欣賞歌舞。原來眾舞姬聚到廳心，築成一個大圓，大圓內又有小圓，紛紛作出仰胸彎腰等種種曼妙姿態，項少龍與趙穆之間此時一無阻擋。

趙雅對李園相當有興趣，不時逗他說話，看得項少龍心中暗恨，不明白為何對她仍有這種妒忌的情緒。李園很有風度地對答，但眼神大多時間仍停留在紀嫣然身上。平山侯韓闖顯然對紀嫣然很有野心，不時狠狠盯著她，似恨不得一口把她吞下去。很多本來對天下聞名的才女有心追求的人，見到李園的出現，無不感到自慚形穢，死去追求她的一條心，何況紀嫣然還似乎對他頗有情意。假若李園不是身分特別，劍術高明，說不定早有人想把他幹掉。

兩人直至宴會完畢，再無說話機會。紀嫣然率先和鄒衍離去，堅決拒絕李園的陪行，當然是借此向項少龍表明心意，看得項少龍和其他有心人大為快慰。李園頹然離去後，項少龍正要溜掉，卻給趙穆拉著一起在大門歡送賓客。郭縱走時叮囑他明晚的宴會。輪到趙霸和趙致，後者深深地看他一眼，與趙霸離開。龍陽君的臨別秋波則教他汗毛倒豎。到最後只剩下趙穆、趙雅、郭開、樂乘、韓闖和項少龍六個人。韓闖看來在等待趙雅，項少龍不由心頭火起，故意忽視趙雅不時向他送來的秋波。

韓闖向趙穆興奮地道：「除燕國外，所有人都來哩。」

他雖是說得顚三倒四，沒頭沒尾，項少龍卻清楚把握到他的意思，亦知他誤會李園是代表楚國來參與東周君召開抗秦會議的人。形勢異常微妙，六國中，最重視「合縱」的當然是在強秦前首當其衝的韓、趙、魏三國。齊國也頗在乎聯手抗秦的策略，因爲若三晉失陷，下一個對象必是齊國無疑，然後輪到楚人。現在韓闖以爲楚國肯派使臣來，當然大爲高興。至於燕國，剛被趙國名將廉頗攻得氣也喘不過來，在其他國人眼中地位大降，來不來似沒太大關係。

趙穆冷哼一聲道：「李園此回來，恐怕與密議沒有關係。」

韓闖笑道：「他現在是楚王跟前的大紅人，聽說他妹子有傾國傾城的美貌，楚王尚未有兒子，只要她爭氣點生個太子出來，李園立成國舅爺，所以只要他肯美言幾句，何愁楚王不參與這次的壯舉。」

趙穆眼中又閃過森冷的光芒，面上劍痕好似變得更深刻。項少龍旁觀者清，知道趙穆對李園心懷不滿和憤恨。

郭開笑道：「夫人累了嗎？讓平山侯送妳回府吧！」

韓闖彬彬有禮地向趙雅道：「不知韓闖有沒有那榮幸呢？」

郭開和樂乘會心微笑，韓闖這話不啻是向趙雅詢問今晚能否一親芳澤。趙雅神情有點尷尬，目光射往項少龍。項少龍則看向門外的廣場去，該處有四輛馬車和趙兵在恭候。

趙穆想起自己曾答應項少龍爲他與趙雅穿針引線，縱使今晚不成，但任由韓闖當著他面前把趙雅「拿走」，面子亦掛不住，出言道：「平山侯請早點回去休息，待會我還要和夫人入宮見大王。」

韓闖無奈先行一步。

趙穆對郭開和樂乘道：「本侯還有幾句話想和董先生商量，你們先回去吧！」

郭開背著趙穆向項少龍使個眼色，要他小心，和樂乘談笑著登車離去。剩下趙穆、趙雅和項少龍三個人，氣氛變得尷尬。

趙穆對趙雅道：「我和董先生說幾句話後，由他伴妳回夫人府吧！」

趙雅臉色一變，嗔道：「我自己不會回去嗎？」言罷狠狠瞪趙穆和項少龍各一眼，出門登車走了，剩下大失面子的趙穆和項少龍面面相覷。

趙穆苦笑道：「有些女人像匹永不馴服的野馬，非常難駕御。」

項少龍附和道：「這種女人才夠味道。」

趙穆引著他，沿迴廊往內府的方向走去，時雖夜深人靜，侯府仍是燈火通明，有如白晝。最後到達當日趙穆與他分享越國美女姊妹花田貞田鳳那個內軒，席地坐下。侍女奉上香茗，退了出去。

趙穆似有點心事，沉吟片晌後道：「你應該知道我爹和李園的關係吧！」

項少龍心中叫苦，他冒充的是春申君的親信，到來協助趙穆發他做君主的春秋大夢，自不能推說不知道，而他唯一知道的，是李園的妹子叫李嫣嫣，還是靠她名字裡有兩個字音和紀嫣然相同，否則恐怕早忘記她的名字。硬著頭皮道：「侯爺說的是不是嫣嫣夫人的事？鄙人一直在外為君上辦事，所以和李園沒見過面，這些事是由君上親口告訴我的。」

豈知趙穆竟然點點頭，嘆道：「正是此事，不要看李園好眉好貌，其心計的厲害，我爹府內雖有數千家將食客，卻是無人能及。更切勿以他追紀才女直追到這裡來，誤認他是個情癡，我肯定背後另有原因。沒有人比他的心機更多、野心更大。哼！看來爹並沒有向他洩露我的祕密，幸好如此！」

項少龍知道危機尚未度過，若讓趙穆再多問兩句，自己將立即原形畢露，順他口氣道：「鄙人眞不明白君上爲何如此信任李園？」這句話自是不會出漏子。

趙穆悶哼一聲道：「爹這叫作智者千慮，必有一失，說到底仍是女色誤事，是了！你剛由那裡來，李嫣嫣生出來的是男是女？」

項少龍隱隱捕捉到點頭緒，卻無法具體描述出來，唯有道：「只是聽說快要臨盆。」

趙穆臉上陰霾密布，憤然道：「想不到呂不韋的詭計，竟給李園活學活用，爹總不肯信我的話，將來若給李園得勢，他怎肯再容許爹把持朝政，爹此回是引狼入室。」

項少龍若尚不明白，還用出來混？趙穆既提到女色誤事，又說李園仿呂不韋之計和春申君引狼入室，憑著這些線索，他把事情猜出個八九不離十。忙陪他嘆氣道：「李嫣嫣不知是不是李園的眞妹子。」

趙穆道：「看來不假，而且爹與李嫣嫣相好時，李園根本沒有機會見到李嫣嫣，爹亦派人調查過他兄妹的關係。」接著疑惑地看著他道：「這事你不會不知吧！」

項少龍心中叫糟，自己竟然猜錯，原來李嫣嫣肚內的孩子不是李園的而是春申君黃歇的。媽的！怎想得到內中如此曲折。從容地道：「怎會不知道？不過那負責調查的人叫合權，這人除擅長拍馬屁外什麼事都馬馬虎虎，我怕他給李園騙倒。」他這番話盡是胡言，把握的是趙穆的心理，人名俱在，還怕趙穆不相信。

大奸人果然給他蒙混過去，沉聲道：「問題應不是出在這裡，他們是親兄妹無疑，爹太大意了。」

項少龍這次眞的恍然大悟，弄清李園兄妹和春申君的關係。李園這人的確厲害，先把妹子獻給春申君，有孕後，再由春申君把懷了自己骨肉的美人兒送給沒有兒子的楚王，那麼生下來的孩子大有機會成爲楚國的儲君，重演呂不韋把朱姬贈給莊襄王之計。弄清這點後，項少龍鬆一口氣道：「這次李園送上門來，正是除掉他的天賜良機，那時李嫣嫣便逃不出君上的把握。」

趙穆正色道：「萬萬不可，否則勢必惹起軒然大波，甚至連我都脫不掉關係，而且他劍術高明，人又極其奸詐似鬼，這次隨他來的家將無不是楚國的高手，一個不好，你的人給他拿著，本侯也救不了你。」

項少龍冷笑道：「侯爺放心，那我就待他離開趙境動手如何。」

趙穆見他如此賣力，欣然道：「殺人不一定要動刀動劍的，這事讓我想想看。是了！你是不是眞懂馬性，否則明天說不定會在紀才女面前丟人露醜。唉！這麼動人的美女我還是首次遇上，可惜——」

項少龍道：「侯爺放心，不懂馬性怎扮馬癡呢？」

趙穆道：「今晚趙雅是不行，不若由我給你發配幾個美人兒吧！」

項少龍道：「今晚可免了，明天還要早起到紀才女那裡，我們是不是各自去呢？」

趙穆想起明天可見到紀嫣然，精神大振道：「我來接你一起去。」又感激地道：「今天全仗你了。」

項少龍知他指的是女刺客的事，謙讓幾句，告辭離去。趙穆把他直送至大門，看他登上馬車，在家將擁護下駛出外門。

馬車在夜色蒼茫和衛士們的燈籠光映照下，在邯鄲寂靜的街道以普通速度奔馳。顚簸中，項少龍思潮起伏。直到此刻，他仍未想到有何良策，可活捉趙穆，割下樂乘的首級，然後安然逃離邯鄲。趙穆今晚剛給人行刺，以後肯定加倍小心，保安勢將大幅增強，在這種情況下，殺死他固不容易，更不要說將他生擒活捉。至於樂乘乃邯鄲城的太守，城內兵馬全由他調遣，想殺死他豈會是易事。

現在六國的使節和要人陸續抵達，趙人爲保持機密，又爲防止秦人間諜混入城內，城防必然十倍甚至百倍地加強，想遣人溜出城外非常危險，因出入均有人作詳盡記錄。更何況時間有限，若趙人發覺他所謂的大批戰馬牲口未依諾言適時抵達邯鄲，他的處境更不樂觀。幸好尚有數百匹戰馬會在旬日內抵達，希望那能暫時緩和趙人的猜疑。和趙穆在一起是非常危險的事，只要說錯一句話，動輒有敗亡受辱之虞。至於私人感情方面，更是一塌糊塗。首先誰也不能保證紀嫣然是否不變心，經歷趙雅的教訓，他對自己這方面的信心大不如前。至於和趙雅的恩怨交纏，則更令他備受困擾，有時覺得她很可憐，大多數時間更感到她的可恨。唉！算了！忘記她吧，她是水性楊花的女人，見一個愛一個，恐怕那李園向她勾勾指頭，她立即投懷送抱。想到這裡，報復的火燄又燃燒起來，心情更是矛盾。

趙致分明看穿了點東西，人心難測，假設她要出賣他們，他們的下場會很淒慘，力戰而死是很好的結局，最怕給人布局生擒，那時就生不如死。終於回到原來的質子府，項少龍走下馬車，進入府內。滕翼、烏卓、荊俊在等候他回來，跟他直進有高牆環護，以前軟禁假嬴政的府中之府。三人見他臉色陰沉，不敢發問，隨他到議事的密室裡。

四人坐定後，項少龍臉寒如水地向荊俊道：「小俊！你究竟向趙致透露過什麼？不准有任何隱瞞。」

滕翼和烏卓兩人一起變臉，在這遍地仇敵的險境，步步如履薄冰，一步走錯，立刻是滅頂之禍，更何況洩漏底細。

荊俊一震，垂下頭去，惶恐地道：「三哥見到趙致了嗎？」

項少龍先不說出趙致沒有直接揭破他，以免荊俊抵賴，只點點頭。

滕翼拍几大罵道：「你這無知小子，不分輕重，你是不是想所有人爲你的愚蠢行爲喪命，我們早警告過你。」

荊俊苦笑道：「那警告來得太遲，我早告訴她我們會在短期內回來。」

烏卓鐵青著臉道：「你難道不知趙致是趙人嗎？若她愛趙國的心多過愛你，會是怎樣的後果。」

荊俊頹然道：「她根本不愛我，愛的只是三哥。」

三人爲之愕然。

滕翼皺眉道：「你莫要胡言亂語，圖開脫自己的責任。」

烏卓道：「是她親口告訴你的嗎？」

荊俊哭喪著臉道：「她只當我是個淘氣愛玩的小弟弟，肯和我說話，只是想多知道點三哥的事。」

項少龍沉聲道：「她最後給你那封信說什麼來著？」

荊俊慚愧地囁嚅著道：「她問我何時來邯鄲，要不要接應。唉！我不是沒有想過她是趙人的問題，而是她告訴我與趙穆有深仇，所以我相信她不會出賣我們。」

項少龍發起怔來，表面看趙致與趙穆相處融洽，還爲他訓練歌姬，一點看不出異樣的情況。她爲何痛恨趙穆呢？

烏卓問：「她和趙穆有什麼冤仇？」

荊俊茫然搖頭，道：「她不肯說出來。」

滕翼沉吟道：「說不定是和女兒家的貞操有關。」

烏卓問道：「趙致的家族有什麼人？」

項少龍和滕翼露出專注的神色，這問題是關鍵所在，若趙致在趙國有龐大的親族，怎肯爲一個男人犧牲所有族人。至少她不能不顧她的親父，因此若要她爹陪她一起走，是絕不會得到她父親同意的。

荊俊道：「她好像只是與她爹相依爲命，我——我什麼都不知道。」

滕翼跌足嘆道：「你眞是糊塗誤事。」荊俊是因他而來，使他感到要對荊俊所做的事負責。

烏卓道：「你不是回信給她嗎？信裡說什麼呢？」

三人中以烏卓最冷靜，句句問在最關鍵性的節骨眼上。

荊俊終是小孩子，哭出來道：「我告訴她我們將會以僞裝身分在邯鄲出現，到達後找機會與她聯絡。」

項少龍心中不忍，拍他肩頭安慰道：「情勢尚未太壞，她雖似認出是我，一來還不太肯定，二來沒有揭破我，可知仍有轉圜的餘地。不過我眞不明白，若你明知她只當你是小弟弟，爲何仍要與她糾纏不清？」

荊俊嗚咽著道：「我不明白，不過假若她成了你的女人，小俊絕不會有絲毫不滿。」

滕翼淡淡地道：「我們不能讓命運操縱在一個女人手裡，小俊你給我帶路，我要親手殺她，以免夜長夢多。」

荊俊渾身劇震，駭然瞪大眼睛。

烏卓點頭道：「這是唯一的辦法。」

四人中有兩人同意殺人滅口，荊俊驚得忘了哭泣，求助的目光投向項少龍。

項少龍暗忖，若要保密，怕要把田貞也殺掉才行，自己怎辦得到？淡淡地道：「這樣做會未見其利，先見其害，趙致今晚會多次與我說話，又對我特別注意，這情況會落到一些有心人眼裡。假若她這麼見我一面，當晚立即被殺，終有人會猜到我頭上來。」

烏卓冷冷地道：「那另一個方法是把她變成你的女人，讓我們可絕對的控制她，同時可查清她的底細。」

項少龍看荊俊一眼，見他噤若寒蟬，垂首頹然無語，心生憐惜，嘆氣道：「小俊是我的好兄弟，我怎能奪他所愛？」

荊俊感激地道：「有三哥這麼一句話，小俊已深切感受到兄弟之情，事實上三哥早讓小俊享盡人間榮華富貴，小俊尚未有報答的機會。這次又是小俊犯錯，差點害死所有人。」倏地跪下來，向項少龍叩頭道：「三哥請放手處置趙致，小俊只有心服口服。」

至此三人無不知荊俊眞的深愛趙致，爲保她一命，寧願放棄自己的感情。換一個角度看，則是自動引退，好成全趙致對項少龍的情意。

項少龍苦笑道：「我對趙致雖有好感，卻從沒有想到男女方面的關係去，腦筋一時很難轉過來，何況更有點像要去奪取自己好兄弟的女人似的。」

滕翼正色道：「這事誰都知少龍是爲所有人的生命安危去做，不須有任何顧忌，若因小俊而誤了大局，滕翼難辭其咎。」

烏卓道：「就這麼辦，事不宜遲，不若少龍立即去找趙致，問個清楚明白，若有問題，狠心點也沒得說，總好過坐以待斃。」

荊俊道：「三哥！我立即帶你去！」

項少龍大感頭痛，拖延道：「我聯絡上紀嫣然！」

眾人大喜追問，項少龍把宴會中發生的事一一說出，三人聽得眉頭深鎖，忽然又鑽出個李園來，對這次的行動有害無利，把形勢弄得更複雜。正煩惱間，敲門聲起。烏卓露出不悅之色，誰敢在他們密議時刻來打擾，荊俊待要開門，給謹慎的滕翼一把抓著，怕人看到他哭腫的眼睛，親自把門拉開。

精兵團大頭領烏果在門外道：「有位不肯表露身分的客人來找姑爺，現在客廳裡等候。」接著扼要描述那人的衣著和外型。眾人聽得此人可能是女扮男裝，面面相覷，難道竟是趙致找上門來。

項少龍立起身來道：「我去看看！」

項少龍步出客廳，一看下大喜衝上前。那全身被寬大袍服遮蓋的美女不顧一切奔過來，投入他懷裡，嬌軀因激動和興奮而不住抖顫，竟是艷名蓋天下的才女紀嫣然。

項少龍感受著懷裡充滿青春火熱的生命和動人的血肉，今晚所有愁思憂慮立時給拋到九天雲外。他掀開她的斗篷，讓她如雲的秀髮瀑布般垂散下來，感動地道：「想不到嫣然今晚來找我，項少龍受寵若驚。」

紀嫣然不理在旁目瞪口呆的烏果，用盡氣力摟著他粗壯的脖子道：「嫣然一刻都等不下去，這大半年來人家每天度日如年，飽受思念你的折磨，若非可與鄒先生不時談起你，人家更受不了。」

美人恩重，項少龍攔腰把她抱起來，向烏果道：「告訴他們是誰來了！」竟朝臥室走去。

紀嫣然的臉立即火燒般灼紅起來，耳根通紅，雖把羞不可抑的臉埋在他的頸項間，但心兒急劇的躍動聲卻毫不掩飾地暴露她的羞喜交集。但她並沒有任何反對的意思，嬌軀酥軟，口不能言。

項少龍雖非如此急色的人，一來的確對這情深義重的女子想得要命，而她又是誘人無比，更重要是他生出快刀斬亂麻的心意，要儘早得到絕世美女的身體，免得節外生枝，給工於心計的李園乘虛而入，或以什麼卑鄙手段奪去紀嫣然。他本對李園印象甚佳，但自從知道他與春申君借妹子李嫣嫣進行的陰謀後，觀感完全改變過來。由客廳回到寢室這段路程，似若整個世紀般漫長，兩人緊張得沒有說過一句話。

關上房門，項少龍與她坐到榻上，用強有力的手臂擁抱她，使她動人的肉體挨貼在他身上。

項少龍溫柔地吻她修長的粉項和晶瑩得如珠似玉的小耳朵，紀嫣然完全融化在他的情挑裡，不住發出令人神搖魄蕩、銷魂蝕骨的嬌吟。紀嫣然再忍不住，玉臂纏上，狂熱地與之擁吻。所有因相思而來的苦楚，在此刻得到最甜蜜迷人的代價。兩人融入渾然忘憂，神魂顛倒，無比熱烈的纏綿中，在項少龍的挑動下，紀嫣然被煽起情慾的烈燄。項少龍溫柔的愛撫，更刺激得她嬌軀抖顫，血液奔騰。

只聽愛郎在耳旁溫柔深情地道：「嫣然！項少龍很感激妳的垂青，妳對我太好哩。」紀嫣然嗯地應了一聲，旋又轉爲呻吟，這男子的手已滑入了她的衣服裡，身上的衣服逐一減少。紀嫣然雙眸半閉，任由項少龍爲所欲爲，偶然無意識地推擋一下，只有象徵式的意義，毫無實際的作用。高燃的紅燭映照中，她羊脂白玉般毫無瑕疵的美麗肉體，終於徹底展露在項少龍眼底。

項少龍偏在這時咬著她的小耳珠道：「這樣好嗎？」

紀嫣然無力地睜開滿溢春情的秀眸，白他一眼，然後芳心深許地點頭，再闔上眼睛，那撼人的誘惑力，惹得項少龍立即加劇對她的愛撫。使她身無寸縷的肉體横陳仰臥後，項少龍站了起來，一邊欣賞這天下每個正常男人都想得到的美麗胴體，一邊為自己寬衣解帶。紀嫣然轉身伏在榻上，羞不可抑地側起臉，含情脈脈地帶笑朝他偷瞧。

項少龍笑道：「老天爺多麼不公平，嫣然早看過我的身體，我卻要苦候大半年才有此扳平的機會。」

紀嫣然嬌嗔道：「人家只是為你療傷，最羞人的部分由你的倩公主一手包辦，哪有像你眼前般對待人家啊！」

項少龍微笑著道：「紀才女終於回復說話的能力了呀！」

紀嫣然道：「你只懂調笑人家。」她很想別過頭去，好避開眼前男兒羞人的情景，偏是眼睛不爭氣，依然盯著他看。

項少龍單膝跪在榻沿，俯頭看她，嘆道：「我的天啊！眞是老天爺令人感動的傑作。」

紀嫣然被他這新鮮迷人的情話誘得呻吟一聲，嬌喘道：「項郎啊！天亮前人家還要趕回去呀！」

項少龍笑道：「那還不轉過身來？」

紀嫣然這次不但沒有乖乖順從，還恨不得鑽入榻子裡藏起來。項少龍坐到榻上，溫柔地把她翻過來。紀嫣然雙眸緊閉，頰生桃紅，艷光四射，可愛動人至極點。芙蓉帳暖，在被浪翻騰下，紀嫣然被誘發處子的熱情，不顧一切地逢迎和痴纏項少龍。項少龍至此對紀嫣然的愛完全釋放，暢遊巫山，得到人人羨慕的艷福、紀嫣然珍貴的貞操。雲收雨散後，紀嫣然手足仍把他纏得結實，秀目緊閉、滿臉甜美清純。項少龍感到這美女是如許的熱戀他，信任他，心中不由泛起因懷疑她而生的歉咎。

項少龍貼著她的臉蛋，柔聲道：「快樂嗎？」

紀嫣然用力摟緊他，睜開美眸，內心藏著狂風暴雨後的滿足和甜蜜，輕聲道：「想不到男女間竟有這麼動人的滋味，嫣然似感到以前是白活了。」

這幾句深情誘人的話，比什麼催情藥物更見效，立時又惹起另一場風暴。至此兩人水乳交融，再無半分間隔。項少龍清楚感到自己對她的深情，才會因李園的出現而有不必要的緊張煩困。

紀嫣然吻他一下道：「你是不是怕人家喜歡李園呢？」

項少龍尷尬地點頭。

紀嫣然柔情似水地道：「你太小覷嫣然，美男子我不知見過多少，除你外沒有人令嫣然有半絲心動。項少龍所以能打動紀嫣然，不因他長得比別人好看，而是因他的胸襟氣魄、超凡的智慧，和一種令人無法抗拒的英雄氣概。」接著垂下頭去輕輕地道：「現在還加上床第的纏綿恩愛、男女之樂。」

項少龍差點要和她來第三回合，只恨春宵苦短，雞鳴聲催促再三下，邊纏綿邊為她穿上衣裳。紀嫣然寄居的大宅是邯鄲著名大儒劉華生的府第，離項少龍的住處只隔兩條街，項少龍陪她循著橫街小巷，避過巡邏的城卒，溜了回去。紀嫣然由後園潛回府內，項少龍還要放肆，弄得這美女臉紅耳赤後，放她回去，箇中纏綿處，只他兩人體會得到。

回家時，項少龍心中塡滿甜蜜溫馨的醉人感覺。忽然間，所有困難和危險，變成微不足道的事。

項少龍以特種部隊訓練出來的堅強意志，勉強爬起床來，到客廳去見趙穆。

趙穆神態親切，道：「來！我們好好談談。」

項少龍故作愕然問道：「不是立即要到紀才女那裡嗎？」

趙穆苦笑道：「今早這人兒派人來通知我，說身子有點不適，所以看馬的事要另改時日。唉！女人的心最難測，尤其是心高氣傲的絕世美女。」

項少龍心中暗笑，有什麼難測的？紀嫣然只是依他吩咐，取消約會，免得見著尷尬，不過卻想不到趙穆會親自前來通知。

揮退左右後，項少龍在他身旁坐下來，道：「侯爺昨晚睡得好嗎？」

趙穆嘆道：「差點沒闔過眼，宴會上太多事發生，叫自己不要去想，腦袋偏不聽話。」再壓低聲音道：「李園此回原來帶來大批隨從，稱得上高手的有三十多人，是新近被他收作家將的楚國著名劍手，平日他在楚國非常低調，以免招爹的疑心，現在終露出本來面目。」

項少龍道：「侯爺放心，我有把握教他不能活著回我們大楚去。」

趙穆感激地瞧他道：「爹沒有揀錯人，你的眞正身分究竟是誰？爲何我從未聽人提過你。」

項少龍早有腹稿，從容道：「鄙人的眞名叫王卓，是休圖族的獵戶，君上有趟來我家附近打獵，遇上狼群，被鄙人救了。自此君上刻意栽培我，又使鄙人的家族享盡富貴，對鄙人恩重如山，君上要我完成把你扶助爲趙王的計畫，所以一直不把我帶回府去，這次前來邯鄲，是與侯爺互相呼應，見機行事，天下還不是你們黃家的嗎？小人的從人全是休圖族人，絕對可靠，侯爺儘可安心。」

趙穆聽得心花怒放，心想爹眞懂用人，王卓智計既高，又有膽色，劍術更是高明，得他襄助，加上樂乘輔助，趙君之位還不是我囊中之物？最大的障礙就只有廉頗和李牧兩個傢伙。

趙穆道：「我昨夜思量整晚，終想到一個可行之計，不過現在時機仍未成熟，遲些再和你商量。由於孝成王那昏君對你期望甚殷，你最重要的是儘早有點表現。」

項少龍暗笑最重要的是有你最後這句話。站起來道：「多謝侯爺提醒，鄙人現在立即領手下到城郊農場的新址研究一下如何開拓布置。」

趙穆本是來尋他去敷衍對項少龍有意的龍陽君，免致惹得這魏國的權貴人物不滿，聞言無奈陪他站起來說：「記得今晚郭縱的宴會，黃昏前務必要趕回來。」

項少龍答應一聲，把他送出府門，與烏卓等全體出動，往城郊去也。

烏卓、荊俊和大部分人留於新牧場所在的藏軍谷，設立營帳，砍伐樹木，鋪橋修路，裝模作樣地準備一切，其實只是設立據點，免得出事時一網成擒，亦怕荊俊耐不住私自去找趙致。黃昏前，項少龍、滕翼和三十多名精兵團裡的精銳好手，馬不停蹄的趕返邯鄲。

抵城門，守城官向他道：「大王有諭，命董先生立即進宮參見。」

項少龍與滕翼交換個眼色，均感不妙，趙王絕不會無端召見他的。兩人交換幾句話後，項少龍在趙兵拱衛下，入宮見孝成王。成胥親自把他領到孝成王日常起居辦公的文英殿，陪侍他的竟不是趙穆而是郭開。項少龍見孝成王神色如常，放下心來，拜禮後遵旨坐在左下首，面對郭開。成胥站到孝成王身後。郭開向他使個眼色，表示會照顧他。

孝成王隨口問幾句牧場的事，嘆道：「牧場的事，董先生最好暫且放緩下來，儘量不露風聲。」

項少龍愕然道：「大王有命，鄙人自然遵從，不知所為何由？」

孝成王苦笑道：「拓展牧場是勢在必行，只是忽然有點波折，讓郭大夫告訴先生。」

郭開乾咳一聲，以他那陰陽怪氣的聲調道：「都是那李園弄出來的，不知他由哪裡查得董先生這次是回歸我國。早上見大王，直說先生雖爲趙人，終屬楚臣，若我們容許先生留在趙國，對兩國邦交會有不良影響。」

項少龍差點氣炸肺葉，李園分明因見紀嫣然昨晚與自己同席親密對話，妒心狂起，故意來破壞他的事。不問可知，他定還說了其他壞話。幸好孝成王實在太需要他，否則說不定會立即將他縛起來，送返楚國去。

孝成王加重語氣道：「寡人自不會把他的話放在心上，只是目前形勢微妙，此人的妹子乃楚王寵妃，權傾一時，若他在楚王面前說上兩句，勸他不要出兵對付秦人，我們這次的『合縱』將功敗垂成，所以現在仍不得不敷衍他。」

郭開笑道：「待李嫣嫣生了孩兒，李園就算在楚王前說話，亦沒有作用。」

項少龍陪兩人笑起來，他自然明白郭開指的是楚王是個天生不能令女人生兒子的人，所以李嫣嫣亦不例外。可是他卻知道這次眞正的經手人是春申君而非楚王，而且至少有一半機會生個男孩出來，郭開的推測未必準確。當然難以怪他，誰想得到其中有此奧妙。

項少龍心念一動：「鄙人是不是應避開一會？」

孝成王道：「萬萬不可，那豈非寡人要看李園的臉色做人，寡人當時向李園說，董先生仍未決定去留，就此把事情拖著。所以現在請先生暫時不要大張旗鼓，待李園走後，始作布置。」

項少龍心中暗喜，故作無奈地道：「如此我要派人出去，把正在運送途中的牲口截著，不過恐怕最早上路的一批，應已進入境內。」

孝成王道：「來了的就來吧！我們確需補充戰馬，其他的依先生的主意去辦。」

項少龍正愁沒有藉口派人溜回秦國報訊，連忙答應。

孝成王沉吟片晌，有點難以啓齒地道：「昨晚巨鹿侯宴後把先生留下，說些什麼話？」

項少龍心中頓覺突兀，暗呼精采，想不到孝成王終對趙穆這「情夫」生出疑心，其中當然有奸詐似鬼的郭開在推波助瀾，裝出驚愕之色道：「侯爺有問題嗎？」

郭開提醒他道：「先生還未答大王的問題？」

項少龍裝作惶然，請罪後道：「巨鹿侯對鄙人推心置腹，說會照顧鄙人，好讓鄙人能大展拳腳，又說，嘿──」

孝成王皺眉道：「縱是有關寡人的壞話，董先生請直言無忌。」

項少龍道：「倒不是什麼壞話，侯爺只是說他若肯在大王面前爲鄙人說幾句好話，包管鄙人富貴榮華。唉！其實鄙人一介莽夫，只希望安心養馬，爲自己深愛的國家盡點力吧。不要說榮華富貴，生生死死也視作等閒。」

孝成王聽他說到趙穆籠絡他的話時，冷哼一聲，最後當項少龍「剖白心意」，他露出感動神色，連連點首，表示讚賞。

項少龍繼續道：「侯爺還想把鄙人留在侯府，爲我找個歌姬陪宿，不過鄙人想到正事要緊，堅決拒絕。」

郭開道：「大王非常欣賞先生的任事精神，不過這幾天先生最好只是四處玩玩，我們邯鄲有幾所著名的官妓院，待小臣明天帶領先生去湊湊熱鬧。」

再閒聊幾句，孝成王叮囑他不可把談話內容向趙穆透露，郭開陪著項少龍離開文英殿。踏入熟悉的迴廊宮院，舊地重遊，憶起香魂杳杳的妮夫人，項少龍不勝感慨，郭開在耳旁絮絮不休的話，有一句沒一句地聽著。

郭開見他神態恍惚，還以爲他因李園一事鬱鬱不樂，安慰道：「董先生不要爲李園這種人傷神，咦！今晚你不是要赴郭縱的晚宴嗎？」

項少龍一震醒過來，暗責怎能在這時刻鬧情緒，訝異地道：「大夫不是也一道去嗎？」

郭開微笑道：「我已推掉，自東周君的姬重到邯鄲後，本人忙得喘不過氣來，只是爲大王起草建議書，我多天沒能好好睡覺。」

項少龍正要答話，左方御道一隊人馬護衛一輛馬車緩緩開過來，剛好與他們碰上。

郭開臉上現出色迷迷的樣子，低聲道：「雅夫人來了！」

項少龍早認得趙大等人，停下步來，好讓車隊先行。趙大等紛紛向郭開致敬，眼看馬車轉往廣場，車簾掀起，露出趙雅因睡眠不足略帶蒼白倦容的臉，當她看到項少龍，沒有顯出驚奇之色，像早知他來了王宮，嬌呼道：「停車！」

馬車和隨員停下來。

趙雅那對仍然明媚動人的美目先落在郭開臉上，笑道：「郭大夫你好！」

郭開色授魂與地道：「這麼久沒有和夫人彈琴下棋，怎還稱得上是好呢？」

項少龍聽得心頭火發，恨不得賞趙雅一記耳光，她實在太不知自愛。

趙雅見郭開在馬癡面前盡說這種調情的話，尷尬地答道：「郭大夫眞愛說笑。」目光轉到項少龍臉上，柔聲道：「董先生是否要到郭府去，不若與趙雅一道上路？」

項少龍冷冷地道：「多謝夫人美意，鄙人只想一個人獨自走走，好思索一些事情。」

郭開以為他對李園的事仍耿耿於懷，沒感奇怪；趙雅則猜他因昨晚被自己不客氣地拒絕，所以現在還以顏色。暗忖這人的骨頭真硬，似足項少龍。

心中一軟，輕輕地道：「如此不勉強先生。」

馬車在前呼後擁下，朝宮門馳去。

項少龍拒絕郭開同坐馬車的建議道：「鄙人最愛騎馬，只有在馬背上才感安全滿足，大夫可否要衛士不用跟來，讓鄙人獨自閒逛，趁便想些問題。」

郭開疑惑地道：「先生初來邯鄲，怎知如何到郭家去呢？」

項少龍心中一驚，知道最易在這種無關痛癢的細節上露出破綻，隨口道：「大夫放心，鄙人早問清楚路途。」

飛身上馬，揮手去了。

甫出宮門，項少龍放馬疾馳，片刻後趕上趙雅的車隊。雅夫人聽得蹄聲，見他雄姿赳赳地策馬而來，雙眸不由閃亮，旋又蒙上茫然之色。自項少龍離趙後，她嘗到前所未有的折磨，悔疚像毒蛇般嚙噬她的心靈。為忘記這占據她芳心的男子，她的行為比以前更放浪，但項少龍始終霸占她內心深處一個不能替代的位置。這一陣子她與韓闖攪上，還以為可成功忘掉項少龍，可是董匡的出現，卻勾起她微妙的興奮與回憶，使她對韓闖意興索然。

項少龍故意不瞧她，轉瞬間將她拋在後方。邯鄲城萬家燈火，正是晚飯後的時刻，街道上人車不多，清冷疏落。項少龍想起遠在秦國的嬌妻愛婢，心頭溫暖，恨不得立即活捉趙穆，幹掉樂乘，攜美回師。走上通往郭縱府的山路，後方蹄聲驟響，回頭一看，追上來的竟是趙致。項少龍見是她，想起荊俊和滕翼二人不同的提議，立時大感頭痛，放緩速度慢馳。

趙致轉眼來到他身旁，與他並騎而行，目不轉睛深深地注視他道：「董先生像對邯鄲的大街小巷很熟悉呢！」

項少龍知她跟他有好一段路，到現在發力追上來，暗叫不妙，道：「剛才來時，有人給鄙人指點過路途，致姑娘是不是到郭府赴宴呢？」

趙致沒有答他，瞪著他道：「先生的聲音怕是故意弄得這麼沙啞低沉的吧！」

項少龍心中叫苦，若她認定自己是項少龍，區區一塊假面皮怎騙得了她，這次想不用愛情手段都不成，暗自感嘆一口氣，施出絕技，一按馬背，凌空彈起，在趙致嬌呼聲中，落到她身後，兩手探前，緊緊箍著她沒有半分多餘脂肪的小腹，貼上她臉蛋道：「致姑娘的話眞奇怪？鄙人爲何要故意把聲音弄成這樣子？」

趙致大窘，猛力掙扎兩下，但在這情況下反足以加強兩人間的接觸，驚怒道：「你幹什麼？」

項少龍哈哈一笑，一手上探，捧起她下頷，轉過她的臉，重重吻在她嬌艷欲滴的朱唇上。趙致「嚶嚀」一聲，似是迷失在他的男性魅力和情挑裡，旋又清醒過來，後肘重重在他脆弱的脅下狠撞一記。項少龍慘哼一聲，由馬屁股處翻跌下去，其實雖是很痛，他仍未致如此不濟，只不過是給她下台階的機會。

趙致嚇得花容失色，勒轉馬頭，馳回項少龍仰臥處，跳下馬來，蹲跪地上，嬌呼道：「董匡！你沒事吧！」

項少龍睜開眼來，猿臂一伸，又把她摟得壓在身上，然後一個翻身，把她壓在路旁的草叢處。趙致給他抱壓得身體發軟，又不甘心被他占便宜，更重要的是到現在仍不敢確定他是不是項少龍，若給他這樣再吻一次，豈非對不起自己暗戀的男子，熱淚湧出道：「若你再輕薄我，我死給你看！」

項少龍想不到她如此貞烈，心生敬意，卻又知道若這麼離開她，情況會更為尷尬，而在未知虛實前，更不可揭開自己眞正的身分，唯有仍把她壓個結實，柔聲道：「致姑娘討厭我嗎？」

趙致感到自己的身體一點沒有拒絕對方的意思，又惱又恨，閉上雙眼，任由淚水瀉下，軟弱地道：「還不放開我，若有人路過看到，人家什麼都完了。」

項少龍俯頭下去，吸吻她流下的一顆淚珠，摟著她站起來，道：「姑娘太動人，請恕鄙人一時情不自禁。」

趙致崩潰似的淚如泉湧，淒然搖頭道：「你是在玩弄我，否則為何要騙人家，我知道你是他。」

項少龍暗自感嘆一口氣，依然以沙啞的聲音柔聲道：「今晚我到妳家找妳，好嗎？」

趙致驚喜地睜開烏靈靈的美目，用力點頭。

項少龍舉袖為她拭去淚漬，心生歉疚，道：「來！我們再不去要遲到哩。」

趙致掙脫出他的懷抱，垂頭低聲道：「趙致今晚在家等你。」

項少龍愕然道：「妳不去了嗎？」

趙致破涕為笑，微嗔道：「你弄得人家這麼不成樣子，怎見得人。」

躍上馬背，馳出幾步後，仍不忘回頭揮手，送上嫵媚甜笑，那種少女懷春的多情樣兒，害得項少龍的心兒急跳幾下。直至她消失在山路下，項少龍收拾心情，往郭府赴宴去也。

郭府今晚的宴會，賓客少得多，除趙穆、樂乘、韓闖、趙霸外，就只有項少龍不願見到的李園，若加上趙雅和他，就是那麼七個人，郭縱的兩個兒子沒有出席，也許到別處辦事去。郭縱對他失去昨晚的熱情，反對李園特別殷勤招呼，似乎他才是主客。項少龍早習慣這種世態炎涼，知道郭縱是故意冷淡自己，好爭取李園此位可能成為楚國最有權勢的新貴好感。李園對他這情敵保持禮貌上的客氣，但項少龍卻清楚感到他對自己的嫉恨。也難怪他，昨晚他目睹在歌舞表演時，紀嫣然仍對他親密說話，以他的精明和對紀嫣然的熟悉，不難看出端倪，察覺絕世佳人對他頗有意思。

閒話幾句，趙穆藉故把他拉到一旁，低聲問道：「大王為何召見你？」

項少龍正等待他這句話，正中下懷道：「他們追問昨晚侯爺對我說過什麼話，我當然不會說出眞相，只說侯爺和鄙人商量開闢新牧場的事。侯爺！不是小人多心，孝成王那昏君似乎在懷疑你，我看郭開定是暗中出賣你。」

趙穆眼中閃過駭人的寒光，冷哼一聲道：「遲些我教他們知道厲害！」

項少龍知道已迫趙穆走上謀反的路，此時趙霸過來，兩人忙改說閒話。

趙穆笑道：「館主的標致徒兒今晚不陪同出席嗎？」

趙霸道：「她應該來的，我剛派人去找她。」

環珮聲響，趙雅翩然而來。郭縱向李園、樂乘和韓闖告罪一聲，趨前迎接。趙雅目光先落在項少龍身上，再移往韓闖和李園處，猶豫片刻，朝項少龍走來。項少龍故意不望她，目光轉往別處。這次設的是像紀嫣然在大梁香居的「聯席」，在廳心擺放一張大圓几，共有十個位子。項少龍心中暗數，就算把趙致包括在內，仍空出個座位出來，只不知還有哪位貴客未至。

香風飄到，趙雅與各人招呼後，向剛把頭轉回來的項少龍道：「董先生的馬眞快，比人家早到那麼多。」

項少龍瀟灑一笑，算是答覆。就在此時，有人來了。在兩名侍女扶持下，一位刻意打扮過，華服雲髻的美麗少女婀娜多姿地走進來。趙穆等均面露驚訝神色，顯然不知她是何方神聖。

謎底由郭縱親手揭曉，大商賈呵呵笑道：「秀兒！快來見過各位貴賓。」又向衆人道：「這是郭某幼女郭秀兒！」

趙穆訝異地道：「原來是郭公的掌上明珠，爲何一直藏起來，到今天才讓我們得見風采。」

項少龍心念一動，想到郭縱是有意把幼女嫁與李園，那將來若趙國有事，可避往與秦隔離的楚國，繼續做他的生意。像郭縱這類冶鐵和鑄造兵器業的大亨，沒有國家不歡迎，但多了李園這種當權大臣的照應，當然更是水到渠成。

現今天下之勢，除三晉外，遠離強秦的樂土首選楚國。齊國鄰接三晉，有唇亡齒寒之險，燕國被田單所敗後，一蹶不振。唯有僻處南方的楚國仍是國力雄厚，短期內尚有偏安之力。一天三晉仍在，楚人都不用操心秦人會冒險多闢一條戰線。烏家成功移居秦國，郭縱這精明的生意人自然要爲自己打算。

此時郭秀兒盈盈來到衆人身前，斂容施禮。年不過十六的少女苗條可人，長著一張清秀的鵝蛋臉兒，那對美眸像會說話般誘人，明淨如秋水，更添嬌媚。嘴角掛著一絲羞澀的甜笑，容光瀲艷，差點可和烏廷芳相媲美。包括李園在內，衆人無不動容。

郭縱見狀，大爲得意，招手道：「秀兒快來拜見李先生。」

郭秀兒兩眼看到李園，立時亮起來，螓首卻含羞垂下，把嬌軀移過去。衆人登時泛起被冷落的感覺，趙雅的神色亦不自然起來。趙穆瞥李園一眼，閃過濃烈的殺機，旋即斂沒，卻瞞不過項少龍的觀察。

趙雅現在感到芳心更傾向反覆無常的董匡，往他靠近點道：「先生有空可否來舍下看看蓄養的馬兒，讓趙雅能請教養馬的心得。」

趙穆還以爲她終於肯聽話去接近「王卓」，笑道：「難得夫人邀約，讓本侯代他答應。」

項少龍怎也不能當衆丟趙穆的面子，無奈點頭。趙雅見他答應得這麼勉強，白他一眼，沒有說出日子時間。鐘聲響起，入席的時刻到了。

不知是有心還是無意，項少龍的座位設在趙雅之旁，趙雅那邊接著是韓闖、郭秀兒、李園、郭縱，項少龍右方則是趙霸、樂乘和趙穆，趙致的座位給取消。現在誰都知道眞正的主角是坐在郭氏父女間的李園，此人能說善道說，不一會逗得郭秀兒不斷掩嘴輕笑，非常融洽。看樣子只要李園肯點頭，郭秀兒就是他的人。

韓闖顯然對郭秀兒這出衆的美少女很有興趣，可是爲了他韓國的外交政策，當然不敢與李園爭短長，專心與趙雅喁喁細語，趙雅故意不理會他這個馬痴，親熱地與韓闖說話，不住發出銀鈴般的悅耳笑聲，爲宴會增添不少熱鬧與春色。

郭縱爲了給李園和愛女製造機會，與各人應酬幾句後，別過臉來和左邊的趙穆、樂乘閒聊，話題不離邯鄲達官貴人間的閒話。趙霸與郭縱私交甚篤，加入這談話的小圈子，項少龍雖裝作興趣盎然地聆聽，但明顯地被郭縱冷落。項少龍心知肚明郭縱轉舵得這麼快，是受到李園的影響，從而推知這實業大亨對趙國的形勢較前悲觀，萌生離意。他的心態自然瞞不過趙王和郭開，所以後者提醒他要小心郭縱。烏家一去，趙國立時顯露出日暮途窮的窘態。趙雅又有什麼打算呢？侍女上來爲各人斟酒。

李園捨下郭秀兒，朝項少龍看過來道：「董兄這次不惜萬水千山，遠道來此，只不知是爲了什麼原因？」

衆人聽他語氣充滿挑惹的意味，停止說話，看項少龍如何反應。郭秀兒首次抬起臉，打量這比李園更魁梧威武、外表粗豪的大漢。

項少龍好整以暇地瞇起眼睛看他，以不徐不疾的沙啞聲音淡淡地道：「李兄愛的是美人，董某愛的是駿馬。美人到哪裡去，李兄追到哪裡去，董某則是看哪裡的水草肥茂，就往哪兒跑。只要李兄想想自己，便明白董某人的心意。」答話粗野得恰到好處。

郭秀兒還以爲項少龍口中的美人兒是指自己，羞得垂下臉。其他人想不到這老粗的辭鋒可以變得如此厲害，心中訝異，亦替李園感到尷尬。只有趙穆心中稱快，他不能開罪李園，項少龍代他出手最恰當。

李園面色微變，眼中掠過殺機，冷冷地道：「董兄是不是暗示我楚國的水草比不上這裡？」話甫出口立知自己失去方寸，同桌的除韓闖外全是趙人，這句話怎可說出來。果然樂乘、趙霸和早視自己爲趙人的趙穆皺起眉頭。

項少龍見幾句話迫得李園左支右絀，心中大樂，像看不到李園的怒意般若無其事地道：「李兄想得太遠了，鄙人只是打個比喻，其實各處的水草各有優點和缺點，南方氣候溫和，養馬容易，不過養出來的馬好看是好看，總不夠粗壯，捱不得風寒雨雪；北方養馬困難，可是養出來的馬刻苦耐勞，發生馬瘟的機會少多了。所以匈奴人的戰馬最是著名，正因是苦寒之地，盛產良馬。」

衆人無不動容，想不到項少龍如此有見地，兼且指桑罵槐的暗諷位於南方的楚國耽於逸樂，不謀進取，反之北方諸國，包括強秦在內，雖是連年征戰，卻培養出不少人才，聲勢蓋過曾一度強大的楚人，事實亦是如此。

楚國自給小小一個越國攻入郢都後，國威大挫，兼之策略頻出錯誤，國勢每況愈下。六國的第一次合縱攻秦，以楚懷王爲主，實質參戰的只有韓、趙兩國。韓、趙兩國給秦大敗於韓境內的修魚，齊又倒戈攻趙魏，自亂陣腳。秦因此乘機滅掉巴、蜀，使國境增加一倍以上，與楚的巫郡、黔中相接，從此開始楚人的噩夢，使他們嘗到苦果。

一直以來，秦人最怕的是齊楚的結合，於是秦人以割地誘得楚懷王與齊絕交，得利後旋即食言，大敗楚軍於丹陽，斬首八萬，並攻占楚的漢中，接著再取沼陵，使郢都西北屏藩盡失。楚懷王的愚蠢行事並不止於此，正當他答應與齊的另一次合縱，再次受到秦人的誘惑，又一次忽然變卦，還和秦國互結姻親。齊、魏、韓大怒下連兵討楚背約，懷王吃驚下使太子質於秦，請得秦兵來援，三國被迫無奈退兵，空助長秦人氣燄。稍後秦人借口攻楚，軟硬兼施，更騙得這蠢王入秦，給拘押起來，終因逃走不成，病死秦境。到兒子楚頃襄王登位，欲報仇雪恥，可是給秦人虛言一嚇，立即屁滾尿流，不但求和，還向秦國迎親，與父親懷王同樣爲歷史多添一筆糊塗賬。

所以項少龍這一番話，正暗示楚人的自毀長城，乃人的問題，非戰之罪也。最厲害處是諷喻李園中看不中用，經不起風浪。趙雅和郭秀兒憑女性敏銳的直覺，打量兩人，都感到李園似如南方好看的馬，而董匡則是北方經得起風霜的良驥，李園在她們心中的地位不由降低少許。郭縱驚訝地瞧著項少龍，重新思索到楚國避秦是不是適當的做法。項少龍從無可辯駁的大處入手，論證楚人優柔寡斷和不夠堅毅耐苦的致命弱點，針針見血。李園的面色陣紅陣白，卻是啞口無言。人家表面上只是評馬，他能說什麼呢？

郭縱哈哈一笑，打圓場道：「董先生句句話不離的把馬掛在口邊，不愧馬癡，來！我們喝一杯。」

衆人紛紛舉杯，只有李園鐵青著臉，沒有附和，使人感到此人心胸狹窄，有欠風度。

趙穆喝罷，再舉起女侍斟滿的美酒，舉杯向李園、韓闖兩人道：「爲韓、楚、趙三國的合縱，我們痛飲一杯！」

李園不知想到什麼事，神色回復平時的從容瀟脫，含笑舉杯，緊張的氣氛稍放鬆少許。

韓闖道：「聽說齊王對這次邯鄲之會非常重視，相國田單已親身趕來，這兩天就要到達。」

趙穆、樂乘兩人早知此事，其他人卻是初次聽聞，無不動容。田單可說是齊國現今有實無名的統治者，聲名之盛，比之魏國的信陵君毫不遜色。

楚懷王死後八年，楚國國勢疲弱，而齊國則如日方中，隱與秦國分庭抗禮。就在此時，齊竟中了秦人之計，接受秦昭襄王的建議——秦王稱西帝，齊人稱東帝，擺明秦齊平分天下之局。

雖在稱帝兩日後齊湣王終被大臣勸服取消帝號，卻沒打消他的野心，南征北討，先滅宋，又併吞一些小國，侵占許多土地，但國力卻於征戰中大幅損耗，惹得秦、楚、三晉聯同燕國出師有名，大舉伐齊。燕將樂毅更攻入臨淄，五年間占據齊國七十餘城，只剩下莒城和即墨。

田單就是在這艱苦的環境裡冒起來的著名人物。他是齊王室的支裔，初時做臨淄市官底下的小吏，燕軍破城前，他教族人鋸去車軸的末端，奪路逃亡時不致因車軸撞壞而成功逃去，只此一著，使他嶄露頭角，顯出他臨危不亂，足智多謀的資質。俟燕人圍攻即墨，衆人推他爲主將，剛好燕昭王逝世，新即位的燕王中了田單的反間計，以一個無能將軍取代樂毅，此人一去，田單摧枯拉朽般把燕人掃出齊境，最有名是以火牛陣大破燕軍的一役。田單雖因此威名遠播，齊國則從此沉痾難起，直延至此時。

項少龍還想聽下去，身旁的趙雅親自由女侍取過酒壺，爲項少龍几上的空杯添上美酒，秋波盈盈地含笑輕聲道：「董先生！趙雅或有得罪之處，就借這一杯作賠禮吧！」

韓闖正口沫橫飛，沒有在意，只有李園眼中奇光一閃，動起腦筋來。

項少龍心中暗怒，此女眞是朝秦暮楚，剛剛還與韓闖如膠似漆，現在被他的言辭打動，又來討好自己，不過亦不致沒風度得教她當面難堪，不冷不熱地舉起酒杯道：「夫人多心，何來得罪之有！鄙人回敬夫人一杯！」

趙雅兩眼凝視著項少龍，舉杯喝了。韓闖終於注意到兩人暗通款曲，臉上掠過不快之色，假若是在韓國，以他的權勢，定要教項少龍好看，現在卻只能鬱在心裡。

李園哈哈一笑道：「夫人！今天在下尚未與妳對酒。」舉起酒杯，遙遙敬祝。

趙雅雖說對他好感略減，仍是頗有情意，昨晚此人對她態度冷淡，現在竟主動來撩撥她，不禁受寵若驚，意亂情迷地舉杯。項少龍明知李園是借趙雅來打擊他，仍是心頭發火，既恨李園又氣趙雅的不知自愛，表面當然不露出絲毫痕跡。

李園並不肯就此罷休，繼續挑逗趙雅道：「夫人酒量眞好，不若找一晚讓在下陪夫人喝酒，看看誰先醉倒。」

這麼一說，同席的九個人裡，倒有四個人的表情不自然起來。臉色最難看的是郭縱和郭秀兒，大感他公然兜搭這以放蕩名聞天下的美女，太不顧他們的顏面。韓闖卻將他對項少龍的嫉妒，轉移到此剛出現的情敵的身上。趙穆的臉色很不自然，狠狠瞪著趙雅，要她出言婉拒。

趙雅想不到對方如此大膽，公然在席上約她共渡春宵，拒絕嗎？實在有點不捨得，接受嗎？旁邊這似比李園更有魅力的男子更會看不起自己，妙目一轉道：「李先生如此有興致，趙雅找天在敝府設宴，到時先生莫要推說沒空呢！」雙眸環視衆人，笑語盈盈道：「各位須來作見證，看看我們誰先醉倒。」

李園微感愕然，想不到趙雅竟不受他勾引，不由首次定神打量她。他的心神自給紀嫣然占據後，很少留意別的女性，此刻細看下，發覺趙雅有若一朵盛放的鮮花，說不盡的嬌媚風情，楚楚動人，那種成熟的美態，確是別具一格。而且表面看來，她雖是騷媚入骨，艷光流轉，但暗含一種綽約雅逸的神韻，教人不敢輕視，不由怦然心動起來，有點明白韓闖爲何那般迷戀她。

李園瀟灑一笑道：「若定好日子，請通知在下。」

趙霸插嘴起鬨，各人轉到別的話題去。

趙雅湊近項少龍，低聲道：「滿意嗎？」

項少龍大感快意，知道這蕩女終於向他的另一個身分再次投降，尚未有機會說話，郭秀兒站起來，神情木然道：「對不起！秀兒有點不舒服，想回房休息。」

李園臉上泛起不悅之色，沒有作聲。衆人心知肚明郭秀兒在發她千金小姐的脾氣。

郭縱無奈道：「送小姐回房！」

當下有侍女來把這可人兒送出廳外，氣氛再度尷尬起來，沒有郭秀兒，晚宴頓形失色，幸好還有趙雅在撐場面。

趙霸多喝兩杯，談興忽起，扯著項少龍說起劍術的心得：「現在學劍的人，大多急功近利，徒具架勢，卻沒有穩定的身法馬步去配合，對腰力的練習更不看重，有臂力卻欠腕力，茫不知腰、臂、腕和步法四方面相輔相乘，才能發揮劍法的精華，可知氣力的運用乃首要的條件。」

李園心高氣傲，顯然不把趙國的劍術泰斗放在眼裡，淡淡地道：「我看空有力氣仍沒有用，否則囂魏牟就不會給項少龍宰掉。」

「項少龍」這名字現在已成城內人人避提的禁忌，除韓闖外，人人為之愕然。項少龍則因有人提到自己的名字而心中一驚，他飛快瞥趙雅一眼，見她神情一黯，發起怔來。

韓闖傲然道：「只可惜他溜到秦國去，否則定要試試他的劍法厲害至何種程度。」

趙穆咬牙切齒道：「異日攻入咸陽，不是有機會嗎？」

趙霸給李園搶白，心中不忿，又說不過李園，沉聲道：「李先生以劍法稱雄楚國，不知可否找天到敝館一行？好讓趙某大開眼界。」

李園雙目光芒閃現，點頭道：「在下每到一地，均愛找當地最著名的劍手切磋比試，趙館主有此提議，李園實是正中下懷。」

這次連樂乘對此子的盛氣凌人都看不過眼，笑向趙霸道：「李先生如此豪氣干雲，館主請定下日子時間，好讓我們欣賞到李先生的絕世劍術。」

趙霸顯是心中怒極，道：「趙某頗有點迫不及待，不若就明天吧！看李先生哪個時間最適合。」

李園得意洋洋道：「明天可不行，皆因在下約了嫣然小姐共遊邯鄲，不如改在後天午後時分如何？」

衆人爲之愕然，露出既羨慕又嫉妒的神色。項少龍的心直沉下去，涼了半截。爲何嫣然竟肯接受這人的約會？定要向她問個一清二楚。趙雅則神色木然，給紀嫣然奪去風光，當然不好受。宴會的氣氛至此被破壞無遺，趙霸首先藉詞離去，接著輪到趙雅。

韓闖站起來道：「讓本侯陪夫人回府。」

趙雅煩惱得蹙起黛眉，搖頭道：「平山侯的好意心領，趙雅的腦袋有些昏沉，想獨自一人靜靜。」

平山侯韓闖閃過不悅之色，冷冷地道：「夫人愛怎樣便怎樣吧！」

趙穆立起身來道：「一起走吧！我卻是談興正隆，誰願陪我同車。」向項少龍飛個眼色。

項少龍忙點頭道：「橫豎我是一個人來，由鄙人陪侯爺吧！」

趙雅奇怪地看項少龍一眼，對兩人的關係生出疑惑。衆人紛紛告辭，分頭離開。

車內趙穆道：「想不到先生詞鋒如此凌厲，一向能言善辨的李園亦招架不來。只不知你有沒有把握戰勝他手中之劍，據悉此人確有眞才實學。」

項少龍皺眉道：「有沒有把握還是其次的問題，不過武場切磋，用的既是鈍口的木劍，又非生死相搏——」

趙穆截斷他道：「我只是想挫他的氣燄，並非要當衆殺他。這小子實在太可恨，若給我把他拿著，定要操他個生不如死。」

項少龍的皮膚立時起了一個個的疙瘩，打個寒顫。

# 第九章 落難姊妹

回到行館，滕翼低聲道：「嫣然在內室等你。」

項少龍正要找她，聞言加快腳步。

滕翼追在身旁道：「趙王找你有什麼事？」

項少龍不好意思地停下來，扼要說出情況，笑道：「我們尙算有點運道，在邯鄲再多耽擱一兩個月應沒有問題。」

滕翼推他一把，道：「快進去吧！你這小子眞的艷福無邊。」

項少龍想不到這鐵漢竟也會爆出這麼一句話來，可見善蘭把他改變了很多。笑應一聲，朝臥室走去。剛關上門，紀嫣然夾著一陣香風投入他懷裡，熱情如火，差點把他溶掉。初嘗禁果的女人，分外癡纏，紀才女亦不例外。雲雨過後，兩人喁喁細語。

項少龍尙未有機會問起她與李園的事，佳人早一步坦白道：「項郎莫要誤怪嫣然，明天人家答應陪李園到城南的『楓湖』賞紅葉，唉！這人癡心一片，由楚國直追到這裡來，纏著人家苦苦哀求，嫣然不得不應酬他一下，到時我會向他表明心意，教他絕了對嫣然的妄念。」

項少龍聽得紀嫣然對李園不無情意，默然不語。

紀嫣然微嗔道：「你不高興嗎？只是普通的出遊罷了！若不放心，人家請鄒先生同行如何？」

項少龍嘆道：「據我觀察和得來的消息，此君的內在遠不如他外表好看，但若在這時說出來，我便像很沒有風度。」

紀嫣然脫出他的懷抱，在榻上坐起來，任由美好的上身展現在他眼前，不悅地道：「難道嫣然會認爲你是搬弄是非的人嗎？人家早在大梁就是你的人了，何須吞吞吐吐的。」

項少龍把她拉得倒入懷裡，翻身壓著，說出了他利用李嫣嫣通過春申君設下的陰謀，又把今晚席上的事告訴她。

當紀嫣然聽到李園向趙王施壓對付她的「項少龍」，又公然在席上宣布與她的約會，勃然大怒道：「想不到他竟是如此淺薄陰險之徒，嫣然眞的有眼無珠。」

項少龍道：「這人可能在楚國忍得辛苦，所以來到趙國，不怕讓別人知道，遂露出眞面目。」

紀嫣然吁出一口涼氣道：「幸得項郎提醒嫣然，才沒有被他騙了。唉！項郎何時可帶人家到咸陽呢？這樣偷偷摸摸非常痛苦。鄒先生很仰慕秦國，希望可快點到那裡去。」

項少龍嘆道：「誰不想快些離開這鬼地方，不過現在仍要等待時機。」

紀嫣然依依不捨坐起來道：「人家要回去了，這次不用你送我，給人撞破百詞莫辯。」旋又笑道：「不若我們合演一場戲，劇目叫『馬癡勇奪紀嫣然』，若能氣死李園，不是挺好玩嗎？我們更不用偷偷摸摸，提心吊膽。人家還可公然搬來和你住在一起呢。」

項少龍坐起身來，勾著她粉項再嘗她櫻唇的胭脂，笑道：「是『馬癡獨占紀佳人』，又或『董癡情陷俏嫣然』。這想法眞誘人，只怕惹起龍陽君的疑忌，那就大大不妙。」

紀嫣然笑著道：「龍陽君最愛自作聰明，只要我們做得恰到好處，似有情若無情，循序漸進，反會讓他釋懷，甚至會使他認爲人家和那個項少龍沒有關係，否則怎會對別的男人傾心。」再甜笑道：「項郎的話，措詞是這世上最好聽的。」

飄飄然中，項少龍想想亦是道理，精神大振，若能解除龍陽君對紀嫣然的疑心，日後行動將大爲方便。否則若給這半男不女的小人察破他們的私情，可能會立即揭穿他的身分。因爲只要仔細驗他的假臉，他立告無所遁形。對趙人來說，讓他得到紀嫣然，總好過白便宜李園。兩人興奮得纏綿起來，然後共商細節。項少龍想起趙致，再三催促下，紀嫣然難解難分地悄然離開。

項少龍趁紀嫣然走後小睡一個時辰，半夜滕翼來把他喚醒。行館本來是有管家和一批侍婢僕人，但都給他們調到外宅去，免得礙手礙腳。梳洗時，滕翼在他身後道：「有幾個形跡可疑的人，半個時辰前開始埋伏在前街和後巷處，不知是何方神聖，眞想去教訓他們一頓。」

項少龍道：「教訓他們何其容易，只要明天通知趙穆一聲，奸鬼定有方法查出是什麼人。」

滕翼道：「你出去時小心點，看來我還是和你一起去好些，至少有個照應。」

項少龍失笑道：「我只是去偷香竊玉，何須照應。」

滕翼不再堅持，改變話題道：「少龍準備何時與蒲布、趙大兩批人聯絡？」

項少龍戴上假面具，道：「遲一步作決定，而且不可讓他們知道董匡就是我項少龍，人心難測，誰說得定他們其中一些人不會出賣我們？」

滕翼鬆一口氣道：「你懂這麼想我可以放心。」

項少龍用力摟他的寬肩，由他協助穿上全副裝備，踰牆離府，沒入暗黑的街道裡。

雖是夜深時分，街上仍間有車馬行人和巡夜的城卒。這時代的城市地大人少，治安良好。一路保持警覺，半個時辰後到達目的地。他仍怕有人盯梢，故意躲在一棵樹上，肯定沒有人跟來，然後潛進趙致家旁的竹林裡。那是座普通的住宅，比一般民居大了一點，特別處是左方有條小河，另一邊是竹林，把宅院和附近的民房分隔開來，這片竹林是進門必經之路。項少龍拋開對荊俊的歉意，心想成大事哪能拘小節，安慰自己後，走出竹林。雄壯的狗吠聲響起，旋又靜下來，顯是趙致喝止牠。趙致的宅院分為前、中、後三進，後面是個小院落，植滿花草樹木，環境清幽雅致。後進的上房與花園毗連，只要爬牆進入後院，可輕易到達趙致的閨房。就在此時，其中一間房燈火亮起，旋又斂去，如此三次後再亮起來。項少龍知是趙致的暗號，心中湧起偷情的興奮。趙致勝在夠韻味，有種令人醉心的獨特風情。特別使人印象深刻是她年不過二十，偏有著飽歷人世的滄桑感，看來她定有些不可告人的傷心往事。

項少龍知道時間無多，春宵一刻值千金，迅速行動，攀牆入屋，掀簾入內。入目是間小書齋，布置得淡雅舒適，趙致身穿淺絳色的長褂，仰臥在一張長方形臥榻上，几旁擺奉美酒和點心，含笑看他由窗門爬入。項少龍正報以微笑，心中警兆忽現，未來得及反應前，背上已被某種東西抵在腰際。他之所以沒有更清楚的感覺，是因為隔著圍在腰間插滿飛針的革囊。

背後傳來低沉但悅耳的女音道：「不要動，除非你可快過機括發動的特製強弩。」

項少龍感到有點耳熟，偏又想不起在背後威脅他的人是誰。

趙致興奮地跳起來，嬌笑道：「人人都說項少龍如何厲害，還不是著了我們姊妹的道兒。」

項少龍心中苦笑，這是第二次被女人騙，女人肯定是男人最大的弱點，總是對美麗的女子沒有戒心。又大感奇怪，趙致若要對付他，只要到街上大喊三聲，保證他全軍盡沒，何用大費周章，私下對付他。難道她對死鬼連晉仍餘情未了？不親自下手不夠痛快？故作驚訝地道：「致姑娘說什麼呢？誰是項少龍？」

趙致怒道：「還要否認！在往郭家的山路時你不是承認了嗎？」

項少龍故意氣她道：「誰告訴過你鄙人是項少龍呢？」

趙致回心一想，他的確沒有親口承認過，但當時那一刻他的神態語氣活脫脫就是項少龍，現在他又矢口不認，分明在作弄自己。

身後那不知是趙致的姊姊還是妹子的女人沉聲道：「你若不是項少龍，我唯有立即殺人滅口，以免洩漏我們的祕密。」

項少龍心中一震，終認出身後的女子是曾兩次行刺趙穆的女刺客，第一次差點誤中副車，另一趟則發生在前晚，給自己破壞。很多以前想不通的事，至此豁然而悟。難怪女刺客能潛入侯府，全因有趙致這內奸接應。嘆一口氣道：「那我死定哩，因為鄙人根本連項少龍是誰都不知道。還以為致姑娘對我特別青睞——」

後面的女子厲聲道：「你再說一聲不是項少龍，我立即扳掣！」

項少龍暗笑妳若能射穿那些鋼針才怪，冷哼一聲道：「我馬癡董匡從不受人威脅，也不會將生死放在心上，本人不是項少龍就不是項少龍，何須冒認，不信可來檢驗本人的臉是不是經過化裝？」他這叫行險一博，賭她們做夢想不到世間竟有這種由肖月潭的妙手泡製出來巧奪天工的皮面具，且面具有天然黏性，與皮膚貼合得緊密無縫，連臉部表情都可顯露出來，不懂手法，想撕脫下來並非易事。

趙致呆了一呆，來到近前，伸手往他臉上撫摸。摸抓幾下，趙致果然臉色劇變，顫聲道：「天啊！你真不是他！」

項少龍道：「我雖不是項少龍，但千萬勿要發箭，否則定是一矢雙鵰之局。」

兩女同時一呆，知道不妙。項少龍在兩女之間閃電般脫身出來，轉到趙致身後，順手拔出腰間匕首，橫在趙致頸上，另一手緊箍著她的小腹，控制局面。女子舉起弩箭，對正兩人，不敢發射。項少龍帶著趙致貼靠後牆，定神打量這劍術戰略厲害得教人吃驚的女刺客。

她比趙致矮了少許，容貌與趙致有七八分相似，更是白皙清秀。兩眼炯炯有神，多了趙致沒有的狠辣味兒，年紀大了點，身段優美又充滿勁和力，此刻活像一頭要擇人而噬的雌豹。

項少龍微笑著道：「姊姊怎麼稱呼？」

趙致不理利刃加頸，悲叫道：「大姊快放箭，否則不但報不了仇，我們還要生不如死。」

項少龍放下心來，知道趙致眞以爲自己是馬癡董匡，慌忙道：「有事慢慢商量，我可以立誓不洩露妳們的祕密，本人一諾千金，絕不食言。」

兩人不由面面相覷，此人既非項少龍，絕沒有理由肯放過她們，太不合情理。

項少龍不讓她們有機會說話，先以董匡之名發一個毒無可毒的惡誓，然後道：「大姊放下弩箭，本人立即釋放令妹。」

美女刺客悻悻然道：「誰是你大姊？」一雙手卻自然地脫開勁箭，把強弩連箭隨手拋往一旁，爽快得有點不合情理。

項少龍心想這頭美麗的雌老虎行事乾脆，收起橫在趙致粉頸的匕首。就在此時，他看到此女向趙致打個眼色，心知不妙，忙往横移，恰恰避開趙致的肘撞。女子嘬唇尖嘯，同時抽出背上長劍，往他攻來。項少龍無名火起，自己爲了不想殺人滅口，才好心發毒誓不洩出她們的祕密，可是她們不但不領情，還反過來要滅掉他這活口，血浪閃電離鞘而出。驀地門口那方異響傳來，百忙中別頭一看，暗叫了聲我的媽呀，原來是一頭大黃犬，正以驚人高速竄入門來，露出森森白牙，鼻孔噴著氣，喉間「嗚嗚」有似雷鳴，朝他撲到，登時明白剛才她嘬唇尖叫，是爲喚惡犬助陣。

幸好項少龍以前受訓項目內，包括如何應付惡犬，雖未眞的試過，但總嘗過與比這頭黃犬更粗壯的軍犬糾纏的滋味，橫劍一掃，蕩開對方刺來一劍，矮身側踢，剛好正中已撲離地面那惡犬的下顎處。畜牲一聲慘嘶，側跌開去，滾倒地上，一時爬不起來。趙致不知由那裡找來佩劍，配合姐姐分由左側和正面攻來，一時儘是森寒劍影。項少龍深悉兩女厲害，不過他早把墨氏補遺的三大殺式融匯貫通，劍法再非昔日吳下阿蒙，趁惡犬尚未再次撲來，猛地閃到大姊身側，施出渾身解數，一劍由上劈下。大姊大吃一驚，原來項少龍這一招精奧奇妙，竟能在窄小的空間不住變化，教人完全尋不出來龍去脈。猛咬銀牙，以攻制攻，竟不理敵劍，往項少龍心窩閃電刺去，完全是同歸於盡的格局。項少龍心中暗讚，不過亦是正中下懷。他曾與她交過手，知她劍法走靈奇飄忽的路子，庸手與她對仗，怕連她的劍都未碰到，便要一命嗚呼。這也是女性用劍的特點，以免和天生較強壯的男性比臂力。當下變招橫劍揮擋。「噹！」的一聲脆響過處，美女刺客的劍給項少龍掃個正著。她要以攻制攻，就必須全力出手，有進無退，反予項少龍機會全力與她硬拚一劍。除了囂魏牟和滕翼外，項少龍的腰臂力可說全無對手，她怎麼厲害仍是個女人，受先天限制，兩劍交擊下，震得她手腕痠麻，駭然退開。項少龍本以爲可使她長劍脫手，豈知她終勉強挨過了，冷喝一聲，往地上滾去。趙致怎也想不到馬癡劍術如此驚人，要衝上助陣，給退後的姊姊撞個滿懷，一起踉蹌倒退。這時那黃狗又回過頭來，想撲向項少龍。

趙致驚叫道：「大黃！不要！」

項少龍此時早右手執起弩弓，左手撈起弩箭，以最敏捷的手法上箭瞄準，對準大黃。這頭犬非常機伶，亦曾受過兩女訓練，一見弩箭向著自己，低嗚一聲，縮退兩女身後。

項少龍右手持弩，劍交左手，指著驚魂甫定的兩女，微笑道：「大姊叫什麼名字，讓董某有個稱呼。」

兩女神色驚疑不定，縮在牆角，不敢動彈。在這種窄小的空間和距離內，要撥開以機括射出的勁箭，簡直是癡人說夢。

大姊的骨頭很硬，緊抿嘴不答他，反是趙致衝口答道：「她叫田柔！」

項少龍愕然道：「不是姓趙的嗎？」

趙致知道漏嘴，臉色蒼白起來。

項少龍與那田柔對視，心想她既姓田，說不定與田單有點親族關係。趙穆一向與田單有勾結，否則不會和亹魏牟暗中往來，想到這裡，有了點眉目，故意扮作睜眉怒目地道：「本人原本有意放過妳們兩人，可惜妳們竟是姓田的，我最憎惡就是這個姓的人，現在唯有拋開憐香惜玉之心，送妳們回出娘胎之前那地方去，這麼給妳們一個痛快，應感激我才對。」

趙致盯著他手上的弩箭，顫聲道：「你爲什麼這麼恨姓田的人。」

田柔忿怒地道：「致致！不要和他說話，要殺便殺吧！」

項少龍奇怪這房子難道只有她姊妹二人，否則鬧到這麼厲害，仍不見有人出現，與趙致相依爲命的「父親」躲到那裡了呢？想到這裡，只見那給趙致拉著的黃狗耳朵豎直起來，露出注意的神色。心中了然，喝道：「不准進來，否則本人立即放箭。」

兩女愕然，想不到他竟然能察覺救兵無聲無息地接近，登時心虛起來，自忖恐怕無法與這人對抗。

項少龍望向趙致，道：「橫豎妳們死到臨頭，本人不須瞞妳們，我之所以憎恨姓田的人，因爲其中有一個人叫田單。」

兩女呆了一呆，定神瞧他。項少龍緩緩移前，弩箭上下移動，教兩女不知他要選擇的位置。一個誘人的想法在心中升起，只要他射殺田柔，再以飛針對付門外的人和趙致，可有十成把握迅速解決三人，那就一了百了，不用爲她們煩惱。

門外一把蒼老的聲音喝道：「壯士手下留人，我家兩位小姐的大仇人正是田單，大家是同一條路上的人。」

田柔和趙致齊叫道：「正叔！」

項少龍冷笑道：「這話怎知眞假？本人故意告訴妳們此事，是要逼自己狠下心來，好殺人滅口，否則若把這事洩出去，給與田單有勾結的趙穆知道，我哪還有命。或者你們還不知道，田單這兩天便要來邯鄲，本人報仇的唯一機會亦到了，絕不容許給人破壞。」

兩女爲之動容，顯是不知田單來趙的事。

田柔杏目圓睜，瞪著他道：「你不是趙穆的同黨嗎？」

項少龍喝道：「閉嘴！誰是這奸賊的伙伴，只是爲取得他的信任，好對付田單，才虛與委蛇。唉！本人從未殺過女人，今晚只好破戒。」

門外正叔驚叫道：「壯士萬勿莽撞，我們兩位小姐的親族就是被田單和趙穆兩人害死的，這事千眞萬確，若有虛言，教老僕萬箭穿心，死無葬身之地。」

項少龍扮出沉吟的模樣，道：「你們和趙穆有深仇，此事不容置疑，可是兩人一在齊一在趙，怎會都成了你們的仇人？」

趙致忍不住熱淚湧出，淒然叫道：「我家爲田單所害，逼得逃來邯鄲，哪知趙穆這奸賊竟把我們家族一百八十三人縛了起來，使人押去給田單，給他以酷刑逐一屠宰，這樣說你相信了嗎？」

田柔怒道：「不要求他！」

項少龍笑道：「你的名字雖有個『柔』字，人卻絕不溫柔。」

田柔氣得說不出話來。

項少龍再道：「為何又剩下你們三人？」

正叔的聲音傳入道：「老僕和兩位小姐因來遲幾天，所以得以避過此劫，七年來，我們無時無刻不在立志復仇，壯士請相信我們。」

項少龍鬆一口氣，有點為自己剛才動了殺機而慚愧，活在這視人命如草芥的戰爭年代裡，實在很容易受到感染。項少龍一扳機括，弩箭呼的一聲，在兩女臉頰間閃電般一掠而過，射進牆內。兩女目瞪口呆，想不到他在這種時刻發箭，若目標是她們其中一人，定避不開去。

項少龍拋掉弩弓，劍回鞘內，微笑道：「你們的事本人絕沒有興趣去管，但亦請你們勿來破壞本人的計畫。你們的眞正仇人是田單而非趙穆，兼且現在趙穆有了戒備，再動手只是自投羅網，好好想想吧！像你們姊妹那麼漂亮的女孩子，落到壞人手裡，會發生比死還難過的奇恥大辱。言盡於此，告辭了！」

在兩人注視下，項少龍大步離開，與正叔的老儒打個照面，施施然走了。

項少龍回到行館，離日出只剩下個把時辰，等把整件事說給滕翼聽後，伸個懶腰打呵欠。

滕翼讚嘆道：「你這一手非常漂亮，反使趙致不再懷疑你是項少龍。不過照我看這妮子對眞正的你並沒有惡意，只是想要脅你去對付趙穆。」

項少龍道：「都用弩箭抵著我的背脊了，還不算有惡意嗎？」

滕翼道：「你兩次壞了人家姑娘的行刺大計，田柔這麼好勝，自是想一挫你的威風。」

項少龍想起在郭家的山路調戲趙致，她欲拒還迎的神態，確對自己大有情意，現在若她「誤以爲」占了她便宜的人，是「董匡」而非「項少龍」，會是怎樣的一番感受呢？想起她「發覺」項少龍竟是董匡時，那失望的樣子絕非裝出來的。

滕翼笑道：「既是奉旨不用裝邁力，不若大家去好好睡一覺，管他娘發生什麼事？」

項少龍一想也是，返回寢室，倒頭大睡，到烏果來喚醒他，竟過了午飯的時刻，太陽快下山了。這些天來，還是首次睡得這麼酣暢。烏果道：「二爺在廳內等三爺吃飯！」

項少龍精神抖擻地爬起來，梳洗更衣後出去與滕翼相見。兩人踞案大嚼。

烏果在旁道：「雅夫人派人傳來口訊，請三爺明晚到她的夫人府赴宴，到時她會派人來接你，希望你早點到她那兒去。」

項少龍記起她昨晚答應李園的宴會，當時還以爲她隨口說說，想不到竟認眞起來。苦笑道：「你看我們來邯鄲是幹什麼，差不多每晚去和那些人應酬。」

滕翼笑道：「應付趙穆不難，應付這些女人可教你吃足苦頭。」

項少龍道：「我眞想大幹趙雅一場，好洩心頭之恨，可是這樣定會給她把我認出來。正如你所說，只要她用鼻子一嗅，小弟便無所遁形，更何況這位男人的專家那麼熟悉我的身體。」

滕翼搖頭道：「我也爲你的處境難過——唔！」靈機一動道：「並非全無辦法，昨天我閒著無聊，到後園走了一轉，其中有種草樹，若把汁液搾出來，塗少許在身上，可發出近乎人體的氣味，嗅起來相當不錯，比女人用來薰衣的香料自然多了，這可解決氣味的問題，假若你身上沒有黑痣那類的特徵，吹熄燈在黑暗中幹她，說不定能瞞混過去。」

在一旁的烏果忍不住道：「三爺的傢伙必然大異常人，一進去趙雅便會知道。」

滕翼和項少龍給他說得捧腹狂笑起來。

項少龍喘著氣道：「你很懂拍馬屁，不過我只是說著玩兒，並非眞要幹她，更不値得如此冒險玩命。唉！那樣把她當作洩憤洩慾的對象，終是有點不妥。」

滕翼強忍著笑道：「不過那種叫『情種』的草樹汁，搽一點也無妨，那你儘管和趙雅親熱些仍沒有問題，我立即著手製作。」

烏果一呆道：「竟有個這麼香艷的名字。」

滕翼自得善蘭，人變得開朗隨和許多，伸手過去拍拍他肩頭，嘆道：「小子可學得東西了，這『情種』有輕微的催情效用，女人很喜歡嗅，鄉間小子如荊俊之輩，約會人家閨女時都愛塗在身上，不過必須以米水中和，否則會惹來全身斑點疹痕。你要試試嗎？」

烏果興奮地道：「回咸陽後定要找個美人兒試試。」

項少龍問：「還有什麼事？」

烏果道：「武士行館的趙館主遣人送帖來，說明天的論劍會改在後天午時舉行，請三爺務要出席。」

項少龍向滕翼道：「那另一個奸鬼李園太可惡，說不定我要狠狠教訓他一頓。」

有人進來道：「龍陽君來見三爺，正在外廳等候。」

項少龍愕然，苦著臉向滕翼道：「有沒有什麼叫『騙妖』的汁液，讓他一嗅立要避往天腳底去。」

滕翼啞然失笑道：「這次是老哥第一次不會羨慕三弟的艷福！」

見到威武的董馬癡大步走出來，龍陽君以一個「他」以爲最美的姿態盈盈起立，還依著女性儀態對他斂衽爲禮。

項少龍看得啼笑皆非，又是暗自叫苦，笑著迎上去道：「君上大駕光臨，鄙人受寵若驚。」

龍陽君那對也似會說話的眼睛往他飄來，從容笑道：「本君今天來找董先生，實有事耿耿於懷，不吐不快。」

今天他回復男裝打扮，不過衣飾仍然彩色繽紛，若他眞是女子，項少龍定要讚她嫵媚動人，現在則是心顫膽跳，若他的不吐不快是一籮筐的綿綿情話，天才曉得怎樣去應付。

兩人坐好後，龍陽君正容道：「本君認爲董先生回歸趙國的決定，實在太莽撞。」

項少龍爲之愕然，也暗中鬆了一口氣，不解地道：「君上何有此言？」

龍陽君見左右無人，柔情似水地道：「我是愛惜董先生的人才，方不顧一切說出心中想法，趙國現在好比一口接近乾枯的水井，無論先生的力氣有多大，盛水的器皿和淘井的工具多麼完善充足，若只死守著這口井，最終仍難逃井枯人亡的結果。」

項少龍心中一震，一向以來，他不大看得起這以男色迷惑魏王而得居高位的傢伙，現在聽他比喻生動，一針見血指出趙國的形勢，不由對他刮目相看。故作驚訝地道：「趙國新近大勝燕人，怎會是一口快將枯竭的水井？」

龍陽君微笑道：「垂死的人，總有迴光反照的時候，太陽下山前，更最是艷麗。而這全因爲趙國仍有兩大名將，硬撐大局。若此二人一去，你說趙國還能拿得出什麼靈丹妙藥來續命？」

項少龍道：「君上說的是不是廉頗和李牧？」

龍陽君道：「正是二人，廉頗年事已高，守成有餘，進取不足，近日便有謠言說他攻燕不力，孝成王一向對他心病甚重，所以目下邯鄲有陣前易將之說，誰都不知是否重演長平以趙括換廉頗的舊事。」不容他插話，龍陽君口若懸河繼續道：「至於李牧則忠直而不懂逢迎，做人不夠圓滑，若遇上明主，此乃能得天下的猛將，可惜遇上多疑善忌好大喜功的孝成王，又有巨鹿侯左右他的意向，最終不會有好結果，只可惜他漠視生死，仍戀棧不去，否則我大魏上下君臣，必會倒屣相迎。」

他這麼一說項少龍立知魏人定曾與兩名大將接觸過，李牧拒絕了，卻不知廉頗如何。龍陽君眞厲害，若只憑一番話便去了趙國軍方兩大台柱，趙國還不是任魏人魚肉嗎？

龍陽君見他聽得入神，以爲打動他了，再鼓其如簧之舌道：「董先生或者奇怪本君爲何如此斗膽，竟在趙人的首都批評他們。一來本君並不把他們放在眼內，諒他們不敢動我半根毫毛，更重要是本君對董先生非常欣賞，不忍見你將來一番心血盡付東流，還要淪爲亡國之奴。況且秦王與趙人間有深仇大恨，絕不會放過他們。良禽擇木而棲，若先生肯來我大魏效力，本君保證優渥禮遇非趙國可及，至少不會因李園這麼一個尙未得勢，在春申君下面做個小跑腿的傢伙幾句說話，竟慌得差點要把先生趕走。」

項少龍心叫厲害，知道龍陽君在趙王身邊布有眼線，所以把握時機，乘虛而入，遊說他改投魏國。不禁佩服岳父烏應元的眼光，給自己馬癡的身分。現時各國皆重馬戰，他這董匡正是各國夢寐以求的人才。裝作感動地道：「君上這番話發人深省，鄙人須仔細思量，還要向族人解說，但暫時——」

龍陽君見他沒有斷然拒絕，喜上眉梢，送他一個「媚眼」道：「奴家最明白男人的心事，董先生不用心急，最好探清趙國情況，當知奴家沒有半字虛語。」

項少龍不由佩服他的游說工夫，寥寥幾句話，說盡趙國的問題。嘆道：「若董某不是趙人，此刻可一口答應。」

龍陽君柔聲道：「對孝成王來說，除趙家外，誰會是趙人呢？若換了不是趙穆和趙雅，於烏家一役失利，早被他五馬分屍。有才而不懂愛才，項少龍正是最好的例子，若非先生送來一千匹上等戰馬，不出一年，趙國再無可用之馬。」

項少龍心想你的心真夠狠毒，把我拉走，等若打斷趙人的腳。

龍陽君壓低聲音道：「聽說趙霸應李園這不知天高地厚的小子要求，後天午時在行館舉行論劍會，只要先生點頭，奴家可使人到時挫他威風，看他還敢不敢盛氣凌人。」

項少龍心中大感驚訝，每次說起李園，龍陽君都是咬牙切齒，照計李園這麼高大俊秀，沒理由得不到龍陽君的青睞，看來是李園曾嚴詞拒絕過他，令他因愛生恨。又或是他不喜歡李園那種斯文俊俏型的美男子，而歡喜自己這陽剛粗豪的——嘿！自己想到哪裡去了？

意外地龍陽君站起來，辭別道：「先生好好想想，有答案便告訴奴家，那時再研究細節，務使先生走得歡歡喜喜。」

項少龍給他一忽兒「本君」、一忽兒「奴家」弄得頭大如斗，忙把他送出大門，看著他登上馬車，在數十名隨從前呼後擁下去了，苦笑回頭。無論如何，他再不敢小覷這不男不女的人。

龍陽君走後，項少龍偷得浮生半日閒，獨個兒在大宅的院落園林間漫步，回想當日偷入此處，初遇朱姬的醉人情景。不論朱姬是怎樣的人，他眞的感到她對他很有好感，那是裝不來的。忽然間，他有點惆悵和失落，也感到寂寞，而事實上他應比任何人更滿足才對，以一個現代人，來到這陌生又非常熟悉的古戰國時代裡，他的生命比任何一個時代的人至少豐富一倍，因爲他經驗多了一個時代。經過這幾年驚濤駭浪的日子，他連想東西的方式，所有的措辭和文字，都大致與當時代的人相若。昨晚他想殺人滅口，辣手摧花，正是烏卓和滕翼兩人認爲是最合理的做法。幸好懸崖勒馬，否則這輩子良心都要受到懲罰。想到這裡，不禁暗自抹一把冷汗。

時値深秋，天氣清寒，園內鋪滿落葉，在黃昏的暗沉裡分外有肅殺凋零的氣氛。宴會有時也不錯，在那些無謂的應酬和庸俗的歡樂裡，很容易在自我麻醉中渾然忘我。無由地，他強烈思念著遠在秦國的嬌妻美婢，想著她們朝夕盼望他歸去的情景，不禁魂爲之銷。忍不住隨口拈來李白的名詩，唸道：「棄我去者，昨日之日不可留，亂我心者，今日之日多煩憂。」

鼓掌聲在後方近處響起。項少龍嚇了一跳，猛然回過身來，見到滕翼伴著一身盛裝，美得像天上明月的紀嫣然，一起瞪大眼睛看著自己。俏佳人秀目異采連閃，美麗的小嘴正喃喃重覆兩句千古絕詩。

項少龍大感尷尬，迎了上去道：「嫣然妳這個樣兒來見我，怎瞞得過別人的耳目？」

滕翼道：「嫣然現在是到王宮赴趙王的宴會，路過行館忍不住進來看你，根本沒打算瞞人。嘿！你剛才作出來那兩句詩歌眞是精采絕倫，好了！你們談談吧！」識趣地避開。

紀嫣然嫵媚一笑，投入他的懷抱，讚嘆道：「今天李園拿了他作的詩歌出來給我看，嫣然已非常驚異他的天分，甚爲讚賞，可是比起你剛才兩句，李園的就像小孩子的無聊玩意，有誰比你剖畫得更深刻動人呢？嫣然甘拜下風。」

項少龍老臉一紅，幸好紀嫣然看不見，緊接著她的話道：「不要誇獎我，這叫情人眼裡出西施。」

紀嫣然心中劇震，離開他懷抱，定神看著他道：「天啊！你隨口說出來的話總是這麼精采奇特，還記得你那句『絕對的權力使人絕對的腐化』，一句話說盡現今所有國家的問題，連韓非公子都沒有這麼樣的警句。」說罷情不自禁獻上熱吻，差點把他溶化。分開後，紀嫣然神魂顛倒地道：「項郎啊！作一首詩歌送給人家吧！由人家配上樂章，勢將成千古絕唱。」

項少龍心中苦笑，他能由頭唸到尾的恐怕沒有哪首詩，怎能拿來應酬這美女，而且占別人的創作爲己有，等同侵犯版權，用口說說也還罷了，若眞傳誦千古，豈非預先盜了別人的創作權，苦笑道：「世上無一物事不是過眼雲煙，千古傳誦又如何？」

紀嫣然嬌嘆一聲，伏倒他身上，嬌嗔道：「少龍呀！你眞害死人家了，今晚嫣然除了想著你外，還有什麼好想呢？偏又不可和你在一起。人家不理你，由明天開始，你公開追求我，讓嫣然正式向你投降和屈服，這事你絕不可當作是過眼雲煙。」再嘆道：「過眼雲煙！多麼淒美迷人，只有你才能如此隨手拈之便成天然妙句。」

項少龍心中叫苦，這叫愈弄愈糟，異日她迫自己不斷作詩作詞，自己豈非成了文壇大盜。

紀嫣然不甚甘願地道：「嫣然走哩，鄒先生在馬車上等我，這樣吧！你若作好詩文，我便配樂只唱給你一個人聽，我知嫣然的夫婿既不好名也不好利。唉！名利的確教人煩惱，若沒有人認識紀嫣然，我可終日纏在你身旁。」又微微一笑道：「不准動！」蜻蜓點水般吻他一下，翩然去了，還不忘回眸一笑，教項少龍三魂七魄全部離竅至不知所至的境地。

回到內宅，滕翼道：「現在我才明白為何紀才女給你手到擒來，那兩句實是無可比擬的傑作，比之《詩經》更教人感動。那些詩歌你定然很熟悉。」

項少龍暗忖除了「窈窕淑女，君子好逑」兩句外，老子對《詩經》一竅不通，只好唯唯諾諾應了。

滕翼道：「孝成王眞教人灰心，若你眞是馬癡董匡，現在應立即溜掉。你看他因怕了李園，今晚宴請嫣然，有點頭面的人都在邀請之列，獨把你漏了。」

項少龍恍然大悟，難怪龍陽君匆匆走了，原來是到趙宮赴宴。笑道：「難得有這樣的閒暇，我們不若到這裡的官妓院逛逛，不醉無歸。」

滕翼肅容道：「官妓院內大多是可憐女子，三弟忍心去狎弄她們嗎？」

項少龍想起素女，大感慚愧道：「二哥教訓得好！」

滕翼點頭道：「你眞是難得的人，這麼肯接受別人的意見，來吧！我們出去隨便走走看看，亦是一樂。」

兩人坐言起行，出宅去了。步出行館，兩人朝邯鄲城最熱鬧的區域悠然閒逛。街上行人稀疏，有點暮氣沉沉的樣子，比他們離邯鄲前更是不如。烏家事故對趙人的打擊深遠之極，而趙人的首都則直接把事實反映了出來。趙人對秦人的恐懼是可以理解的，長平一役的大屠殺早把他們嚇破了膽。郭縱家業雄厚，當然不可說走就走，但平民百姓哪理會得這麼多，借個藉口溜出城外，可逃到鄉間或索性到別國去。這種遷徙對中華民族的團結有正面的作用，使「國家」的觀念日趨薄弱，有利大一統局面的出現。

現在的七國爭雄，頗有點異姓王族各爭短長的意味。

滕翼的話驚醒了他的馳想，只聽他道：「有人在跟蹤我們。」

項少龍機警地沒有回頭，沉聲道：「多少人？」

滕翼冷靜地道：「至少七至八人，身手相當不錯。」

項少龍苦思道：「怕就是昨晚在宅外監視我們的人，邯鄲誰會這麼做呢？」

滕翼微笑著道：「抓起一個來拷問幾句不就清楚了嗎？」

項少龍會意，隨他轉進一條僻靜的小路去，兩旁是楓樹林，前方有條石拱橋，跨越橫流而過的小河，對岸再見疏落有致的院落平房。尚未走到小橋處，後方急劇的足音響起，有人喝道：「董匡停步！」項少龍和滕翼相視一笑，悠閒停步轉身。二十多名慓悍的劍手，扇形包圍過來，有些由楓林繞往後方和兩側，把他們圈在中心。

項少龍定神一看，沒有一個是他認識的，靈機一動，喝道：「李園有本事自己來殺我，爲何派你們這些小嘍囉來送死？」

衆劍手齊感愕然，看樣子是給項少龍一語中的，揭破他們的身分。那些人仍未有機會反駁，兩人趁對方心分神搖的好時機，拔劍撲出。那些人想不到對方要打就打，先發制人，倉卒拔劍招架。項少龍一聲冷哼，發揮全力，施展殺手，首當其衝的敵人給他蕩開長劍，立中一腳，踢在小腹處，那人慘嘶中似彎弓的河蝦般倒跌開去。滕翼那方響起連串金鐵交鳴的清音，兵刃墮地和慘叫接連響起，自是又有人吃了大虧。

項少龍一招得手，不敢怠慢，這些人都是經驗豐富的好手，雖交鋒之始失利，卻無人退縮，兩把長劍如風雷疾發般由左右兩側攻來。項少龍繼續逞威，移往右側向那特別粗壯的大漢橫劍疾掃，「噹！」的一聲，大漢毫不遜色硬擋他一劍。項少龍心叫痛快，施出墨氏補遺三大殺招的以攻代守，猛劈入對方劍光裡，那人亦是了得，移後避開。左方長劍貫胸而來，項少龍使個假身，避過對方凌厲的一擊。此刻他若拔出飛針施放，敵人定難逃大劫，可是他卻要制止這誘人的想法，因爲除非能盡殲敵人，再毀屍滅跡，否則可能會給趙人在這上面識破他是項少龍。這個想法閃電掠過心頭的當兒，長劍在腰後掠至，項少龍反手迴劍，重重砍在對方長劍近把手處。那人遠比不上剛才的壯漢，虎口爆裂，長劍亦給鋒利的血浪砍開一個缺口，脫手墮地。項少龍硬撞入他懷裡，好避過壯漢再次掃來的一劍，手肘重擊那人胸脅。肋骨斷折的聲音隨肘傳來，敵人口鼻同時濺出鮮血，拋跌往外，撞倒斜刺裡衝上來的另一敵人。

「噹！」項少龍架開壯漢的一劍，忽地矮身蹲下，橫腳急掃。壯漢哪想得到有此奇招，慘呼一聲，先是兩腳離地而起，變成凌空橫斜，再重重往地上掉去。此時又有長劍交擊而至，全力圍攻。這批人確是悍勇非常，教他應付得非常吃力。若沒有滕翼在旁，只他一人，可就勝敗難測。他無暇再傷那壯漢，展開墨子劍法的守勢，硬把另三人迫在劍光之外。滕翼悶哼一聲，撞在他背脊處，顯是吃了點虧。

項少龍百忙中回頭一看，見到他那方面的敵人已有三個倒在地上，但仍有五、六人狀如瘋虎般撲上來，猛攻滕翼，喝道：「進林內去！」

一劍掃開衆敵，飛腳再傷一人時，給人在左肩畫了一劍，雖沒傷及筋骨，但血如泉湧，血染衣衫。滕翼一聲暴喝，磕飛其中一人的兵刃，鐵拳揮打，那人面門中招，立時暈倒。危機驟減，兩人殺開血路，閃入林內。衆敵給他們殺得心膽俱寒，哪敢追去，一聲呼嘯，扶起傷者，逃往小橋另一方。

滕翼待要追去，給項少龍拉著，笑道：「由他們走吧！抓到人還要多做一番無謂功夫，最後還不是動不了李園嗎？」

滕翼道：「你受傷哩！」

項少龍也查看他左腿的傷口，笑道：「只比你嚴重少許，算什麼呢！不過這批劍手的確厲害，難怪李園如此氣燄迫人。」

滕翼哈哈一笑道：「我們是有點輕敵了。」

項少龍搭著他肩頭，嘻嘻哈哈回家去也。心中卻馳想李園看到手下折兵損將而回的難看臉色。

項少龍包紮好肩頭的傷口，索性不穿上衣，只在外面披著一件長褂，在書齋的長几上練字。來到這時代，首先要克服的是語言、口音和說話方式、習慣、用字等問題，不知是不是他特別有天分，又或是別無選擇，半年多他便可應付過來。不過寫字嘛？到幾年後的今天他的字仍不可見人，這種介乎篆隸之間的古文字，確實把他難倒，尤其要在竹簡和布帛上書寫，更是個大問題。幸好練書法可以視爲樂趣，趁現在沒有烏廷芳等纏他，正好偷閒練習。

當完全沉醉在那筆畫的世界中，烏果進來道：「趙致姑娘找三爺。」

項少龍早猜到她會來找他，欣然道：「請她進來吧！」

烏果眼睛落到他歪歪斜斜，忽粗忽細、有如小孩練字的書體，猶豫道：「要不要小人先給三爺收拾好東西，然後請她進來。」

項少龍知他已很謹慎地用最婉轉的方法點醒他這手字絕不可讓人看見，笑了起來道：「我是故意寫得這麼難看的，好讓人知道董匡是個老粗，我眞正的字鳳舞龍翔，你見到包準要叫絕呢！」

烏果一拍額頭道：「三爺想得眞周到，否則就算未寫過字的人拿起筆來，也不至寫成這樣子。」又猶豫了一下道：「三爺是不是過分了點。」

項少龍爲之氣結，烏果的確相當有趣，笑罵著道：「快給我去請人家姑娘進來！讓人久等就不好了。」

烏果知他生性隨和，從不擺架子，對上下每個人都是那麼好，早和他笑鬧慣了，聞言施禮退出去。不一會烏果領著趙致來到他身後，項少龍仍背著門口，向著窗外月夜下的花園，先吩附烏果關門離開，向趙致道：「來！坐到我對面來。」

他專心寫字，趙致在他几子對面盈盈席地坐下，一對美目落到他蟲走蛇遊的歪斜字體上，「啊！」一聲叫起來。

項小龍擲筆笑道：「老粗的字就是那樣子的了！趙姑娘切勿見笑，噢！鄙人應稱妳田姑娘才對。」

趙致垂下臉，有點不敢和他對視，旋又白他一眼道：「你這人眞糊塗，誰說人家姓田呢？」

項少龍愕然道：「不是姑娘親口告訴我的嗎？爲何這麼快忘記，不要明天連董某都不記得了！」

趙致橫他一眼後，拿起筆來疾書一個「善」字，秀麗端正，與出自項少龍的手筆那些字體有若天壤之別。

項少龍尷尬地說：「原來是我聽錯了。」接著虎軀一震，像是想起什麼重要的事。

趙致卻誤會了他的意思，淒然道：「你終於知道我爹是齊國的大夫善勤，他一心想助大王理好朝政，卻被田單這奸賊認爲爹要削他的權，隨便弄些證據說他謀反，害得我們全家連夜逃來邯鄲，以爲趙穆會念著一向的交情，收容我們，豈知——」

項少龍想到的卻是嫁了滕翼的善蘭，她的身世，滕翼自然一清二楚，不用直接問趙致，以免洩出祕密。

項少龍問：「趙霸和妳是什麼關係？」

趙致拭去眼角的淚珠，道：「沒有任何關係，不過他是正叔的好朋友，正叔乃趙國大儒，幼年時曾隨他親娘在我家為僕，到今天仍以僕人自居，若非他收容我們姊妹，我們不知會變成什麼樣子。我早當他是爹，你還是當人家是趙致吧。」

項少龍索性問個一清二楚道：「為何姑娘竟會為趙穆訓練歌姬？」

趙致道：「師傅與郭縱有深厚的交情，郭縱想找人教她的歌姬劍舞，師傅推薦我，趙穆見我教得不錯，要我到他侯府去訓練他的歌姬。我們還以為有機會報仇，卻一再給你救了他。」

項少龍道：「妳大姊的身手這麼厲害，是不是趙霸教出來的？」

趙致搖頭道：「大姊自少便是有稷下劍聖之稱、自號忘憂先生的曹秋道大宗師的關門弟子，我留下來跟正叔，她卻潛回齊國隨曹公習藝，曾兩次刺殺田單失敗，給逼緊了最近避到這裡來，這次田單來趙，是天賜的良機。」

項少龍奇怪地道：「姑娘這次為何這麼合作，有問必答，言無不盡？」

趙致臉微紅道：「因為人家感激你哩！你竟能以德報怨，真是個好人吶！」

項少龍笑起來，挨到椅背，伸個懶腰，展露壯健結實的胸肌和纏紮肩脅的多層藥帛。

趙致駭然道：「你受了傷！」接著突然紅了臉，別過臉去道：「你在家總是不愛穿衣服嗎？」

項少龍若無其事地道：「姑娘不習慣面對我這種粗人哩！」

趙致下了決心似的轉過臉來，含羞瞧著他道：「不！先生智計身手均高人一等，我們姊妹很佩服你。」

項少龍失笑道：「不要代乃姊說話，我不信她會佩服人。」

趙致露出驚訝之色，點頭道：「你眞了得，看穿她的性格，她的確沒有說佩服你，不過我卻知道她心底裡對你另眼相看，只是嘴巴硬而已。人家來找你，她沒有反對。」

項少龍不地問：「妳不用陪師傅出席趙王的宴會嗎？爲何還有空來找我？」

趙致道：「正因所有人都到了王宮，我才溜出來，紀嫣然魅力驚人，人人爲她神魂顚倒，若她眞肯彈奏一曲，或唱首歌，我看更不得了。」

項少龍馳想著刻下正在王宮內上演的好戲，暗忖若由我這老粗公然追求她，結果又得了手，定然是滿地破碎的眼鏡片，假若古人亦會戴上在那個時代不會存在的眼鏡的話。

趙致見他現出古怪笑容，忍不住道：「你在想什麼？噢！爲何今晚宴會沒你的份兒？人家仍未問你，田單和你有什麼深仇呢？」

項少龍攤手苦笑道：「妳想我先答妳哪個問題？」

趙致眼光不由又落到他賁起閃亮的胸肌，嚇得忙把目光移開，嘆氣道：「你像一個謎，教人摸不清測不透，假若你是項少龍，則一切合理。」

項少龍道：「我知項少龍是誰哩，想不到致姑娘也是他的女人，這人眞是風流。」

趙致臉轉紅，白他一眼道：「人家不單和他沒有關係，他最初還可說是我的仇人，唉！」

項少龍奇怪問道：「致姑娘爲何嘆氣呢？」

趙致意興索然道：「我不知道，總之是有些心煩。」

項少龍若無其事地道：「妳既不是他的女人，就不要想他，橫豎董某人既抱過妳又親過妳，致姑娘不如從我吧！」

趙致為之愕然，接著整塊臉熊熊燒起來，「啊！」的一聲後猛搖頭道：「不！不！唉！對不起！」

項少龍皺眉道：「我是老粗一個，不懂討好女人，初時還以為致姑娘對我有意，豈知是一場誤會。有什麼對不起的，不愛從我便算了。」

趙致垂下頭去，神情不安，玩弄衣角，輕輕地道：「你不會因此事惱人家嗎？」

項少龍哈哈一笑道：「他娘的！我老董怎會是這種人。不過妳既不是我的女人，便是外人，爹教過我逢著外人絕不可說眞話，妳休想董某告訴妳什麼事。」

趙致給他弄得糊塗起來，無可奈何負氣道：「不說便算，我要走哩。」

項少龍再次舉筆寫字，心不在焉道：「致姑娘請！不送了！」

趙致像身子生根般動也不動，大感有趣地看著他道：「你生氣啊！」

項少龍故意不望她道：「給女人拒絕難道還要慶祝嗎？致姑娘若再不走，說不定我會強把你抱入房內，那時你不願意都沒辦法。」

趙致嚇得站起來，嗔道：「你這人哩！哪有這麼蠻不講理的，人家是低聲下氣來向你道歉和商量，你卻這般待人。」

項少龍擱筆停書，抬頭瞧著這人比花更嬌、色比胭脂更艷的美女，瞇著眼上下打量道：「我是個正常的男人，妳是個可滴出水來的甜妞兒，這處是個無人的靜室，妳說董某應怎樣待妳才對？」

趙致受不住他的目光，氣呼呼道：「你再這樣，人家眞的要走了！」

項少龍放下筆來，笑道：「我明白姑娘的心意，難怪人家說女人無論心內怎麼千肯萬肯，但嘴巴只會說奴家不肯。」

趙致駭然離座，移到門旁，鬆一口氣道：「你再這樣對我，趙致會恨死你的。」

項少龍轉過身來，瀟灑笑道：「恨即是愛，唔！這名句是誰教我的，想不到我董匡終於成功。唉！以前想找個恨我的女人仍辦不到。」

趙致嬌嗔道：「除了馬外，你還懂什麼呢？」

項少龍定神揣想，道：「本來除馬外我眞的對什麼都沒有興趣，不過那晚抱過姑娘後，才知女人的身體這麼柔軟迷人，嘿！」

趙致終於吃不消，猛一跺足，惱怒地道：「人家恨死你哩！」推門逃去。

項少龍看著關上的門，嘆一口氣。他是故意氣走趙致，否則說不定會給她揭破他的祕密，尤其當荊俊回來後，這小子定會在她面前露出馬腳。縱使荊俊神態沒有問題，可是趙致曾與他多次接觸，很容易可看穿他只是多了個面具，其他身形動作處處破綻。她不像田貞，想的只是要和他在一起，若被她姊妹要脅，要他助她們完成願望，那就糟糕。不過若她兩姊妹冒險去行刺田單，亦是非常頭痛的事，一時更想不到兩全其美的方法。想到這裡，站了起來，去找滕翼，好弄清楚善蘭與她們的關係。

次日項少龍起床後，仍是清閒如故。心中好笑，自己一下子由炙手可熱的大紅人，變成個清閒角色，門庭冷落，想不到李園如此有影響力。若他是眞的董匡，還不萌生去意才怪。與滕翼談過之後，果然證實善蘭是趙致的二姊，齊人見她生得美貌，收入官妓院，加以訓練，用來作禮物送人。午飯後，趙穆赴宮見孝成王，路經行館順便進來見面。

在幽靜的內軒裡，項少龍說出被襲的事。趙穆沉吟片晌道：「該是李園遣人做的，別的人並沒有理由對付你。」

項少龍早猜到這點，只是希望由趙穆自己口中說出來。

趙穆道：「李園為紀嫣然神魂顛倒，最不好是那天紀才女與你同席，言談融洽，招他妒忌，故在孝成王面前大施壓力排擠你，這事牽涉到兩國邦交，偏又在這種要命的時刻，我也很難說話。唉！紀才女昨天又來找過你，不要說李園妒忌得要命，邯鄲城中自問有點資格追求她的人無不眼熱呢。」再嘆氣道：「這美人兒確是人間極品，昨天一曲洞簫，與席者無不傾倒，李園還哭了出來，若能把她收到私房，你說一個男人還能有什麼更大的奢求呢？」

項少龍默然無語。

趙穆忍不住問道：「她昨天來找你有什麼事？」

項少龍故意苦笑道：「若我說她看上我，侯爺相信嗎？」

趙穆嘿一聲道：「當然不信。」

項少龍頹然道：「我也很想她來找我是因情不自禁，可惜只是因馬兒病了來請教鄙人。」

趙穆暗忖這才合理，釋然道：「我也要走了，這幾天出外多帶幾個人，莫要讓李園有機可乘。我們的事要待六國合縱的事定下來後進行，暫時不要有任何行動。」

項少龍陪他往府門走去。

趙穆顯然心情甚佳，笑道：「紀才女不知是否動了春心，這兩天更是嬌豔欲滴。最想不到的是今晚雅夫人的宴會她竟肯賞面，與她在大梁時躲在閨中半步不離的情況大相徑庭。現在邯鄲人人摩拳擦掌，希望能奪美而回，比在戰場大勝一場更使人渴想。」

項少龍皺眉道：「今晚豈非又是人頭攢動？」

趙穆啞然失笑道：「人頭攢動？這形容非常精采。你的辭鋒可能比蘇秦、張儀兩個著名雄辯之士更了得。那天一番話逼得李園無辭以對，人人對你刮目相看，趙雅都給你撩起春心，只要加把勁，今晚說不定可登堂入室呢？嘿！這蕩女在榻上的迷人處，只有試過的才知道。」

項少龍差點想掩耳不聽，幸好已來到主府前的廣場，只見侯府的家將足有過百人，蒲布等人首次出現其中。

趙穆冷哼一聲道：「終有一天會給本侯拿著那女刺客，那時我會要她求生不得，求死不能。這批人是我調升的近衛，忠誠方面絕無問題，不過若有失職，我會像以前那批飯桶般把他們全部處死。」

項少龍心中一驚，此人心性殘忍，教人駭慄。所有人包括自己在內，只是他可隨意捨棄的工具，若讓他當上一國之君，臣子和人民都有得好受。不過這次卻是有利無害，至少使蒲布他們更接近他。趙穆走後不久，雅夫人派來接他的馬車到達，來的還是趙大。

對趙大他比對蒲布等人更信任，把他請入內軒，笑道：「趙大你不認得我了嗎？」

趙大心中劇震，往他瞧來，失聲道：「項爺！」慌忙跪下。

兩人相認，均有恍若隔世的感覺，趙大感激零涕，欷歔道：「小人們一直盼項爺回來，本想溜去咸陽尋項爺，又捨不下夫人。」

項少龍要他坐下後道：「這次我絕不可洩露身分，否則必是全軍盡沒，所以你要連幾位兄弟都瞞過。」

趙大道：「項爺放心，就算把我趙大千刀萬剮，絕不會吐半句關於項爺的話出來。項爺這麼信任小人──」說到這裡，眼都紅了，說不下去。

項少龍道：「這次事成，你們隨我回咸陽吧！邯鄲再非你們久留之地。」

趙大先是大喜，隨之神情一黯，猛下決心似的跪下去，嗚咽道：「項爺請原諒夫人！她心中到現在仍只有你一個人，她──」

項少龍把他扶起來，感動地道：「我明白你的忠義，不過有很多事情是勉強不來，看事情怎麼發展吧！是了！韓闖這兩天有沒有在夫人處留宿？」

趙大的表情不自然起來，道：「夫人這兩天沒有見韓侯，楚國的李園先生卻來了一趟，夫人請他到小樓說話，他盤桓個把時辰才走。項爺！夫人這麼做，只是想借別人來忘記你，這些日子來我們從沒有見過她眞正的笑容。」

項少龍心中大怒，李園根本心不在趙雅，只是借她來宣洩紀嫣然對自己另眼相看的仇恨，而趙雅則是不知自愛。

趙大惶然道：「項爺！小人說的全是眞話。」

項少龍正容道：「一雙腳踏著兩條船最是危險，趙大你最好由今天開始，全心全意跟隨我項少龍。趙雅善變難測，我總不能把所有人的生命拿去放在她手裡，若她再出賣我們，這次哪還有翻身的機會。」

趙大嚇得跪下去，惶然請罪。項少龍又把他拉起來，勸勉一番。

項少龍塗上「情種」的藥液，然後隨趙大往夫人府去。途中愈想愈恨。現在除趙穆外，他最憎厭的就是李園這個卑鄙惡毒的小人。忍不住又怪趙雅賦性淫蕩，意志不夠堅定。既向他這馬癡示好，又不斷與別的男人勾三搭四，禁不住下了懲戒她的心。對付兩人最好的方法，自然是心中的女神紀嫣然。想到這裡，整個人又再度充滿勃勃生機。

項少龍抵達那天初次來夫人府時等候趙雅的大廳，珍玩飾物依然如前布列櫃內架上，但他已換過完全另一副心境。她為何不把他請到清幽雅靜的園內小樓處，厚李園而薄待自己，那不如索性不要他這麼早到。若不論人格，李園確是女人理想的深閨夢裡人，紀嫣然亦曾被他的文采打動，可惜他卻是這麼樣的人。思索間，雅夫人盈盈而至，侍候身旁的女侍施禮告退。

項少龍心中想的是為何小昭等諸女一個不見，雅夫人來到他身旁席地坐下道：「董先生賞面早臨，舍下蓬蓽生輝。」

項少龍往她看去。這成熟的美女容光煥發，眉眼間春意撩人，體態嬌柔，引人至極。她愈是美艷動人，他心中愈有氣，猜到是因受到李園的滋潤，回復春意生機。粗聲粗氣地道：「夫人的府第勝過王公侯爵居所，何來蓬蓽之說。」

趙雅聽得皺起秀眉，哪有人會把禮貌的客氣話當是真的，雖心中微有不悅，卻沒有像以前般輕易被他氣壞，當然是因為內心還充滿李園的愛情，不以為意道：「先生在藏軍谷的牧場進行得如何？」

項少龍為之愕然，他何等敏銳，看趙雅這時神態，知李園成功奪得她的芳心，甚至把「項少龍」暫時忘掉，回復以前的風采。本應是値得高興的事，至少趙雅因心有所屬暫時不會來纏他，偏是心中很不舒服，很想傷害她，看她難過。旋又壓下衝動，微笑道：「今天不談公事，夫人爲何想鄙人早點來此呢？」

這回輪到趙雅無辭以對。她這樣做自是因爲對這馬癡頗有點意思，只不過目下因李園的忽然闖入，獨霸她的芳心，至少在此刻是如此，所以再沒有原先的心情。她仍派人去將項少龍早點接來相見，是因內心深處渴望能與他在一起。這董匡別有一股粗豪又充滿哲理思想的獨特氣質，既霸道又溫柔，合起來形成一股對她非常新鮮刺激的感覺。和他在一起，從不知他下一刻會說些什麼話或做出什麼出人意表的行爲。而他對自己又是若即若離，似不把她放在心上，但又像對她很有興趣。總言之有他在身旁，她沒有餘暇去想別的事。這種感覺，是李園亦無法給她的。與李園胡混廝磨，她總忍不住要把他當成項少龍，但這個在某方面酷似項少龍的粗漢，反使她忘記一切。若與他歡好親熱，會是什麼滋味呢？想到這裡，自己都暗吃一驚，暗裡自責，爲何見到他後，李園本來強烈的印象立時轉淡？

項少龍見她臉色明暗不定，怒氣上湧，霍地起立。

趙雅嚇了一跳，抬頭不解地往他望去。

項少龍沉聲道：「夫人是否愛上李園那小子，所以現在對鄙人變得那麼冷淡？」

趙雅嬌軀一震，驚呼道：「噢！不！」此刻她已無暇推斷對方爲何能一針見血，說出她的心事。

項少龍微笑道：「沒有什麼關係，但假設李園偷的是董某人的寶馬，我絕不放過他。」一伸懶腰，「哈」一聲笑道：「我還是先到街上逛逛，待會再來參加晚宴，免得妳眼望我眼，不知道什麼話題好說的。」

趙雅給他弄得六神無主，站起來嬌嗔道：「董先生！你留點面子給趙雅好嗎？人家在你心中竟及不上一匹馬兒嗎？」話出口始知犯語病，豈非把自己當作是他的馬兒嗎？

項少龍淡淡看她一眼，暗感快意，轉身朝廳門舉步，若無其事地道：「那小子偏愛和老子作對，好！讓董某人一顯手段，把紀嫣然搶過來，讓他嘗嘗被人橫刀奪愛的味兒。」

趙雅本要追他，聽到紀嫣然三字後愕然停下。

可是她卻不敢笑他，因爲他語氣裡透出強大無比的信心，教人感到他說得出來，一定可以做得到。到項少龍消失門外，她心中仍唸道「橫刀奪愛」四個字。唉！他用語的新鮮和精采，確可與項少龍平分秋色。忽然間，她知道李園仍未可完全代替項少龍。想到這裡，意興索然，再不願想下去。

置身邯鄲的街道上，項少龍想起小盤登位後接踵而來的戰亂，禁不住心生感慨。廣闊的土地，經過數百年的亂局，終到了歷史上分久必合的大變時刻，而他這「外來人」卻一手促成轉變。假設他沒有來，這些事是否不發生呢？任他如何智計過人，可是此問題想想都教他頭痛。

「董兄！」

聽到呼喚，項少龍先是心中茫然，一時想不起董匡是自己，然後醒覺過來，回頭望去。原來是來自韓國的平山侯韓闖，身旁還有七、八名隨從，人人精神飽滿，體型慓悍，雖及不上項少龍的高度，已極是中看。

項少龍訝異地道：「鄙人還以爲只有我愛逛街，想不到平山侯亦有此雅興。」

韓闖臉色陰沉，沒有立即答他，等來到他身旁，親切地挽著他手臂邊走邊道：「來！我的行館在轉角處，坐下再說。」

項少龍受寵若驚，想不到他對自己原本冷淡的態度會來一個一百八十度的轉變，由南轅到了北轍。身不由己隨他進入行館，到廳裡坐下，十多名劍手，仍立在四周沒有離開，弄得氣氛嚴肅，頗有點黑社會大哥談判的味兒。

韓闖連一般斟茶遞酒的禮貌招呼都省去，沉聲道：「李園眞混賬，半點面子不給我們，公然來剃本侯的眼眉，可惡之極。」

項少龍恍然大悟，原來他一直派人留心趙雅，見李園主動去找她，逗留一段足夠做任何事的時間，才肯出來，故而暴怒如狂，竟把自己這另一情敵當作是同一陣線的人，不過亦可說韓闖自問外貌、身分、權勢均勝過他項少龍，所以並不將他視作勁敵，李園卻是另一回事。由此看來，韓闖對趙雅是認眞的，甚至想把她帶回韓國，好在私房隨意享用，不過如今被李園破壞。一時間找不到可說的話回答。

韓闖眼內凶光閃閃道：「董兄爲何不到一盞熱茶的工夫就溜出來？」

項少龍暗忖他是正要去趙雅處興師問罪，見到自己神情恍惚的走出來，改變心意，追著扯他回來。冷哼一聲道：「董某最受不得別人冷淡和白眼，不走留在那裡幹啥，操他奶奶的娘！」

韓闖感同身受，悶哼道：「我平山侯一生不知見過多少人物，卻未見過這麼囂張的小子，他算什麼呢？還不是憑妹子的裙帶關係，眞不明白春申君爲何這麼看重他，若李嫣嫣生不出兒子來，我看他還有什麼可憑恃的？」

項少龍到現在仍不明白他扯自己到這裡來有什麼用意，以他這類位高權重的人，實不用找他此種閒人吐苦水。

韓闖臉上陰霾密布，狠狠地道：「本侯爲了不開罪楚人，免影響合縱大計，已克制著自己不去和他爭紀才女，豈知他連趙雅都不放過，難怪自他來後，趙雅這淫婦竟對我愛理不理。」

項少龍方知道韓闖竟迷戀得趙雅這般厲害，嘆道：「天下美女多的是，侯爺不要理她好了。所以鄙人偏愛養馬，你對馬兒好，牠們也就對你好，絕無異心，不像女人和小人般難養也。」

韓闖默然頃刻，竟笑起來，拍拍他肩頭道：「和你說話眞有趣，不過這一口氣定要爭回來。李園大言不慚，我倒要看看他的劍法如何厲害？」

項少龍吃一驚道：「侯爺明天不是親自下場吧？」

韓闖嘴角逸出一絲陰險的奸笑，雙目寒光閃爍，壓低聲音道：「本侯怎會做此蠢事，我是早有布置，就算教訓了李園，也教他不會知道是我出的手。」

項少龍知他這類玩慣陰謀手段的人，絕不會把細節和盤托出，肯把心意告訴自己已是視他爲同路人，故意捧他道：「開罪侯爺之人眞的不智。」

韓闖頽然挨在椅背上，無奈道：「我們對楚人早死心，一直以來，我們三晉與秦國生死鬥爭，他們總是在扯我們後腿，誰說得定李園是否將我們合縱的事通知秦人，那時若秦國先發制人，首當其衝就是敝國。唉！我實在不明白趙王爲何這麼巴結他？」接著瞧著他道：「董兄是否明白爲何孝成王忽然對你冷淡起來，昨天的宴會沒有請你出席？」

項少龍故意現出忿恨之色，點頭道：「還不是因李園這小子！」

韓闖親熱地一拍他肩頭道：「此地不留人，自有留人處，敝國的歡迎之門，永遠爲董先生打開，若要對付李園，本侯可爲先生作後盾。」

項少龍心中暗笑，他籠絡自己的目的，是要借他之手，對付李園，裝作感激道：「鄙人會記著侯爺這番話。」

韓闖沉吟道：「我看嫣然終究會給他弄上手，若能把這絕世美女由他手上搶過來，那會比殺他更令他難受。」

項少龍嘆道：「紀才女豈是容易追求，我看李園未必穩操勝券。」

韓闖陰陰笑道：「若要使女人就範，方法可多著哩，例如給她嘗點春藥，哪怕她不投懷送抱。不過想要和紀嫣然有單獨相處的機會並不容易。但她似乎對董兄的養馬之術另眼相看，說不定──嘿！董兄明白我的意思哩！」

項少龍心中大怒，暗叫卑鄙，這事不但害了紀嫣然，也害了自己。當然！那只是指他眞是董匡而言。像紀嫣然這天下人人尊敬崇慕的才女，若有人對她作出禽獸行爲，還不變成人人喊打的過街老鼠？那時韓闖肯收留他才怪。只看此借刀殺人之計，可知韓闖心術之壞。現在他開始明白六國爲何終要被秦國所滅，像韓闖這種國家重臣，代表本國來邯鄲密議謀秦，卻儘把心思花在爭風吃醋，置正事於次要地位，怎算得上是個人物。縱觀所接觸的韓、魏、趙、楚四國，儘是小人當道，空有李牧、廉頗、信陵君等雄才大略之士而不能用。只不知燕、齊的情況又是如何？

韓闖打個手勢，立即有人遞上一個小瓶子，韓闖把它塞入項少龍手內，以最誠懇的表情道：「本侯這口氣全賴先生去爭回來，女人很奇怪，縱是三貞九烈，若讓你得到她身體，大多會變得對你千依百順，紀嫣然是女人，自然不會例外。嘿！我眞羨慕董兄哩！」

項少龍心中暗罵，問明用法，把小瓶塞入懷裡道：「我要看情況而定，唉！我對女人的興趣其實不是那麼大，女人怎及得馬兒好？」

韓闖又再激勵一番，說盡好話，與他同往夫人府赴宴去。

項少龍待韓闖進府，在外面閒逛一會，遲少許才大模大樣地步進夫人府。

夫人府主宅的廣場停滿馬車，趙大把他領進府內，低聲道：「剛才你走後，夫人悶悶不樂呆坐很久，郭開來找她都不肯見，董爺眞行。」

項少龍知他仍是死心不息，希望他對趙雅覆水重收，不過既是傾覆的水，怎還收得回來？宴會設在主宅旁一座雅致的平房裡，擺的是郭家那晚的「共席」，一張大圓几放在廳心，團布十多個位子。郭家晚宴有份出席的人全部在場，包括嬌艷欲滴的郭家小姐。項少龍本以爲郭秀兒經過那晚後，再不肯見李園，現在看來又像個沒事人似的。除這批人外，還多出四個人來。第一個當然是紀嫣然，還有是趙致和郭開，另有一個四十歲左右的男人，衣飾華貴，氣度迫人，只是雙目閃爍不定，予人愛用機心的印象。

尚未到入席的時間，大廳一邊的八扇連門全張開來，毫無阻隔地看到外面花木繁茂的大花園，數十盞綵燈利用樹的枝幹掛垂下來，照得整座花園五光十色，有點疑眞似幻般的感覺。項少龍是最後抵達的賓客，大部份人都到園中賞燈飾，廳內只有趙穆、郭縱、樂乘、趙霸和那身分不明的人在交頭接耳。

趙穆見到項少龍，哈哈笑道：「董先生何故來遲，待會定要罰你三杯，來！見過姬重先生。」

項少龍心中一驚，原來是代表東周君來聯結六國，合縱攻秦的特使，忙迎上去。姬重非常著重禮節，害得項少龍和他行正官禮，客氣兩句，姬重雖看似畢恭畢敬，顯然並不把個養馬的人放在眼內，逕自回到剛說的話題去，大談秦莊襄王乃無能之人，重用呂不韋，必會令秦國生出內亂諸如此類的話。項少龍哪有心情聽他，告罪一聲，往花園走去。步入園裡，三對妙目立時飄向他來。

紀嫣然看到他秀眸不由地亮起來；趙致狠狠盯他一眼後就別過臉，顯是餘怒未消；趙雅卻似一直在等候他的出現，玉臉綻出笑容，欣然道：「董先生快來，我們正在討論很有趣的問題哩！」

項少龍一眼掃過去，見衆人集中到園心寬敞的石橋上，下面一道引來的山泉清溪蜿蜒流過，到離橋丈許處，聚成一個中心處放置一塊奇石的荷池，極具意趣，可看出趙雅除行爲浪蕩外，實在是有文采的女子。

紀嫣然怡然自得地倚欄下望，旁邊的李園正向她指點下面悠游的各種魚兒，大獻殷勤。郭秀兒和趙致最是熟絡，齊坐在橋頭不遠處一塊光滑的大石上，看樣子很欣賞綵燈炫目的美麗花園，前者此時正打量他。韓闖和郭開兩人，伴趙雅站在橋心，剛好在紀嫣然和李園的背後。

項少龍往石橋走去，先向郭秀兒和趙致行禮。趙致勉強還禮，郭秀兒則多贈他一個少女甜蜜的笑容。項少龍雖有點心癢，卻知此女絕對碰不得，說到底烏家和郭家是勢不兩立的大仇人。

當他步上石橋，紀嫣然不理李園，轉過身來笑道：「董先生啊！我們正談論生死的意義，不知你對此有何高見呢？」

項少龍知道俏佳人最愛討論問題，上至經世之說，下至此類的生命有什麼意義等等，總愛討論一番。正當百家爭鳴、思想爆炸的大時代，清談的風氣盛行於權貴和名士間，像不久前的老莊孔丘等人，便終日談人生道理。可惜他對這方面認識不多，雖明知紀嫣然在給機會自己去表現，好順利展開對她的追求，卻是有心無力。苦笑道：「鄙人老粗一名，怎懂得這麼深奧的道理呢？」

紀嫣然還以爲他以退爲進，尚未有機會答話，李園插嘴道：「可惜鄒先生沒有來，否則由他來說，必然非常精采。嘻！不若我們請教董先生養馬的心得吧！」

有心人無不知他在暗損項少龍，說他除馬兒外，其他一無所知。而在這年代，養馬只屬一種賤業，所以他是故意貶低項少龍的身分。

項少龍心中暗怒，不過更怕他追問有關養馬的問題，他雖曾惡補這方面的知識，始終有限得很，裝作不以為意地道：「你們談了這麼久，定然得出結論，不若讓董某一開茅塞。」

郭開這壞鬼儒生道：「我仍是孔丘那句『未能事人，焉能事鬼』，索性不去想生死以外的事。」

趙雅顯然興致極高，笑道：「郭大夫最狡猾，只懂逃避，不肯面對人生最重要的課題。」

李園傲然道：「我們做什麼事都要講求目的，為何獨是對自己的存在不聞不問，上天既賦予我們寶貴的生命，像高掛樹上的綵燈般，燃燒著五光十色的光和熱，如此才能不負此生。」

項少龍不得不承認他說話很有內容和想像力，再看諸女，趙雅故是雙目露出迷醉的神色，紀嫣然也聽得非常出神，橋頭的趙致和郭秀兒則停止私語，留心聆聽。

項少龍心叫不妙，搜索枯腸後道：「李兄說的只是一種對待生命的態度，而非對生死的意義得出什麼結論。」

郭開和韓闖同時露出訝異之色，想不到這粗人的心思和觀察力如此精到細密。

李園哈哈一笑道：「董先生說得好，不過正如莊周所說的『以其至小，求窮其至大之域，必迷亂而不能自得。』一天我們給局限在生死裡，始終不能求得有關生死的答案，就像夏天的蟲，不知冬天的冰雪是怎麼一回事，所以我們唯一之計，是確立一種積極的態度，免得把有若白駒過隙的生命白白浪費。」

他口若懸河，抑揚頓挫，配合感情說出來，確有雄辯之士使人傾倒感佩的魅力，難怪紀嫣然對他另眼相看。項少龍一時啞口無言，乏詞以對。

李園看他神色，心中好笑，豈肯放過他，故示謙虛求教似的道：「董兄對人生的態度又是如何呢？」

項少龍自可隨便找些話來說，但要說得比他更深刻動人，卻是有心無力。

韓闖現在和他站在同一戰線上，替他解圍道：「今晚的討論既特別又精采，不若就此打住，到席上再說。」

趙雅埋怨道：「說得這麼高興，竟要趕著入席，趙雅還要多聽些李先生的高論哩！」

紀嫣然輕柔地道：「尚未給董先生機會說呢？」

看著紀嫣然期待的目光，想起自己要公開追求她的任務，怎可表現得如此窩囊？正叫苦時，腦中靈光一現，想起在自己那個時代曾聽來的一個故事，或可扳回此局。遂走上橋去，來到紀嫣然身旁，先深深看她一眼，再向趙雅露出雪白整齊的牙齒，微微一笑，轉過身去，雙手按在橋欄，仰首望往夜空。天上的明月皎潔明亮，又圓又遠。眾人知他有話說，只是想不到他會說出什麼比李園在此論題上更高明的見解，遂屏息靜氣，全神傾聽。李園嘴角掛著一絲不屑的笑意。紀嫣然閉上雙眸，她有信心項少龍必可說出發人深省的哲理。對她來說，沒有比思索人生問題更有趣味，這亦是她與鄒衍結成好友的原因。她愛上項少龍，便是由於他說話新穎精闢，有異於其他人。

項少龍沙啞著聲音，緩緩地道：「有個旅客在沙漠裡走著，忽然後面出現一群餓狼，追著要來咬他。」

眾人爲之愕然，同時大感興趣，想不到他忽然會說起故事來，活似莊周以寓言來演繹思想一般。項少龍的聲音在寂靜的夜空裡震蕩，分外有一種難言的詭祕和感染力，尤其內容正是有關祕不可測的生死問題。只聽他以非常緩慢的節奏繼續道：「他大吃一驚，拚命狂奔，爲生命而奮鬥。」

郭秀兒「啊」一聲叫起來道：「在沙漠怎跑得快過餓狼，他定要死啦！」

眾人爲之莞爾，卻沒有答話，因爲想聽下去，連李園都不例外。不過當他看到紀嫣然閉上雙眸又乖又專心的俏樣兒，禁不住妒火狂燃。

項少龍微微一笑道：「不用慌！在餓狼快追上他時，他見到前面一口不知有多深的井，不顧一切跳進去。」

趙雅鬆一口氣道：「那口井定是有水的，是嗎？」

項少龍望往下面的小溪流，搖頭道：「不但沒有水，還有很多毒蛇，見到有食物送上門來，昂首吐舌，熱切引頸以待。」

這次輪到紀嫣然「啊」的一聲叫起來，睜開雙眸，轉過來，看著他道：「怎辦好呢？不如回過頭來和餓狼搏鬥，毒蛇比狼可怕多了。」

韓闖笑道：「女孩子都是怕蛇的，紀小姐並不例外。」

項少龍望著紀嫣然，柔聲道：「他大驚失神下，胡亂伸手想抓到什麼可以救命的東西，想不到天從人願，給他抓到一棵在井中間橫伸出來的小樹，把他穩在半空中。」

眾人沒有作聲，知道尚有下文。

趙雅的眼睛亮起來，在這一刻，她的心中只有這個比李園更特別難測的豪漢。

項少龍道：「於是乎上有餓狼，下有毒蛇，不過那人雖陷身在進退兩難的絕境，暫時總仍是安全的。」

衆人開始有點明白過來。項少龍說的正是人的寫照，試問在生死之間，誰不是進退兩難呢？只聽他道：「就在他鬆了一口氣的時刻，奇怪的異響傳入他的耳內。他駭然循聲望去，魂飛魄散地發覺有一隻大老鼠正以尖利的牙齒咬樹根，救命的樹已是時日無多。」

郭秀兒和趙致同時驚呼起來。

項少龍深深瞧著紀嫣然，像只說給她一個人聽似的道：「在這生死一瞬的時刻，他忽然發覺到眼前樹葉上有一滴蜜糖，於是他忘記了上面的餓狼，下面的毒蛇，也忘掉快要給老鼠咬斷的小樹，閉上眼睛，伸出舌頭，全心全意去舔嘗那滴蜜糖。」

小橋上靜得沒有半點聲息，只有溪水流過的淙淙細響。

項少龍伸個懶腰道：「對老子來說，那滴蜜糖就是生命的意義！」

沒有人說話，連郭開和韓闖這種只知追求功利名位的人都給勾起心事，生出共鳴。

李園見諸人均被項少龍含有無比深刻思想的妙喻打動，心中不服，打破沉默道：「這寓言出自何處呢？」

項少龍微笑道：「是馬兒告訴我的！」接著哈哈一笑道：「鄙人肚子餓了！」

# 第十章 楚國強徒

紀嫣然親提酒壺，盈盈起立，來到對面的項少龍旁跪下，眼中射出不用裝姿作態自然流露的崇慕之色，柔聲道：「嫣然剛聽到一生最動人的寓言，無以為報，借一杯美酒多謝董先生。」以一個優美得使人屏息的姿態，把酒注進項少龍几上的酒盃去。

與席者無不震驚。

趙穆大感奇怪地道：「董先生說了個怎麼樣的精采寓言，竟教我們的紀才女紆尊降貴，親自為他斟酒勸飲？」

姬重露出驚異之色。李園則臉色陰沉，眼中閃動掩不住妒恨的光芒。趙雅露出顛倒迷醉的神情，代把故事娓娓說出。未聽過的人都為之折服。

回到座位裡的紀嫣然舉杯道：「嫣然敬董先生一杯。」

韓闖心裡雖妒忌得要命，亦喜可打擊李園這更可恨的人，附和道：「大家喝一杯！」

眾人起哄祝酒，李園雖千萬個不願意，唯有勉強喝下這杯苦酒。

項少龍細看諸女，紀嫣然固是遏不住被他激起的滔天愛意，趙雅更是不住向他拋送媚眼，妙目傳情，連正生他氣的趙致亦神態改變，不時偷看他，最意外是郭秀兒也對他眉黛含春。暗叫僥倖，若非自己可隨手借用別人的智慧，今晚定要當場出醜，絕不會是眼前似是一矢四鵰之局。

姬重道：「想不到董先生聽過這麼深刻感人的寓言，教我們拍案叫絕。」轉向李園道：「李先生才高八斗，對此自有另一番見地。」

他這番話是暗貶項少龍，明捧李園，由此可見此人為求目的，不擇手段。對他來說，能影響楚王的李園，自然比項少龍遠為重要。

韓闖哈哈一笑，插話道：「那是董兄由馬兒領悟回來的寓言，不過我卻有另一個看法，假設我們六國每個人都忘情於那滴只能甜上一刻的蜜糖，聯手對付虎狼之國的秦人，自可從絕境中脫身出來。」

這幾句話明顯是針對楚人來說，只因他們數次被秦國給的少許甜頭而背棄其他合縱國，弄至自己也折兵損地，得不償失。趙穆等暗暗稱快，坐觀李園臉色微變。有紀嫣然在場，李園怎肯失態，轉瞬回復正常，把話題扯開去。項少龍知道言多必失，故埋頭吃喝。不旋踵李園向紀嫣然大獻殷勤，又不時向趙雅等三女撩撥，一副風流名仕的氣派，若非剛受挫於項少龍，他確是女人的理想情人。紀嫣然卻是無心理會，不時把目光飄往項少龍，恨不得立刻倒入他的懷抱裡。

坐在李園身旁的女主人趙雅給他迫著連乾三杯，臉升起誘人的紅霞，發出一陣浪蕩的笑聲道：「今天你還逼人家喝得不夠嗎？」

衆人爲之愕然，往他兩人望來。趙雅知道說漏嘴，赧然垂下頭去。

李園大感尷尬，他今天私下來找趙雅，一方面是爲向項少龍示威，更主要是好色，趙雅雖比不上紀嫣然的獨特氣質，終是不可多得的美女，放過實在可惜。只是想不到趙雅會在席上洩出口風。乾咳一聲道：「不是說過要比酒力的嗎？」

趙雅偷看項少龍一眼，見他凝望杯內的美酒，似是毫不在意，內心好過些兒，同時有點後悔，恨自己受不住李園的引誘。除項少龍外，李園乃連晉後最使他動心的男人，又說可把她帶離這傷心地，遠赴楚國。只是不知如何，眼前滿腦子特別思想的馬癡，無論舉手投足，均混雜智慧和粗野的霸道方式，予她的刺激更勝於長得遠比他好看的李園，使她不時在反抗和屈服兩個矛盾的極端間掙扎，既痛苦又快樂。

紀嫣然看項少龍一眼，向李園淡淡地道：「這叫自古名士皆多情吧！」

李園心中叫糟，尙未來得及解說，趙雅抬起臉，微笑著道：「嫣然小姐誤會哩，李先生只是來與趙雅討論詩篇，喝酒不過是助興吧！」

郭秀兒顯然極愛詩歌，向心目中的大哲人項少龍道：「董先生對詩歌有些什麼心得呢？」這話一出，衆人的注意力集中到項少龍身上。郭縱則暗叫不妙，難道乖女兒竟對這粗人生出情意？趙致想起項少龍難以入目的書法，心中暗自感嘆。紀嫣然和趙雅均精神一振，熱切期待他說出另一番有見地的話來。

自古流傳下來的詩歌，經孔子和他的信徒陸續修改，共有三百餘篇。這些詩歌在當時代有著無比實用的價值，特別在權貴間，更成生活的一部分，交際時若不能引詩作裝飾，會給人鄙視。甚至有純以詩文命樂工歌誦作爲歡迎詞，名之爲「賦詩」，回敬的詩歌叫「答賦」。所以詩篇生疏者很易當場出醜，所謂「不學詩，無以言。」項少龍尙算幸運，不過他的運氣顯然到此爲止，終於正面遇上無法解決的問題。

詩篇不單是裝飾的門面工夫和表達修養內涵的工具，時人還有「論詩」的風氣，例如詩文「巧笑倩兮，美目盼兮，素以爲兮。」大意說一個美女，可以施脂抹粉。子貢於是問道於孔子，其後他自解作爲「繪畫要在素白的質地上。」因而得到孔子的稱讚，說他有談詩的資格。所以論詩乃宴席間的常事，郭秀兒並非故意爲難使她大感興趣的男人。

項少龍差點要叫救命，表面從容地道：「董某終是老粗一名，怎有資格說什麼心得？」

郭秀兒想不到此位與衆不同的人物給她一個這麼令人失望的答案，垂下臉，不再說話。紀嫣然亦露出錯愕神色。對她來說，項少龍公開追求她實是個非常有趣的遊戲，可使她進一步了解愛郎的本領，哪知他才露鋒芒，又退縮回去。使她欣賞不到他以豪放不羈的風格表達出來的才情。怎知項少龍在這方面比草包還要不如。姬重臉上露出鄙夷之色，更肯定那寓言是項少龍由別人處偷來私用的。郭開、韓闖等均露出訝異神色，董匡的父祖輩終是當官的人，董匡怎會對詩歌毫不認識？

趙穆則猜他不想在目下情況露一手，哈哈一笑向趙雅道：「不知李先生和夫人今天討論的是什麼題目呢？」

李園見項少龍發窘，心中大喜，答道：「在下和夫人談到詩和樂的關係，所謂『興於詩、立於禮、成於樂』，在下又把所作的樂章，奏給夫人指教，幸得夫人沒有見笑。」

一般貴族大臣的交往，離不開詩和樂，李園借此向紀嫣然表明他和趙雅沒有涉及其他。

一直沒有說話的趙致出言道：「董先生似乎把禮樂詩書都不放在眼內哩！」

項少龍差點想把她掐死，她自是暗諷他昨晚對她無禮，也是妒忌紀嫣然對他示好，有意無意地加以陰損。

李園一聽大樂，笑道：「董先生自小便與馬為伍，以馬為樂，對其他事自然不放在心上。」

姬重一向自重身分，迫不得已要和一個養馬的粗人同席，心中早不悅。不過他為人深沉，不會露出心中的想法，乘機巴結李園道：「董先生養馬天下聞名，李先生詩樂精湛，都是各有所長。」

項少龍本不想多事，聞言無名火起，道：「請恕我這粗人不懂，七國之中，若論講學的風氣，看重禮樂，秦人實瞠乎其後，為何獨能成為我們六國最大的威脅？」

此語一出，衆人先是臉色大變，接著是無言以對。因為這是個不容爭辯的事實。

項少龍冷冷地道：「有人或者看不起我這種養馬的人，對董某不懂詩書感到鄙夷，不過董某卻可藉畜牧使得國富家強，抵抗外敵。秦人的強大，是因以軍功爲首，其他一切擺在一旁。」

衆人知他動氣，默默聽著。

項少龍繼續道：「作爲生活的一部分，詩書禮樂自有其陶冶性情，美化一切的積極作用。但在現今的情況下，更重要的是富國強兵，衣食足始知榮辱，若連國家都難保，還談什麼詩書禮樂。想當年越王勾踐，臥薪嘗膽，勵志奮發，最後得報大仇。本人來邯鄲後，發覺人人皆醉心於吃喝玩樂，如此風氣，縱盛倡禮樂，終有日會成亡國之奴。」

最難受的是趙致，給他這麼當面痛斥，黯然垂下臉。李園、韓闖的表情都不自然起來，他們確是縱情聲色，置對付強秦的大事於不顧。趙穆想起「他」出身荒野山區，所以並不爲怪，還暗忖將來若自己當上趙國之主，定要重用這只求實際的人。其他三女的感受卻非那麼直接，在這男性爲尊的世界裡，捍衛國土自是男兒的責任，反覺得衆人皆醉，唯此君獨醒，覺得他與衆不同。

姬重冷笑一聲道：「鹿死誰手，未至最後，誰人可知？」

項少龍對這東周君派來的人已感到極度憎厭，雙目寒芒一閃，盯著他道：「人說凡人只想今天的事，愚人則只記昨天的事，唯有智者胸懷廣闊，想著明天、甚至一年或十年後可能發生的事，從而爲今天定計。若要等到分出勝負時才去看那結果，不如回家摟著自己的女人多睡幾覺好了。」

姬重臉色大變怒斥：「董先生這話是什麼意思？誰不爲將來籌謀，獨有先生是智者嗎？」

趙雅欲出言緩和氣氛，給項少龍伸手阻止，從容一笑道：「姬先生言重，本人只是以事論事，先生千萬不要以爲本人出言是針對姬先生，我這人直腸直肚，現在更是和各位禍福與共，希望獻出力量，保國衛民。可是看看我得到的是什麼待遇，見微知著，鹿死誰手，已可預期。這不是爭論的時候，而是要各棄成見，知己知彼，我們才能與秦人一較短長。」

郭開和樂乘對望一眼，始明白他滿腹怨氣的原因，是怪趙王因李園而冷落他。

趙霸喝一聲「好！」轉向姬重道：「董馬癡快人快語，聽得趙某非常痛快。姬先生不要怪他，他這番話罵盡座上諸人，包括本人在內。不過卻罵得發人深省。」

李園哪會服氣，冷笑道：「既是如此，董先生可索性不來出席縱情逸樂的宴會，爲何說的是一套，做的又是另一套？」

項少龍微笑道：「李先生誤會了，宴會乃社交的正常活動，秦人亦不曾禁絕宴會，本人只是借題發揮，指出有些人放開最重要的大事不去理，卻只懂玩物喪志，甚或爲私慾專做些損人利己的事而已。」兩眼一瞪，舉手拉著襟頭，一把扯下，露出包紮的肩膊，若無其事地道：「李先生可否告訴本人，這劍傷是誰人幹的好事？」

紀嫣然「啊」一聲叫起來，望往李園。李園猝不及防頓時愣住，出不了聲。衆人終明白兩人間怨隙之深竟到了要動刀掄劍的階段。

項少龍又拉好衣襟，微笑道：「李先生當然不會知道是誰幹的，本人也不將偷襲的卑鄙之輩放在心上，只不過想以事實證明給各位看，董某並非無的放矢。」

項少龍這一番說話，是要建立他率直豪放的形象，同時亦在打擊李園，教這人再不敢對他動手，否則再想否認，亦是頭痛的事，因他嫌疑最大。李園的臉色變得說有多難看就有多難看。

趙穆道：「董先生可把受襲的事詳細告訴樂將軍，他可還你一個公道。」

項少龍啞然失笑道：「些微小事，何足掛齒，來！讓我敬姬先生和李先生一杯，謝他們肯聽我董老粗的嘮叨。」

衆人舉起杯來，姬李兩人無奈下唯有舉杯飲了。

衆人放下杯子，趙致向項少龍敬酒道：「小女子無知，惹得董先生生氣，借這杯酒道歉。」

趙致一向以脾氣硬著名，如此低聲下氣，熟悉她的人尚是第一次見到。

項少龍飲罷笑道：「是我不好才對，哪關致姑娘的事。」

紀嫣然目閃異采，向他祝酒道：「董先生說話不但出人意表，還啓人深思，將來定非池中之物。」接著杯來酒往，氣氛復常，至少表面如此。李園今晚頻頻失利，給項少龍占盡上風，連忙極力向另一邊的紀嫣然說話，力圖爭取好感。可惜紀嫣然知他竟卑鄙得派人偷襲項少龍，恨不得把他殺了，只是禮貌上冷淡地應付他。坐在項少龍旁的韓闖在几下暗拍他兩下，表示讚賞。趙穆則向他打個眼色，表示對他的表現滿意。郭開露出深思的神色，顯是因項少龍並不如他想像般簡單，對他重新評估。

趙雅沉默下來，她也想不到李園和董匡有什麼深仇大恨，竟要派人去殺他。她是機伶多智的人，隱隱猜到是因妒成仇，而他來討好自己，說不定有藉以報復董匡的含意，雖然她和董匡至今沒有半點關係，但卻擺著被李園利用。想到這裡，不由有點後悔。驀地見到項少龍立起身來，愕然往他望去。

項少龍瀟灑施禮道：「多謝夫人與衆不同的綵燈夜宴，不過董某人習慣早睡，故不得不先行告退。」

衆人出言挽留，姬重和李園當然是例外的兩個。項少龍再度施禮，退出座位外。

趙霸站起來，道：「明天的論劍會，董兄記得準時來。」

項少龍望著以熱烈眼神看他的紀嫣然道：「在論劍會上會見到小姐的芳駕嗎？」

紀嫣然柔聲答道：「既有董先生出席，嫣然怎能不奉陪。」

此語一出，立時氣壞李園，其他男人無不現出艷羨之色。

項少龍再向衆人逐一告辭，輪到郭秀兒時，嬌嬌女嚷道：「明天秀兒要去一開眼界。」

聽得項少龍和郭縱同時眉頭大皺。對趙致他卻是故意不去接觸她的眼神，匆匆一禮後，轉身朝大門走去。

衣袂環珮聲直追而來，趙雅趕到他旁邊道：「讓趙雅送先生一程吧！」

項少龍知道推不掉，大方地道：「夫人客氣！」

趙雅默默伴他在通往主宅的長廊緩行，她不說話，項少龍自不會找話來說。趙雅忽然輕扯他衣袖，停下步來。項少龍驚訝地止步，低頭往她望去。趙雅一臉茫然，雙眸淒迷，仰起臉細心打量他的臉龐。

項少龍給她看得心中發毛，奇怪地道：「夫人怎麼了！」

趙雅輕搖螓首，落寞地道：「我總是不自禁地把你當作是另一個人，看清楚後才知錯了。」

項少龍心中捏把冷汗，乘機岔開話題冷冷地道：「鄙人和李園沒有多少相似的地方吧！不過也幸好如此。」

趙雅仍牽著他衣袖不放，黯然垂首道：「董先生莫要見笑，趙雅只是正不斷找尋那滴蜜糖的可憐女子吧，先生爲何總是對人家這麼殘忍？」

項少龍怒火騰升，暗忖妳既找到老子這滴蜜糖，爲何又忍心把我出賣，嘿一聲道：「你那兩滴蜜糖都在大廳裡面，恕在下失陪。」揮手甩脫她的牽扯，大步走了。

趙雅呆看他背影消失在入門處，天地彷彿忽然失去應有的顏色，就在此刻，她知道自項少龍後，首次對另一個男人動了眞情，旋又心生怨怒，管你是誰人？我趙雅豈是這麼可隨便給你拒絕的。猛一跺腳，回廳去了。

項少龍走出夫人府，夜風迎面吹來，精神爲之一振。剛才他是眞的動氣，這些六國的蠢人，終日只懂明爭暗鬥，茫不知大禍將至。也是心情矛盾，他現在雖成爲六國的敵人，可是仍對邯鄲有一定的感情，使他爲古城未來的命運擔憂。接著想到自己的問題，原本看來很輕易的事，已變得複雜無比。在現今的形勢下，想生擒趙穆後再把他運回咸陽，根本是天方夜譚。若還要殺死手握邯鄲軍權的大將樂乘，更是難比登天。來時的堅強信心，不由動搖起來。在邯鄲多留一天，多增一天的危險。最大的問題自然因其他五國的大臣名將均集中到這裡來，使邯鄲的保安和警戒以倍數升級，擒趙穆不是難事，把他運走卻是困難重重。想到這裡，不由重重嘆一口氣。蹄聲自後方由遠而近，由快轉緩。

項少龍早猜到是誰追來，頭也不回道：「致姑娘妳好！」

趙致清脆的聲音應道：「你怎知是人家跟來？」

項少龍側頭望著馬上英姿凜凜的趙致，微笑道：「若非是趙致，誰敢單劍匹馬來尋董某人晦氣。」

趙致本俯頭盯他，聞言忿然把臉仰起，翹首望著邯鄲城長街上的星空，嬌哼一聲道：「猜錯了！趙致沒有閒情和你這種人計較。」

項少龍知她的芳心早向他投降了一半，只是面子放不下來，不過現在他的心只容得下紀嫣然一個人，況且趙致又是荊俊的心上人，他怎麼都不可橫刀奪人所愛，他實在沒法對自己兄弟做出這種事來。

日後他和荊俊間是多麼難堪呢？他昨晚那樣迫她走，其實心底絕不好受。這一刻的趙致，特別迷人。哈哈一笑道：「爲何又有閒情陪董某人夜遊邯鄲呢？」

此時一隊城兵在寂靜無人的長街馳來，提醒他們延綿數百年仍未有休止希望的戰爭，時刻仍會發生。那些巡兵見到趙致，恭敬地行禮。

趙致策馬與項少龍並排而行，漫不經意地道：「你不覺得今晚開罪了所有人嗎？」

項少龍哂然道：「有什麼相干，你們的孟軻不是說過『雖千萬人吾往矣』嗎？」

趙致驚訝地望下來道：「爲何孟軻是我們的呢？」

項少龍差點要刮自己兩巴掌，直到此刻仍把自己當作外來人，尷尬地道：「沒有什麼意思，只是說溜了口吧！」

趙致驚疑不定的瞪著他，好一會後低呼道：「上我的馬來！」

項少龍一呆問：「到哪裡去？」

趙致冷冷地道：「怕了嗎？」

項少龍失聲道：「如此共擠一騎，怕的應是致姑娘才對。」

趙致惡兮兮地道：「又不見得那晚你會這般爲人設想？你是否沒男人氣概，快給本小姐滾上來！」

項少龍知她在諷刺那晚自己跳上她馬背向她輕薄的事，搖頭苦笑道：「你的小嘴很厲害，不過你既有前車之鑑，當知董某人並非坐懷不亂的君子，軟玉溫香，我那雙手定會不聽指揮，在致姑娘動人的身體上享受一番呢！」

趙致緊繃臉，修長的雙眸狠狠盯著他道：「管得你要做什麼，快滾上馬背來！」

項少龍叫了聲「我的天啊！」一個女人若明知你對她會肆意輕薄，仍堅持予你機會，儘管外貌凶神惡煞，還不是芳心暗許。確是誘人至極，亦使他頭痛得要命。現在是勢成騎虎，進退兩難，苦笑著說：「這麼晚了！有事明天說好嗎？老子還是回家睡覺算了！」

趙致氣得臉煞白，一抽馬韁，攔在路前，一手扠腰，大發嬌嗔道：「想不到你這人如此婆媽，你若不上來，我便整晚纏著你，教你沒有一覺好睡！」

女人發起蠻來，最是不可理喻，項少龍停下步來，嘆道：「姑娘不是心有所屬嗎？如此便宜鄙人，怕是有點——嘿！有點什麼那個吧！」

趙致聞言嬌軀一震，臉忽明忽暗，好一會後咬牙道：「本姑娘不是屬於任何人的，董匡！你究竟上不上馬來？」

項少龍心中叫苦，看來趙致已把她的芳心，由「那個項少龍」轉移到「這個項少龍」來，這次真是弄巧成拙，攤手攤出個無可奈何的姿勢，把心一橫，嘿一聲說：「是妳自己討的！」話尚未完，飛身上馬，來到她背後。

趙致一聲輕呼，長腿輕夾馬腹，駿驥放蹄奔去。項少龍兩手探前，緊箍在她沒有半分多餘脂肪的小腹上，身體同時貼上她的粉背，那種刺激的感覺，令項少龍立即慾火狂升。趙致卻像半點感覺都沒有，仍是面容冰冷，全神策馳，在寂靜的古城大道左穿右插，往某一不知名的目的地前進。

項少龍俯頭過去，先在她的粉頸大力嗅幾下，然後貼上她的臉蛋，道：「姑娘的身體眞香！」

趙致神情木然，卻沒有任何不滿或拒絕的表示，當然也沒有讚成或鼓勵的意思，緊抿小嘴，像打定主意不說話。

項少龍放肆地用嘴巴揩擦她嫩滑的臉蛋，狠狠地道：「妳再不說話，董某人要冒犯妳哩。」

趙致冷冷地道：「你不是正在這樣做嗎？」

項少龍雖是慾火大盛，可是荊俊的影子始終鬼魂般攔在兩人之間，頹然嘆一口氣，放棄侵犯她的舉動，只摟著她小腹，坐直身體。竹林在望，原來趙致是帶他回家。

趙致默然策騎，到達竹林，勒馬停定，凝望前方家中隱隱透出的昏暗燈火，嘲弄著道：「原來董先生這麼正人君子呢？」

項少龍為之氣結，用力一箍，趙致輕呼一聲，倒入他懷裡去。在竹林的黑暗裡，大家都看不到對方，但氣息相聞，肉體貼觸的感覺，刺激性反因這「暗室」般的情況而加倍劇增。趙致柔軟無力地把後頸枕在他的寬肩上，緊張得不住急促喘氣，項少龍只要俯頭下移，定可享受到她香唇的滋味，而且可肯定她不會作任何反抗。這想法誘人至極，項少龍的理智正徘徊在崩潰的危險邊緣，頹然道：「你不是項少龍的小情人嗎？這樣和董某——嘿——」

趙致仍是以冷冰冰的語調道：「我又不是愛上你，有什麼關係？」

項少龍失聲道：「致姑娘好像不知自己正倒在本人懷抱裡，竟可說出這樣的話來。」

趙致針鋒相對道：「我比不上你力氣大，你硬要抱人，叫人家有什麼辦法？」

項少龍嘿一聲道：「那為何又要在這裡停馬呢？我可沒有迫姑娘這麼做吧！」

趙致刁蠻到底，若無其事地道：「本小姐愛停就停，歡喜幹什麼就幹什麼，與你無關。」

項少龍差點給氣得掉下馬去，伸出一手，移前摸上她渾圓的大腿，嘖嘖讚道：「致姑娘的玉腿又結實又充滿彈性。」

趙致一言不發，由他輕薄。項少龍猛一咬牙，暗忖橫豎開了頭，不如繼續做下去，他本是風流慣的人，美色當前，怎還有坐懷不亂的定力，正要行動，狗吠聲在前方響起，還有輕巧的足音。項少龍忙把手收回來，趙致低呼一聲，坐直嬌軀，驅馬出林。兩人沒有說話，但那種銷魂蝕骨的感覺，卻強烈得可把任何男女的身心溶掉。

在趙致雅致的小築裡，項少龍輕鬆自在地挨在臥几上，善柔和趙致兩姊妹坐在他對面。前者狠狠看著他，後者則仍神情寒若冰雪，垂頭不知芳心所想何事。

善柔硬梆梆地道：「我要妹子請你來，是希望和閣下合作，對付田單！」

項少龍早知會遇上這個棘手的問題，抱頭道：「你們既是想在邯鄲刺殺他，休想老子會陪你們做蠢事，得了手仍逃不出去。」

善柔玉臉一寒道：「你才是蠢人，我們已打聽清楚，田單今天黃昏時已抵達城外，只是尚未進城。護送他來的是齊國名將旦楚，兵員達萬人之衆。所以唯一殺他的機會，是趁他輕車簡從來到城內的時刻，這大奸賊身邊的幾個人，特別是叫劉中夏和劉中石的兩兄弟，不但身手高明，且力能生裂獅虎，你看！」伸手拉下衣襟，露出大半截豐滿白皙的胸脯，只是上面有道令人觸目驚心的劍痕。

項少龍想不到她如此大膽，眼光徘徊在她飽滿的酥胸上，點頭道：「你能活著算走運的了。」

善柔拉回衣襟，雙目爍光閃閃道：「田單不是你的大仇人嗎？沒有人比我更清楚田單的事，我曾在他府中當過婢僕，這樣說你明白與我們合作的好處吧！」

項少龍不想再和她們糾纏不清，嘆道：「其實我和田單沒有半點關係，只是那晚不想傷害妳們兩姊妹，順著妳們口氣這麼說。」

善柔和趙致同時愕然。善柔眼中寒芒亮起，項少龍心叫不妙，她已迅速由懷裡拔出匕首，雌老虎般往他撲來，匕首朝他胸膛插下。項少龍的徒手搏擊何等厲害，一個假身，不但抓著她握凶器的手腕，還把她帶得滾往臥几另一邊的蓆上，虎軀將她壓個結實。善柔不住掙扎，還想用嘴來咬他。項少龍把頭仰起，把她兩手按實，大腿則纏緊她那對美腿，同時警戒地望著趙致，見她一臉茫然，呆看乃姊在他的身體下叫罵反抗。項少龍雖放下心來，一時卻不知如何收拾殘局。

最大問題是他不能置她們姊妹於不顧，因爲已證實兩女確是善蘭的親姊妹。善柔雖比一般女子力氣大得多，可是怎及得項少龍這勁量級的壯男，再掙扎一會，軟化下來，只是胸脯不住高低起伏，兩眼狠狠盯著項少龍，另是一番誘人神態。趙致仍坐在原位，沒有行動，沒有作聲。

項少龍俯頭看這刁鑽的美女，笑道：「我的出發點是善意的，爲何小姐如此待我？」

善柔罵道：「騙子！」

項少龍明白過來，原來她是因被騙而暴怒得想殺他，當然亦因爲失去他的協助而引來的失望，由此可見她很看得起自己。他清楚聽到她的心跳聲，感覺著她充滿活力的血肉在體下脈動，嗅著她嬌軀發出的幽香。搖頭苦笑道：「還不肯放開匕首嗎？」

善柔狠狠與他對視頃刻，嘴角不屑地牽了牽，鬆手放開利器。緊張的氣氛鬆弛下來，項少龍立即感到肉體緊貼的強烈滋味。善柔本是瞪著他的，忽地臉一紅，星眸半閉。

項少龍大感尷尬，低聲道：「只要妳答應不再攻擊我，立即放開妳。」

善柔勉強嗯了一聲，玉女思春的情態，出現在堅強狠辣的美女臉上，分外引人遐想。項少龍先把她的匕首撥往牆角，緩緩蹲坐起來，移到牆壁邊，靠在那裡。善柔仍平臥蓆上，像失去站立的能力。衣裳下擺敞了開來，露出雪白修長的美腿。項少龍往趙致望去，動人的妹妹轉過臉，不去看他。

善柔貓兒般敏捷跳起來，看也不看項少龍，從牙縫裡泄出一個字：「滾！」

項少龍不以為忤，笑道：「柔姑娘若趕走鄙人，定要抱憾終生。」

善柔來到乃妹身旁坐下，杏目圓瞪道：「你算什麼東西，見到你這騙子就令人生厭。」

趙致垂下臉，沒有附和，看樣子她絕不想項少龍就此離去。

項少龍嘆道：「兩位姑娘愛你們慘遭不幸的父母嗎？」

善柔怒道：「豈非多此一問？」

她雖不客氣，終肯回答問題，所以她要項少龍滾只是氣話而已。

項少龍儘量平心靜氣地道：「可以報仇而不去報仇，可以說是不孝。但明知報仇只是去送死，使父母在天之靈惋惜悲痛，也是另一種不孝。在這情況下，雖說忍辱偷生，卻是克制自己，報答父母的另一種形式。」

善柔微感愕然，低聲道：「不用你來教訓我們，回去享受你的富貴榮華吧！」

項少龍心頭微震，知道此女實在對自己頗有情意，所以因被騙而勃然大怒，此刻語氣間又充滿怨懟之意。

趙致往他望來，冷冷地道：「現在一切弄清楚，我們兩姊妹再和你沒有什麼相干，董先生請回家睡你的大覺吧！我們就算死了，並不關你的事。」

她的語調與乃姊如出一轍，項少龍心生憐意，柔聲道：「妳們不想再見善蘭嗎？」

兩女同時嬌軀劇震，難以置信地朝他瞪視。

善柔尖叫道：「你說什麼？」

項少龍立起身來，來到這對美麗姊妹花前單膝跪下，俯頭看著兩張清麗的臉，誠懇地道：「請信任我！善蘭現正在一個非常安全的地方，還有了好歸宿，等著你們去會她。」

趙致臉色解寒，顫聲道：「不是又在騙我們吧！她怎會還未遭劫呢？」

項少龍又以董匡的名字立下毒誓。兩女對望一眼，然後緊擁在一起，又是悽然，又是歡欣雀躍。

待兩女平復了點後，項少龍道：「董某絕不會把富貴榮華看作是什麼一回事，至於田單的事，因爲我本身與他沒有仇怨，很難處心積慮去殺死他，而且亦屬不智的行爲。在現今的情勢下，有命殺人卻沒命逃走，而且成功的機會這麼小，何不先好好活著，再想辦法對付他呢？」

善柔別轉臉，望往窗外，雖看似聽不入耳，但以她的性格來說，肯不惡言相向，已是有點心動。

趙致哀求般道：「蘭姊現在在哪裡？你怎會遇到她的。她——她是不是入了你的家門？」

項少龍微笑道：「致姑娘想鄙人再騙妳們嗎？」

趙致氣得狠狠瞪他一眼，嗔道：「我也很想再插你兩刀！」

項少龍嬉皮笑臉道：「不如打我兩拳吧！」

善柔回過頭來，控制情緒道：「你怎樣才肯助我們刺殺田單？」

項少龍大感頭痛，剛才那番話就像白說似的，一拍額頭道：「天啊！原來董某的話妳完全聽不入耳。」

趙致咬牙道：「假設我們姊妹同時獻身給你，你肯改變主意嗎？」

善柔嬌軀輕顫，卻沒有作聲，咬著下唇垂下臉，首次露出嬌羞的罕有神態。

項少龍想不到她竟有此石破天驚的提議，呆楞楞的瞧著正目不轉睛瞪他的趙致，目光不由在兩女玲瓏有致的胴體上下作一番巡視，只感喉嚨乾燥，咳一聲道：「致姑娘說笑了，我眞的不是不肯幫忙，而是有說不出來的苦衷，不能分神到別的事上。」

趙致柔聲道：「這樣好嗎！假若眞的是毫無機會，我們姊妹絕不會勉強先生和我們一起去送死，但若有機會功成身退，先生可否爲我們完成企盼了七年的心願呢？我們既成爲先生的人，自不是與先生全無關係。」

項少龍看看善柔，望望趙致，心中叫苦，慘在他若嚴詞拒絕，定會傷透她們的自尊。頹然道：「唉！我眞的被你們不惜犧牲的誠意打動，不過卻不想乘人之危，趁機得到兩位小姐嬌貴的身體，這樣吧！先看看情形，再從長計議！是了，爲何見不到你們那位正叔呢？」

善柔見他回心轉意，臉色大見緩和，董匡身分特別，人又精明，身手厲害，下面又有大批手下，若有他幫手，何愁不能成事。

趙致道：「他的身體不大好，所以除打探消息外，我們其他事不想讓他勞心。」

項少龍伸個懶腰，打呵欠道：「夜深了！我要回去睡覺。」

兩女陪他站起來。忽地三人都爲各人間曖昧難明的關係感到手足無措。

項少龍暗忖還是早溜爲妙，道：「不必送了！」往門口走去。

兩女使個眼色，由趙致陪他走出大門外，道：「用人家的馬兒好嗎？」

項少龍記起她渾圓結實的大腿，差點要摟著她親熱一番，保證她不會拒絕，卻是無心再闖情關，加上荊俊的因素，強壓下這股衝動，道：「不用了，橫豎不太遠。」

往竹林走去，見趙致仍跟在身旁，奇怪地道：「致姑娘請回吧！不用送了。」

趙致一言不發，到進入竹林的暗黑裡，低聲道：「你可以不回去的。」

項少龍的心霍霍躍動起來，趙致這麼說，等於明示要向他獻出寶貴的貞操，對她這麼一個心高氣傲的人，是多麼難開口的話。不過他卻是無福消受，雖然想得要命。硬著心腸道：「姑娘不須這麼做的，假若你眞傾心董某，我是求之不得，可是姑娘既心有所屬，又不是眞的愛上我這不知書禮的粗人，何苦這般作賤自己？我幫妳們絕不是爲了什麼報酬哩！」

趙致猛地握拳重重在他背脊狠擂兩拳，嬌嗔道：「人家恨死你！」

說完掉頭便走。

項少龍苦笑搖頭，發一會怔，收拾情懷，回家去也。想到明天的論劍大會，又振奮起來。前路仍是茫不可測，但他卻有信心去解決一切。他雖知道這時代一些人的命運，但對自己的將來，則是一無所知。無論如何，在古戰國的大時代裡，生命實比二十一世紀的他所能經驗的更爲多姿多采。

項少龍回到行館，滕翼等候已久，道：「嫣然在房中等你。」

聽得他眉頭大皺，擔心地道：「李園和龍陽君會派人監視她的動靜，這麼貿然來找我，遲早會給人發覺。」

滕翼笑道：「我早問過她同一問題，她說給人偷盯慣了，所以特別訓練兩名替身，好讓她可避開那些癡纏的人去做自己歡喜的事。除非有人敢闖入她閨房裡，否則絕不知誰是假貨。」再壓低聲音道：

「三弟眞行，我看她愛得你癡了，完全沒法抑制自己。美人傾心，你還不盡享人間艷福？」

項少龍感到紀嫣然的驚人魅力，連這鐵漢都難以倖免被吸引，笑了笑，正要趕回房裡，好把被趙致姊妹挑起的情慾移到紀嫣然美麗的胴體上，卻給滕翼在通往寢室的長廊扯著。他驚訝地往滕翼瞧去，後者臉上現出堅決的神情道：「我很想宰了田單。」

項少龍大吃一驚，想起滕翼的滅家之禍，實是由於囂魏牟背後的主使者田單間接促成，現在滕翼的愛妻善蘭又與田單有亡族之恨，在情在理滕翼都難嚥這口氣，不禁大感頭痛。誰都知田單是戰國時代最厲害的人物之一，不會比信陵君差多少，要殺他難比登天。兼之他們現正自顧不暇，實在沒有節外生枝的條件。

滕翼搭上他肩頭，肅容道：「我知三弟爲難處，這事看機會吧！我並非那種不知輕重的魯莽之徒。」

項少龍鬆口氣道：「二哥的事就是我的事，就算要我兩肋插刀，絕不會計較。」

滕翼感動的拍拍他肩頭，轉身走了。項少龍加快腳步，到了內宅，紀嫣然帶著一陣香風投入他懷裡，獻上熱情無比的香吻。

項少龍待要脫下面具，紀嫣然赧然道：「不！人家要你以董匡的身分來與嫣然親熱，你今晚的表現令嫣然心醉不已，唉！要熬到現在才可和你親熱，人家早苦透哩。」

項少龍把她橫抱起來，往榻子走去，坐在榻沿，讓她偎在懷中。紀嫣然的熱情溶岩般爆發開來。

項少龍微笑道：「董某怕是天下唯一可以肯定嫣然不但不是石女，還比任何美女更奔放迷人的幸運兒呢。」

紀嫣然勉強睜開雙眸道：「儘管取笑人家吧。唉！想不到你不用靠漂亮的臉孔，仍是所有女人的剋星，剛才我看趙雅、趙致和那郭秀兒，無不被你的寓言打動芳心。多麼精采和生動的故事啊！李園嫉忌得要發狂了。」

項少龍暗叫慚愧，想起一事道：「你和李園交過手沒有？」

紀嫣然從情慾迷惘裡清醒過來，微一點頭道：「嫣然眞糊塗，見到你時什麼正事都忘掉。項郎要非常小心這個人，他的劍法靈奇飄逸，既好看又厲害，嫣然雖未曾與他分出勝負，但已知不是他的對手，兼且他是故意留一手讓我，所以他的劍術只能以深不可測來形容，我看──唔！」

項少龍愈聽愈驚心，上回他險勝紀嫣然，不要說留一手，事實上是拚盡全力亦無法在劍術上占到上風。如此比較，李園的劍術應比以前的自己更厲害。幸好他得到墨氏補遺後，劍法突飛猛進，否則眼前已可認輸。紀嫣然言雖未盡，其意卻是項少龍及不上李園，只是不忍說出來，心中亦抹了把汗。李園無論文才武藝，都有使紀嫣然傾心相許的條件。只是自己比他先行一步，又借二十一世紀人的識見，把他壓下去。否則在爭奪紀嫣然那仿如戰場的情場上，他必是飲恨的敗將。

紀嫣然見他默然不語，還以爲他自尊心受損，歉然道：「高手較量，未至最後難知勝負，但嫣然並不希望你和他交手，不是因認爲項郎必敗無疑，而是人家不希望你冒這個險。唉！匹夫之勇算得上什麼呢？能決勝沙場的方是眞英雄。」

這叫越描越黑，更使項少龍知道紀嫣然在兩人間不看好自己，苦笑道：「情場如戰場，李園文來不成，會來武的，以達到在妳面前折辱我的目的。誰都知紀才女要挑個文武均是天下無雙的夫婿。李園正要證明自己是這麼的一個理想人才。」

紀嫣然媚笑道：「情場如戰場，說得非常好。人家現在除你外，對其他人再沒有任何興趣，你當紀嫣然是三心兩意的蕩婦嗎？」

項少龍欣然道：「你當然不會三心兩意，卻是項某和董馬癡共同擁有的蕩婦，想不淫蕩都不行，紀才女反對嗎？」

紀嫣然臉飛紅，橫他一眼，湊到他耳旁道：「那嫣然只好認命，出嫁從夫，夫君既要人家一女事二夫，要不浪蕩都不行，嫣然唯有逆來順受哩。」

項少龍哈哈一笑，摟著她躺倒榻上。紀嫣然果然解脫所有矜持，變成他專有的蕩婦。雲收雨歇，佳人像頭白綿羊般蜷伏在他的懷抱裡，嘴角掛著滿足歡娛的笑意，聽著項少龍溫柔地在她耳邊說她永遠不會嫌多的迷人情話。項少龍身爲二十世紀的人，絕沒有這時代視女性爲奴僕的大男人習氣，深知女人須要熨貼的至理，所以與他相戀的女子，無不享盡這時代難以得到的幸福。聽他「妳是我的靈魂，妳是我的生命。」諸如此類的話，紀嫣然喜得不住獻上香吻，以示感激。

再一次熱吻後，紀嫣然嘆息道：「若能快點懷有項郎的骨肉，嫣然更感完滿無缺。」

項少龍登時冒出一身冷汗，暗忖這眞是個大問題，唯有支吾以對。

紀嫣然正沉醉在憧憬和歡樂中，沒有覺察到他異樣的神態。想起一事問道：「趙雅和你究竟是怎麼一回事？爲什麼李園會認爲得到她可打擊你呢？」

項少龍想起與趙雅愛恨難分，情仇不辨那種糾纏不清的關係，苦笑道：「李園或者見到我不時留心和注意她，以爲我對她很有意思，其實卻是另一回事，我已告訴妳整件事的經過。」

紀嫣然道：「妾身自然明白夫郎心意，也知夫君是個念舊的人，始終對趙雅留下三分愛意。她眞不懂愛惜自己，落到人盡可夫的田地，不過這種女人反特別吸引男人，我看李園和韓闖都對她很入迷。」忽然用力抓他肩頭，正容道：「你得留意趙致，我看李園和韓闖對她很有野心，他們那種人若想得到一個女人，會有很多卑鄙的辦法。」

項少龍知道她有很敏銳的觀察力，聞言暗吃一驚。若發生那種事，荊俊會受不起打擊。

紀嫣然羞澀地垂頭看自己的胸口，咬緊嘴唇道：「好不好讓項少龍又或是董匡再來疼愛人家一次呢？」

項少龍失笑道：「兩個一起來好了！看來不用教妳也可名符此蕩婦之實。」

紀嫣然撒起嬌來，登時一室皆春，說不出的恩愛纏綿。

次晨項少龍睡至太陽過了第二竿才勉強醒來，往旁一探，摸了個空，一驚下完全醒過來，發覺佳人已去。爬起床來，看到榻旁紀嫣然以她清秀瀟逸的字體，留下一帛香箋，大意說不忍把他吵醒，故自行離去，其中不免有幾句輕訴難忍分離之苦，希望有一天能永遠相擁至天明那類香艷旖旎的纏綿情話。項少龍揉著腰骨，想起昨夜的荒唐，又喜又驚。喜的是回味無窮，驚的是自己疲累得連對方離去都不知道。昨夜在與紀嫣然廝纏前跟趙致姊妹的一番糾纏，雖沒有眞箇銷魂，卻不斷被挑起情慾，亦是很易使人勞累的事。梳洗間，韓闖到來找他。

項少龍在外廳接見，坐好後，韓闖拍案笑道：「董兄昨晚表現得眞是精采，說不定不靠春藥亦可一親紀才女芳澤，假若事成，可否分本侯一杯羹，使本侯一償宿願。」

項少龍差點想把無恥的色鬼一拳轟斃，表面敷衍道：「侯爺說笑，紀才女只是對鄙人略感有趣，哪稱得上有什麼機會。」不待對方有機會說話，問道：「鄙人走後，李園有什麼反應？」

韓闖高興地道：「這小子的表情才精采，不住轉眼睛，看來是對你恨之入骨。董兄前腳才走，趙致那標致妞兒匆匆告辭，她是不是要去追董兄呢？」

項少龍暗責趙致，想起曾遇過幾起趙兵，要不承認都不行，擺出苦惱的樣子道：「不要以爲有什麼艷福飛到鄙人這裡來。追是給她追上，卻是痛罵我一頓，差點拔劍動手，不過鄙人最厭惡與婦人孺子糾纏，勉強忍了她。唉！不要再提。」

韓闖聽得鬆了一口氣道：「想不到邯鄲會有這麼多頂尖兒的美女，郭秀兒亦相當不錯，便宜李園眞是可惜。」

項少龍暗自感嘆難怪韓國積弱至此，全因朝政把持在眼前此君這類沉迷酒色的人手裡。道：「待會的論劍會，侯爺有什麼可教訓李園的布置？」

韓闖興奮地道：「說來好笑，這次可說是三晉聯合起來對付無情無義的楚人。原來趙穆、龍陽君和本侯都不約而同派出麾下的絕佳好手，混在趙霸的人中好教訓李園，看這小子如何避過當場受辱的厄運。」

項少龍想起紀嫣然昨夜與他榻上私語時對李園劍術的高度評價，暗自感嘆結果可能會難如韓闖所願，烏果來報，趙雅來找他。

項少龍自是大感尷尬，韓闖的臉色不自然起來，道：「看來趙雅對董兄頗有點意思。嘿！這騷婦非常動人，本侯得先走一步。」

項少龍當然恨不得他立即滾蛋，但卻知如此做法，韓闖定會心存芥蒂，笑道：「侯爺請留下，好予夫人一個意外驚喜。」要烏果把趙雅請來。

韓闖哪有離去之意，不再堅持，連表面的客氣都免了，可見他如何迷戀趙雅。趙雅在烏果引領下，笑意盈盈的闖進來，令項少龍摸不著頭腦，難道經昨夜送別時自己的橫眉冷目，反使她更迷上他嗎？兩人起立歡迎。趙雅見到韓闖，微一錯愕，不悅之色一閃即逝，依然微笑道：「原來侯爺也到了這裡來。」

韓闖笑道：「早知夫人來此，就一道來好了，好多點相聚光陰。」

項少龍立知兩人昨晚又攪在一起，氣得想賞趙雅兩個耳光，只恨除了只能在心中想想外，別無他計。趙雅想不到韓闖會當著董馬癡自曝私情，既尷尬羞慚，又心中怨恨。昨晚她肯讓韓闖留下，實有點是對董匡作爲報復的下意識行爲。今早清醒過來，早感後悔，現在被韓闖當項少龍面前揭破，確是難堪至極，垂下螓首。

項少龍勉強擠出點笑容道：「既是如此，鄙人不如讓夫人和侯爺再借此行館，製造更多相聚的歡娛。」

韓闖見他擺明姿態，退出這場爭逐，大是感激，笑道：「董兄萬勿如此，夫人這次是專誠來訪，本侯最多算個陪客。」

趙雅回復常態，偷看項少龍一眼道：「我沒有什麼特別事，只是路過此地，怕董先生不知到趙氏行館的路途，故來與先生一道前去吧。」接而狠狠瞪韓闖一眼，語氣轉冷道：「侯爺若另外有事，請自便吧！趙雅有些養馬的問題向董先生請教呢。」

韓闖想不到昨夜恩愛若夫妻，轉眼間此女翻臉無情，不留餘地。心中大怒，回敬道：「原來夫人白天時竟會變成另一個人，既然如此，本侯只好熬到晚上才找夫人。」

不理項少龍的挽留，拂袖走了。剩下兩人，氣氛更是難堪。趙雅給氣得臉色發白，坐下後喝一盅熱茶，仍說不出話來。項少龍則是故意默不作聲，悠閒地品茗。

一會後趙雅忍不住道：「董先生是不是在惱趙雅的不自檢點？」

項少龍慢條斯理地再啜一口茶，眼中射出銳利的光芒，凝視著她緩緩道：「夫人多心，夫人昨夜歡喜陪那個人，只屬夫人私事，鄙人何來過問的資格，更不用說惱怪夫人。」

趙雅一對好看的秀眉蹙起來，苦惱地道：「都是你不好，人家昨晚一心想陪你，卻給你那樣無情對待，人家心中淒苦，便──」

項少龍無名火起，插嘴道：「夫人的話眞奇怪，晝間與李園鬼混，竟叫一心相陪嗎？董某雖非自命清高之人，亦不會犯賤去淌這渾水。」

這幾句話含有對趙雅極大的侮辱，可是她不但沒有發怒，還秀目微紅，道：「趙雅知錯，假若董先生不嫌人家，趙雅以後會謹守婦道，先生能體會趙雅的心意嗎？」

項少龍想不到她如此低聲下氣，屈膝投降，心中掠過快意，冷笑道：「夫人言重，鄙人何來嫌棄夫人的資格，縱有此資格，亦不會相信徒說空言呢！」霍地立起，淡淡地道：「夫人明知李園是要借夫人來打擊董某，仍忍不住對他投懷送抱，誰敢擔保這種事不會再發生。董某若歡喜一個人，絕不會朝李暮韓，三心兩意，夫人請回吧！董某還有很多事等著辦呢。」

趙雅被他冷嘲熱諷，句句椎心，終於忍無可忍，憤然起立，怒道：「好你個董匡！侮辱得趙雅夠了吧！天下間只有你一個男人嗎？我倒要看看你有什麼好下場。」轉身憤然離去，沒有再回過頭來。

項少龍大感痛快，不過亦暗責自己為感情作祟，在現今的情況下，開罪這在邯鄲極有影響力的女人，確是有害無利，不過這時亦顧不得那麼多。找滕翼說了一會話後，往趙氏行館去了。

趙氏行館位於邯鄲城東，占地甚廣，除由幾個院落組成的主建築外，還有練武場、騎射場，專為訓練武士而設，經篩選後由行館按才能高下推薦給趙國軍方，所以趙霸無疑是趙國的總教練，有著崇高的地位和實權。論劍會在主宅前的大教場舉行。項少龍抵達時，有行館的武士分作三對以木劍和包紮鋒尖的長矛在練習，一邊立有二百多名武士，另一邊是個大看台，上面設有坐席。龍陽君、趙穆、樂乘、郭開、韓闖、郭縱、郭秀兒等早來了，卻仍未見被他氣走的趙雅，李園和紀嫣然亦未到。另外還有幾名軍方將領和數十名似是家將的武士，分作幾組閒聊，誰都沒有留心場上的表演。

趙霸正與趙穆和郭縱說話，見到項少龍，欣然迎來道：「有董先生在的場合，從不會出現冷場，來！讓我給先生引見本館的四位教席。」領著項少龍往正與趙致站在看台上的四名武士走去。

趙致見到項少龍，小嘴不屑地嘟起來，故意走開去找郭秀兒說話，女兒家的氣惱情態，看得項少龍心生歉意。四位行館的教席見到項少龍，露出注意神情，全神打量他。

趙霸和四人笑道：「這位是我多次向你們提起的董匡先生。」

四人連忙施禮。項少龍客氣兩句，趙霸介紹其中身材最高大魁梧，只比項少龍矮上少許的漢子說：「戴奉是我們行館的第一好手，劍法在趙境大大有名，今天將由他來試那大言不慚的小子，看他如何厲害。」戴奉體型標悍，虎背熊腰，年紀在三十左右，神態亦以他最是沉穩，其他三人有些許緊張，遠及不上他的冷靜。項少龍見他劍掛右腰，左手亦比右手來得有力粗壯，顯是慣於以左手應敵。對右手使劍的人來說，左手劍最是難防，反過來左手使劍者卻習慣和右手用劍者對陣。只是這點，左手劍便占上便宜。另外三人分別是黃岩、成亨和陸志榮，對項少龍很客氣。

成亨低聲道：「聽說董先生曾被李園的人暗襲受創，戴奉會給先生爭回這口氣。」

項少龍暗忖他們定以為自己劍術平平，不過只會是好事，連忙謝過。此時李園來了，伴著他的竟是趙雅，後面還跟了十多個李園的家將，那個偷襲項少龍時使他印象深刻的大漢，赫然竟是其中一人。項少龍心中大怒，李園如此毫不避諱，擺明不把他放在眼裡，亦知項少龍奈何他不得。趙雅對李園神態親熱，看得那邊正與趙致和郭秀兒說話的韓闖臉色大變。趙霸向項少龍告罪，領戴奉等四位教席，迎了過去。李園一身武士服，配上肩甲、腕箍和保護胸口及背心的皮革，確是威風凜凜，有不可一世的氣魄。趙致等諸女都看呆了眼。項少龍雖心叫不妙，卻是無可奈何。

趙穆來到他身旁低聲道：「看這小子能威風到幾時？」

項少龍沉聲道：「對付他的有什麼人？」

趙穆得意地道：「本侯派出的劍手叫駱翔，只他一人，應可足夠收拾李園有餘。何況還有龍陽君家將裡的第一高手焦旭和跟韓闖來的韓國著名劍手伏建寅，定要教李園吃不完兜著走。」然後逐一把他們指點出來，都是年輕勇悍的豪漢。

項少龍卻沒有他這麼樂觀，若讓這小子或他的手下大獲全勝，那時誰都要丟盡面子。連他自己都有點難以在紀嫣然跟前抬頭做人，想到這裡，不由有點後悔忘記邀滕翼同來。李園含笑逐一與趙霸介紹的人寒暄客套，一副穩操勝劵的樣子。他那批家將，則無人不瞪視項少龍，擺出挑釁鬧事的模樣。項少龍心中暗驚，知道李園今天主要的目標是自己，就算用的是木劍，假若有心施展辣手，隨時可把對手弄成殘廢，李園不用說對自己有此心意。

趙穆發現此點，狠狠地道：「那些人中是否有伏擊你的人在內。」

項少龍冷哼一聲，沒有說話。

趙穆忿怒地道：「我從未見過比他更囂張的人。」

項少龍壓低聲音道：「小不忍則亂大謀，我們犯不著與他意氣相爭，正事要緊。」

趙穆欣賞地看他一眼，點頭同意。兩人見到趙雅在李園旁笑語盈盈，均心頭火發，趙穆更低罵聲「賤婦」。李園一直注意項少龍，還故意逗得趙雅花枝亂顫，好向他示威。

趙穆待要招呼項少龍到看台坐下，李園排眾而出，往他們大步走來，施禮後瞅著項少龍道：「董兄劍術出眾，可有興趣和我的手下玩一局。」

他特別抬高聲音，好讓其他人聽到他這蓄意侮辱的挑戰。其他人全靜下來，全神察看項少龍的反應。

趙雅和李園的家將來到李園身後，均以不屑的眼光盯他。

項少龍分外受不得趙雅故意輕蔑的目光，勉強壓下怒火，瞪著李園身後曾伏擊他的壯漢微笑著說：「這位仁兄高姓大名！」

見到李園頷首示意，壯漢大喝道：「小人樓無心，董先生是否有意賜教？」

項少龍淡淡地道：「眼前高手滿座，哪輪得到我這只懂養馬的人，所謂獻醜不如藏拙。」

李園等還是首次聽到「獻醜不如藏拙」這語句，略一思索才明白，均發出嘲弄的聲音。

趙雅插入不屑地道：「董先生有自知之明，眞是難得。」

項少龍雙目神光一閃，冷然看趙雅一眼，這美女一陣心悸，竟說不下去。她也不是這麼膽小的人，只是董匡的眼神在這刹那間極似是項少龍，使她泛起非常異樣的感覺。

樓無心見狀，暴喝道：「誰敢對夫人無禮？」

趙穆為之臉色大變，正要喝罵，李園趁機喝道：「無心退下，這裡哪輪得到你說話？」

樓無心退後一步，默然無語，兩眼仍凶光閃閃地瞪著項少龍，似乎對那天殺不了他極不服氣。

李園堆出虛偽的笑容道：「無心一向是那麼直言無忌，董先生切勿放在心上。」

眾人均聽出他明是責怪手下，其實卻暗示手下做得極對。一時火藥味濃重之極。

趙霸來到充滿敵意的兩組人間，打圓場道：「各位不若先上看台，喝杯熱茶如何？」

李園向旁邊的趙雅柔聲道：「夫人請先到台上去，在下尚未與郭先生打招呼呢！」

趙雅柔順地點頭，與李園的家將到看台去了。李園告聲罪，往郭縱旁的趙致和郭秀兒走去。趙穆向趙霸使個眼色，拉項少龍登上看台。

韓闖把兩人招呼到身旁坐下，冷哼一聲道：「這小子愈來愈放肆，真想看到他慘敗後的樣子。」

項少龍本已心平氣和，但看到趙致不知是有意還是無意，竟與李園在遠處談笑風生，又多添另外的一份擔心。除紀嫣然外，所有被邀的人均已到達。蹄聲響起。高牆大門開處，以才藝劍術名聞天下的絕代佳人，一身雪白的武士服，策騎奔進來。李園連忙拋下郭秀兒和趙致，迎了上去。紀嫣然不待李園為她牽馬，以一個無比優美輕盈的姿態躍下馬來，一步不停的由李園身旁走過，朝看台走去。

李園追在她身旁，大獻殷勤，她只是有一句沒一句應著，登上看台，含笑與各人打過招呼，筆直走到項少龍面前，笑道：「董先生原來早到了，害得嫣然撲個空呢！」

此語一出，旁邊的李園立時臉若死灰，雙目亮起惡毒的神色。韓闖大樂，連忙起身讓出空位，紀嫣然毫不推辭，喜孜孜坐到項少龍身旁，看得另一端的趙雅臉色也不自然起來。項少龍頓有吐氣揚眉的感覺。眾人紛紛登上看台，把近百個位子塡滿，趙致和郭秀兒隨郭縱到李園那方去了。李園悻悻然回到趙雅身旁。

趙霸拍兩下手掌，吸引所有人的注意，笑道：「各位請先看敝館兒郎們的表現，多多指點。」一聲令下，那邊等待良久的行館武士左手持盾，右手持劍，衝到場中，排開陣勢，在鼓聲中表演各種衝刺、制敵的模擬動作，立時引來一片掌聲。不過眾人卻知眞正的好戲，尚未上演。接下來是騎射的表演，均精采悅目，看出趙霸爲訓練他的兒郎們，下了一番心血。項少龍暗叫可惜，若非趙國出了個孝成這樣的昏君，應是大有可爲的。

紀嫣然湊到他耳旁親切地道：「人家再顧不得了，由現在起跟定你。」

項少龍暗吃一驚，道：「是不是快了點呢？你看龍陽君正盯著我們呢。」

紀嫣然笑道：「他不是懷疑我們，而是妒忌嫣然，誰都知道那不男不女的傢伙最愛像董先生般的粗豪漢子，你對他多說幾句粗話，他才興奮哩！」

項少龍苦笑搖頭道：「讓董某多追求你兩三天吧！否則堂堂美人兒，兩三下子便給男人收拾，實有損才女美人兒的聲望。」

紀嫣然嗔道：「你說怎樣就怎樣吧！不過我要你每晚都陪人家。」

項少龍欣然道：「董某正求之不得哩！」

鼓聲忽地響個不停，行館武士們紛紛回到看台對面那片地蓆坐下，只有趙霸立在場心。所有人停止說話，看著武士行館的館主。鼓聲倏歇。

趙霸揚聲道：「敝館今天請得名聞天下的劍術大師李園先生，到來指點兒郎們的功課，實在不勝榮幸，萬望李園先生不吝賜教。」

郭縱呵呵一笑，插嘴道：「這次是切磋性質，各位點到即止，老夫絕不想看到骨折肉破的驚心場面。」

他與趙霸最是深交，自然看出趙霸對李園的狂傲動了眞火，所以恃著身分，勸諭雙方諸人。

李園笑道：「郭先生放心，我只是抱遊戲的心情來玩玩，何況還有四位美人兒在座哩！郭先生不用擔心。」

他這麼一說，行館的人都露出憤然之色。要知當時代武風極盛，人人視比武論劍爲至關聲譽的神聖大事，他卻說只當作是遊戲，分明不把對手看在眼內。

趙穆探頭過來探詢紀嫣然的心意道：「紀小姐對李園先生的話是不是以爲過分呢？」

另一邊的韓闖悶哼道：「李先生太狂了。」

紀嫣然微笑道：「不過他確有非凡本領，並非口出狂言。」

兩人想不到她對馬癡公然示好後，仍幫李園說話，一時啞口無言。項少龍卻想到紀嫣然思想獨立，不會因任何人而改變觀感，所以除非自己明刀明槍勝過李園，否則在她芳心中他項少龍在這方面始終及不上李園。如此一來，會使這對自己夫婿要求嚴格的美女，引爲一種遺憾。

他思忖間，行館的第一教席步出場來，向李園拱手施禮道：「小人戴奉，請李先生賜教。」

李園上下打量戴奉幾眼，淡淡地道：「東閭子，落場陪戴奉兄玩兩手！」

眾人哄聲四起，想不到李園只派手下應戰，擺明戴奉尚未有挑戰他的資格。行館由趙霸以下，無不露出憤然之色。

趙穆在項少龍旁低聲道：「糟了！戴奉若輸了，趙霸可能沉不住氣親自向李園挑戰。」

紀嫣然則在項少龍耳旁道：「東閭子和樓無心乃李園手下最負盛名的劍手，在楚國有很大的名氣。」

後面的樂乘湊上來道：「我也聽過東閭子，據說出身於楚墨行會，曾周遊列國，尋師訪友，想不到竟成了李園的人。」

這時一個高瘦如鐵，臉白無鬚，二十來歲的漢子由李園那邊坐席走下台來，直周戴奉身前，溫和有禮地道：「戴兄指點！」

戴奉施禮後，自有兒郎拿來木劍，又為兩人穿上甲胄，護著頭臉胸脅和下身的要害，以免刀劍無情，帶來殘體之禍。不過這只能在手下留情的情況下生出作用。對用劍的高手來說，縱是木劍，仍有很大的殺傷力，甲胄都擋不了。

兩把劍先在空中一記交擊，試過對方臂力，退了開去，擺出門戶架勢。鼓聲忽響，再又歇止。眾人屏息靜氣，凝神觀看。

戴奉踏戰步，試探地往對手移去，木劍有力地揮動，頗有威勢。反之東閭子抱劍屹立，不動如山，只是冷看戴奉。

戴奉疾退兩步，忽然一聲暴喝，閃電衝前，劍刃彈上半空，迅急砸掃，發出破空的呼嘯聲，威不可當。韓闖等喝起采來，為他助威，武士行館的人更是采聲雷動，反而李園方面的人個個臉含冷笑，一副胸有成竹的樣子。

坐在李園另一邊的趙致不禁後悔起來。她對李園故示親熱，固然是被李園的丰采談吐吸引，更主要是爲氣項少龍。但她終是行館的人，自然不希望己方落敗，偏又坐在李園之旁，不好意思吶喊助威，矛盾之極。

李園顯然明白她的心事，趁所有人目光落到場上，悄悄伸手過去，握著她放在腿上的雙手，湊在她小耳旁柔聲道：「看在小姐份上，李園絕不會傷害貴館的人。」

趙致嬌軀一顫，心頭模糊，竟任由他把纖手握著。

趙雅發覺兩人異樣的情況，挨過去微嗔道：「李先生你眞多心！」

李園偎紅倚翠，心中大樂，笑道：「夫人不是喜愛李園的風流倜儻嗎？」

趙雅白他一眼，坐直嬌軀，芳心又湧起董匡那英雄蓋世的威武氣概，不由嘆了一口氣。暗忖爲何自己看到李園與別的美女鬼混，竟不怎麼放在心上，偏只是看到紀嫣然坐到董匡之旁，心中便不舒服呢？

「篤！」的一聲，東閭子横劍化解，同時跨步横挪，避過戴奉接踵而來的第二劍。

趙穆、韓闖、樂乘等均是用劍的大行家，一看便知東閭子不但臂力不遜於戴奉，戰略上還非常高明，故意不以硬拚硬，好洩戴奉的鋭氣。果然東閭子接著全採守勢，在對方連環狂攻下，不住移閃，表面看來戴奉占盡上風，其實東閭子有驚無險，只等待反攻的好時機。喝采聲四起，爲戴奉打氣。

趙致忽然清醒過來，想抽回玉手，豈知李園緊抓不放，掌背還貼在她大腿處，嘴唇揩擦她耳朵道：「致小姐討厭李某嗎？」

趙致生出背叛項少龍和董匡的犯罪感，垂下臉道：「別人會看到的呢！」

李園傲慢地道：「大丈夫立身處世，何懼他人閒言，只要小姐不嫌李園，李某什麼都可擔當。」

此人擅於辭令，又懂討好女人，紀嫣然都差點迷上他，趙致男女經驗尚淺，又怪董匡無情，一時芳心大亂，任他輕薄。李園知這是公開場合，不宜過分，暗忖待會把她弄回行館，才爲所欲爲，故沒有再作進一步行動。

趙致旁的郭秀兒一直留心李園，見到他情挑趙致，臉色大變，心中不悅。戰國時代男女之防，遠不像漢以後儒家昌盛的謹嚴，但男女當衆調情，終是不合於禮，郭秀兒不由對李園的印象更打個折扣。

此時項少龍心念一動，往李園望過去，恰好李園亦往他瞧，雖是隔十多個座位，項少龍仍可清晰地看到李園握著趙致的手，禁不住雙目厲芒一閃，勃然大怒。李園見狀大感得意，微笑點頭。趙致循李園的目光望去，接觸到項少龍的眼神，忽然聯想起項少龍，芳心劇顫，猛一抽手，由李園的魔爪脫出來。李園當然不知她和項少龍複雜的感情關係，還以爲她只是臉嫩發窘，反手在她豐滿的大腿撫兩把，坐好身體，不再理會項少龍，繼續觀戰。項少龍鐵青著臉，把目光投到場上的戰況去，心中湧起怒火，首次生出挑戰李園之意。

紀嫣然把一切看在眼裡，耳語道：「萬勿意氣用事，若你給李園傷了，那就因小失大。」

這幾句有如火上添油，項少龍勉強壓下怒氣，默然半晌後，向趙穆道：「可否派人把鄙人一個家將召來呢？」

趙穆一聽明白，問清召的是誰，命人去了。

此時戴奉最少發出四十多劍，仍奈何不了東閭子，連打氣的喝采聲都逐漸轉弱。東閭子知時機已至，仰天一笑，由守改攻，挺木劍搶入對方劍圈之內，使出一手細膩精緻的劍法，見招破招，劍圈收得極小，使戴奉走的粗豪路線，大開大闔的劍法更是有力難施。趙穆等固是看得唉聲嘆氣，連對戴奉有絕對信心的趙霸都不禁眉頭大皺。坐在李園旁的趙致見己方勢危，完全清醒過來，暗責自己如此不分敵我，還給李園占便宜，眞是愧對師門。可是這時離開，又太過明顯，一時進退兩難。

場上兩人再激鬥幾招，戴奉早先的威風再不復見，節節敗退。東閭子大喝一聲，劍影一閃，覷準對方破綻，破入對方劍網裡，直取戴奉胸口。戴奉大吃一驚，迴劍不及，猛地往後一仰，勉強避過凌厲的一劍。哪知東閭子得勢不饒人，飛起一腳，踢在對方小腹下，若非有護甲，這一腳定教戴奉做不了男人，不過亦要教他好受，痛得他慘叫一聲，長劍脫手，踉蹌墮地，兩手按在要害上。

衆人都想不到東閭子看來斯文秀氣，但在占盡上風時下手竟這麼狠辣，呆了起來，一時全場靜至落針可聞，只有戴奉的呻吟聲。

趙霸臉色大變起立，向左右喝道：「還不把教席扶進去看治傷勢？」

當下有人奔出來扶走戴奉。東閭子沒有半絲愧色，得意洋洋向兩方施禮，交出木劍，回席去了。趙致一向和戴奉友好，再顧不得李園，狠狠瞪他一眼，追著被扶走的戴奉去了。

李園半點不把趙致放在心上，笑道：「比武交手，傷亡難免，館主若怕再有意外，不若就此作罷，今晚由在下作個小東，以爲賠禮如何？」

這次連紀嫣然都看不過眼，低聲罵道：「李園你太狂了！」

趙霸那對銅鈴般的巨目凶光閃閃，顯是動了眞火，項少龍眞怕他親身犯險，推韓闖一把。

韓闖會意，向後面自己那預派出戰的手下打個手勢。

叫伏建寅的劍手應命跳下台去，高聲挑戰道：「伏建寅請李園先生指點！」

全場肅然無聲，看李園是不是親自出手。

伏建寅個子不高，卻強橫紮實，臉上有幾條縱橫交錯的劍疤，樣子有點可怖，亦正是身經百戰的鐵證。

李園擺出一副不把天下人放在眼內的姿態，懶洋洋地把半邊身挨在身旁的小几上，漫不經意地道：「無心！你去領教高明吧！」

眾人早預料他不屑出手，毫不驚異。

叫樓無心的標悍壯漢慢吞吞的走下台去，略一施禮，傲然而立，接過木劍，把要為他戴上護甲的人揮開道：「又不是上沙場，要這笨東西幹啥？」

伏建寅見狀喝道：「樓兄既不披甲，伏某也免了。」

龍陽君來到項少龍和紀嫣然的背後，陰聲細氣道：「天下間還有比楚人更狂的人嗎？對秦人時又不見他們這麼囂張，嫣然妹會下場嗎？」

紀嫣然嘆道：「嫣然也很不服氣，只是自問勝不過李園，沒有辦法。」

龍陽君冷哼一聲，沒有說話，退回席位。他自問劍術與紀嫣然相若，若俏佳人不及李園，他當難以討好。同時下決定，不讓焦旭出戰，以免徒招敗辱。

趙穆唉聲嘆氣地對後面的郭開和樂乘道：「若伏建寅敗北，唯有靠駱翔為我們挽回顏面，否則只有讓館主出手，但本侯眞不願看到那種情況出現。」

郭開道：「李園為楚國第一用劍高手，下面那些人已那麼厲害，他的劍法可想而知。」

各人一時均感無可奈何。趙穆雖是一流的劍手，他的身分卻不宜下場，因會釀成兩國間的不和。李園好在沒有官爵在身，否則亦不可在沒有王命下隨便與人私鬥。

場上的兩人同時大喝一聲，向對方放手猛攻，只見樓無心運劍如風，大開大闔，劍氣如山，凌厲威猛之極，幾乎甫一交接，伏建寅便陷在捱打之局。

項少龍瞥見滕翼正策騎入門，伸手去推韓闖一把道：「終止這場比武！」

韓闖臉現難色，因為伏建寅是冒趙人的身分落場，若他發言，豈非明示伏建寅是他的人。雙方的人沉著觀戰，沒有像剛才般揚聲打氣，氣氛緊張得有若拉滿的弦。韓闖這一猶豫，勝負已分。伏建寅輸在後力不繼，稍一遲滯下，給樓無心一劍掃在肩頭處，骨折聲起，慘哼聲中，伏建寅橫跌開去，爬起來時早痛得滿臉淌著冷汗。

樓無心大笑道：「承讓！」

項少龍向下馬走來的滕翼打個手勢，後者會意，隔遠大喝道：「小人龍善，乃董匡門下家將，這位仁兄非常眼熟，未知肯否賜教。」

衆人均無暇理會伏建寅如何被扶走，也沒注意趙致回到場內，坐到同門師兄弟那方的席裡，出神打量不請自來的豪漢。

樓無心不屑地打量滕翼，冷冷地道：「若要動手，須用眞劍可顯出眞本領。」

滕翼大笑道：「有何不可，不過李先生最好先派另一個人上場，待本人也耗了點氣力後，跟你拚起來才公平。」

趙穆嘆道：「你的家將是不是呆子，有便宜竟不懂撿？」

紀嫣然笑道：「有其主故有其僕，才是眞英雄。」

趙穆不由尷尬一笑，暗責自己露出不是英雄的面目。

李園亦怕樓無心未回過氣來，見項少龍沒作任何反應，喜道：「確是好漢子！」打個手勢，他身後另一名臉若古銅的大漢領命出戰。

項少龍向紀嫣然道：「此人是誰？」

在衆人的期待裡，紀嫣然茫然搖頭。

那人來到滕翼前，靜如止水般道：「本人也不愛用假劍，閣下意下如何？」

滕翼冷冷地道：「兄台高姓大名？」

那人好整以暇道：「本人言復，只是個無名小卒而已！」

衆人一聽無不動容。

項少龍當然不知他是誰，詢問的目光轉向紀嫣然求教。

紀嫣然神色凝重道：「他本是秦國的著名劍手，因殺了人托庇於楚國，想不到也投到李園門下，可見李園在楚國的勢力膨脹得何等厲害，難怪他這麼驕狂。」

韓闖等又爲滕翼擔心起來。

「鏘！」

言復拔出芒光閃爍的利劍，退開兩步，遙指滕翼喝道：「還不拔劍？」

滕翼面無表情，一對巨目射出森森寒光，緩緩地道：「到時候劍自會出鞘！」

言復大怒，狂喝一聲，挺劍攻上。

一時寒光大盛，耀人眼目。

誰都想不到權貴間的切磋比武，變成眞刀眞槍的生死決鬥。

尋秦記〈卷二〉終

新人間102

尋秦記〈卷二〉

作　者—黃易
主　編—葉美瑤
編　輯—李慧敏・汪中玟
美術編輯—姜美珠
校　對—李慧敏・黃易
企　畫—王嘉琳
董事長
總經理—趙政岷
總編輯—余宜芳

出版者—時報文化出版企業股份有限公司
10803台北市和平西路三段二四〇號三樓
發行專線—(〇二)二三〇六—六八四二
讀者服務專線—〇八〇〇—二三一—七〇五・(〇二)二三〇四—七一〇三
讀者服務傳真—(〇二)二三〇四—六八五八
郵撥—一九三四四七二四　時報文化出版公司
信箱—台北郵政七九～九九信箱
時報悅讀網—http://www.readingtimes.com.tw
電子郵件信箱—liter@readingtimes.com.tw
印　刷—盈昌印刷有限公司
初版一刷—二〇〇一年六月十八日
初版二十二刷—二〇一六年八月四日
定　價—新台幣二八〇元
⊙行政院新聞局局版北市業字第八〇號


ISBN 978-957-13-3404-9
Printed in Taiwan

國家圖書館出版品預行編目資料

尋秦記／黃易著．--初版．-- 臺北市：時報
文化，2001〔民90〕

冊：公分．-- （黃易作品集）（新人間；
AK102）

ISBN 978-957-13-3404-9（卷二：平裝）．

857.83　　　　　　　　　　　　90008474

| | |
|---|---|
| **編號：** AK0102 | **書名：** 尋秦記〈卷二〉 |
| **姓名：** | **性別：** ________ 1.男　2.女 |
| **出生日期：**　年　月　日 | **身份證字號：** |

________ **學歷：** 1.小學　2.國中　3.高中　4.大專　5.研究所（含以上）

________ **職業：** 1.學生　2.公務（含軍警）　3.家管　4.服務　5.金融　6.製造　7.資訊　8.大眾傳播　9.自由業　10.農漁牧　11.退休　12.其他

**地址：** ________ 縣（市）________ 鄉鎮區 ________ 村 ________ 里 ________ 鄰 ________ 路（街）________ 段 ________ 巷 ________ 弄 ________ 號 ________ 樓

郵遞區號 ________

（下列資料請以數字填在每題前之空格處）

________ **您從哪裡得知本書／**

1.書店　2.報紙廣告　3.報紙專欄　4.雜誌廣告　5.親友介紹
6.DM廣告傳單　7.其他________

________ **您希望我們爲您出版哪一類的作品／**

1.長篇小說　2.中、短篇小說　3.詩　4.戲劇　5.其他 ________

**您對本書的意見／**

________ 內　容／1.滿意　2.尙可　3.應改進
________ 編　輯／1.滿意　2.尙可　3.應改進
________ 封面設計／1.滿意　2.尙可　3.應改進
________ 校　對／1.滿意　2.尙可　3.應改進
________ 翻　譯／1.滿意　2.尙可　3.應改進
________ 定　價／1.偏低　2.適中　3.偏高

**您的建議／**

________

________

________

請沿虛線摺下裝訂，謝謝！

| | |
|---|---|
| 廣 告 回 信 | |
| 台北郵局登記證 | |
| 台北廣字第2218號 | |

時報出版
CHINA TIMES PUBLISHING COMPANY
尊重智慧與創意的文化事業

地址：10803台北市和平西路三段240號3樓
讀者服務專線：0800-231-705・(02)2304-7103
讀者服務傳真：(02)2304-6858
郵撥：19344724 時報文化出版公司

請寄回這張服務卡（免貼郵票），您可以——
●隨時收到最新消息。
●參加專為您設計的各項回饋優惠活動。

寄回本卡，掌握新人間系列的最新訊息。

# 新人間

新感覺・新人間・文學的新版圖